Permanent Present Tense

The Unforgettable Life of the Amnesic Patient, H.M.

Suzanne Corkin

有史以来被研究得最彻底的一颗人脑！

永远的现在时

失忆症患者H.M.留给后世的礼物

Suzanne Corkin

[美] 苏珊·科金 教授——著

林雨虹——译

北京时代华文书局

“一本超乎寻常的读物……不断向读者发起挑战。该如何评判大脑研究的曲折历史，尤其是莫莱森的特殊病例呢？”

——《新闻周刊》

“科金的著作增添了耐人寻味的细节，并将 H.M. 置于神经心理学的大背景下。”

——丽塔·卡特《焦点》

“科金不仅把亨利的故事讲述得浅显易懂、条理清晰，还将个人病例史与当前的科学认识及其形成过程很好地融合了起来。”

——迈克·杰伊《伦敦书评》

“一座科学与人类的纪念碑，这名男性（他和作者都极具幽默感）的故事感人至深，而有关发现的详细描述也很激动人心。正是由于脑扫描技术的改进与莫莱森的积极配合，科学家才了解到了更多的脑部知识。”

——《科学家》

“神经科学领域是如何逐渐得到我们现在所了解到的记忆知识呢？科金将该问题的答案融入进一名男性的感人传记中，并为此提供了一个全面且有趣的综述……我们只愿未来的患者能像他一样慷慨无私、心地善良，而研究他们的学者能像科金一样富有才华。”

——《泰晤士报高等教育增刊》

“科金将自己与 H.M. 的实验、私人往来和过去六十年的记忆神经心理学史交织在一起，产生了极好的效果，因为她在这段历史中是不可或缺的部分。《永远的现在时》同样可被视作她的学术性自传。”

——《自然》

“部分属于回忆录，部分属于科学史，这本著作将科金和莫莱森共事的故事与科学实验的生动背景融合在一起，带领读者回顾了过去六十多年的记忆研究。”

——《科学通讯》

“这本著作通过讲述一名男性的个人悲剧，不仅成了富有感情色彩的传记，同时还是神经科学进展的清晰记录。”

——《柯克斯书评》

“了解记忆的最佳方式便是见证它可分解的途径。在这本杰出的著作中，苏珊·科金给我们提供了一个罕见的业内观点，揭示了一名不记得其过去刚发生过什么的男性如何深刻影响科学的未来。”

——戴维·伊格曼，《隐藏的自我：大脑的秘密生活》一书作者

“苏珊·科金撰写了 H.M. 有趣且隐秘的生活故事，以及该故事告诉我们的记忆知识。数以百万计的患者都是科学进步的源泉，但却很少有患者能作为个体受到歌颂。”

——菲利普·A. 夏普，麻省理工学院教授兼诺贝尔生理学或医学奖得主。

“凭借其几十年来的独特研究及成果，神经科学家苏珊·科金讲述了个引人入胜的故事，即一名患有深度遗忘症的男性如何改变我们对思维、大脑和记忆的理解。”

——霍华德·加德纳，《多元智能》一书作者

本书作者苏珊·科金，行为神经科学教授、麻省理工学院科金实验室主任，出版过九部著作，离世前居住在马萨诸塞州查尔斯镇。

缅怀亨利·古斯塔夫·莫莱森

1926年2月26日—2008年12月2日

目　录

插图说明

1. **边缘系统**。图片为美国政府（国家卫生研究所）所有，属于公共领域。

2. **大脑皮质的四种脑叶**。图片由 André van der Kouwe，Jean Augustinack 和 Evelina Busa 提供。

3-1. **颞叶内侧结构**。图片由 André van der Kouwe，Jean Augustinack 和 Evelina Busa 提供。

3-2. **海马、内嗅皮质和鼻周皮质**。图片由 André van der Kouwe，Jean Augustinack 和 Evelina Busa 提供。

4. **亨利的磁共振图像**。S. Corkin et al.，"H.M.'s Medial Temporal Lobe Lesion：Findings from Magnetic Resonance Imaging，" *Journal of Neuroscience* 17（1997）：3964-79.

5. **穆尼脸部识别测试**。B. Milner et al.，"Further Analysis of the Hippocampal Amnesic Syndrome：14-Year Follow-up Study of H.M，" *Neuropsychologia* 6（1968）：215-34.

6-1. **踏脚石视觉迷宫**。B. Milner et al.，"Further Analysis of the Hippocampal Amnesic Syndrome：14-Year Follow-up Study of H.M.，"

Neuropsychologia 6（1968）：215-34.

6-2. **写字笔触觉迷宫。**

7. **路线寻找任务。**

8. **一个典型的神经元。** L. Heimer，*The Human Brain and Spinal Cord：Functional Neuroanatomy and Dissection Guide*（New York：Springer-Verlag，1983）. 图片的使用已获得 Springer Science+Business Media 允许。

9. **镜描任务。**

10. **旋转追视任务。**

11. **双手追踪任务。**

12. **协调敲击任务。**

13. **基底神经节。** 美国食品药品管理局的特约撰稿人 John Henkel 绘出，引自维基共享资源网。

14. **序列学习任务。**

15. **伸展任务。**

16. **眨眼条件作用任务。** 图片由 Diana Woodruff-Pak 提供。

17. **戈林不完整图片测试。** B. Milner et al.，"Further Analysis of the Hippocampal Amnesic Syndrome：14-Year Follow-up Study of H.M.，" *Neuropsychologia* 6（1968）：215-34.

18. **图案启动。** J. D. Gabrieli et al.，"Intact Priming of Patterns Despite Impaired Memory，" *Neuropsychologia* 28（1990）：417-27.

19-1. **威廉・比彻・斯科维尔。**

19-2. **布伦达・米尔纳。** 图片由 Neuro Media Services 提供。

20. **五岁的亨利及其父母。**

21. **热爱动物的亨利。**

22. **手术前的亨利。**

23. 亨利，1958 年。

24. 手术后的亨利及其父母。

25. 亨利，1975 年。

26. 亨利在麻省理工学院等待测试。Jenni Ogden 拍摄于 1986 年。

27. 亨利在比克福德医疗护理中心。

28. 亨利绘制的房子平面图。S. Corkin，“What’s New with the Amnesic Patient H.M.?” *Nature Reviews Neuroscience* 3 (2002)：153-160.

29. 亨利的勺子。

序言

姓名首字母后的男人

我和亨利·莫莱森隔着窄台面对面坐着，窄台上有个话筒。亨利身旁停放着他的助行架，助行架前有个白色的篮子，篮子里有一本填字游戏书。他总是随身携带一本填字游戏书。亨利的衣着与往常无异，即弹力腰裤、运动衫、白袜子，以及朴素舒适的黑鞋子。他那被厚眼镜部分遮住的大脸露出愉快、专注的神情。

“你今天感觉怎么样？”我问他。

“还行。”亨利答道。

“那就好。你看上去很精神。”

“谢谢。”

“我知道你在记忆东西上有点儿问题。”

“是的。你知道，我的确——嗯，在记忆东西上有很大的问题。而且我发现自己经常捣鼓填字游戏。嗯，这在某种程度上能帮助我记忆东西。”

我和亨利聊了聊填字游戏，这是我们聊天的常见话题。然后我问：“你有记忆问题多久了？”

“这个，我不知道。我无法记忆，所以没法回答你。”

“好，那你觉得有多久了？几天？几个星期？几个月？几年？”

“好吧，你看，我没法用天、星期、月或年来估计自己有这问题多久了。”

“那你觉得你出现这问题已有一年多了吗？”

“差不多，一年或者更久。我觉得我之前做过一个——不过这也仅是我的想法罢了——就是，嗯，我之前可能做过手术或其他什么的。”

我们这次谈话发生在1992年5月，距离亨利因一场有风险的外科手术而失去长时间记忆能力的事已过去大约四十年了。1953年，他接受了双侧颞叶内侧切除手术。那是一项实验性大脑手术，旨在减轻他从小就出现的严重的癫痫症状。第一次癫痫发作是在1936年，自此以后，他的病情越来越严重，他也越来越难以参与各种日常活动。手术虽然控制了癫痫，但却带来了意想不到的毁灭性后果——深度遗忘症，该病症剥夺了亨利形成新记忆的能力，从而也决定了他以后的人生轨迹。[1]

遗忘症是指大脑无法建立可供以后有意识提取的持久记忆。这个词源于希腊文，原意是指遗忘或失去记忆，但患有该症所带来的可不仅仅是记忆的缺失。像亨利这样的遗忘症患者，他们失去了将当前经历直接转化为持久记忆的能力。这种情况通常是因大脑受损才导致的，如脑炎、中风或头部受伤，它可能是永久性的，也可能是暂时的。遗忘症也可由一种罕见的精神障碍引起，即心因性遗忘，但目前还未有神经病学原因可解释该现象。在亨利的病例中，其遗忘症是因部分大脑在手术中被切除而造成的，为永久性遗忘症。

亨利接受手术时，还是名二十七岁的青年男子。到他六十六岁时，走路得依靠助行架，以防跌倒。但对他来说，时间只过去了一点点。在术后的数十年里，他生活在永远的现在时里：不再记得所遇之人的模样、去过的地方或是度过的时光。他所经历的一切都在发生片刻后就从其意识中溜走。我和亨利的谈话也会在其脑海中迅速消失。

“你通常是怎么度过一天的？”

“你看，这很难回答——我无法……我无法记忆。”

“你知道自己昨天干了什么吗？”

“我不知道。”

“那今天早上呢？”

“我连这也不记得了。”

“你能告诉我你今天中午吃了什么吗？”

“不瞒你说，我不知道。我不——”

“你觉得你明天会做什么？”

“任何有益的事都行。”他友好且直白地说。

“这回答很棒。”我说，“我们俩之前见过面吗？”

“有，我觉得我们见过面。”

“在哪儿见过面？”

“嗯，在高中。”

“高中？”

“是的。”

“哪间高中？”

“东哈特福德的高中。”

“除了高中，我们在其他地方见过吗？”

亨利停顿了一下。“不瞒你说，我无法——没有，我不觉得我们在其他地方见过。”

进行这次面谈时，我已和亨利一起工作了三十年。我第一次见到他是在 1962 年，当时我还是名研究生。所以，虽然亨利相信我们俩在高中见过，但事实并非如此。不过，纯属巧合，我们的生活却有相交的部分。我是在康涅狄格州哈特福德附近长大的，离亨利居住的房子只有几英里远。七岁那年，我和一个住在我家街对面的女孩儿成了密友。我现在还记得，她父亲开着辆和消防车一样红的美洲豹汽车在街上轰的一声飞驰而过，每当周末，他便会换上机械工工装裤，在车下胡乱修补机件。

我朋友的父亲是一名神经外科医生。当时我还是个孩子，对神经外科医生是做什么的一点儿概念都没有。多年以后，我成为了麦吉尔大学心理学系的研究生，而这个男人也重新进入了我的生活。那时，我正阅读医学期刊上有关记忆的文章，无意中看到了一篇报告。报告中写道，一名医生为了治愈一位年轻人的顽固性癫痫进行了一场脑部手术，但那场手术却导致患者丧失了形成新记忆的能力。这篇报告的合著者之一便是我朋友的父亲威廉·比彻·斯科维尔，而那名患者就是亨利。

这种童年联系使我在阅读"遗忘症患者 H.M."这篇报告时产生了更加浓厚的兴趣。后来，我加入了布伦达·米尔纳在蒙特利尔神经病学研究所的实验室，亨利这个病例意外地落入了我的手中。1962 年，亨利因科学研究的原因来到米尔纳的实验室，而我也因博士论文的缘故，能对他进行测试。亨利术后，米尔纳是首个测试他的心理学家。1957 年，她与斯科维尔合著了一篇论文，文中描述了亨利的手术及其带来的可怕后果。她的那篇论文彻底改变了记忆这门科学。[2]

当时，我正试图通过亨利的触觉和躯体感觉系统来研究他的记忆，想以此扩充对其遗忘症的科学认识。我初次研究亨利时就很专注，无奈研究时间较短，仅持续了一周。直至我去了麻省理工学院后，才渐渐明白亨利作为受试者的非凡价值。因此，我继续研究亨利，研究了四十六年，直至他去世。亨利死后，我便致力于将五十五年来收集的丰富的行为数据，与我们将从他被解剖的大脑中了解到的东西联系起来。[3]

我与亨利初次见面时，他讲述了自己的早年生活。他提起的地方，我都能立刻回想起来，从而对他以前的生活有所体会。我家几代人都在哈特福德地区居住：我母亲曾在亨利就读的高中读书，我父亲就在亨利手术前后居住的街区长大，而我也在亨利进行脑部手术的哈特福德医院出生。我和亨利的出身背景与经历有许多交集，而且有趣的是，每当我问他是否见过面时，他典型的回答便是："是的，我们在高中见过面。"亨利是如何将其高中经历与我联系在一起的呢？对此我也只能猜测。有种可能性是我和他高中认识的某个人长得很像；另一种可能性是，在其多次来麻省理工学院做测试期间，慢慢建立起了对我的熟悉感，并将这种熟悉感归结于其高中的记忆。

亨利很有名，却不自知。他罕见的情况让其成为科研和公众关注的对象。数十年来，我一直收到媒体想采访和录像的请求。每当我告诉他，他有多特别时，他也只能短暂记住，过一会儿便忘了。

加拿大广播公司录制了我与亨利 1992 年的谈话，并将其用于两档电台节目中，一档是关于记忆的电台节目，另一档则是关于癫痫的。在录制谈话的前一年，即 1991 年，菲利普·希尔特在《纽约时报》上写了一篇关于亨利的文章，后来还写了一本名为《记忆的幽灵》的书，此书的主人公便是亨利。[4]

谈及亨利的科研论文和书刊章节有很多，而且亨利是神经科学文献中最常引用的病例之一。任意打开一本心理学导论教材，你很有可能会发现，书中某一页的患者描述只有姓名首字母 H.M.，且 H.M. 旁是海马结构示意图和黑白的磁共振图像。亨利的疾病对他及其家人来说是巨大的损失，但同时也成了科学界的收获。

在亨利的一生中，认识他的人都对其身份进行保密，用其姓名首字母来称呼他。每当我为亨利对科学的贡献进行演讲时，总会遇到许多对他身份有强烈好奇的观众，而他的姓名是在其去世后才对外公布的，即 2008 年。

与亨利一起工作的数十年里，我的使命便是确保人们铭记亨利时依靠的不仅仅是教材上那简短又匿名的描述。亨利·莫莱森不是一台为我们提供测试数据和大脑图像的机器，而是一个温和、友善、有魅力，且颇具幽默感的人。他知道自己的记忆很糟，并且接受了自己的命运。姓名首字母后有一个男人，数据后有一条性命。亨利常常对我说，他希望对其病情的研究能帮助别人过上更美好的生活。若亨利知道他的不幸给科学和医学带来了这么多益处的话，他一定会很自豪。

此书是对亨利及其一生的致敬，但同时它也是对记忆这门科学的探索。记忆是我们做每一件事的重要组成部分，但我们却没意识到它的作用及重要性，我们对记忆习以为常。当我们走路、说话和吃饭时，我们不知道这些行为的发生都源于之前所学、所记的信息和技能。我们一直依赖记忆度过每一刻、每一天。我们的生存需要记忆——没有了它，我们不知道如何穿衣、如何走邻里，或者如何与他人交流。有了记忆，我们可以重新体验过去，可以从过去中学习，甚至可以计划未来。有了记忆，我们的时间是连贯的，从这一刻到下一刻，从早到晚，日复一日，年复一年，从不间断。

我们通过亨利的病例了解到记忆可被分为许多具体的过程，也知道了潜在的大脑神经回路。现在我们知道，当我们描述昨天晚餐吃了什么、背诵欧洲历史或不看键盘就能打出一个句子时，我们都在获取存储在大脑中的不同记忆。

亨利帮助我们了解，人类存储信息能力的缺失会带来什么后果。他虽保留了手术前获取的大量知识，但在术后的日常生活中，却只能严重依赖身边的人。亨利的家人以及他后来所在养老院的工作人员会记住他每天吃了什么、需要服用的药物和洗澡时间。亨利的测试结果、医疗报告和采访记录保存着其无法保留的生活信息。当然，这些资料都无法代替亨利所失去的能力。记忆不仅有助我们生存，还影响着我们的生活质量和个性的塑造。

我们的个性由基于个人历史的故事组成。如果大脑保留我们经历的时间太短而不足以将各个经历串起来的话，会发生什么事情呢？记忆和个性间的联系便在于我们对衰老和认知减退的充分意识。失去记忆到痴呆的境界似乎是难以想象的不幸，但对亨利来说，这却是他成年生活的全部模样。尽管他的生活仍在继续，但却没有留下一丝记忆，这就像徒步者远行地上却没有留下足迹一样。这样的一个人如何能清楚地知道自己是谁呢？

可认识亨利的人都知道，他是个温柔、善良且无私的人。尽管亨利患有遗忘症，但他还是有自我感觉的。只是他的自我感觉是偏颇的，且过度倾向他在 1953 年前对世界、家人及自己的普遍认识。手术后他只能获取极少部分的自我认知。

我们可以用在生活中运用过的所有方式来描述记忆。但我们的各种经历是如何转化成大脑机制的呢？记忆不是单一事件，不是按下快门就有的照片。我们现已知道——最初是从亨利身上得知的——记忆并非是被存储在大脑的某个区域内。相反，大脑的很多区域内都存储了记忆。我们可将记忆比作是去超市买炖菜所需的原料。我们从超市的不同地方挑选肉、蔬菜、调料和香料，然后在家将它们全部放入一个大锅中混合。同样，要想回忆起去年的生日，我们必须把存储在大脑不同区域的信息——视觉、听觉、嗅觉和味觉——提取出来，并且将这些信息以一种能让我们可重新体验的方式组合起来。

大脑里的记忆是什么？一个常用的思考方式是借用计算机科学的隐喻：记忆是大脑加工和存储的信息。要完成记忆这项任务，大脑需执行三个步骤：第一，它要对信息进行编码，并将原始数据转化成脑兼容的格式；第二，它必须存储信息以供后续使用；第三，它必须能根据需要在存储中提取信息。

亨利接受手术那会儿，几乎无人知晓记忆是如何在大脑内运作的。1960 年代，我们现在称为神经科学的这门学科几乎是不存在的。从那以后，亨利的病例便对一系列有关记忆本质和具体过程的重大科学发现至关重要，而且也向我们讲授了基础但重要的一课：即使他失去了记忆的能力，但他还是聪明、口齿伶俐和有敏锐力的。例如，尽管他会忘记几分钟前的谈话，但仍有能力解决有难度的填字游戏。

亨利缺少的那种长时记忆现被称为陈述性记忆，是指人们能自由陈述自己学过的东西。相比之下，亨利的确拥有对运动技巧的长时记忆，例如怎样使用助行架。这种记忆现被称为非陈述性记忆，指人们可通过行为来展示自己的知识但却无法用语言来描述。[5]

随着神经科学特别是记忆科学在二十世纪后半叶的发展，亨利的病例仍与研究紧密相关。每当有关于记忆过程的新理论和新脑成像技术出现时，我们便将其应用在亨利上。亨利对我和其他一百多位科学家一直很包容，并允许我们对他进行研究，直至他于 2008 年去世。他极大地加深了我们对大脑如何记忆和遗忘的了解。

亨利于 1992 年将自己的大脑捐献给了马萨诸塞州综合医院（麻省总医院）和麻省理工学院，所以，他现在仍在科学的新领域中发挥作用。他去世的那一晚，我们使用了一台磁共振成像机对其大脑进行了九个小时的扫描。之后，我们便保存了他的大脑，然后将其置于明胶中冷冻，并从前至后切成 2401 个超薄片。我们现已将这些超薄片数字化，并组装成一个将来可供科学家和公众在网络上观看的三维图像。尽管我们此前已详细研究过这个患有遗忘症的大脑，但解剖大脑后得到的这些超薄片却为我们提供了一种全新的研究方式。

几乎没有患者能像亨利这样彻底改变一个科学领域。他的故事不仅是医学上罕见的病例，还证明了一位实验对象对科学的冲击能有多么巨大。亨利的病例解答的记忆问题比上世纪所有科学研究解答的还多。尽管亨利过着现在时态的生活，但他对记忆科学却有永久性的影响，他所作出的贡献已经使数以千计的患者受益。

第一章

悲剧的序曲

1939 年 6 月，莫莱森一家生活在康涅狄格州的哈特福德。东哈特福德就在伯克利大桥的对面。自从普拉特·惠特尼集团公司——航空发动机制造的全球领先者——将其总部设立在此，这座城市就充斥着航空所带来的兴奋感。小型飞机上的飞行员向公众提供“天空之旅”服务，十三岁的亨利就曾在地面上兴奋地看着这些飞机飞行。现在，他终于也将亲身体验一次了，因为这是他小学毕业的礼物。

亨利和他的父母开车前往布雷纳德平原。布雷纳德平原位于哈特福德市中心东南方三英里处，四周被康涅狄格河环绕。在那儿，亨利的父亲格斯·莫莱森花了 2.5 美元让亨利可以在飞机上游览哈特福德市。亨利乘坐的是一架单引擎的瑞恩飞机，与查尔斯·林德伯格十二年前跨大西洋飞行时所驾驶的“圣路易斯精神号”很相似——在那次飞行中，林德伯格独坐在细藤椅上，以三明治和水充饥，仅依靠 223 马力的单引擎横跨大西洋。这架瑞恩飞机的表面是抛光铝，客舱内部用了哑光绿色的皮革来装饰。当亨利在飞机右侧的副驾驶位坐下后，飞行员就向他展示了飞机的控制系统——轭架和脚蹬。轭架是用来控制转向，让飞机向上或向下飞行的。脚蹬则是用来导向飞机方向舵的。

引擎启动后，螺旋桨开始旋转，很快因转速过高，看起来就像消失了一样。飞行员向前推动油门杆，不久之后，飞机从跑道上起飞，然后高飞越过机场。在那春日里，地面上的一切看起来都是那么绿意盎然、生机勃勃。飞行员驾驶飞机来到哈特福德市。在哈特福德市中心，亨利看到了市里最高的建筑物旅行家大厦的顶部，还有老州议会大厦闪闪发亮的金色圆顶。

飞行员允许亨利驾驶飞机，并提醒他要缓慢推动轭架，不要突然向前推，因为那样会使机首方向朝下，从而导致飞机突降。看着瑞恩飞机在自己的手中顺利飞行，亨利很惊喜。

当飞机准备着陆时，飞行员接替亨利驾驶飞机，但允许亨利继续控制一个轭架，这个轭架与飞行员所操作轭架是自动连接的。接着，飞行员指导亨利在着陆时该如何将脚放在地板上，以免不小心碰到可能会导致飞机转向的方向舵脚蹬。飞机下降，并朝在河道微拐处的机场飞去。开始着陆时，飞行员告诉亨利要保持轭架向后，这样机首就不会过低导致飞机着地“翻身”。最后飞机优美地着陆，并在跑道上平稳停下。

对年轻的亨利来说，这场短暂的旅程和他听到查尔斯·林德伯格不着陆跨大西洋的飞行故事后所产生的感觉一样，都激发了亨利的冒险精神，都让他感受到了无穷的可能性。飞机之旅是亨利生命中最激动的时刻之一。在整个旅程中，飞机带来的震撼、驾驶飞机时的激动以及高空俯瞰世界的景象都使亨利沉迷其中。这次旅程的每个细节都深深地印在他的脑海里。

多年之后，亨利再也无法形成新的记忆，他拥有的只有过去——手术前的记忆。他记得他的父亲、母亲、校友、曾经住过的家，以及和家人一起度过的假期。但当他被要求讲述一下这些记忆时，他却无法用画面、声音和气味来形容一件难忘的事或者某一时刻。他保留了对以前经历的总体印象，但与经历有关的具体细节却都回忆不起来了。

但有两个经历是例外，亨利第一次也是唯一一次的飞行经历就是其中之一。尽管亨利年事已高，但他仍能清楚地回忆起这次经历的所有细节：机内的绿色设计，飞机轭架的操作流程，俯瞰旅行家大厦时的景象和他在驾驶时飞行员给的操作指令。亨利在手术后的几十年里，接受了无数的询问和采访，但只有这次经历是他能细致入微讲述的人生事件。而另一个例外则是他十岁时吸第一支香烟的经历。

亨利于 1926 年 2 月 26 日在康涅狄格州哈特福德市以东约十英里的城镇曼彻斯特的曼彻斯特纪念医院出生。当时他有八磅重，是一个足月的健康婴儿。他的父母将其带回家，家就在距离医院不到一英里的霍利斯特街上。

亨利的父亲古斯塔夫・亨利・莫莱森，即格斯，来自路易斯安那州的蒂博多市。手术后，亨利还记得起他父亲的家族起源，并会开玩笑说："我爸爸的家族来自南方，后来北移了。而我妈妈的家族却来自北方，后来南移了。"亨利的一个亲戚说莫莱森家族可以追溯到法国的利摩日。法人后裔（美国路易斯安那州的法国后裔）在十七世纪迁移到加拿大的新斯科舍省，但在十八世纪中叶就被驱逐回了法国。到十八世纪末，法人后裔再次迁移，但这次他们是迁移到美国的路易斯安那州。而莫莱森家族就在这次迁移中定居在了新奥尔良西南约六十英里的一个小城市——蒂博多。亨利的母亲伊丽莎白・麦克埃维・莫莱森，即莉齐，虽然出生在康涅狄格州的曼彻斯特，但她的父母都来自北爱尔兰，在那儿他们继续维系着紧密的家庭关系。

格斯是个清瘦高个儿，头发深棕，虽有招风耳但仍英俊的男人。莉齐要比格斯矮一头，一脑袋棕色卷发，戴着眼镜。莉齐的一个远房亲戚记得她“性情很温和，而且脸上总带着笑容”。格斯比较爱交际，经常和朋友开玩笑。格斯和莉齐于 1917 年在哈特福德的圣彼得教堂结婚，那时他二十四岁，她二十八岁。同年，美国向德国宣战，但格斯并未入伍。他在哈特福德地区当工，为像 G. 福克斯公司这样的建筑物装设线缆。G. 福克斯公司是一家地标性百货公司，位于哈特福德主街。莉齐像那时多数的妻子一样待在家里，学习烹调格斯熟悉的南方菜肴。但他们的生活并非完全传统。格斯和莉齐都是冒险家，喜欢短途旅行。他们会带上军队剩下的帐篷，然后开车前往佛罗里达州、密西西比州和路易斯安那州拜访亲戚，困了就在帐篷里睡觉。莉齐将旅行时拍的照片和买的纪念品都收藏了起来。

亨利出生那年，莉齐三十七岁。他是他们的独子。他们把他当作天主教徒来抚养。他在东哈特福德附近的一家私立幼儿园上学，然后在曼彻斯特的林肯小学读了一二年级。1931 年，莫莱森一家搬到东哈特福德格林隆街一个有庭院的独户住房，这是莫莱森一家在亨利少年时期的第一次搬家，以后还会有几次在哈特福德地区附近的搬家。同年六月，亨利与母亲在纽约州布法罗度过了一个短暂的假期。在一张寄给格斯的明信片上，莉齐写道：“一切安好，我们玩得很开心。寄件人——”然后，五岁的亨利就用铅笔潦草地写上自己的名字。

1930 年代，莫莱森一家居住在哈特福德市中心旁的住宅小区。亨利在圣彼得小学读书，小学附近的教堂便是他父母结婚的地方。在那儿，亨利交到了朋友，学会了如何溜冰，还在主街上的德拉戈音乐之家学习班卓琴。1939 年，十三岁的亨利已从圣彼得小学毕业，在位于韦琴斯菲尔德大道的伯尔初级中学读书。这时，他的生活开始发生了变化。

亨利的童年生活与当时许多的中产阶级男孩儿并无差异。像大多数男孩儿一样，亨利偶尔也会发生意外。有一次，他的脑部在自行车事故中受了轻伤，不过关于这次事故的细节，病历和他家人的说法有出入。目前，我们并不清楚亨利是在几岁时发生的事故，不清楚亨利是自己从自行车上摔下来的还是他走路时被自行车撞到，也不清楚他是否在事故发生后失去过意识。还有重要的是，我们没有证据表明这次事故确实造成了脑损伤，而且，亨利在术前进行的两次气脑造影（大脑 X 射线）检查显示结果正常，这两次检查分别发生在 1946 年和 1953 年。

然而，当亨利十岁开始癫痫发作时，他母亲回想起了这次自行车事故，并怀疑这次事故可能给他的大脑造成了看不见却严重的伤害。也许它的确给亨利造成了伤害，但格斯的家族有癫痫病史。格斯的两个表兄弟和一个侄女都患有癫痫。莉齐回忆说，她曾在家庭聚会上见过他们中的一个发病。那是个六岁的女孩儿，僵硬地躺在草地上，一动不动。后来，莉齐将这次自行车事故称作“诅咒”。她一直将亨利的病情归咎于她丈夫的家族病史。从研究人员的角度来看，亨利患癫痫病的原因可能是之前的轻微头部受伤、遗传倾向，或两者兼而有之。

起初，亨利只是癫痫小发作，癫痫小发作也被称为失神发作。许多癫痫病患者发作时会剧烈痉挛，但亨利还远不到这种程度。亨利癫痫发作时只会精神游离几秒。他不会发抖、跌倒或者失去意识，他的大脑只是“罢工”了几秒。当他在说话时癫痫发作，他会停止说话，看起来像在做白日梦。他旁边的人可能会看到他摇摆身体，低头，并开始大声呼吸。他也经常重复做一些小动作，比如用手抓自己的手臂或衣服。一旦癫痫发作结束，他就像醒过来了一样。他会摇摇头，咕哝道："我又清醒过来了。"有时，他可能会有些恍惚，但大多数情况，他会像什么都没有发生一样继续做他发作前做的事情，尽管他知道自己癫痫发作了。亨利的癫痫每天都会发作，发作后，他常常会向围观的人解释说，他刚刚只是癫痫发作了。

亨利的癫痫小发作一直持续着，但因每次发作的时间都不超过一分半钟，所以并不影响他的正常生活。他可以和父母一块度假，和朋友一同在柯尔特公园玩耍。柯尔特公园是他住宅小区里的游乐场，里面有网球场、棒球场还有一个溜冰场。癫痫发作也没有影响他接受小学和初中的教育。他周日望弥撒，在天主教堂里学习《教理问答》，为自己的坚信礼做准备。值得注意的是，在亨利十三岁的"天空之旅"中，癫痫也没有影响他驾驶飞机。

但在他十五岁生日之际，巨大的变化发生了。那时，亨利坐在家庭轿车里，父亲正在开车，母亲坐在后座。他们去南考文垂拜访了几位亲戚，当时正开车返回曼彻斯特。南考文垂距离曼彻斯特约十二英里，是一个历史悠久的村庄。他们还没到家，亨利就癫痫发作了。这次的发作与以往完全不同，他的肌肉收缩，身体因痉挛而颤抖，人也完全失去了知觉。他的父母立刻将他载到曼彻斯特纪念医院——他出生的医院。事后，他对这段经历便完全没有印象。

这是亨利第一次癫痫大发作，癫痫大发作也被称为强直阵挛性。强直阵挛性是身体在连续出现四肢僵硬和节律性抽搐这两种物理现象后出现的症状。癫痫大发作与亨利之前的短暂精神游离不同，它会使目击者感到恐惧，而且也会使患者筋疲力尽。亨利可能会失去知觉，咬自己的舌头，偶尔还会小便失禁，撞自己的头，并且口吐白沫。这些更剧烈的癫痫发作和频繁发生的癫痫小发作都给亨利及其家庭带来了严重的困扰。

癫痫的英文 Epilepsy 和 Epileptic 的词源都来自希腊语动词 ēpilambánein，是抓住或攻击的意思。癫痫是一种疾病，历史悠久，大概可追溯回史前时期，而最早记录癫痫的则是中东的美索不达米亚文明。一份来自阿卡德帝国（前 2334 年—前 2193 年）的手稿描述了一场癫痫发作。发作者将头转向左侧，四肢僵硬，口吐白沫，不省人事。医生与巫师、术士和庸医争论了几个世纪，医生认为病因是物理性的，应用合理的操作来治疗，比如食疗和药疗。而另一方却声称癫痫是超自然力量造成的，需用净化术和咒语来安抚被冒犯的神灵，这样才可治愈。[1]

十六和十七世纪，学者们开始集中研究导致癫痫发作的各类因素，比如突发的恐惧、兴奋、压力和头部损伤，人们对癫痫的医疗认识向前发展。启蒙运动期间，人们继续运用科学来解释癫痫，学者们着重观察癫痫病患者，并在动物和人类身上做实验以揭示癫痫发作的生物学原因。[2]

十九世纪，癫痫研究取得了重大进展，医生开始对癫痫病患者和“神经失常”的患者进行区分。在法国，临床医生提出了癫痫大发作、癫痫小发作、失神发作等术语，并为每个术语提供了详细的临床描述。与此同时，精神科医生也开始对患者的异常行为感兴趣，其中包括记忆障碍。

十九世纪末，英国神经病学之父约翰·休林斯·杰克逊的工作改变了癫痫研究。杰克逊汇编了许多癫痫患者病例，其中包括他自己的患者、同事们的患者，还有医学文献上的报告。他从这些病例中找出细节，并根据丰富的资料提出了一个新想法，即癫痫发作是从大脑单一区域开始并有序地向其他区域扩展。这种显著的癫痫发作模式被称为杰克逊癫痫，且手术治疗最初涉足的多数患者都是仅局限在大脑单一离散区域异常的病人。[3]

伦敦神经外科医生先驱维克托·霍斯利在杰克逊的建议下首次为三名患者进行了癫痫手术，并于 1886 年出版了其中两个的病例报告，又于 1909 年出版了第三个病例报告。癫痫发作时，这三名患者的一只胳膊都会突然猛烈抽搐。在三次手术过程中，霍斯利刺激了患者裸露在外的大脑以确定是哪个区域对胳膊造成了影响，然后他将那一区域移除以控制抽搐。1909 年，德国神经外科医生费多尔·克劳泽撰写了更为详细的癫痫手术报告。克劳泽手术策略的关键是他侧重于刺激脑皮层，旨在找出人脑的运动、感觉和语言区域。这些开创性的成就初步验证了杰克逊的深刻见解，即局灶性癫痫是由大脑某一区域的皮质刺激造成的。这些成就也表明了手术治疗是安全有效的。[4]

1908 年，美国约翰·霍普金斯医院的哈维·库欣在超过五十五次的癫痫手术中进行了脑皮质定位研究，大大增加了人们对大脑不同功能的认知。这些刺激研究是进行癫痫手术的重要前提，因为外科医生能通过这些研究将患者特定的异常行为与脑皮质的特定区域联系起来。现在，数以千计的研究室正继续探索特定运动、感觉和认知过程在可识别大脑神经回路的确切位置。

1920 年代，德国布雷莱斯的奥特弗利德·霍斯特为在一战中因头部受伤而患脑肿瘤或癫痫的患者动手术。霍斯特在局部麻醉下进行这些手术，并用刺激患者发作，然后彻底切除有问题的大脑区域以达到控制病情的效果。

霍斯特是怀尔德·彭菲尔德的导师。彭菲尔德是蒙特利尔神经学研究所的创始人兼领导人。1928 年，他在霍斯特医院进行了为期六个月的访问。访问结束后，他回到蒙特利尔进一步研究脑皮质刺激和绘制大脑机能图，这使他能精准找出患者的癫痫病灶并将其移除。1939 年起，他发明了一种外科手术——颞叶切除术，即移除左或右颞叶一部分的手术。此后，这项手术就被广泛运用于控制病灶在颞叶的癫痫发作。[5]

1950 年代，蒙特利尔神经学研究所取得了一项重大突破，而这将对亨利·莫莱森产生深刻影响。彭菲尔德和他的同事，神经生理学家赫伯特·贾斯珀从彭菲尔德之前进行刺激研究的手术病例和动物刺激实验中回顾证据。他们得出一个结论，即颞叶癫痫的源头在杏仁核和海马，它们是颞叶的深层结构。此后，彭菲尔德研究所的标准左右颞叶切除术就包括了切除杏仁核和部分海马。彭菲尔德为患者切除杏仁核和海马后取得了良好的效果，亨利的神经外科医生威廉·比彻·斯科维尔知道了这件事，并将其作为亨利手术的依据。

我们现在知道，所有的癫痫发作是过度脑活动的行为表现。1920 年代后期，研究人员通过汉斯·贝格尔的重大技术进步才开始明白癫痫的信号。贝格尔是德国精神科医生，他致力于研发一个大脑功能模型，探讨思维与大脑的相互作用。当他企图将血液流动和体温与行为联系起来的尝试失败后，他把注意力转移到脑活动上。早期实验中，他将线插入一名患者的头皮下，并首次记录了人脑的活动。贝格尔把这种新方法命名为脑图描记器（脑图），并通过这个方法识别了不同种类的脑波律动，有些脑波律动快，有些脑波律动慢。经过一系列的技术改良，其中包括引进非侵入式头皮极（noninvasive scalp electrodes），贝格尔成功记录下了数种脑部疾病的异常活动，比如癫痫、痴呆和脑肿瘤。这个研究人脑的新“窗口”改变了神经学实践，为研究人员提供了大脑基础生物学的线索。[6]

1934 年，哈佛医学院得知了贝格尔的惊人发现，并启动了一个研究癫痫患者脑活动的项目。1935 年，技术员兼麻省理工毕业生艾伯特·格拉斯组装了三台脑图机，从而建立了具有开创性的格拉斯器械公司。格拉斯与威廉·戈登·伦诺克斯和弗雷德里克·吉布斯合作，一起在纸上记录癫痫小发作患者的脑图。记录显示，患者的脑波都有一种特征模式，后来他们研究癫痫大发作患者的脑图，结果发现患者的脑波是另一种不同的特征模式。

脑图是不可思议的新工具，它的出现是诊断和治疗的重大进步，因为医生通过它可以识别癫痫发作的本质及其病灶于大脑中的位置。早期的癫痫手术，外科医生依靠患者的发作模式来识别病灶在大脑的位置，然后移除有机能障碍的组织。但有时，外科医生在手术室开颅后却发现之前认为有问题的区域是正常的，所以并没有进行移除。脑图极大地增加了对癫痫患者术前评估的准确性，并可在手术过程中监测脑活动。1930 年代末至 1940 年代，赫伯特·贾斯珀的研究室制定出了记录脑图模式的方法，同时也想出了在手术过程中从患者脑皮质和深层机构中找出癫痫发作区域的方法。斯科维尔和他的同事在为亨利动手术时使用了类似的生理记录方法，企图寻找亨利癫痫发作的起源，但却徒劳无功。可使用脑图机记录癫痫发作的这一进步为抗癫痫药物治疗奠定了基础。抗癫痫药物治疗旨在矫正脑图中清晰可见的大脑机能障碍，并防止癫痫再次发作。使用药物治疗癫痫至少可追溯回公元前四世纪，那时的执业医师用各种荒唐的药物治疗患者。在这些治疗中，有些是基于巫术，有些是基于观察。这些药物包括骆驼毛、海豹的胆汁和胃黏膜、鳄鱼的粪便、野兔的心脏和外生殖器、海龟血和由诸如芍药之类的植物制成的护身符。尽管现在我们会觉得这些治疗很迷信，但据说它们在很多情况下都是有效的。1912年，鲁米那（苯巴比妥）上市；1938年，狄兰汀（苯妥英）被发现有治疗癫痫的功效。随着这些抗癫痫药物的出现，人们开始引入基于实验的抗痉挛治疗。对大多数患者来说，这些药物都能有效控制癫痫发作，所以它们成为癫痫治疗的骨干。到亨利的时候，医疗药品里已添加了数种其他的抗痉挛药物。这些药物能减轻癫痫发作时的剧烈程度和减少发作频率，但它们往往有不良副作用，其中包括嗜睡、恶心、食欲不振、头痛、烦躁、疲劳和便秘。[7]

1950年代初，癫痫治疗已经在三个方面取得了进展：癫痫发作定位、药物治疗和手术。大多数患者的癫痫通过个性化药物治疗得到了控制，而需要接受手术治疗的患者在外科医生为其移除脑皮质上癫痫发作的起源区域后，病情也得到了控制。需要移除的区域因人而异，通常仅限于大脑一侧的部分额叶、颞叶和顶叶，不过偶尔也包括整个左侧或右侧的脑皮质。在世界各地的神经外科中心，研究人员在手术前后都会对患者进行脑图检查和认知测试，旨在记录疗效和指引新疗法。[8]

在学校，亨利的癫痫病令其无法与同学融洽相处。他就读于威利曼蒂克高中，但后来，他因无法再忍受其他男孩子的嘲笑而退学了几年。1943年，十七岁的亨利在东哈特福德高中读高一。

他个子高高的，戴着一副厚眼镜。他很安静，而且不与他人来往；除了短暂参加过科学俱乐部外，他从未参加其他的课外活动。他的同班同学中很少有认识他的；但认识他的同学都说他很有礼貌。

亨利在学校不活跃的原因可能是害怕癫痫病会给他带来难堪，因为积极参与学校活动会增加他在同学面前癫痫发作的可能性。我们现在也只能猜想，若亨利没有患癫痫病，他的性格会有多大的不同？除了癫痫病的原因外，他沉默寡言的性格又有多少是因为他天生羞怯？当时的社会对癫痫仍充满恐惧和误解，亨利因为病情还被特殊对待。一位老师曾把亨利的一名同班男同学叫到一旁，说道："你身材高大强壮。我们现在有个问题：你的同学亨利患有癫痫病。如果他癫痫发作了，我希望你能在我去叫护士的时候控制住他。"幸运的是，这名学生从未采取过行动。

亨利在东哈特福德高中的同学露西尔·泰勒·卜思高还记得她第一次注意到亨利时的场景，当时亨利在学校走廊的地板上哆嗦、打滚。她从远处看，亨利就像在捧腹大笑一样。第二天，校监在礼堂召开了全校学生大会来解释亨利的情况。虽然这次大会的目的是为了教育学生，但也将亨利特殊化了，并进一步宣传了亨利的病情。

亨利还在读书时，他的两个邻居朋友杰克·昆兰和邓肯·约翰逊参加了二战。亨利和他们一直有书信来往，所以现在我们可以通过他朋友的有趣信件来窥探亨利的社交生活。亨利无疑对女人是感兴趣的，他还约会过几次。1946年，他似乎已经向昆兰承认，他喜欢上了一个"老女人"，因为昆兰在中国烟台给他的回信中写道："我的朋友！我感到很悲伤，因为你这无疑是心理病态的表现。二十八岁的女人，特别是有幸福婚姻的女人，她们太聪明了，不适合像你这样的小伙子。”[9]

亨利似乎也喜欢其他简单的娱乐。在家，他喜欢听广播节目：他是罗伊·罗杰斯、戴尔·埃文斯和加比·海耶斯的粉丝，也是家庭情景喜剧《奥兹和哈里特的冒险》的剧迷。他会在直立的维克多牌留声机上放唱片，有时还会和朋友们一起听流行音乐。亨利喜爱甜美和音三人组——麦瑰尔姊妹，1930年代和1940年代的大乐队，以及一些热门歌曲——《我的蓝色天堂》《囚徒之歌》《田纳西华尔兹》《在老斯莫基山顶上》和《年轻的心》。

亨利很迷枪支。在他父亲的帮助下，他收藏了许多猎枪和手枪，其中包括一支老式燧发枪。这支燧发手枪在十九世纪到二十世纪初很流行。亨利把这些枪放在他的卧室里，他最喜欢的消遣方式就是在乡村标靶射击。他为自己是美国步枪协会的会员感到自豪，并喜欢向感兴趣的朋友和亲戚展示他的枪支。

1947年，二十一岁的亨利从东哈特福德高中毕业。据莫莱森夫人说，校监因为担心亨利“可怕的诅咒”会发作，所以不让亨利参加毕业典礼。亨利“心都碎了”，只好和父母坐在一起观看典礼。1968年时，亨利对这一事件完全没有印象了。亨利的年鉴上有六十多个同班同学的留言，这是一个惊人的数字，因为亨利不怎么爱与人交际。所以说，人数这么多的原因有可能是：在年鉴留言期间，所有的年鉴会在学生的手中传递，而且每个学生都要给其他学生的年鉴留言。亨利的朋友鲍勃·默里写道：“一个把黑暗照亮的室友兼伙伴。”另一个同学写道：“极好的伙伴和完美的朋友。祝你爱与幸运常随，洛里斯。”亨利在他漂亮的年鉴册上写了一句引用自莎士比亚《裘力斯·恺撒》的话：“朴素简单的信仰里没有诡计。”

在高中，亨利选的课程不是商务类或大学类，而是实践类。他的课程都是以传授职业技能为主，纯理论知识为辅，这为他将来的技术职业奠定了基础。他十六岁时做过一份暑期工——在影院当接待员。高中毕业后，他首先在威利曼蒂克外的一家废车场里卷电机。接着，他在威利曼蒂克的埃斯电动汽车公司协助两名负责人工作。亨利做事很有条理，而且他会在一本黑色的小记事簿里详细记录与工作有关的笔记和图表。他的笔记包括计算路压和功率的方程式，以及一两幅阻并联的图表。他的记事簿里也有铁道模型建立的平面图。后来，亨利离开了那家电动汽车公司，并在哈特福德的安德伍德打字机公司从事装配工作。

亨利每天都与邻居一同上下班。他每天仍会有很多次癫痫小发作和间歇性的癫痫大发作，所以自己不能开车上下班。癫痫发作令亨利难以工作，他经常缺勤。虽然他服用了大量抗癫痫药物，但它们并不能控制病情发作。

二十四岁时，亨利已经接受了著名的内科医生威廉・比彻・斯科维尔的治疗。斯科维尔于 1939 年在哈特福德医院成立了神经外科，并在耶鲁大学医学院担任教师。他是耶鲁大学的文学学士，宾夕法尼亚大学的医学博士。在还没来哈特福德前，他在一些国家顶级医疗中心——位于纽约市的纽约康奈尔大学医院和贝尔维尤医院，位于波士顿的麻省总医院和雷希诊所——培训过，他的导师都是二十世纪神经外科中最有名的一些人物。斯科维尔很聪明，而且他有干劲、有抱负。他说话幽默，但在面对同事时似乎往往会很克制。作为一名独立的思想者和特立独行的人，他骑摩托车，而且酷爱旧车。1975 年，他写道：“比起思考，我更喜欢行动，这就是我为什么是外科医生的原因，因为我喜欢看结果。我本质上是一个汽车修理工，喜欢看到完美无瑕的机器，所以我选择了神经外科。”[10]

当看到现有的药物不足以控制亨利的症状，亨利的家庭医生哈维·伯顿·戈达德建议亨利和他的父母去咨询斯科维尔。亨利和斯科维尔的初次见面可能是在 1943 年，那年亨利十七岁。亨利也是从那时开始服用狄兰汀的，狄兰汀在一定程度上减轻了他癫痫大发作时的痛苦。

1942 年至 1953 年间，亨利的父母带他到波士顿著名的雷希诊所。亨利在手术后还记得这次出行，并能讲述出来。但这次出行并没有留下任何咨询记录。亨利继续接受斯科维尔的治疗，所以我们猜想，雷希诊所的医生可能和莫莱森一家说他们不能提供在哈特福德内尚未提供的治疗，并强调了当地医生照顾的重要性。斯科维尔承认亨利在 1946 年 9 月前曾在哈特福德医院住院过三次，但斯科维尔的办公室档案中并没有这三次的医疗记录。

1946 年 9 月 3 日，二十岁的亨利第四次住院，并进行了气脑造影（大脑 X 射线）检查以排除其他导致癫痫发作的原因，比如脑肿瘤。这种入侵式检查虽然会让患者很难受，但当时这已经是医生在不开颅的前提下观察活体脑组织的最新方法了。医生将注射针插入亨利的脊椎，抽出一些脑脊液后注入氧气。氧气从亨利的椎管扩散到大脑后，医生就照了 X 光。X 光片会显示一些大脑区域的位置和面积，而这些大脑区域则是脑脊髓通常流经的地方。医生可以从这些 X 光片诊断亨利的大脑是否因患有疾病而收缩，大脑结构是否因异常生长（例如肿瘤）而导致其位置发生变化。但患者都很厌恶这个检查，因为检查过后他们会出现严重头痛和恶心的症状。尽管亨利也出现了这些副作用，但他离开医院两天后却得知了好消息——他气脑造影检查结果显示正常，而且体格检查和神经系统检查的结果也没有问题。诊断检查虽排除了一些使亨利癫痫发作的可能性，如脑肿瘤和脑卒中，但并没有查出他癫痫发作的起源区域。哈特福德医院于 1946 年 10 月在给亨利的出院小结中写道："无限期继续服用狄兰汀。"亨利仍在等待能使他生活回归正常的重大医学突破。

1952 年 12 月 22 日，亨利二十六岁时，斯科维尔指出，亨利在过去一个月内只发作了一次。他写道："亨利服用大量药物：狄兰汀每天五次；苯巴比妥每天两次；三甲双酮每天三次；美芬妥因每天三次。"斯科维尔每月都会为亨利安排预防性血液检查以确保药物量没有到达中毒水平，而且他还会请哈特福德医院一个名叫霍华德·巴克利·海勒特的同事到他的办公室来看亨利。根据斯科维尔的办公室档案记录，他在三个月后又给亨利看了病，即 1953 年 3 月。

为了找到癫痫发作的大脑起源区域，亨利一直在做脑图检查。如果他的医生找到了病灶，他们可能会建议手术移除该区域，希望能以此解开亨利的"诅咒"。然而，在手术前八天，即 1953 年 8 月 17 日，亨利进行了脑图检查，但却只发现脑活动很分散、很缓慢。不过，亨利在脑图记录过程中癫痫发作了一次，这可能会对检查有所帮助，但脑图依旧没有显示大脑异常的确切位置。两天过后，他又进行了一次气脑造影检查，检查结果并无发现异常。他的视力和听力也正常。简而言之，亨利在 1953 年进行的所有检查都没有发现其大脑的异常区域。还是为了找到癫痫的病灶，亨利在手术前一天又进行了一次脑图检查，这时的他已经不再服用大量药物了。脑图显示：异常的脑波还是四处分散，并没有集中在一个特定的区域。在手术前两周里，亨利有两次癫痫大发作，而癫痫小发作则每天都发生。

斯科维尔知道亨利患有癫痫病已有十年了，所以他建议为亨利进行一项实验性手术，希望能控制癫痫发作和改善亨利的生活质量。他把这项手术看成是一系列研究性手术的一部分。研究性手术能让人们进一步了解精神疾病，而且还可以为某些难医治的脑疾病提供解决办法。这项手术需要移除亨利大脑深层结构两边的几英寸的脑组织。虽然斯科维尔以前做过类似的手术，但患者都患有严重的精神疾病，主要是精神分裂症。患者术后的精神情况参差不齐：斯科维尔在与医院工作人员和患者家属磋商后，将每位患者术后的精神症状排了个等级，即负 1（病情更差）到 4（病情显著改善，并出院回家）。有一名患者为负 1，两名患者为 4，剩余的患者介于两者之间。斯科维尔没有对亨利进行认知测试。亨利将成为第一个因顽固性癫痫而进行该手术的患者。移除脑组织以控制亨利癫痫发作的依据来自于蒙特利尔神经学研究所的怀尔德・彭菲尔德，他曾成功地用手术治愈了耐药性癫痫患者。

1991 年，亨利六十五岁时，一名护理员听到他说，他记得在很久以前签过一些表格，但他不记得是什么时候签的，也不记得表格是干什么用的。"我觉得是关于我头部手术的。"在与斯科维尔见完面后，亨利和他父母有过谈话，虽然谈话内容没有被记录下来，但他们已经经历了十年失败的治疗，所以他们一致认为，这次手术将会是亨利摆脱癫痫的最佳机会。[11]

1953 年 8 月 24 日，星期一，他和父母开车离开了位于波恩塞德大道的家，从东哈特福德横渡康涅狄格河，紧张地前往五英里外的哈特福德医院。住院后，亨利见到了一名为他进行测试的心理学家，莉泽洛特·费舍尔。她在报告中写道：“他承认因即将到来的手术而‘有点儿紧张’，但他表示这次手术将会帮助到他，或至少会帮助到别人。他始终很配合、很友好，而且他有令人愉悦的幽默感。”[12]

亨利在医院过了一夜。第二天，医院工作人员剃了他的头发，并把他推进了手术室。斯科维尔的手术报告中写道：“最终同意进行新型手术：双侧切除颞叶内侧，包括海马旁回钩、杏仁核和海马旁回。此次手术参考：近期为治疗精神运动性癫痫而进行的颞叶手术。”

这是斯科维尔殷切期盼的一天；这也是莫莱森一家谨慎乐观的一天。斯科维尔知道其他医生是做什么手术来帮助患者控制癫痫发作的，所以他希望通过自己的技术能让手术治疗有新的突破。亨利则是他实验的第一位患者。亨利和父母都期待有一天他们能像正常家庭那样生活，没有亨利癫痫发作的意外入侵。每个人都思考着一个问题：移除亨利的脑组织能治好他的癫痫吗？没有人预料到他会失去记忆，不过他的确失去了记忆，而且从这天起，他的整个人生便不可逆转了。

第二章

“坦白说，它是一项实验性手术”

1953 年 8 月 25 日，星期二，威廉·比彻·斯科维尔站在手术台前，将麻醉剂注入患者头皮。亨利意识清醒，和医生、护士说着话。他不需要做全身麻醉，因为大脑没有痛觉感受器，所以他在手术时并不会感受到任何疼痛。他唯一需要麻醉的地方是头皮和硬脑膜。硬脑膜是位于颅盖和大脑之间的纤维组织。

麻醉剂生效后，斯科维尔沿着亨利前额上的一条皱纹切开皮肤，并将皮肤向后拉以裸露它血红的底部和骨头。斯科维尔在亨利眉毛正上方的颅骨处钻了两个孔。两个孔的直径均为一点五英寸，相隔五英寸。他在钻孔处移走了两块圆骨，并将它们放置一旁。这时，两个孔成了亨利大脑的入口，因为斯科维尔可通过孔洞插入仪器。

斯科维尔继续做手术前，他的团队为亨利进行了最后一次脑电图检查。这次他们直接将电极分别放在了亨利脑组织的表面和里面。斯科维尔想最后再试一次，看能不能找到亨利癫痫发作的来源。亨利的脑电活动在脑电图上为一系列波形曲线，即迹线，每条迹线分别与他大脑的不同部分相对应。如果斯科维尔能将癫痫活动隔离在某个区域，那他提出的实验性手术也就没有必要了，因为他可以直接移除癫痫发作的离散区域。但脑电图显示的脑电活动还是很分散，难以隔离，所以他就按照原计划进行了手术。

斯科维尔受过精神外科学教育，是它的坚定拥护者。与许多同时代人一样，他认为手术为无望的病例提供了一个虽激进但有潜在变革性的解决办法。当时，人们认为破坏脑组织能有效治疗许多精神疾病，其中包括精神分裂症、抑郁症、焦虑性神经机能病和强迫症。

斯科维尔认为外科医生最终将能深入大脑，通过移除或电刺激大脑的关键区域来直接解决患者的问题，不再需要心理疗法或药物。尽管他即将为亨利进行手术，但因亨利患的是癫痫症而不是精神疾病，所以斯科维尔只能通过探索以前做过的手术来进行这次极端的手术。

大多数人一想到精神外科手术就会想起脑叶白质切除术，即将额叶和大脑的其余部分分离开。1975 年奥斯卡最佳影片《飞越疯人院》就运用了艺术的手法形象生动地阐明了该手术。影片改编自肯·克西的同名小说，讲述了罪犯麦克·墨菲假装行为疯狂而被送往精神病院的故事。在那里，他召集病友反抗护士拉奇德，因为她独裁专横、遭人怨恨。但事与愿违，他的计划最后导致了一名病人自杀。他指责拉奇德，并试图掐死她。结果，作为惩罚，人们为麦克·墨菲施行了脑叶白质切除术。他的大脑因手术受到了损伤，很悲惨。另一名病人很同情他，所以用枕头将其闷死了。

脑叶白质切除术给患者带来了巨大的伤害，而罗斯玛丽·肯尼迪的著名故事就是一个活生生的例子。罗斯玛丽·肯尼迪是约瑟夫·肯尼迪的女儿，约翰的妹妹，罗伯特、爱德华和尤尼斯的姐姐。罗斯玛丽是一位年轻漂亮的女士，但据说并没有她的兄弟姐妹聪明。1941 年，罗斯玛丽住在位于华盛顿哥伦比亚特区的女修道院学校，修女报告说她情绪多变，爱发脾气，而且在晚上会从学校逃跑。约瑟夫·肯尼迪担心她和别人见面可能会惹上麻烦，所以他决定让已经二十三岁的女儿进行脑叶白质切除术治疗，并把她带到精神外科领域一流的著名医生沃尔特·弗里曼面前。弗里曼的搭档詹姆斯·华特斯诊断出罗斯玛丽患有焦虑性抑郁症，所以很适合进行这项手术。但术后的结果是令人悲痛和恐惧的：罗斯玛丽不仅变成了智障，而且还身患残疾。她被迫与家人分离，在收容机构里度过了剩余的六十三年时光。[1]

现在，一些国家已经禁止了脑叶白质切除术，而且它也已经名誉扫地，几乎被淘汰了。知道这些手术带来的灾难性后果后，我们难以理解人们当初是怎么开始执行的。然而，在 1938 年至 1954 年间，脑叶白质切除术的支持者却认为，尽管这项手术有风险，但它有治愈那些无望患者的可能，而且那些患者中的多数都被关在收容机构，生活凄惨，所以让患者进行这手术是有道理的。有时，患者在术后还可以重回家庭，以更好的状态继续他们的生活。

显然，斯科维尔在建议为亨利进行手术时也是这种逻辑。亨利癫痫发作越来越频繁，这使其生命面临危险。加之，大剂量的药物已无法很好地控制他的病情。对于斯科维尔，毫无疑问，手术似乎是最后也是最佳的选择了。

外科医生可以识别大脑的肿瘤和瘢痕组织并进行移除治疗，但治疗精神疾病却与之不同，因为精神疾病不是由大脑解剖结构中的可见变化或脑组织的明显疾病引起的。尽管机能障碍不可观察，但精神疾病仍能通过手术来治愈，因为精神疾病是由大脑的特定回路没有正常工作引起的。

科学家开始绘制动物和人类的大脑“地图”时，精神外科学就流行起来了。大脑“地图”绘制实验始于十九世纪末，并在科学家开始了解到大脑是思维区后变得越来越流行。这些实验背后的想法是，特定的感觉功能、运动功能，甚至是如语言这样的认知功能都是出现在大脑离散且特定的区域。十九世纪末和二十世纪初证实了大脑与行为之间的联系，这些联系为人们提供了希望，因为他们可通过这些联系找出精神疾病的病源，并进行手术来治疗它们。

1892 年，瑞士精神科医生戈特利布・布尔克哈特发表了第一份精神外科手术报告，他为六名患有幻觉症的患者移除了部分大脑皮质，即颅骨下的大脑表层。对于这份冗长的手术报告，布尔克哈特的同事从职业的角度来看是很排斥的，并称他的手术鲁莽且不负责任。[2]

二十世纪初，爱沙尼亚神经外科医生路德维格・普塞普尝试了另一种方法。普塞普的三名患者患有躁狂抑郁或癫痫，并且他认为这都是由心理障碍引起的。普塞普没有像布尔克哈特那样移除一大块脑组织，相反，他切断了连接额叶和顶叶的神经纤维——“电话线”。然而，手术并没有减轻患者的病情，所以普塞普认为他的实验失败了。[3]

1930 年代，精神外科学迎来了大规模发展。葡萄牙神经学家安东尼奥・埃加斯・莫尼兹是该领域的先驱，企图为精神疾病建立生物治疗法，最终因此获得了诺贝尔奖。莫尼兹从一个意想不到的来源受到启发：耶鲁大学医学院比较心理学实验室。那里的研究人员在黑猩猩身上进行实验以确定大脑额叶的功能，额叶是指位于额头下的部分大脑皮质。

研究人员有个这样的实验：他们训练贝基和露西进行记忆测试，它俩是有完整额叶的正常黑猩猩。记忆测试中，它俩会看见实验者在两个杯子中的其中一个下面藏了一块食物，然后实验者将黑猩猩和杯子之间的屏幕放下，让它们在原地停留，停留时间从几秒到几分钟不等。当屏幕上升时，黑猩猩可在两个杯子中选择一个来获取奖励。动物正确的选择可表明它们记得食物被藏在哪里。黑猩猩和人类一样，它们在性格和情绪上会有个体差异。与露西不同，贝基对整个训练很不喜欢，而且不愿意合作；它会乱发脾气、在地上打滚、排尿排便，而且如果它在进行记忆测试时选错了杯子，也会有情绪上的爆发。研究人员推断贝基患有实验性神经症，即动物在实验室中因认知任务太过艰巨而产生的一种行为障碍；贝基从本质上来说患有精神衰弱，而露西则没有出现极端的行为。[4]

研究人员切除了贝基和露西的额叶以继续进行实验来研究额叶在复杂行为中的作用。术后的两只黑猩猩只要停留时间超过几秒，其记忆测试便会以失败告终，这表明额叶对记忆食物的位置是很有必要的。研究人员知道黑猩猩在这项任务上的失败不是由一般认知能力下降引起的，因为它们仍有其他的智力行为。露西还是和手术前一样很配合测试，但贝基的行为则完全改变了。手术带来完全意想不到的转折，它迅速且热情地完成了任务，而且不再易怒，也不再有暴怒的倾向。研究人员推断额叶手术“治好”了它的神经症。

这一偶然的发现吸引到了莫尼兹。他认为，贝基这一病例，以及其他动物研究和数份临床报告提供了足够的证据，来证明破坏人类的额叶组织可医治心境障碍和行为障碍。莫尼兹推测，精神病患者出现的异常思想和行为是由额叶与大脑其他区域之间的异常接线导致的。所以他提议切断这些错误的连接，这样，神经元的通讯方向得以转向正常回路，患者从而可以恢复正常状态。

为了实现这一结果，莫尼兹设计了脑白质切断器，即他认为手术所必需的新仪器。该仪器由一个金属管构成，金属管长稍长于四英寸，宽约四分之三英寸。该仪器可以通过患者头颅被钻出的两个小圆孔插入大脑。莫尼兹的神经外科搭档阿尔梅达·利马最初是他俩所有手术的操作者。利马钻孔，将脑白质切断器放低至大脑的预期位置，然后从脑白质切断器的底部绕出一条细钢丝，被绕出的细钢丝最长可达约两英寸。他把脑白质切断器慢慢地转了一圈以切断额叶下方的联系，即白色物质。他稍稍收回细钢丝，并再次旋转脑白质切断器来进行第二次切割。切割完毕，他把细钢丝重新绕回脑白质切断器中，并塞住这个头颅小圆孔。然后，他在另一个小圆孔中重复之前的操作。这项手术很像去苹果核，而结果都是不可逆转的。莫尼兹将该手术称为前额白质切除术。[5]

1935 年，莫尼兹和利马开始在人类身上进行前额白质切除术。在莫尼兹首次发表的手术报告中，他描述了年龄在二十七岁至六十二岁间的二十名患者。其中的十八名患者患有精神病，他们有非理性的想法、妄想，或出现幻觉；而剩余的两名患者则被诊断出患有焦虑障碍神经症。莫尼兹在 1936 年的专题著作中描述了这第一批患者的治疗结果，在著作中也分别评估了不同精神疾病的治疗效果。他发现，不同精神疾病组的疗效有所不同：焦虑症患者、疑病症患者和抑郁症患者的病情都有改善，而精神分裂症患者和躁狂症患者的病情则未发生变化。莫尼兹在他的专著中还附上了患者手术前后的照片，这样对比起来会让患者在术后看起来神志更正常。但若细看每名患者的个人病例描述，我们会发现疗效确实很不同。七名患者被治愈，六名患者病情有所改善，而剩余的七名患者的病情则未发生变化。[6]

莫尼兹和利马受到这初步实验结果的鼓舞，他们在第二批患者中又进行了该项手术，患者数目为十八名。尽管这两位外科医生无法评估前二十名患者脑部受损的程度，但他们觉得脑部受损面积越大越好，因此他们在第二批患者的脑部两侧各切割掉六个神经核。莫尼兹故意淡化他的患者在术后癫痫发作的严重程度和其他令人担忧的副作用。值得注意的是，他根据其手术结果得出结论：切断额叶与大脑其余部分的联系并不会给患者的智力和记忆造成“严重影响”。莫尼兹在数年的时间里为大约一百名患者进行了脑叶白质切除术，并被认为是精神外科学的创始人。后来，他将精力放在了其他兴趣上，并于 1944 年退休。[7]

莫尼兹为患者治疗的结果出来后，精神外科手术的人气飙升。该项手术改名为脑叶白质切除术，并于 1930 年代至 1940 年代期间被广泛运用。而该项手术的繁荣景象主要归功于莫尼兹的门徒沃尔特·弗里曼，他是一名年轻且野心勃勃的美国神经学家。在一名熟练的神经外科医生詹姆斯·华特斯的帮助下，弗里曼于 1936 年 9 月在美国首次进行了“莫尼兹手术”。患者是一名患有焦虑症和抑郁症的中年妇女。术后，她的症状有所缓解，而且照料起来更容易。在接下来的三年里，弗里曼和华特斯在学术会议上展示他们不断增多的病例疗效，该项手术也因此逐渐成为主流，它甚至在梅约诊所、麻省总医院和雷希诊所等顶级机构里也占有一席之地。

弗里曼和华特斯对他们的手术进行了微调整，并用他们发明的一个新模型来替代莫尼兹的脑白质切断器。它能抬高大脑位置，从而到达手术的目标地。这种新型脑白质切断器的手柄处刻有他们的名字。他们选择通过太阳穴进入头颅，并根据患者的不同症状来切除额叶的不同地方。所以，有些患者的手术会比其他患者的手术更激进。他们的手术还有一个调整，即经眼眶的脑叶白质切除术。它是一项用来破坏丘脑和尽量减少破坏额叶的手术。丘脑是信息进入大脑的重要中继站。这一次，弗里曼使用的仪器是他在厨房看到的冰锥，并将冰锥通过患者双眼上的骨头插入大脑。患者在牙科椅上即可进行该手术，而且手术在十分钟内即可完成。不过，该项手术会引发并发症，如眼胞瘀痛、头痛、癫痫、内出血和死亡。华特斯不赞成将冰锥疗法作为常规手术，所以他们俩的长期合作关系就此结束，只剩弗里曼一人推进该项手术。[8]

弗里曼在其职业生涯中所进行的手术次数多得惊人：他在二十三个州里为三千多人进行脑叶白质切除术，其中不仅有患有精神疾病的成年患者，同时也有暴力罪犯和患有精神分裂症的儿童，其中有名儿童仅有四岁。弗里曼的患者大多为女性，其中最出名的女患者便是罗斯玛丽·肯尼迪。他在西弗吉尼亚州的斯宾塞创下了一项可疑的纪录，即他一天内共为二十五名女性进行了手术。弗里曼违背了《希波克拉底誓言》，因为他所关注的不再是患者，而是他的手术。[9]

尽管弗里曼治疗过的患者人数众多，但他决心在术后要与他们保持联系。1967 年，他购买了一辆克拉克·科斯特露营巴士，并命名为“脑叶白质切除巴士”。多年来，他驾驶着它在美国各地医疗机构演示冰锥疗法，并拜访六百多名患者以记录他们术后病情的进展。1967 年，有名患者在接受弗里曼的脑叶白质切除术后死于脑出血，弗里曼因此失去了他在伯克利赫里克纪念医院的手术室专用权。据另一名精神外科医生托马斯·巴兰塔说，弗里曼也失去了在乔治城和乔治·华盛顿医院的特权，这意味着他再也不能让患者在那边的医院住院，他不能在那边的医院治疗患者，同时他也不能调用医院工作人员或使用医院的设施。医疗界这么做的原因也只是想阻止他再进行这些对患者有害的手术。不过令人震惊的是，宾夕法尼亚大学在弗里曼临终前表彰他为杰出校友。1972 年，他死于结肠癌，享年七十六岁。[10]

弗里曼肯定不是唯一一名热衷于脑叶白质切除术的医生。几百名执业医生在看到他获取了较小的成功后也加入了精神外科学领域。在莫尼兹首次发表手术报告后的四十年间，有四万至五万人接受了脑叶白质切除术，但他们中有很多人是被迫接受的。弗里曼脑叶白质切除术的广泛应用不是因为医生相信莫尼兹的理论，即切断额叶与大脑其余部分异常接线。相反，医生是出于务实的原因应用该项手术，因为他们几乎没有其他治疗手段可以提供。在脑叶白质切除术流行的岁月里，医生和患者家属都过于乐观，没有以怀疑的态度看待该项手术。尽管医生给患者的治疗理由通常很站不住脚，而且也很少对他们的手术疗效和副作用进行评估和记录，但数以千计的患者仍接受了手术，他们来自各行各业。其中，女性接受该项手术的可能性是男性的两倍。[11]

精神外科手术运动中的一部分问题是外界很少或没有去核实莫尼兹、弗里曼和其他外科医生发表的手术报告。他们当然倾向于认为自己的手术是成功的，并淡化负面的疗效。任何脑部手术的适当评估至少要求在手术前后对患者进行认知能力测试以检查他们的认知能力是否因脑部手术而受到影响。理想的情况下，应由独立的心理学家对患者进行标准化测试以量化患者的精神和认知功能。独立的心理学家是指该心理学家与测试结果无既得利益。

这些测试可用于追踪患者的病情，观察病情随着时间的推移是好转还是恶化了。

精神外科学的全盛时期，很少有患者能得到这样仔细的科学观察。更常见的是，患者的医生根据患者家属提供的信息和主观观测来判断手术的成败。对很多家庭来说，患者行为有任何改善的迹象可能都会大受欢迎，以至于他们会忽视像是丧失记忆和认知能力这样的副作用，或是将它们当成是患者行为改善的妥协。虽然这些评估远远不到严格的标准，但这些成功的病例还是被医学界所承认，有时还被高度评价。它们被发表在科学期刊上，而且媒体也公开对它们表示赞许。

然而，1950 年代末，人们开始意识到脑叶白质切除术很危险。该项手术导致的最悲惨后果包括死亡、自杀、癫痫和痴呆。弗里曼自己也意识到该项手术可能会引发脑叶白质切除术后综合征，症状包括丧失创造力、无法对环境信号做出正确反应、尿床、呆滞以及癫痫痉挛（epileptic convulsions）。癫痫痉挛这一症状是因患者大脑在术后形成的瘢痕组织引起的。由于医学界和科学界越来越多的关注，医生进行脑叶白质切除术的次数逐渐减少。[12]

二十世纪后期，新合成的抗精神病药物如氯丙嗪，抗抑郁药物如丙咪嗪，以及心理疗法，作为一种治疗方式逐渐取代了精神外科手术。1970 年代，保护生物医学及行为学研究人类受试者全国委员会收集和审查了有关精神外科学影响的数据，并得出结论：精神外科手术不应该被完全禁止；只要患者的权利和安全能得到保障，则可进行精神外科手术。精神外科医生曾是学术精神病学的明星，最终却成为了该领域的局外人。[13]

亨利动手术的那个时代，精神外科学还很流行。然而，许多神经外科医生意识到患者在脑叶白质切除术后仍存有病征，所以他们已开始寻找其他的精神外科手术，并在额叶外的大脑区域搜寻可支持精神崩溃和恢复的机制。许多研究人员把目光投向大脑内更低更深之处。脑叶白质切除术需要切除额叶下异常的连接，而新手术针对的却是小部分的大脑区域。

斯科维尔是开发这些替代手术的神经外科医生之一。尽管他在 1940 年代为四十三名精神病患者进行了脑叶白质切除术，但他觉得额叶并不是精神疾病的起源区，同时它也不是治愈精神病的最佳目标。他认为，精神病患者的病情在脑叶白质切除术后有改善是由患者的焦虑减轻造成的，而不是因为他们的精神发生了变化。因此，斯科维尔把注意力转移到了大脑边缘系统。边缘系统是指皮质半球下的一组结构，它被认为是情感的起源区。具体来说，他推断，移除颞叶内部将会有更大希望治愈精神病患者（见图 1）。

正如他自己所说，斯科维尔开始在这一大脑区域进行“直接手术移除疾病发作区的项目”，并设计出了一种新型手术。他将该手术称为颞叶内侧切除术。1949 年，他开始进行切除术，切除的区域集中在边缘系统。他进行了多种版本的切除术，且患者通常为康涅狄格州州立医院的女性患者。她们大多患有严重的精神分裂症，但其中有两名患者患的是精神疾病和癫痫症。斯科维尔的手术仅用于治疗精神疾病；精神疾病和癫痫症是两种不同的疾病，它们是由不同的大脑异常引起的，所以这两名女性同时患有这两种疾病只是一个巧合。斯科维尔为她们进行手术后，二人的癫痫变得没有那么频繁和严重了；其中一名女性的精神病症状略有好转，而另一名则明显好转。癫痫症状的减轻是个偶然的发现，它促使斯科维尔着手研究颞叶手术是否能治疗癫痫症。1953 年，他发表了这两名女性（和另外十七名患者）的手术报告。同年，他为亨利进行了手术。[14]

斯科维尔不是唯一一个留意到颞叶与癫痫症之间有联系的人。早期研究已发现，电刺激动物的颞叶结构可引起动物产生类似癫痫的症状；同样，医生在为癫痫患者进行脑部手术时，若电刺激患者的这些区域，也会引起患者癫痫发作。到了 1950 年代初，蒙特利尔神经学研究所的著名神经外科医生怀尔德·彭菲尔德开始为癫痫患者进行移除左颞叶或右颞叶组织的手术。[15]

在此背景下，斯科维尔建议为亨利进行颞叶内侧切除术。因为亨利的癫痫实在太严重了，而且他就算服用了大量药物也无法控制癫痫发作，所以斯科维尔认为亨利很适合进行这项手术。后来，他回顾亨利这次手术时说道："坦白说，它是一项实验性手术。"他希望自己最终能通过移除大部分颞叶内侧来控制亨利癫痫发作。[16]

从侧面观察亨利的大脑，我们可以看见，填满前额后面空间的额叶向下弯曲隆起，并与大脑低处较小的隆起部分相连接。斯科维尔手术移除的就是这个较低隆起部分的内侧，即颞叶的内侧。斯科维尔在亨利的头颅钻了几个孔，并通过其中一个孔切割硬脑膜。大脑黏状且弯曲的表面就这样裸露在斯科维尔面前，它上面还有纵横交错的鲜红血管。随着呼吸和心跳，亨利的大脑轻轻跳动。斯科维尔的手术入口靠近视神经交叉——来自两眼的神经束在此区域彼此交叉并延伸至大脑对侧。他在额叶下插入了一片长而薄的脑压板，将额叶抬起，并把包裹在大脑表面的大血管移到一旁。助手递给他一台吸引器以吸除多余的血液和脑脊髓液，还有一台电气设备以灼烧破裂的血管。他将大脑低处的颞叶抬起后，脑脊髓液便流出，大脑沉入头颅，这给斯科维尔带来了更大的工作空间。他现在可以看到海马旁回钩，即海马的前端。海马旁回钩是“钩子”的意思，它在形状上很像手腕弯曲的拳头。斯科维尔此前曾发现，即使用弱电流电刺激该结构，神志清醒的患者也会癫痫发作，这为移除它以治疗癫痫提供了依据（见图 2，图 3-1 和图 3-2）。[17]

为了进行切除术，斯科维尔采用了一种称为抽吸术的技术。他控制一台小型器械，让其通过亨利颅骨上的洞进入到颞叶内侧位置。然后，他使用微小的吸力一点点地将亨利的大脑吸到器械里，操作很简单。斯科维尔吸走了海马旁回钩、海马的前半部分和一些相邻的脑皮质，其中包括内嗅皮质。他也吸走了大部分的杏仁核。杏仁核紧挨海马，它对表达感受和感受情绪至关重要。斯科维尔在完成亨利大脑这一侧的手术后，又在亨利大脑另一侧进行了相同的手术。[18]

斯科维尔通过亨利头颅上的孔可看到自己的手术操作，但他究竟吸走了多少脑组织则不得而知。后来，他为亨利进行磁共振检查后才发现自己高估了移除的长度——他原先认为亨利大脑两侧各被移除了八厘米的脑组织，但亨利大脑实际缺失的长度却只略长于四厘米。[19]

在手术过程中，斯科维尔移除了颞极的内侧，大部分杏仁复合体，除了其后部约两厘米外的全部海马复合体，和除了其后部两厘米外的全部海马旁回——内嗅皮质、鼻周皮质和海马旁回皮质。亨利大脑还有一个左侧海马和一个右侧海马，并分别位于两只耳朵上方的颞叶深处。从左到右和从右到左横跨大脑中部的两条神经通路互联了这两个海马。现在我们通过亨利的病例了解到，大脑两侧海马的损伤会导致遗忘症。但科学家在 1953 年并不知道人类形成记忆的能力是局限在这一特定的区域。所以，这种“无知”导致了亨利的悲剧，而对他病情的研究则填补了这一知识空白。

1930 年代前，解剖学家认为海马的主要功能是支持嗅觉，而且没有人知道记忆网络占据了该结构。但科学家曾写过颞叶内侧结构对情绪的作用。詹姆斯·帕佩斯在 1937 年的论文《拟想的情绪机制》中描述了一种环路，后来该种环路被称为帕佩斯环路：包括海马在内的结构在解剖学上相连接形成的一条环路，它提供感受和表达情绪的机制。1952 年，保罗·麦克莱恩提出了边缘系统的概念，并将其称之为情绪脑。该边缘系统包括杏仁核。斯科维尔和他同事在进行颞叶内侧切除术时，肯定是知道了颞叶内侧结构对情绪的核心作用。[20]

对亨利来说，斯科维尔吸走海马的前半部分和其吸走整个海马产生的效果是一样的。剩下的那两厘米，即约四分之三英寸，已失去了输入外界信息的能力，因此它是无功能的。信息主要是通过内嗅皮质中的神经通路到达海马，但斯科维尔也吸走了内嗅皮质。所以，来自视觉、听觉、触觉和听觉的新信息都将无法到达剩余的海马。

麻醉师在整个手术过程中一直在仔细监测亨利的病情。脑外科医生在进行这类手术时都会担心损坏患者的关键功能，如运动和语言。麻醉师通过要求亨利握紧拳头来测试亨利理解语言的能力和运动的能力。尽管亨利在手术时神志保持清醒，但他很有可能会被注射镇静剂以防止他变得焦躁不安。

斯科维尔完成了移除脑组织的步骤后，麻醉师为亨利进行了全身麻醉。这样，他就不会在斯科维尔接下来进行的步骤中感觉到任何疼痛。斯科维尔先将大脑外膜的切口缝合起来，然后把从亨利颅骨中取出的圆骨放回原位，最后将亨利的头皮缝合了起来。

术后，亨利被送往恢复室。在那儿，医生和护士都密切关注他的情况以确保他不会出现危及生命的问题，如脑出血。护士每隔十五分钟就会来测量他的生命体征，直至他清醒并明确脱离了生命危险。然后，护士就把他送回病房。在那儿，他的父母能够探望他。

接下来的日子里，亨利一直昏昏欲睡，但他的身体似乎恢复良好。然而，他们很快就清楚意识到事情很不对劲。虽然患者从脑部手术中恢复时经常会经历一段记忆混乱期，但亨利的情况却远不止如此。他不能认出每天来他病房照顾他的人或回想起与他们曾有过的谈话。同时，他也不记得医院每日的例行检查。尽管亨利去过了几次卫生间，但他还是认不得路，这时，伊丽莎白·莫莱森才开始意识到悲剧已经发生。

在亨利家人和医院人员的询问下，亨利可回忆起手术以前的一些小事，但他似乎无法回忆起自己待在医院的时光。他不记得三年前他舅舅去世了，也不记得他经历过的其他重大事件。当亨利出院时，即手术两个半星期后，他们已清楚知道他患上了严重的记忆障碍——遗忘症。[21]

然而，这项手术的确达到了斯科维尔的预期效果。亨利癫痫发作的次数已大大减少，但它是用毁灭性的代价换来的。以前，伊丽莎白和格斯因亨利的癫痫不得不一直照顾他。如今，他们却发现自己的儿子不记得今天是什么日子，不记得早餐吃了什么，也不记得几分钟前他们曾说过的话。在亨利的余生中，他将会被困在“永远的现在时”里。

第三章

彭菲尔德和米尔纳

手术后，亨利在父母的精心照顾下继续过着艰苦但安静的生活。但他的病例很快引起了科学界的关注，因为科学界渴望了解有关人类大脑的知识。从他的病例中，我们了解到，我们的大脑能够对记忆进行许多不同的加工，因为记忆是在许多特定的脑回路中被形成、被巩固和被提取的。

亨利不是第一个因脑部手术而患上严重长时记忆障碍的癫痫患者。大约在同一时间，另外两名男性 F.C. 和 P.B. 也遭遇了类似的情况。麦吉尔大学蒙特利尔神经病学研究所的创始人兼领导人怀尔德·彭菲尔德为他们进行完手术后，他们就立即患上了遗忘症。彭菲尔德移除了两名患者的部分左侧颞叶以缓解他们癫痫发作。[1]

彭菲尔德和当时的麦吉尔大学研究生布伦达·米尔纳一起广泛研究 F.C. 和 P.B. 的病例。米尔纳后来也研究亨利的病例。当时，科学家之间有一场日渐高涨的运动，即他们想将诸如记忆和认知这样复杂的心理能力与大脑特定的解剖结构相联系起来，而彭菲尔德和米尔纳的研究便是这场运动中的一部分。这三起病例——F.C.、P.B. 和 H.M.——给神经科学带来了巨大突破，同时也为现代记忆研究奠定了基础。

亨利的故事与彭菲尔德卓越的一生及他的研究所有着千丝万

缕的联系。彭菲尔德于 1891 年在华盛顿州的斯波坎市出生。因为他的父亲和祖父都是医生，所以他跟随他们的步伐也当了医生。男子私立高中毕业后，他就读于普林斯顿大学。后来，他想创办纽约市内外科医师学院的医学院。但他在六周后就改变了计划。他凭借自己的学术成就、运动能力和社会成就获得了罗德奖学金，并于 1914 年前往英国牛津大学墨顿学院学习，那年他二十四岁。

我大量引用了彭菲尔德的自传来对其生活进行简要的叙述。他攻读科学和医学，而正是这种双重学习确立了他想将这两门学科联系在一起的毕生热忱。从彭菲尔德开始研究起，他就在这些领域里卓越人物的领导下工作。他在牛津大学的前两年，导师是查尔斯·斯科特·谢灵顿和威廉·奥斯勒爵士。谢灵顿发现了神经元的功能，并因此成为 1932 年诺贝尔生理学或医学奖的获得者。而奥斯勒则是床边教学和住院医师制度的创始人。[2]

彭菲尔德依靠奖学金在牛津大学学习后，回到了美国继续完成在约翰·霍普金斯大学医学院最后一学年的课程。接着，彭菲尔德来到波士顿的皮德·本特·布里格姆医院进行外科实习，并在著名神经外科医生哈维·威廉·库欣的手下工作。外科实习后，他在英国进行了为期两年的研究生学习，继续攻读牛津大学的神经生理学和伦敦市皇后广场著名国立医院的神经病学。

1921 年，三十岁的彭菲尔德回到美国。因为受过极高的教育，所以他在纽约长老会医院中担任培训神经外科手术的教职。在那儿，他谨慎地进行了首次神经外科手术。他的第一个患者是一名患有脑脓肿的男性，该男性的大脑充满脓液。第二个患者是一名患有脑肿瘤的女性。这两名患者抵达医院时都呈昏迷状态。尽管彭菲尔德在手术室进行了英勇的尝试来拯救他们，但他们还是死亡了。彭菲尔德因这些失败而感到很沮丧，不过他相信，总有一天，他的脑部手术实践一定会有巨大的进步。

彭菲尔德教学和研究的重点是对他之前在手术中为患者移除的脑组织进行观察。他希望通过显微镜可找到癫痫病因的线索。但结果不尽如人意，因为他使用的方法并不能为他找到足够的细胞信息。不过，在那段时间里，他有幸阅读了西班牙期刊中的一篇文章。该文章内附脑细胞的素描画，而且每个细胞的不同部位都画得很清楚。该文章的作者是马德里卡哈尔研究所的西班牙研究员皮奥·尔德·里奥霍特加（Pío del Río-Hortega），彭菲尔德很想参观他的实验室。1924 年，彭菲尔德的部门批准了他的请求，所以他前往西班牙，并进行了为期六个月的里奥霍特加实验室访问之旅。在那儿，彭菲尔德从事解决生物学家面临的一个基本问题：如何识别细胞的特定类型。

研究人员通过显微镜观察脑组织时，他们看到的是大量复杂且神秘的结构。大脑有很多不同类型的神经元，它们有不同的特定功能。虽然神经元和神经胶质细胞（Glial Cell）一样很重要，但神经元在数量上却远少于神经胶质细胞。神经胶质的英文 glial，在希腊语中是“胶”的意思。神经胶质细胞对神经元的结构起支持的作用，而且在彭菲尔德所处的年代里，人们认为它们对神经冲动的传导是无关紧要的。然而，现在我们知道，它们是神经元的活跃伙伴，而且这两种细胞的相互作用可能对突触发挥其功能至关重要。突触是指一个神经元传送信息到另一个神经元中所经过的间隙。

研究人员经常通过注射从特定细胞提取出的染色剂来研究神经元和神经胶质细胞，因为这样可以在众多细胞中将它们突显出来。在马德里，彭菲尔德帮助里奥霍特加开创了这项技术。里奥霍特加早前已开发了先进的脑组织染色方法，以揭示神经细胞的结构和它们之间的联系。在里奥霍特加的指导下，彭菲尔德第一次制作出了可靠的染色剂，该染色剂是用于染色一种被称为少突胶质细胞的神经胶质细胞。他在 1924 年的出版物中对它们进行了描述。因为这些细胞在脑部有疾病或损伤时会有反应，所以这种能识别它们的能力给神经病理学家带来了一种方法来检测异常的脑组织。[3]

彭菲尔德特别好奇，为什么由产伤和颅脑外伤造成的脑部瘢痕会导致一些患者患上癫痫症呢？西班牙之行的四年后，他有了深究这个问题的机会。这种对癫痫症的着迷促使他又进行了一次欧洲之行，这次是对德国布雷斯劳大学奥特弗利德·霍斯特实验室（Otfrid Foerster's laboratory）进行为期六个月的访问。霍斯顿一直为癫痫患者进行手术以移除导致癫痫发作的脑部瘢痕组织。而这类型的手术正是彭菲尔德想要执行的，所以他渴望在手术室里观察霍斯顿是如何一步步进行手术操作的。

1928 年，霍斯顿邀请彭菲尔德来观看他为一名患者移除因十六年前的枪伤而造成的脑部瘢痕。彭菲尔德可将该瘢痕组织带到一个配有专门设备的小型实验室以应用西班牙的最新染色技术。在那儿，他发现了自己一直在寻找的东西：神经胶质细胞。虽然他曾在其他受伤的大脑中观察过这种细胞，但这次他可以观察得更加细致，因为它们所有复杂的分支都清晰可辨。这个令人振奋的突破是彭菲尔德人生中最重要的事件之一。他看着的这些畸形细胞正是造成患者癫痫发作的原因。这一发现很重要，因为它有助于人们了解脑部疾病或损伤在愈合过程中产生的瘢痕是如何引发癫痫的。而了解到病因则有了治愈癫痫的可能。

彭菲尔德的发现令霍斯顿很兴奋。霍斯顿曾做过十二起类似的手术，而这些手术都令癫痫患者的病情有所改善。所以他向彭菲尔德建议，他们可以合作发表这些手术的描述。霍斯顿希望彭菲尔德能够对他在这十二起成功手术中提取出来的脑标本进行显微观察，因为这些组织为患者癫痫发作的病因提供了证据。[4]

待在布雷斯劳的剩余时间里，彭菲尔德记录了十二名患者脑组织中存在的微观异常。在术后长达五年的时间里，这十二名患者的癫痫都得到了极好的控制。彭菲尔德和霍斯顿在他们的联合论文中将手术的良好疗效与脑组织异常的描述结合起来，从而把病因与治疗联系了起来。霍斯顿的手术似乎为绝望的病人提供了一种控制癫痫发作的良好方法，同时也让彭菲尔德学到了其未来所需的重要技能。他现在有了自己所要的科学理由，就如霍斯顿所做的那样，可以仅使用局部麻醉来移除异常组织。若患者在手术中意识清醒且态度配合的话，彭菲尔德便可通过刺激大脑来绘制出他不能移除的运动区和语言区，并确定要移除的异常区域。彭菲尔德将会为一大批患者使用这个方法，因为他认为这个方法可以治愈患者的癫痫症。这个顿悟也奠定了他今后职业生涯的基础。

1928 年，彭菲尔德为了追寻多年的梦想在蒙特利尔定居，并在麦吉尔大学成立了一个专门的神经学研究所。他的计划是在教学医院的附近成立一家独立的研究所。后来，这计划便成了他的人生使命。他设想的这家神经学研究所是一栋将医疗设备和研究设备相结合的建筑物，而且也是该地区神经学研究和发现的中心地方。神经外科医生威廉·科恩是实现这个宏大计划的重要人物。他是彭菲尔德的第一个学生，也是彭菲尔德在纽约的亲密合作伙伴。后来，他跟随彭菲尔德搬到了蒙特利尔。彭菲尔德把科恩描述成一名杰出的手术操作师和技术人员——他很有学识，并致力于护理病人、完善手术纪律和发现病理学创新。彭菲尔德认为，他们是“探险伙伴”，而且他和科恩一块工作会让他有“事半功倍”之感。

彭菲尔德是一名熟练的合作者，他早期的成就之一就是他每周都会聚集魁北克不同医院的神经学家来开会，旨在互相交流对复杂或罕见病例的见解。这些讨论缔造了英裔加拿大神经学家和法裔加拿大神经学家之间的新关系。彭菲尔德成立一家神经学研究所的计划可在更宏大的规模里扩大这种合作。但这个计划只有在获得大量的资金支持后才能得以实现。洛克菲勒基金会首次拒绝拨款后，彭菲尔德从两个不大可能拨款的来源成功获得了资金。

第一个来源是一份礼物，它来自一名十六岁男孩的母亲。这名男孩患有难以控制的癫痫大发作，该疾病可能是因他出生时被镊子弄伤而引起的。为了感谢彭菲尔德接受她儿子的病例，这名男孩的母亲主动寄给了他一张一万美元的支票，旨在让他扩大对癫痫症的研究。在为男孩进行手术前，彭菲尔德用她的钱去咨询了数名资深同事有关手术方案的问题。然后，他选择执行了一项“探索性手术”，即移除男孩左侧大脑上的一条动脉，该动脉被认为是男孩癫痫发作的病因。手术很成功，而且也缓解了男孩的癫痫发作。十八个月后，这名男孩的母亲死于癌症，并遗赠彭菲尔德五万美元，让他可以继续进行他的使命。

第二个来源是一个意外收获，来自一名年轻小伙的父亲。这名年轻小伙患有非局部性癫痫发作。彭菲尔德为他进行了一项前卫的手术，即移除连接在入颅动脉上的神经。他在术前通知了这名年轻小伙的父母，他以前在猴子身上进行过该手术，且手术未产生不良影响。彭菲尔德后来报告说：“即使男孩没有完全痊愈，但他的病情在术后也明显好转了。”这名患者的父亲是洛克菲勒基金会的信任理事会成员。术后，他和艾伦·格雷格就彭菲尔德的工作进行了讨论。格雷格是洛克菲勒基金会医学教育部的新任主任。

1931 年 3 月，彭菲尔德和格雷格在后者于曼哈顿的办公室会面。在那儿，二十七层的全景视野，他们可将哈德逊河、东河和长岛海峡都揽入眼底。在这令人愉悦的环境里，两个男人进行了长时间的友好谈话，谈话内容从神经病学和神经外科，再到欧洲对它们的研究。为了谨慎起见，彭菲尔德在谈话中并没有提及他想成立一家神经学研究所的希望，格雷格也没有提及有关洛克菲勒的资助计划。回家后，彭菲尔德就热情邀请格雷格来参观蒙特利尔。

七个月后，格雷格在彭菲尔德的家中拜访了后者。当他从公文包中拿出申请原件并放在咖啡桌上时，彭菲尔德很吃惊。格雷格说：“这正是我们洛克菲勒基金会一直在寻找的东西……我想我知道你想做什么……永远不要感谢我们。我们感谢你。你在工作的时候，就是帮助我们的时候。”彭菲尔德从基金会收到了 123.2 万美元。

蒙特利尔神经病学研究所（L’Institut Neurologique de Montréal）于 1934 年开业，简称为神经所（Neuro）。它是在单一机构内推进科学、教学和患者护理智慧的典范。彭菲尔德在研究所里被称为

“首领”；他是一名技术精湛、具有创新精神的神经外科医生，同时他也是一名强有力的领导者。他进一步改进了他在布雷斯劳看到的手术。他在癫痫患者意识清醒时进行手术，因为这样他便可找出导致癫痫发作的异常组织——后来这种技术被称为蒙特利尔手术（Montreal Procedure）。这些手术为科学界发现人类大脑的专门化提供了新的可能。[5]

布伦达·米尔纳和彭菲尔德刚开始合作时，她还是一名麦吉尔大学心理学专业的研究生。后来，她成为了记忆科学发展的重要人物。她于1918年在英国曼彻斯特出生，本科就读于剑桥大学，在那儿她攻读实验心理学。她的导师包括著名的实验心理学家和记忆理论家弗雷德里克·巴特利特。她的研究导师是奥利弗·赞格威尔。赞格威尔也是一名实验心理学家，是研究神经患者的先驱者，对记忆障碍有着极浓厚的兴趣。[6]

米尔纳于1944年搬到蒙特利尔，两年后，她在麦吉尔大学第一届研讨会上很荣幸地成为了唐纳德·赫布的学生。赫布是一名在学习和记忆科学上极具影响力的生理心理学家。三年后，米尔纳成为赫布的研究生。当彭菲尔德向赫布发出邀请，让赫布派他实验室里的研究员来研究自己的手术病例时，米尔纳欣然接受了邀请。她在那儿的任务是为癫痫患者设计和进行认知研究，并创建测试来评估患者在手术前后的能力，旨在记录手术对患者大脑的影响。因此，科学史上最伟大的伙伴关系之一便诞生了。

1950年代初，米尔纳和彭菲尔德对两名患者进行了详细研究，因为病例很不同寻常。这两名患者F.C.和P.B.非常值得注意，他们提供了有关颞叶内侧重要功能的新数据。斯科维尔最终在亨利大脑中移除的也是这一结构，即颞叶内侧。[7]

彭菲尔德为许多癫痫患者进行手术以控制他们癫痫发作，而 F.C. 和 P.B. 就是其中二人。他们在术前与其他的患者并无不同，但在术后，他们却都患上了无人预料到的并发症：永远无法记忆新经历。为什么手术会引起这种异常结果？

为了回答这个问题，彭菲尔德需要知道这两名患者的移除部位与该系列其余患者的有何不同。这两名患者均接受了标准手术：左侧颞叶部分切除术。在这项手术中，彭菲尔德通常移除左侧颞叶的皮质（即其浅层）和不同程度地移除颞叶深处组织：杏仁核、海马和相邻的皮质。彭菲尔德为这两名患者进行手术时并未做任何不寻常的操作或察觉到任何不寻常的事。

F.C. 从手术中恢复过来时，很明显不能形成新的记忆。P.B. 的情况则略有不同：他的手术是分两个阶段进行的，两个阶段相隔五年，而且他是在接受了第二阶段手术后才变得健忘的。他第一阶段的手术与 F.C. 的手术很相似，只是他被移除的组织要较少于 F.C.，因为彭菲尔德没有移除其海马和其他颞叶深处的结构。但当他出院回家后，P.B. 的癫痫仍继续发作。所以五年之后，彭菲尔德再次为他进行手术，这次他移除了海马及其周围组织。当 P.B. 从手术中恢复过来时，他也患上了遗忘症。

虽然导致患者严重记忆丧失的罪魁祸首指向海马及其周围组织，但彭菲尔德不明白这两名男性被移除的部分与其他接受左侧颞叶切除术的患者的有何不同。在多数病例中，就如 F.C. 和 P.B. 的病例，患者左侧海马的一部分也是被移除了。那为什么只有这两名患者患上了遗忘症，而其他接受了相似手术的患者却没有呢？

彭菲尔德和米尔纳猜想，F.C. 和 P.B. 可能在其右侧海马的对应位置上有未检测到的异常。他们推断，手术时检测到的左侧颞叶异常很有可能由产伤引起的，而这种产伤可能对右侧颞叶也产生了影响。赫伯特·贾斯珀是神经所著名的神经生理学家，他对F.C. 和 P.B. 进行了脑电图检查，最终证明了这一推断是正确的。这两名男性的术后脑电图均显示大脑非手术侧的海马有损伤的明显证据。这种异常与他们的癫痫症有关，但它在术前却不明显。[8]

1964 年，研究人员对 P.B. 的病例有了更明确的认识。P.B. 心脏病发作死亡后，他的妻子允许彭菲尔德在实验室检测 P.B. 的大脑以调查导致她丈夫患上遗忘症的原因。当神经所的一名神经病理学家戈登·马西森检测 P.B. 大脑时，他发现其右侧海马萎缩，且右侧海马内仅有少数的神经元存活。这种巨大的破坏可能源自 P.B. 出生时受到的伤害。[9]

彭菲尔德一系列手术中的其他患者只有一例异常颞叶，但这两名男性却有两个异常颞叶——其中一个异常颞叶在手术中被移除，而另一个则被保留。他们的不同寻常正是这种双重损失造成的。这两起病例表明，遗忘症的解剖学基础是两个海马功能的丧失。但是，一个人如果只有一个海马受到损伤，无论它是左侧海马或是右侧海马，那么其产生的后果都不是灾难性的。随后对数百名患者的研究告诉我们，只要患者有一个海马是完好的，我们就可安全移除另一侧的海马，而且移除的后果也只会让患者产生轻微的记忆障碍。很明显，一个海马自身在很大程度上可弥补其缺失的“双胞胎”，即另一个海马，这表明这两个结构有共同制造记忆的能力。大脑的解剖细节或许可以解释这个共享的功能。我们知道，左侧颞叶是专门加工言语信息的结构，而右侧颞叶则是专门加工视觉空间信息的结构。两个海马可通过从左到右和从右到左穿过大脑的解剖桥梁互相获取这些信息。当一个海马缺失时，剩余的海马可加工多种信息来支持恰当的学习和记忆，信息包括言语信息和非言语信息。[10]

米尔纳通过测试 F.C. 和 P.B. 的整体智力和记忆来评估他们在手术前后的认知能力。对比两组测试分数后，她确定了左侧颞叶切除术是通过什么方法来改变或不改变认知功能的。然后，她便将发现的任何不足与损坏的大脑结构联系起来。米尔纳认真记录他们的遗忘症，而且他们的遗忘症也更为引人注目，因为他们都是有正常智力的人。F.C. 术前的智商是平均水平，而 P.B. 术前的智商则是高于平均水平。手术后，他们的智商都没有发生变化。换句话说，他们仍是有才能且聪明的男人。他们可以正着和反着背诵一串数字，也可以做些简单的算术题。这表明，他们可注意到测试的刺激，正确地感知到它们，并将它们记住了几秒。尽管他们有完整的认知能力，但是他们都不能记住新的信息。他们的长时记忆能力被摧毁，且永远也无法恢复。[11]

F.C. 和 P.B. 的测试结果显示，他们丧失的记忆不是只局限于某种信息，而是包括测试材料、公共事件、私人事件和一般知识在内的所有信息。F.C. 和 P.B. 患上的是全面性遗忘症。通常情况下，他们即时回忆或再认测试刺激和日常事件的效果会比几分钟或几小时后再进行回忆或再认的效果好；时间的流逝造成了记忆的损失。但 F.C. 和 P.B. 的遗忘症并不是完全的，他们还保留了一点点长时记忆能力。他们凭此可度过每天的生活。F.C. 继续当手套裁剪工，而 P.B. 则继续当绘图员。

1954 年，米尔纳在芝加哥美国神经学协会年会上给出了 F.C. 和 P.B. 的心理测试结果。此次年会之前，斯科维尔阅读了米尔纳演讲的长摘要。同时，他打电话给彭菲尔德，并告诉他，自己手头上有两起类似的遗忘症病例，即 H.M. 和 D.C.。此时的彭菲尔德已对记忆机制很感兴趣，而且斯科维尔的病例也引起了他的注意，因为这两起病例支持他的想法，即记忆的神经定位。因此，彭菲尔德问米尔纳，她是否有兴趣测试斯科维尔的患者。米尔纳欣然接受。年会开始之际，这项合作已在进行中。所以，斯科维尔被邀请主持一次正式的讨论，而讨论就在米尔纳演讲之后举行。他描述了自己的手术技巧和三十名患者术后疗效。三十名患者中有二十九名精神分裂症患者和一名顽固性癫痫症患者。所有患者的颞叶内侧结构都被移除，不过其中的两名患者接受了规模更大的移除手术。癫痫症患者亨利就是其中之一。[12]

另一名患者则是患有偏执型精神分裂症的医生，四十七岁，以其姓名首字母 D.C. 闻名世界。随着时间的推移，D.C. 变得暴力且好斗，而且还试图杀死他的妻子。他被关进精神病院，并接受了极端的治疗——胰岛素休克疗法来诱发昏迷和电痉挛疗法来引发癫痫发作，但这些极端的治疗未能改善他的情况。斯科维尔最后只能于 1954 年前往伊利诺伊州的曼迪诺州立医院，并在小约翰·肯迪里克的协助下为 D.C. 进行了双侧颞叶内侧切除术。小约翰·肯迪里克来自弗吉尼亚州的里士满，是一名神经外科医生。D.C. 大脑两侧的海马和杏仁核在这次手术中都被移除了，而这次手术大约在亨利手术的九个月后发生。术后，D.C. 攻击性的行为消失了。尽管他仍有偏执狂的症状，但已变得较为友善、较易控制了。与亨利一样，他患有严重的记忆障碍，无法找到回自己病床的路，也无法认出工作人员。[13]

斯科维尔在美国神经学协会年会的演讲中强调了一个不同寻

常的行为结果，即，虽然两名患者几乎全部丧失了近期记忆，但他们的性格却未发生变化，而且智力也未下降。尽管斯科维尔对亨利和 D.C. 的临床描述很令人信服，但这些临床描述缺乏严谨性，因为斯科维尔并没有对它们进行全面且系统的调查。在正式测试中依次调查这两名男性的认知能力是非常重要的。认知缺陷通常是难以察觉的，所以如果没有用数值来衡量患者的表现，也没有将患者的测试分数与健康个体的测试分数进行比较的话，认知缺陷很容易被忽略掉。彭菲尔德安排米尔纳检查了三十名患者中的九名。这三十名患者都接受了斯科维尔的双侧颞叶内侧切除术或单边颞叶内侧切除术。米尔纳检查的这九名患者都足够稳定，可进行测试，而亨利便是其中之一。

米尔纳对斯科维尔的患者进行了心理评估。而这心理评估的结果则奠定了斯科维尔和米尔纳合著论文《双侧海马病变引起的近期记忆丧失》的基础。这篇合著论文是《神经病学、神经外科学与精神病学杂志》的标准论文，后来经常被引用。患者在智力完好的基础下丧失记忆的模式是什么？这篇文章便解决了这一问题，并提供了科学证据。而患者的智力完好是斯科维尔在对亨利和 D.C. 进行初步临床评估时留意到的。这篇论文已成为神经科学文献的经典。它之所以成为经典有几个原因，而其中最重要的一个就是：它告诉神经外科医生，破坏大脑两侧的颞叶内侧将会导致遗忘症，应予以避免。这些心理评估的结果同时也首次证实，大脑的一个独特区域，即海马及其周围结构，是长时记忆形成所必需的。这篇文章也令人们开始对亨利和其他遗忘症患者数几十年的实验研究，并启发人们建立了遗忘症的动物模型。这些模型可提供很多有关记忆形成过程的生物学信息。[14]

1955 年 4 月，即亨利做完手术的二十个月后，米尔纳首次检查了亨利。她为亨利进行了所有能找到的认知测试。她的研究结果开创了记忆科学的新纪元。正式测试显示，亨利的整体智力高于平均水平，而且他的感知能力、抽象思维能力和推理能力均正常。当她调查他对非即时信息的记忆能力，即他的长时记忆能力时，尽管他很积极配合，但缺陷显而易见。亨利接受了 F.C. 和 P.B 之前做过的记忆测试，但他的测试得分却比那两人更差。当他被要求回想简短的故事和几何图形时，他的分数远远低于平均水平，有时候还会为零分。在整个测试中，米尔纳感到十分惊讶，因为一旦亨利开始了新任务，他便不再能回忆起或认出上一个任务，尽管上一个任务他已重复做了几次。任何分心的事物都会立即使他完全忘记之前发生过的事情。[15]

亨利的遗忘症要比 F.C. 和 P.B. 的更严重，这可能是因为他的颞叶内侧组织受到了更大的损伤。渐渐地，他成为了其他遗忘症患者严重程度的衡量标准。在科学文献中，他们被认为“和 H.M. 一样严重”或者“没有 H.M. 那么严重”。因为亨利没有精神疾病，所以他的病例要比 D.C. 的更简单。亨利的手术并没有引起除了遗忘症以外的任何认知缺陷，所以他在记忆测试上的表现是对其记忆能力的纯粹衡量。亨利成为研究遗忘症的黄金标准。

斯科维尔和米尔纳在他们著名的论文最后总结，海马及其相邻的海马旁回是记忆新信息的基础。在全部的十份病例中，记忆丧失的严重程度与被移除的海马面积大小有关——被移除的面积越大，记忆障碍则越严重。其他患者的遗忘症是由其他原因引起的，如阿尔茨海默病和脑损伤。亨利与这些患者不同的地方是：他患记忆障碍的原因是很明确的。正因为他记忆障碍的这种纯粹性，他成为了人们调查人类大脑记忆机制的完美中心。[16]

米尔纳继续深入研究记忆丧失的问题，尤其是研究亨利的病例，但斯科维尔却罢手去做其他的事情了。他继续积极实践神经外科，并在医学期刊发表了五十多篇论文，但却不再看望亨利了。然而，我通过亲身体验知道，斯科维尔仍对亨利的病例很感兴趣。1970 年代末，那时我正在拜访我的父母，斯科维尔就邀请我到他家中，并向我打听亨利的近况以及我们对亨利的研究进展。他的家就在我父母家的街对面。

在斯科维尔的著作和讲座中，他向医疗界分享了亨利和D.C.的灾难性损失。他分享的原因不仅是他们具有科学价值，更重要的是，他想告诫其他神经外科医生：不要同时损坏大脑两侧的海马区域。而其他的神经外科医生也将他的告诫牢记于心。在 1974 年的一场讲座中，他将亨利的手术称作“一个悲剧性的错误”。据他的妻子所说，他对自己在亨利身上做的事情表示“很后悔”。2010 年，斯科维尔的孙子卢克·迪特里希在《君子》杂志上撰写了一篇文章，而且他在文章中描述了他祖父丰富多彩的生平和职业生涯。[17]

1961 年，我作为麦吉尔大学的研究生加入了米尔纳在神经所里的实验室。该机构因其对癫痫症患者的治疗而闻名，即运用彭菲尔德改进的手术流程。在米尔纳的实验室里，我们的研究就集中在这些癫痫症患者身上。米尔纳对设计患者手术前后的测试特别熟练。这些测试可梳理患者在不同认知任务中的表现，旨在发现由手术引起的大脑功能变化。这些不同的认知任务是有关感官知觉、推理、记忆和问题解决方面的。我们与外科医生密切沟通，会知道患者手术被移除的是大脑的哪一部分，也会知道被移除部分的面积大小。[18]

除了为我的患者进行手术前后的测试外，我还有机会目睹他们进行脑部手术。我坐在玻璃窗后的主手术阶梯室看台上，越过外科医生的胳膊可看见患者裸露的大脑。我看见，外科医生在移除脑组织之前先电刺激大脑，旨在标记区域。为了防止破坏言语区和运动区，外科医生在患者意识清醒的情况下电刺激其大脑外层以确定这些区域的位置。当这种刺激打断了患者的讲话，或引起了自发性动作，或令他们想到特定的物体、脸、声音和触觉时，外科医生会在刺激的区域放个小字母。速记员坐在手术台旁，并记下每个小字母对应的行为。患者大脑的照片上都会出现这些小字母，这为将来的皮质功能定位提供了线索。电刺激同时也帮助外科医生找到癫痫发作的起源区，而这起源区将会被移除。我可以看见大脑哪一部分被移除。每项手术过后，外科医生都会写报告来详细说明手术的切除程度，并在报告中附上自己画的图，而图的内容则是移除部分的位置和面积。

这份报告文件很重要，它可以帮助我们理解患者的行为测试分数。这些分数是我们在实验室中收集到的。我们将测试结果与外科医生的报告相结合后，便能将患者的认知缺陷与其失去的大脑区域联系起来，也能将患者的正常表现与其完整的大脑区域联系起来。通过这种合作的方式，米尔纳和同事有了关于左右脑半球结构的重大发现。他们的发现基于一个想法，即每个大脑区域都对某个特定认知历程有实际的必要性。[19]

我的博士论文项目是研究癫痫手术是如何影响躯体感觉系统——触觉的。为此，我设计并构建了一些记忆测试。这些测试需要患者依靠的并不是他们的视觉和听觉，而是他们的触觉。我测试了许多患者。所有这些患者被移除的脑组织包括：左侧或右侧的额叶、左侧或右侧的颞叶和左侧或右侧的顶叶。我特别想测试那三名遗忘症患者。他们两侧的海马都受到了损伤。而且，我以前也曾在米尔纳、彭菲尔德和斯科维尔三人合著的论文中阅读过他们的病例，他们就是 F.C.、P.B. 和亨利。癫痫手术通常是不会导致遗忘症的，所以这三起病例很罕见。[20]

我第一次见到亨利是在 1962 年 5 月。那时，米尔纳安排他来神经所供我们进行测试。这是他第一次也是唯一一次前往蒙特利尔，而且这次旅行也很重要。他和他母亲是乘火车到蒙特利尔的。乘火车是他们进行长途旅行的方式，因为莫莱森夫人害怕航空旅行，而且乘火车的费用也较低。他们住在神经所附近的一间公寓里。每天早上，他们两人都会来到神经所的神经病学候诊室，这样的行为持续了一个星期。

在那一个星期里，我和我的同事轮流对亨利进行测试。我每天都会去候诊室接他，并指引他到我的测试室去。当我们测试完成后，我就陪他回候诊室。他是一名很配合的研究参与者，而且在以后的日子里也一直如此。他完成了我为他计划的所有任务。我感到很荣幸，因为我可以和亨利、F.C. 和 P.B. 一起工作，他们可是三名罕见的遗忘症患者。但在 1962 年，我完全不知道亨利将来会变得如此出名。

亨利来蒙特利尔的时候才三十多岁，正值他的壮年时期，但他却只能完全依赖他的母亲。莫莱森夫人是一名家庭主妇。她一直在照顾亨利，为人很友善、亲切。研究人员将她儿子带去各个测试室后，她就耐心地坐在沉闷的候诊室里。她很害怕这座大城市，因为这里的人说法语，而她又不懂法语。所以，她宁愿留在神经所安全的墙壁内，也不愿一个人在城市中探险。

亨利在神经所的一个星期里都很忙碌。我们为他准备了一系列广泛的测试，旨在对其记忆和其他认知功能的诸多方面进行衡量。我们的研究结果将揭示他遗忘的范围和限度，这样的话，探索人类大脑是如何组织记忆的新方法也将产生。然而，当时的我们却不知道自己的研究结果会有这样的作用。虽然他的记忆丧失给其日常生活带来了毁灭性的影响，但在人们追求知识和记忆的基础上，它却成了无价之宝。

第四章

三十秒钟

亨利丧失的记忆很明确，这也是从一开始就很显著的方面之一。他忘记了 1953 年手术之后的所有经历，但他仍保留了手术前学到的大部分知识。他记得他的父母和其他亲戚，能回忆起在学校学到的历史知识。同时，他有很好的词汇量，而且也能完成日常任务，如刷牙、刮胡子和吃饭。研究亨利仍保留的能力与研究他失去的能力一样都具有启发性。科学家从像亨利这样患有选择性记忆丧失的患者中学到了一个知识，即记忆并不是一个单一的过程，而是许多不同过程的集合体。酒店拥有各种不同的客人“阵列”，而我们的大脑就像酒店一样，它拥有不同种类的记忆，而且每种记忆都有专属于自己的一间套房。

有关短暂记忆机制是否与持久记忆机制不同的争议一直存在，而亨利的病例则平息了这场争议。争议的基本问题是：支持短时记忆的过程是否不同于支持长时记忆的过程。前者只能将有限的信息保存几秒钟，而后者却可将大量的信息保存几分钟、几天或几年。

我们大多数人在使用“短时记忆”这个术语时都是错误的。记忆研究学者定义的短时记忆并不是指回忆起我们昨天、今天早上或二十分钟前做的事情，因为这种回忆是近期的长时记忆。短时记忆是指当下，此时此刻在我们雷达网上的信息；它大约在三十秒或更短的时间后便会消失，具体消失的时间取决于任务的不同。短时记忆的容量是有限的，如果我们不重复它或不将它转化为可在长时记忆中保存的形式，那么它便会立即消失。例如，当我把电话号码告诉一个朋友时，这串数字将会在她的短时存贮中短暂停留，而且她也将很快忘记它们，除非她在脑中有对它们进行加工或者是她将它们写了下来。短时存贮不是大脑里的仓库；相反，它是一系列过程，能在短时间内使诸如电话号码这样的信息保持活跃。但是，长时记忆则是我们在几秒后记住的所有事情。

短时记忆和长时记忆的形成是单一过程中的两部分吗？或者说，它们是受两个完全独立的过程控制吗？支持双过程理论的人找到了有说服力的证据，即，某位患者在测试中被发现其长时记忆受损，但短时记忆却正常；还有另一位患者在测试中也被发现其短时记忆受损，但长时记忆却正常。这两个测试结果合起来可表明，这两种记忆是彼此独立的。人们对脑部有选择性损伤的患者进行研究，但这个研究却加剧了有关记忆究竟是单过程还是双过程的争论，而亨利在此研究中发挥了重要的作用。

1953 年，亨利在手术前不久成为了一名研究参与者。斯科维尔为他安排了全面的心理评估以建立一个术前基线。此术前基线用于衡量术后导致的任何变化。亨利手术前一天，临床心理学家莉泽洛特·费舍尔与他坐在哈特福德医院里。她为亨利进行了一系列测试，其中包括智商测试、记忆测试和其他几项测试。其他的几项测试是用于揭示他的性格和心理状态。其中一个任务称为数字广度测验，是测定短时记忆的常用方法。在此测试中，测试员会要求患者重复一系列数字，这一系列的数字会慢慢变多。比如，如果测试员说“3、6、9、8”，那么患者要立即重复：“3、6、

9、8”。然后，测试员会给出五个数字、六个数字、七个数字和八个数字等等；如果患者重复了八个数字，但重复九个数字时失败了，那么患者的数字广度则为八。费舍尔对亨利进行了这个测试后，要求他以相反的顺序来重复她说的数字串。这是一项更困难的任务。如果她说“3、6、9”，那么正确的答案会是“9、6、3”。他两次测试的综合得分是六，低于正常值范围。

亨利手术两年后，米尔纳对他进行了一个类似的测试。他的数字广度有所提高，在正常值范围内。虽然他在术后能记住了更多的数字，但这并不意味着手术改善了他的记忆。他术前表现较差可能是由多种因素造成的。在费舍尔测试期间，她就目睹了亨利几次癫痫小发作。但这并不意外，因为亨利为了准备手术停止了服药。此外，他还对即将来临的手术感到焦虑，这会引发其大脑的应激机制。而这些应激机制可能影响了他的测试表现，并掩盖了他的真实能力。所以，他在手术之前的缺陷很有可能是由癫痫发作和神经紧张造成的。

在我和同事们研究亨利的数十年里，每当我们对他的数字广度进行测试时，他的表现都在正常值范围内。这个发现提供了一个鲜明的对比：虽然亨利遭受了灾难性的记忆丧失，但他却可短暂记住并重复一串数字。这说明亨利的短时记忆是完好的；他只是不能将短时记忆转化成长时记忆。例如，在十五分钟的谈话过程中，他会和我说三遍有关莫莱森家族起源的相同故事，但他却不知道自己已重复讲了几次。亨利的大脑在“酒店大厅”收集到了信息，但这些信息却不能进入“酒店的房间”。

威廉·詹姆斯是一名杰出的心理学家和哲学家。他是第一个对两种记忆进行区分的人。1890 年，他创作了一本经常被引用的代表作《心理学原理》(两卷本)。他在这本书中描述了初级记忆和次级记忆。他说，初级记忆使我们意识到“刚刚过去的事情”。初级记忆的内容是还没有机会离开意识的信息；初级记忆涵盖的时间跨度很短，所以它被视为“此刻”。阅读这些句子时，我们仅在此刻简单地记住所有的单词，并没有主动地将它们从过去经历中回想起来。

相反，次级记忆在詹姆斯的记忆系统中则是“我们对一个事件或事实的了解，并伴随着我们曾经历过或想过它的额外意识，但我们并没有一直想着它。”这种记忆“可以说，是从有无数物体的水库中拿出来、收回来和捞出来的东西。它深埋在土里，并从视野中消失”。有了次级记忆后，信息便不再在酒店大厅徘徊，相反，它可以在酒店楼上休息，而且一定会被找到和被再认的。

值得注意的是，詹姆斯的记忆分类似乎完全出自他自身的内省。他并没有在自己或他人身上进行过记忆实验，不过，他可能有和做过实验的同事交谈过。然而，他提出这个系统后，科学家在他们自己的实验室里设计了行为实验，旨在梳理这两种记忆过程。他们的实验成果产生了一些概念，即现在所谓的短时记忆——詹姆斯的初级记忆，和长时记忆——詹姆斯的次级记忆。

如果短时记忆和长时记忆代表着两种不同的认知加工过程，那么它们的生物基础也应该是不同的。为了解决这个重要问题，科学家提出了两个基本问题：单独的神经回路可以支持短时记忆和长时记忆吗？我们可以在各自的脑回路中识别促成记忆存贮的结构变化吗？研究人员已从理论、细胞和分子的分析层面来深入探讨这些基本问题。

彭菲尔德的同事唐纳德·赫布是一名神经系统科学家。记忆双过程理论研究中的一个早期进展便源自于他。一段时间以来，科学家已知道大脑的功能，如记忆、思考或控制肢体运动，都取决于脑细胞之间的沟通，即神经元之间的沟通。神经元的主要功能是通过突触来传递电信号和化学信号，到接收信号的其他神经元上。突触是指两个神经元之间的微小空隙。像记忆这样复杂的过程是如何与神经元中一些可测量的活动联系起来的呢？不管是在当时，还是在现在，人们想要了解这个问题都是很困难的。

1949年，赫布推测，两种记忆的主要差异是：在长时记忆中，神经元之间的连接会发生某种物理性的变化，而在短时记忆中则不会。他提出，当一个特定电路中的所有神经元一个接一个、连续地“交谈”，并形成一个闭环后，则使短时记忆成为可能。这就像站成一圈的一群人在进行交谈，这样，交谈才不会结束。相反，长时记忆是来自神经元持续增多的新突触。如果短时记忆是口头交谈的话，那么长时记忆就是过去交谈的文字记录，我们可将它随意取出、重新阅读。[1]

赫布在发展自己的理论时可能受到了圣地亚哥·拉蒙·卡哈尔的启发。卡哈尔是一位著名的西班牙解剖学家，一生致力于通过显微镜观察神经细胞。十九世纪末，拉蒙·卡哈尔提出，学习与一个神经细胞的突触物理性增多有关。赫布也认为，两个神经元之间的结构连接发生了物理性变化，当学习取得进步时，它们之间的连接便会壮大。突触改变结构的能力为永久记录信息提供了一种方法。而记录信息的目的是以备将来使用。[2]

赫布的记忆模型极具影响力。它填补了心理学和生物学之间的鸿沟，并将看似难以捉摸的记忆过程与大脑的有形变化联系起来。它也为科学家在设计进一步的实验中提供了一种方法，并为记忆研究的重大突破奠定了基础。赫布的这个假说仍长存在现今的学术界里：所有神经系统科学的学生都会背诵《赫布定律》，即"一起发射的神经元会连在一起"。[3]

多年之后，神经生物学家埃里克·坎德尔在一定程度上从亨利的故事中得到启发，所以他开始了从事研究短时记忆和长时记忆的细胞神经物理学。1960 年代末，坎德尔和同事开始研究海兔（海蜗牛），旨在观察它是如何将短时记忆转化成长时记忆的。海兔是一种无脊椎动物，且其神经系统很简单。研究人员集中研究内隐学习的两种简单形式。第一种：习惯化，即有机体在接触刺激很多次后，不再对它们作出反应的过程。这些刺激虽很明显，但却不重要。第二种：敏感化，即有机体经历一个强烈的刺激后，对一个本应该引发较小反应的刺激却作出较大反应的过程。在我们日常生活中，这些无意识的机制默默地进行，旨在保护我们和集中我们的注意力。在习惯化中，我们学会忽视从隔壁公寓发出的吵闹音乐声；在敏感化中，我们被邻居家的狗咬伤后，听到狗吠会感到恐惧和害怕。

为了研究这些简单的学习形式，坎德尔和同事集中研究海兔的缩鳃反射。这种反射可保护海兔的呼吸器官。鳃在通常情况下是放松的，但当有东西触碰海兔的虹吸管时，虹吸管和鳃都会缩到开口处。虹吸管是释放体内液体的管道。坎德尔和同事在海兔上训练这个简单的反应，旨在演示习惯化和敏感化。在某个实验中，他们反复对海兔的虹吸管施加一个轻微的触碰；海兔最终习惯了这种触碰，它的缩鳃反射减弱。在另一个实验中，他们还是对海兔的虹吸管施加一个轻微的触碰，但同时也电击了其尾部。在这种情况下，它变得很敏感，并产生了强烈的缩鳃反射。而且就算他们只是对其施加轻微的触碰，并没有进行电击，它还是产生了强烈的缩鳃反射。根据训练方案的不同，海兔的习惯化和敏感化会持续一天或几星期不等。

因为海兔的中枢神经系统很简单，所以坎德尔和同事可将其进行解剖，确定缩鳃反射的神经回路位置，并识别在此回路中细胞之间的突触联系。然后，他们插入电极，并记录单个感觉神经元和单个运动神经元的活动。这些实验能进行的原因是海兔的细胞较大。其细胞体的直径可达一毫米。通过触碰虹吸管，电生理学记录能识别被激活的感觉神经元和运动神经元。运动神经元是导致缩鳃反射发生的原因。坎德尔通过这些方法表明，学习与突触联系强度的增加有关，而且学习的结果是：一个细胞可与其目标细胞更有效地进行通信。神经元的信号是什么属性？学习如何影响神经元间的联系？且其细胞和分子生物学的基础是什么？人们对以上问题的关注便是由这个重要的研究和其他研究引起的。[4]

但至关重要的是，坎德尔和同事在同一系列实验中证明，短时记忆和长时记忆的潜在机制是不同的。他们了解到，短时记忆是与突触的功能变化有关，而不是突触的结构。在学习的过程中，现有的突触联系可能会强化或弱化，但其结构却无明显变化。相比之下，长时记忆会使突触产生物理性变化。长时记忆需要蛋白质合成，而短时记忆则不需要。坎德尔的实验支持和扩展了赫布的见解，即两种不同的记忆过程并存。

赫布已公开提出突触可塑性的概念。他认为，在学习过程中，反复刺激一组神经元会逐渐加强它们间的联系，这样，持久的记忆得以被形成。二十年之后，坎德尔将海兔中单一神经元的周期性活动与两种学习形式联系起来了，这给赫布的理论提供了强有力的支持。他发现，短时记忆和长时记忆需要不同的蛋白质。这一发现是揭示记忆分子基础的重要起步。现在，神经系统科学研究人员跟随赫布和坎德尔的步伐，集中识别这些蛋白质和基因；因为它们可告诉我们，细胞是如何相互通信、支持学习的。[5]

人们发现了支持短时记忆和长时记忆的分子机制，这对了解亨利遗忘症的病源至关重要。同样地，对他遗忘症的行为研究也成了一个机会，因为研究人员可借此调查人类大脑是如何组织这两种不同记忆的。如果单一过程理论是正确的，那么亨利的短时记忆应该会受到连累。事实上，尽管他的长时记忆消失了，但他的短时记忆却保持完好。这说明，短时记忆和长时记忆不仅是两个独立的过程，而且它们依赖的大脑区域也是不同的。

因为米尔纳在赫布的领导下进行研究，所以她也受到记忆双过程理论的影响。她观察到，亨利可以平息这场关于单过程和双过程的争辩，因为他可以提供实验证据。1962 年，亨利在米尔纳实验室逗留期间，米尔纳的研究生莉莉·普利斯科收集了有关他短时记忆的数据。她要求亨利对两个简单的非言语刺激进行比较。这两个刺激先后发生，间隔一小段时间。这对亨利的挑战是，他必须将第一件物品记住足够长的时间以说出它与第二件物品是“相同”还是“不同”。普利斯科选择了数种不同类型的测试物品，所以她能在多次实验中收集亨利的数据。仅基于一次实验或任务而得出的结论是有风险的，所以，为了避免这个问题，普利斯科进行了互补任务以评估亨利的短时记忆。有些研究人员的互补任务的选择是声音，如咔哒声和音调；而有些则是视觉图像，如闪光、颜色和非几何且无意义的图表。她也特意选择了难以言语化的刺激。例如，在测试亨利对颜色的记忆时，普利斯科不能使用红、橙、黄、绿、蓝和紫的颜色板作为测试刺激，因为他能够在间隔里重复颜色的名字，以致其测试结果过于良好。相反，她选择了五种深浅不一的红色来尽量减小口头重复的可能性。[6]

实验室有一个安静、漆黑的区域，且这个区域和主实验室之间隔着一块屏风。亨利便躺在这个区域的担架床上，而普利斯科则坐在主实验室里。实验室里只有他们两个人。她大声喊了句“第一个”，以此来表示测试开始。这次测试的刺激是来自闪光灯的一系列闪光，并以每秒三次的速度闪动。短暂时间过去后，另一组闪光出现，不过其闪动的速度更快，以每秒约八次的速度闪动。亨利必须说“不同”来表明这两个刺激之间是有变化的。在其他测试中，两种闪光以相同速度出现，那他就得说“相同”。

用这个实验来测试亨利是具有挑战性的，特别是刚开始测试的时候。有时候，他会说话而不是静静地坐着；他需要提示才能回答；他在第一个刺激出现后就回答，并没有等待第二个刺激出现。普利斯科每隔几分钟都会重复指示，以便亨利能知道他应该做什么。她也不得不重做数个失败的测试来完成实验。

第一次实验的结果为人们理解亨利感知和保存信息的能力提供了重要的依据。当刺激之间没有时间间隔时，亨利可轻松且准确地执行任务，即在十二次测试中只有一次回答错误。他显然在理解指令和感知测试刺激上是没有问题的：当刺激之间紧密相连时，他完全有能力识别它们之间的差异。有了这一认识，普利斯科能够假设，亨利在有时间间隔的测试中遇到的所有问题都是他没有记忆能力的直接结果。

接着，普利斯科用了相同的两组闪光测试亨利，但时间间隔变为十五秒、三十秒或六十秒。这样，人们想要区分刺激会变得越来越困难，因为刺激的时间间隔越来越大，短时记忆也会越来越弱。然而，亨利和正常人的表现有着巨大的差异。时间间隔为十五秒时，亨利仍然表现不错，十二次测试中只有两次回答错误；时间间隔为三十秒时，错误增加到四次。时间间隔为六十秒时，十二次测试中有六次回答错误，这可以被认为是瞎猜的表现。这样的表现几乎等同于他每次抛硬币来选择回答。相比之下，时间间隔为六十秒时，即使普利斯科分散了正常对照受试者的注意力，他们在十二次测试中平均也只有一次回答错误。

亨利突然表现得一团糟，这表明他的短时记忆持续不到六十秒。持续时间介于三十秒到六十秒之间。当他看到或听到一件事情，过了持续时间后，他与此相关的记忆就悄悄消失了。时间间隔短的话，他的表现会比瞎猜的时候要好：只要两个测试刺激是在持续时间内出现，他的大脑就能紧紧地抓住它们。普利斯科随后也测试了 F.C. 和 P.B.，他们的测试结果与亨利的一致。虽然他们错误的次数没有亨利的多，但他们的表现显示了相同的模式，即，当两个刺激的时间间隔增大时，他们错误的次数会增多，因为他们对第一个刺激的记忆消失了。

但使普利斯科感到惊讶的是，亨利显示了他有保存某些信息的能力。闪光测试结束后，她让他休息了几分钟，然后再开始下一个任务。这次的任务是使用可听见的咔哒声。现在，亨利作为一个测试对象的表现似乎有所改善；虽然他仍讲话，但他在接受第一次刺激后便不再大声叫唤了。下一个测试任务与颜色有关，不过她在测试前给了他一小时的休息时间。当亨利回来时，他已经完全忘记她是谁了。不过，普利斯科给了他指示后，他似乎更了解测试方案了，话变少了，并能正确地听从指示。当第二天她再测试亨利时，她只用在每个新测试前跟他讲一次指示即可。他的分数还是一样差，而且他也不记得自己曾做过这些测试。但不知为何，亨利却知道自己所肩负的众望。

亨利可学习正确的步骤，即“如何做测试”，但却只能保存具体的测试刺激几秒钟，这是为什么呢？1962年，没有人可以解释这种奇怪的差异，但它却给了在米尔纳实验室的我们一种感觉，亨利可以教给我们很多有关记忆本质和学习本质的知识。

普利斯科的测试结果给单过程理论带来了冲击。该理论认为记忆是单一的过程。大约在同一时间，另一个病例的出现，也给该理论带来了相似的冲击。此病例便是英国的一名患者，以其姓名首字母K.F.闻名世界。在一次摩托车事故中，他头部和脑部的左侧都受到了严重的伤害。他昏迷了十周，尽管在接下来几年里逐渐好转，但他却开始癫痫发作。K.F.虽然和亨利一样患有严重的记忆障碍，但他的记忆障碍是完全相反的模式；值得注意的是，他不能保持他的短时记忆，却可形成长时记忆。他的数字广度是二，只能正确地重复一个数字、字母或单词。如果测试员以每秒一个单词的速度说几对单词，那他只能在一半时间内正确地重复两个单词。他的短时存贮容量很有限。但是，K.F.在四次不同的长时记忆测试中却表现正常，这说明他对信息的长时存贮是完好的。[7]

总而言之，人们对亨利和K.F.的发现是对双过程理论的有力支持，因为它们表明，两个独立的记忆回路是存在的，而且分别服务于短时记忆和长时记忆。这两个回路有不同的解剖位置：皮质调节短时记忆，而颞叶内侧调节长时记忆。[8]

K.F.的病例表明，短时记忆的过程位于大脑皮质，即大脑的表层。斯科维尔没有移除亨利大脑的这一部分，所以亨利的皮质功能都被保留了下来，它们可在短时间内在线存储信息，从而不省去他的短时记忆。进一步的研究已表明，根据记忆的信息种类不同，短时记忆会分布在皮质的不同部位。越来越多的证据显示，大脑的不同区域负责暂时保存有关脸部、身体、地点、文字等的记忆。但这些记忆并不是随机分布的，相反，它们倾向于集中在信息首次被感知的区域附近。例如，右侧顶叶是主要与空间能力有关的区域，所以它保存的短时记忆是与空间信息相关的。同样，大脑的左侧是控制言语的，所以短时的言语记忆主要就在大脑皮质的左侧。当我们对短时记忆有了更充分的理解后，即短时记忆是一个单独的过程，我们便可深入探讨在这短时间里会发生什么。我们如今已经知道了短时记忆的很多知识，如其内容、容量和局限。[9]

信息在短时存贮内停留的时间不到一分钟，但我们却可通过反复思考而将其无限期地保存下来。重复，有效地消除了信息的短时痕迹，并使它们重新出现。这是控制过程的一个很好的例子。控制过程是我们管理思想以实现目标的基础。它们帮助我们忽视环境中的干扰和记忆中的不相关信息，同时也促进不同任务间的切换。我们在日常生活中也一直进行这些过程，因为它们帮助我们专注于手头的任务、适应我们的行为和阻止不必要的干扰。[10]

想象一下，一名商人从波士顿飞往旧金山，再从旧金山飞往火奴鲁鲁。飞机降落在旧金山后，乘务员宣布转机城市的登机口号码。这名男性仔细听每座城市的名字，当他听到“火奴鲁鲁”和其登机口号码时，他就开始复述它。在他下飞机，成功穿过人群到达指定的登机口期间，他一直在复述登机口号码，并主动忽视沿途的干扰。这样，他就不会忘记他的目的地。一旦他登机了，这个登机口号码很有可能会从他的脑海中消失；他保持这个信息的活跃，以致它在短时记忆里的保存时间长到足以使其发挥作用。我们经常要应对这些复杂的过程来帮助我们记忆和指导我们的行为，这样，我们的目标才能实现。

因为亨利能依赖的只有短时记忆，所以他利用认知控制过程以补偿他的记忆缺失。通过在心中复述他被要求记住的信息，他有时将信息记到自己被要求再认它的时候。1955 年，米尔纳在斯科维尔的办公室对亨利进行了首次测试，也是在此期间，她注意到了亨利的这一能力。她给亨利了一些指示："我想要你记住几个数字：5、8、4。"然后，她就离开了办公室，并和斯科维尔的秘书一块喝了杯咖啡。二十分钟后，她回到办公室，并问亨利："那几个数字是多少？"

"5、8、4。"他答道。米尔纳很吃惊，因为亨利的记忆似乎要比她了解到的要好。

"哦，太好了！你是怎么做到的？"她问。

"嗯，5、8 和 4 加起来是 17。把它分成两部分，你会得到 9 和 8。记住 8。然后 5——，你就只有 5 和 4 了，所以 5、8、4。这很简单。"他答道。

"嗯，这很棒。那你知道我的名字吗？"

"不好意思，我不知道。我有记忆问题。"

"我是米尔纳博士，来自蒙特利尔。"

"哦，加拿大的蒙特利尔，"亨利说，"我曾去过加拿大一次，那时去的地方是多伦多。"

"哦。你还记得数字吗？"

"数字？这里有过数字吗？"

亨利为了记住数字设计了复杂的运算，但他现在已不记得这些运算了。只要他的注意力转移到另一个话题，他就不记得之前的内容了。他忘记自己曾在心中复述过数字的这种现象是不寻常的，不过，当有完整大脑的人分心时，他们也是会丢失信息的。考虑一下机场的例子：如果那名商人在去机场的途中被电视监视器上的一条爆炸性新闻分了心，那么他很有可能会忘记登机口号码，即他一直保存在短时记忆中的信息。如果他在分心后仍能记住登机口号码的话，那是因为他利用了自己长时记忆的资源。而长时记忆正是亨利所缺乏的。[11]

亨利依赖他的短时记忆来与他的控制过程合作。他在谈话中似乎很正常，因为他可以很容易地回答刚刚问他的问题。只要没有东西分散他的注意力，他就能继续看似简单的你问我答，不会出一点儿差错。只要记忆负荷小、且无其他干预的话，他就可以记住名字、单词或数字几秒钟，并将它复述出来。假设我和亨利在说话，然后另一个人和亨利开始了不同的对话，这时，亨利不仅会忘记我刚和他说过的话，他也会忘记我曾告诉过他的所有东西。

1977 年，我在麻省理工学院成立了自己的实验室。此后，我们才有机会测试干扰对亨利和其他四名遗忘症患者的影响。这四名患者的遗忘症是由其他原因造成的，不过他们的长时记忆都有重大缺陷，他们能依赖的只有短时记忆。我们给了亨利和其他四名患者一项测试。这项重要的测试由英国心理学家约翰·布朗于 1958 年率先提出，用于测量受试者究竟是多快忘记刚获取的信息的。他们往观察窗望去便可看到几对辅音字母和其后面的几对数字，不过他们每秒只可看见每一对约四分之三的信息。例如，受试者可能会看到 VG，然后 SZ，其次是 83 和 27。他们会看到辅音字母和数字，但只被要求记住辅音字母。因为受试者忙着看数字，所以他们不能反复记忆辅音。他们在看完后会有约五秒的停顿时间，然后才进行对字母的回忆。通过阻止反复记忆，这项任务测量了他们在这约五秒的时间里忘记了多少信息和忘记信息的速度。布朗发现，健康的受试者只能准确地回忆起一对辅音。如果他们无法反复记忆的话，那么他们在不到五秒的时间里就会忘记其他的信息，即第二对辅音。[12]

1959 年，心理学家玛格丽特和劳埃德·彼得森在布朗测试的基础上进行研究：当停顿时间改变时，受试者的准确性是如何变化的。他们版本的布朗测试是，测试员会说三个辅音字母，如 MXC，然后再说一个三位数字，如 973。测试参与者必须以公差三来倒数这个三位数字，如 973、970、967、964，直至他们收到要复述那三个辅音字母的信号。他们会在不同的时间收到信号，即三秒、六秒、九秒、十二秒、十五秒和十八秒后。玛格丽特和劳埃德发现，参与者倒数的时间越长，他们能记住的辅音越少。在十五秒和十八秒后收到信号的测试中，他们几乎什么都不记得了。这项研究表明，在有干扰的情况下，短时记忆持续的时间不到十五秒。[13]

1980 年代初，我实验室的研究人员修改了彼得森的布朗测试，旨在测量亨利短时记忆的持续时间。我们对亨利进行了一次大规模的调查以剖析陈述性记忆的过程，而以上的测试便是其中一部分。陈述性记忆的过程是一个体系，用于支持人们对事件和事实的长时记忆。亨利和其他四名遗忘症患者进行了彼得森的布朗测试。当倒数的时间为三秒、六秒和九秒时，他们的分数与对照组的不相上下。对照组是没有记忆障碍的健康参与者。不过，当倒数的时间为十五秒和三十秒时，患者们的分数却远低于对照组的，因为他们短时存贮的负荷已经满了。此次测试里，因为信息需要保存的时间多于十五秒，所以健康的参与者借助他们的长时记忆来提取这些信息，而遗忘症患者则无法这么做。[14]

这项研究有助于确定短时记忆的局限。随着我们研究在日常生活中人们如何使用记忆，我们对短时记忆的理解变得越来越多元。当我们获取来自外界的信息时，我们的大脑就会参与许多复杂的过程。如果有个人想心算 68 乘以 73 的结果，那么她就是在做运算，即将数字输进大脑、相乘数字和检查答案是否准确。这个任务花费的精力要比她重复信息所花的多很多，不过，这里的信息是指短时记忆所保存的信息。这个任务是脑力劳动。她想起数字和乘法的抽象概念，并运用它们来解决手边的问题。这种过程称为工作记忆：它是短时记忆的努力延伸，是认知活动进行的心理工作平台。

工作记忆与短时、感觉记忆有何不同？可以将短时记忆视为简单的过程，而将工作记忆视为复杂的过程。工作记忆是超载的短时记忆。它们都是暂时的，但短时、感觉记忆是指立即或在短暂时间过后再现少量信息的能力（如 3、6、9），而工作记忆则需要存储少量信息，并同时运用这些信息来进行复杂的任务（如心算 $3 \times 6 \times 9$）。当我们进行短时记忆时，我们只简单地重复有限的信息；但当我们访问工作记忆时，我们可用任何方式来监测和加工信息。只要认知和神经过程想实现短期目标，如解释长句、解决问题、注意电影情节的发展、进行谈话、密切关注棒球比赛的实况报道等等，那工作记忆便会形成。

1960年，工作记忆的概念首次被提出，但直到1980年代，有关工作记忆的文章才开始出现在神经心理学文献里。1962年，米尔纳为亨利进行了一项有关问题解决的测试。我们后来才意识到，这项测试不仅测量了亨利解决问题的能力，同时也测量了他工作记忆的能力。米尔纳将四张卡并排放在桌子上，并告诉亨利："这是你的主卡。"第一张卡上有一个红色的三角形，第二张有两颗绿色的星星，第三张有三个黄色的交叉，第四张有四个蓝色的圆圈。她要求他去拿一百二十八张卡，并让他按照自己的想法把每一张卡放在桌上的其中一张主卡上。他放下一张卡后，她会说"对"或"错"，所以他应利用这些信息尽可能地做出正确的选择。他开始将卡进行分类。刚开始时，如果他根据卡里的颜色来分类的话，那她会说"对"；但如果他根据卡里的形状和数字来分类的话，她就会说"错"。亨利做了十次正确的选择后，她悄悄地改变了分类类别。如果他按形状进行分类，她就会说"对"。然后，她再次改变分类类别，而这次是将数字作为分类的原则。亨利顺利完成了这项测试，几乎没犯错误。他当时正进行着工作记忆：他集中注意力在正确的分类类别上，同时把卡片放在桌上，听米尔纳的回答，并决定下一张卡的相应位置。然而，尽管他表现很出色，但在测试结束时，他并不记得自己根据米尔纳的提示一直在改变策略，即刚开始是根据卡上的颜色进行匹配，然后是卡上的形状，最后是卡上的数字。[15]

卡片分类任务额外揭示了亨利能做和不能做的事情。只要米尔纳说"对"，他就会一直按这个类别来分类；但如果她说"错"

的话，他便会转向另一个分类类别。这现象证明，他能在漫长的测试里集中注意力，能区别不同的颜色和数字，也能灵活地思考和应对问题。所有的这些计算都是连续发生的，不需要利用长时记忆。测试结束后，亨利试图回忆整个测试过程和自己刚刚做的一切，但他失败了。重要的长时记忆无迹可寻。

大约在同一时期，米尔纳有机会对一名患者进行卡片分类任务。斯科维尔曾为这名患者移除其两侧额叶前部的三分之一以减缓他的癫痫症。即使米尔纳一直重复说“错”，这名男性也只根据形状来分类一百二十八张卡。这是持续动作的极端例子，持续动作是指患者以同样的方式一遍又一遍地做出反应。米尔纳也为许多患者做过这项测试。那些患者都被移除了额叶左侧或右侧。而他们和这名男性的测试结果都有力地证明，这项测试所需的灵活规划和思考取决于额叶功能的正常工作。基于这些发现，我们现在可以肯定地说，亨利额叶的功能很好。[16]

1990 年代，我实验室的研究人员花了大量的精力研究亨利，旨在评估他的工作记忆。因为他可在完好的短时存贮里监测和加工信息，所以我们预计他工作记忆的能力没有受到影响。但是，工作记忆的测试有时会在两个方面给亨利带来挑战。在一项任务中，他必须得快速作出反应才能跟上测试的速度，可在一些情况下，他可能没有足够的时间来决定和做出正确的反应。在另一项任务中，他必须监测和加工的刺激数量超过了他感觉记忆的能力，因此，他需要长时陈述性记忆的参与，但他又缺少这种记忆。

N-back 任务是有时间限制的工作记忆测试。在此任务中，计算机屏幕上会展示一种颜色的斑块（如红、绿、蓝），并以每次两秒的速度换颜色。这些有颜色的斑块便是此项任务中的刺激。我们告诉亨利，如果当前的颜色与上一个出现的颜色匹配，他要按一个按钮；但如果它们不匹配的话，他就要按另一个按钮。当他完成许多这样的测试后，任务变得更具有挑战性了。这次我们指示他，如果当前的颜色与上上个出现的颜色匹配（即，它们中间有个干预性刺激），他就要按一个按钮；但如果它们不匹配的话，他就要按另一个按钮。

在使用颜色作为刺激的 N-back 任务中，亨利的表现是正常的。这说明，他三个重要的认知过程是完整的——信息保存（在颜色出现时，亨利必须连续保存它们）、信息更新（他必须得一直连续更新保存的颜色）和反应抑制（他必须得抑制自己一直想按不匹配按钮的倾向，因为匹配发生的频率比不匹配的低）。当刺激是颜色时，两秒的时间限制并没有妨碍到他。

后来，我们为亨利进行了两项相似的 N-back 任务。不过，这两次使用的刺激不是颜色，而是六个空间位置和六个无意义的形状。换成这些新刺激后，亨利的表现和他自己所猜测的一样糟糕。他很难在工作记忆中保存空间位置和无意义的形状，这可能是因为他在两秒内不能快速地给它们附上口头标签和作出正确的反应。这项任务有难以言语化的测试刺激和快速反应的要求，所以亨利无法顺利完成。

在另一项任务中，即自定序选择（self-ordered choosing），我们测量了亨利计划和记录自己一系列反应的能力。他在计算机屏幕上看到一个网格，网格上面有六个图案，其中的三个在顶行，而另外三个则在低行。我们要他选择一个图案。然后，他在新的屏幕上又看到相同的六个图案，不过每个图案的位置都发生了变化。这次，他必须选择一个不同的图案。在随后的四次测试中，他都看到了那六个图案，不过它们每次都在不同的位置。在这四次测试中，他都必须选择他没选过的图案。亨利连续三次进行这项任务，而且他的表现与对照组的相当。随后，我们将图案的数量增加到八个，然后是十二个，这时，亨利错误的次数就比对照组多了。他的错误经常发生在测试的后段，所以他可能是受到了前面测试的干扰。此外，记录八个图案，然后是十二个图案的要求很可能超过他感觉记忆的负荷，而且他又不能依赖长时陈述性记忆。

亨利在我们工作记忆测试中的不佳表现并不能得出这个结论，即工作记忆取决于完整的海马，因为有些测试需要他对新信息反应迅速或需要他长时记忆的参与。当感觉记忆的容量不足以连续保存所有的刺激项目或刺激项目过于复杂时，陈述性记忆和支持它的颞叶内侧回路便会进行调解，旨在顺利完成测试。不过，因为亨利和其他遗忘症患者的这些回路没有正常工作，所以他们很有可能在工作记忆测试中挑战失败。2012 年，加利福尼亚大学圣迭戈分校的记忆研究学者回顾了在神经科学文献中有关这一主题的九十篇文章，并得出了相同的结论——当一项任务的要求超过被试者的工作记忆容量时，被试者的表现就由其长时陈述性记忆来支持。[17]

现在，工作记忆已成为广泛的研究领域，而且有关这一主题的科研论文有 2.7 万多篇。数千个实验室进行的研究正继续剖析工作记忆的过程和回路，旨在建立动物和人类的大脑与行为关联性。因为工作记忆依赖多个认知过程，如注意力、冲动控制、存贮、监测、排序和加工信息，它需要多个脑回路的同时进行。因此，工作记忆非常容易受到神经系统的影响，所以我们可看到，以下患者的工作记忆都有缺陷，即注意缺陷多动障碍患者、自闭症患者、阿尔茨海默病患者、帕金森病患者、艾滋病患者和脑卒中患者。不过，健康老化的正常人也有工作记忆缺陷。这些群体中的人有时很难进行工作记忆来达到自己的目标，因为这种具有挑战性的精神活动需要健康的大脑；他们大脑的微小异常都可导致其表现不佳。

工作记忆的概念不是来自神经科学实验室，而是来自应用数学领域。诺伯特·维纳被普遍认为是他那个年代里最杰出的美国本土数学家。他于 1948 年提出，大脑就像一台计算机。有了这种认识，他创立了控制论这门学科，它研究的是人类和机器的控制过程。[18]

这个将人脑比作信息加工器的暗喻对神经科学领域产生了深远的影响。它影响了斯坦福大学行为科学高级研究中心的三位数学思想家，即乔治·米勒、尤金·加兰特和卡尔·普里布拉姆。他们于 1960 年合著出版的《计划与行为的结构》一书中结合了控制论和心理学这两门学科。在这本开创性的书中，他们认为，行为必须由一个总体的“计划”来引导。他们提出了一个激进的建议，即，大脑可被比作一台计算机，而精神可被比作计算机程序或“计划”。[19]

《计划与行为的结构》提出了工作记忆这个术语，这个概念很快成为认知科学和认知神经科学的一个活跃研究领域。这个广泛的研究领域超越了记忆形成，它可以找到我们实现复杂目标的能力。特定的目标导向计划被存储在某处，当我们需要执行它们时，它们就被提取出来，就像计算机的程序一样。“这个特别的地方可能在一张纸上，”他们写道，“或者（天晓得？）它可能在大脑额叶的某处。我们无需致力于任何特定的手段，因此，我们在谈论到用于执行‘计划’的记忆时，应该将其视作是一种快速存取的‘工作记忆’。”米尔纳对亨利的卡片分类研究表明，这本书的作者们对工作记忆的描述不仅是准确的，而且他们对其位置的猜想也是正确的，即工作记忆位于大脑的额叶。我们现在知道，前额皮质对保存多个想法至关重要，这些想法是构建和执行一个计划所需的。亨利在进行卡片分类任务时，他的前额皮质就在保存着多个想法。

接下来的十年中，心理学家和神经学家试图剖析潜在的认知和神经过程，所以有关工作记忆的研究激增。1968 年，心理学家查理德·阿特金森和查理德·谢夫林在《人类记忆：拟想的系统及其控制过程》中为人类记忆描述了一个详细的模型。这部作品仍是人类记忆文献上最常被引用的作品之一。他们将记忆分成三个阶段：感觉登记、短时存贮和长时存贮。感觉登记是信息的首个入口点，信息是指来自感官的感觉信息。信息在这儿的持续时间只有不到一秒，然后就会消退。在他们的单一过程模型中，短时存贮就是工作记忆；它从感觉登记和长时记忆里接收信息。信息沿着一个连续统一体进行传递，从短时存贮到长时存贮。长时存贮是一个相对永久的仓库。[20]

尽管阿特金森和谢夫林的单一过程模型具有影响力，但它并没有完全解释长时记忆的形成机制。如果这个模型是正确的，那亨利应该不会患上遗忘症，因为短时阶段的信息随着时间的推移会自动传递到长时阶段。但这显然没有发生，亨利的大脑无法将信息从短时加工机制转换到长时加工机制。不过，阿特金森和谢夫林的模型还是值得注意的，因为它把短时存贮定义成个人的工作记忆，而工作记忆则是控制过程发挥作用的地方。控制过程因人而异。我们自己决定要注意什么；重复信息以将其保存在短时存贮里；并创造记忆术，如音乐学生会使用“每个好男孩都应该得到奶糖”（Every Good Boy Deserves Fudge）来回忆高音谱号 EGBDF。阿特金森和谢夫林的模型令人们开始探索影响工作记忆中信息加工的策略。

1974 年，心理学家艾伦·巴德利和他的同事格雷厄姆·希契假定，工作记忆并不是一个单一系统。他们提出，它有三个子系统：称为关键成分的中央执行系统和两个为其辛苦服务的从属系统。从属系统中有一个负责视觉信息，而另一个则负责言语信息。这个模型造成了一系列实验的发生。实验的目的是想确定每个子系统内的运行机制，这些短暂过程是如何与长时记忆相互作用的，以及在执行工作记忆任务时运作的大脑区域。科学家已研究了很多人的工作记忆，其中包括各个年龄层的健康人、双胞胎、双语者、绝经妇女、先天失明的人、吸烟者、失眠症患者、有压力的人、不同神经障碍患者和不同精神疾病患者。这些实验具有广泛的影响力，而且它们对很多方面都有启示作用，其中包括教育、治疗评估、培训计划及其效用和精神疾病评估。[21]

巴德利的模型依赖专门的保存区，即一个负责视觉，一个负责听觉，一个负责特有活动。然而，近年来，巴德利的模型已被一个更具动态的系统概念所取代。目前的想法是将工作记忆过程视作与长时记忆存贮的互相作用。这种观点下，颞叶、顶叶和枕叶的多个区域中主动加工工作记忆中的信息，旨在保持其在大脑相同特定区的活跃性，相同特定区是指信息最先被感知的区域。所以，我们在第一次听到一个名字、看到一张脸或欣赏一道风景时会产生神经回路，而这些回路会在我们以后回忆这个名字、这张脸或这道风景时被激活。工作记忆在特定时间所需的神经网络取决于我们工作记忆的内容和我们正想努力完成的任务。

二十一世纪的工作记忆模型强调了短时记忆和长时记忆之间的相互作用。认知神经科学家布莱德利·波斯托（Bradley Postle）、马克·斯波西托（Mark D'Esposito）和约翰·乔耐德（John Jonides）都支持一个观点，即工作记忆将不同时期的特定信息和长时记忆中的相关内容整合在一起，特定信息是指刚进入大脑的视觉、听觉、嗅觉、味觉、肤觉和躯体感觉。例如，如果我们想要心算 36 × 36 的答案，即一项需要工作记忆参与的任务，那我们则需要获取存贮中有关数字和乘法的知识。这三名研究学者将工作记忆视为不同脑区间合作所引起的一种突发现象。因此，人类大脑能同时执行多重任务和加工不同类型的信息，而且能很灵活地从一项任务切换到另一项任务。[22]

想象一下，餐馆里的一名女性正在听服务员列举今日的特价菜。她在工作记忆中一边保持有关菜单的信息活跃，一边根据她长时记忆的信息来评估每道菜。在脑海中估量这些菜肴后，她决定“不要剑鱼，因为它含汞量高；不要炸鸡，因为它富含脂肪；素食意大利面听起来和我之前喜欢的一道菜很像”。她点了素食意大利面。尽管她很快做了这个决定，但这个决定是由脑区间网络的合作引起的，因为她是通过这些脑区间的网络来监测和加工不同类型的信息。

大脑是如何完成这一惊人的复杂壮举的？2001 年，神经科学家厄尔·米勒和乔纳森·柯恩假定，前额皮质协调思想和行动以实现内部的目标，如决定晚餐点什么。前额皮质的神经回路支持工作记忆，并允许我们例子中的那名女性保留刚听到的菜名信息、感受食物的视觉图像和味道、提取有关最近饭菜的记忆和考察自己对食物的了解和看法。简而言之，自上而下加工指导了她的选择，同时她的经验也被用来进行决策。[23]

我们通过自上而下加工可调节不同感觉信息的影响。这些计算包括规划一系列行为、管理目标、协调和监测自动过程（如在厨房看到老鼠的反应）、抑制强大的习惯性反应、有选择地集中注意力和抑制不相关的感觉输入，这样我们便可产生目标以及如何实现它们的内部表征。大脑前部的前额皮质指导信息沿着通路传递到大脑的后部和皮质下的区域。皮质下的区域对解决问题和决策至关重要。前额皮质必须具有灵活性，即它能适应体内环境和体外环境的变化，也能接受新目标和新程序。[24]

亨利可通过工作记忆来玩宾果游戏、说句子和心算简单的算术。然而，他却无法将其连续的想法与刚过去的记忆结合起来。如果他在一家餐馆里点了菜，他可依据术前的喜好来做出选择，但他无法将自己前一天吃过的东西考虑在内，即他是否要选择低热量的菜来控制体重，或是否需要控制盐摄入量。亨利依赖他的护理员来填补这些信息和很多其他的信息。因为他没有长时记忆的能力，所以他的日常生活有很大的局限性。

只能依赖短时记忆来体验生活是什么样的呢？亨利的经历是一场悲剧，这点毋庸置疑。然而，他似乎很少感到痛苦，也没有一直感到迷茫和害怕。恰恰相反，他一直活在当下，完全接受生活中发生的事情。从他做完手术开始，他初见的人就都是永远的陌生人，但他却以坦诚和信任的态度和他们交往。他还是像他高中同班同学所知道的那样，是一个有礼貌并安静的人。同时他也一直很善良和亲切。亨利很耐心地回答我们的问题，很少生气或问自己被质问的原因。他对自己的情况有足够的了解，知道自己必须得依赖他人，而且他也乐意接受帮助。1966年，四十岁的亨利首次来到麻省理工学院临床研究中心。当被问及谁帮他打包行李时，他简单地答道："一定是我的母亲。她经常做这些事情。"

亨利没有我们所拥有的"停泊处"。有了它，我们可适时抛锚停泊，但锚有时却会成为我们的负担。长时记忆对我们的生存至关重要，但它也阻碍了我们。因为它，我们无法忘记经历过的尴尬时刻；因为它，我们会想到失去的亲人、自己的失败、创伤和问题，而这些令我们感到痛苦。记忆的踪迹就像一条沉重的枷锁，把我们锁在自己创造的身份里。

如果沉浸在回忆里，我们便无法活在当下。佛教和其他哲学教导我们，我们的许多痛苦都源自自己的思想，尤其是当我们沉迷过去和幻想未来的时候。我们回想以前发生过的精彩瞬间和事件，编造未来可能会发生的事件，并陷入这些故事的情感和忧虑中。我们的想法和感受通常与当下的现实无关。当人们冥想时，他们可能会密切关注自己的呼吸或某个特定的身体部位，或者，他们可能会重复念一个梵语。梵语可帮助他们与当下的时刻保持联系，并避免他们陷入分心的想法和故事。冥想是一种训练方法，它帮助建立心灵与时间的新关系，并使心灵不受记忆的束缚。不过，这里的时间仅指现在时态。虔诚的冥想者需要花费数年的时间才能将其注意力集中在当下，而亨利则可不由自主地达到这种境界。

当细想日常生活中的忧虑和痛苦有多少是源于我们对长时记

忆的关注和对未来的担忧和规划时，我们便可理解为什么亨利在其大部分生命里的压力相对较小。他没有被过去的回忆所约束，也没有对其未来进行思索。在没有长时记忆的情况下生活似乎很可怕，但我们中的一部分人却明白，其实在限定三十秒的简单世界里一直体验当下的生活是很自由的。

第五章

记忆是由此组成的

我们重点对亨利进行了两种类型的调查研究。第一种是运用脑成像技术以揭示其大脑的外科解剖学，从而准确显示哪一区域被移除或被保留。这种细节层次对神经科学家是至关重要的，因为他们可将离散脑区的功能与特定的行为相联系。另一种研究是对亨利进行认知测试以评估其记忆和其他智力功能。我们从米尔纳 1955 年的测试可知，他的智商高于平均水平。不过，我们仍想知道他复杂性思维的其他方面。此外，评估他的感知能力也很重要，这样，我们可确保他获取的外界信息是正确的。

记忆的形成根植于我们的感觉器官，是不同感觉的集合体。如果我们此刻关注四周的话，我们会意识到，我们的眼、耳、鼻、嘴和皮肤正同时接收不同种类的信息。我们正感知视觉、听觉、嗅觉、味觉和触觉。这些不同的信息片段将自动沿着各自的通道传递到我们的脑皮质。在那儿，专门负责某种感觉形态的皮质区域便会对它们中的这种信息进行加工。这些信息也会传递到我们的海马。所有的感觉在这里聚集，然后记忆便开始形成。记忆的形成需要海马和不同皮质区域之间的来回通信。这些区域分布在整个大脑皮层上，是最先感知感觉信息的地方。在这个相互作用期间，海马系统化记忆的皮质成分，这样，我们在提取它们时，它们会以一段完整的记忆出现，而不是一些不连续的片段。这些片段合起来便是我们经历的丰富表征。

因为记忆的形成在很大程度上依赖于接收来自感官的有效信息，所以确定亨利感官功能的完整性是很有必要的。如果他不能正常感知不同人的脸部照片，我们怎么能指望他能记住他们呢？其他的感官也是如此。因此，我们认为评估亨利的感知能力很重要，并在1960年代至1980年代里不时地对其感知能力进行评估。这些评估证据使我们确信，我们不能认为他记性不好是其视觉、听觉和触觉受损的副作用。

亨利的记忆停滞不前，而他的智力却保持完好。这种现象表明，形成新记忆的能力是与整体智力分开的。为了确凿地证明亨利的洞察力敏锐，我们进行了大量的实验以检查他的高级智力功能，如问题解决、空间定位和推理的能力。在这些实验中，有个巨大的恩惠，即亨利不仅喜欢测试，而且还是一个很体贴、配合的研究参与者。多年的研究得出了他认知优势和劣势的模式，这种模式有助于明确遗忘综合征的范围和他被保留的能力。亨利尽可能地使用许多不同的能力来弥补自己悲剧性的记忆障碍。

我和同事们刚开始研究亨利的时候，还不知道亨利大脑在斯科维尔的手术中被移除的确切面积。我们唯一的信息来自斯科维尔的报告。他在报告中写了自己取出的大脑部分，但那也只是一个据理推测罢了。在接下来的五十年中，新技术逐渐出现，而这使我们能更加细致地检查亨利的脑损伤。[1]

我们从亨利1946年的气脑造影相片可知，他手术前的大脑是正常的。然而，我们在近半个世纪后才获取了一张精确的术后大脑图。1970年代，随着电子计算机断层扫描（CT）的发明，脑成像技术取得了巨大进展。CT通过使用X射线和一台功能强大的计算机来创建大脑的断面图。CT 将图像聚焦到一个平面上，并排除了大脑周围结构的干扰。所以，医生和研究人员有了它便可以逐片检查大脑结构。

1977 年 8 月，我吩咐麻省总医院神经外科的一名同事为亨利的大脑进行一次 CT 扫描。放射科医生在大脑两侧的颞叶区域观察到了手术夹子。它们是被故意留下的，旨在控制出血。两侧的颞叶轻微萎缩；两侧的大脑外侧窝池则略有扩大，但这是大脑萎缩的另一迹象。大脑外侧窝池是指颞叶和额叶之间的空间，里面有脑脊髓液。亨利的小脑也出现类似的萎缩。图像没有显示脑肿瘤或其他异常的迹象。CT 扫描只可证实他两侧的颞叶深层组织缺失，我们仍无法准确判断有哪些结构被移除以及被移除的面积有多大。

1970 年代中期，科学家在动物和人类的测试中找到越来越多的证据证明，在短时记忆转化为长时记忆的过程中，海马起着至关重要的作用。然而，我们仍需要直接的证据来证明海马是亨利患遗忘症的原因。另一次 CT 扫描于 1984 年进行，但它仅核实了 1977 年扫描得出的结果。因为这些扫描只显示了他大脑的空间，并没有显示被保留的解剖结构，所以我们迫切需要一种更好的技术。

1970 年，磁共振成像（MRI）诞生。1990 年代初，随着 MRI 技术的发展，我们终于能全面地评估亨利大脑所受到的损伤了。1980 年代初，商用扫描仪开始出现，并在 1980 年代末，MRI 发展成一种主流技术。MRI 在区分大脑区域的方面上要优于 CT。和 CT 一样，MRI 照出来的是断面图。不过，它不是使用辐射来获取精确的脑组织图，而是使用无线电波和一块强力的磁体。磁场迫使氢原子以特定的方式排列，与此同时，无线电波反弹身体里的氢质子，并产生信号。不同类型的脑组织会发出不同的信号，这样，计算机便可重新创建它们，并形成黑白图像。[2]

使用 MRI 扫描，我们可通过亨利的头皮和颅骨看到他的大脑。有了这种新方法，我们可识别脑部的小型结构和得到脑损伤图片，而且图片要比用 CT 扫描的更清晰。在 MRI 被发明之前，唯一能仔细了解大脑解剖结构的方法是在手术或尸体剖检期间直接查看。1992 年，亨利在波士顿布莱根妇女医院首次进行 MRI 扫描。我们已花了数几十年的时间研究他，所以此次的 MRI 扫描对我们来说是一个激动人心的时刻。我们第一次能清晰地看见其大脑的内部，要知道它可能是在世界上被研究得最多的大脑。[3]

除了其小脑外，亨利的大脑从大体来看是一名六十六岁男性的正常大脑。小脑是有沟槽的球状物，靠近脑干；而脑干则是支持运动控制的结构。1960 年代，我们仅可从他的神经学检查中的异常推测出小脑的损伤。MRI 图像显示其小脑萎缩，而且小脑的四周充满脑脊髓液。虽然我们知道亨利的小脑有异常，但我们还是对其萎缩的程度感到震惊。这种损伤是由神经元的药物造成的。多年以来，亨利一直服用狄兰汀来防止癫痫发作，直到导致耳鸣后才停止服用。1984 年，他的医生用了不同的抗癫痫药物来替代狄兰汀，但他耳鸣的症状并没有消退。他因服用狄兰汀还患上了其他的终身残疾，即他的四肢失去了知觉，而且他很难保持平衡和运动。亨利只能用缓慢、不稳定的步态来散步。他走路很不稳定的这种现象是其小脑萎缩的症状，而在 MRI 扫描里其小脑的萎缩程度很惊人。

当 MRI 扫描到颞叶的内部时，我们可看见四十年前手术造成的缺失部位没有复原，即亨利大脑中有两个几乎对称的缺口。缺失的部位有两个海马的前半部分以及海马的相邻区域，如内嗅皮质、鼻周皮质和海马旁回皮质。同时，大部分的杏仁核也被移除了。杏仁核是指杏仁状的一组结构，其作用是支持情绪。亨利大脑失去的部分从前到后仅有五厘米多，远小于斯科维尔估计的八厘米。大脑的两侧仍留有约两厘米的海马，但这残留的组织是不起作用的，因为给它传递信息的通路已被破坏（见图 4）。

在 MRI 扫描期间，亨利依旧是一名配合的受试者。他在扫描仪里没有表现出幽闭恐惧症的症状，扫描后，我们为他提供了午餐——三明治、茶和他最爱的布丁或馅饼。亨利喜欢美食，随着年纪的增长，他的肚子越来越圆鼓。所以，我们之前还担心无法将他装入 MRI 的管形扫描仪中。亨利从扫描仪出来后，人脑成像中心的同事一直很想和他进行交流，所以他经常会吸引到一小群粉丝。但他从未询问他有这般吸引力的原因，他总是泰然处之。

1993 年，以及 2002 年至 2004 年，我们对亨利进行了更多的 MRI 研究。那时，MRI 分析技术已有所改善，所以我们可以更准确地测量被移除和被保留的脑组织面积。一旦我们能明确亨利脑损伤的解剖结构，我们便能有让人兴奋的机会，即将其缺陷和良好表现分别与其受损的区域和被保留的区域联系起来。MRI 扫描的结果强烈支持一个结论，即从亨利大脑移除的颞叶内侧结构对长时陈述性记忆的形成至关重要。长时陈述性记忆是指对事实和事件的意识提取。不管测试类型（自由回忆、线索回忆、是 / 否识别、多项选择识别、学习准则）、刺激材料（单词、数字、段落、虚假词、脸部、形状、咔哒声、声调、曲调、声音、迷宫、公共事件和私人事件）以及信息呈现的感觉形态（视觉、听觉、躯体感觉系统和嗅觉）是什么，亨利的记忆的确受到了严重的损伤。

他的缺陷不仅很严重，同时也遍布各个方面。顺行性遗忘症已成为亨利术后人生的一大特征。顺行性遗忘症的发生归结为其获取的情景知识和语义知识不足。情景知识是指对事件的记忆，这些事件发生在特定时间和地点里。语义知识是指有关世界的一般知识，其中包括新词的意思。

MRI 扫描中的一个重要发现是，除了海马外，大脑两侧的部分颞叶内侧组织也被保留了下来，即海马旁回的后部（鼻周皮质和海马旁回皮质）。亨利有时会有意识地记住一些他不需要记住的信息，对此我们感到很惊奇。而且，对猴子的研究表明，这些被保留的皮质对记忆很重要。所以，我们接受了一种可能性，即这些皮质参与了他有意识记住那些信息的过程。他可以画出房子的平面图，这间房子可是他术后才搬进去的；在研究复色图片的六个月后，他仍可识别它们；他可叙述名人的一些琐事，但这些名人是在其术后才出名的。鼻周皮质和海马旁回皮质可从其他皮质区域接收信息后进行存储，而这些存储信息有可能就是被用于形成这些记忆。来自动物和人类的实验证据表明，不同的颞叶内侧组织独立行动，可与特定皮质加工流进行交流以灵活地调整行动。通过这些皮质机制，亨利可偶尔在日常生活中提取有关世界的存储信息。

MRI 图像还显示，亨利大脑两侧的大部分皮质是正常的。所以，他的皮质功能，如短时记忆、言语能力、感知能力和推理，并没有受到干扰。此外，亨利正常的皮质和其下面的脑区内有神经回路，这些回路支持数种非陈述性记忆。在无自觉意识的情况下，亨利可学习一些技能和习惯。他的病例告诉我们，这些能力是独立于海马之外的。

在麦吉尔大学读完博士后，我于 1964 年来到麻省理工学院，并在当时的心理学系担任研究科学家。心理学系逐渐壮大，而且因科学家的加入而焕发活力。他们都是自己所属学科的代表性科学家，而且他们的学科范围从神经解剖学到语言心理学都有。这个心理学系的氛围很令人振奋，很学院派。我们的系主任名叫汉斯·卢卡斯·托伊伯，他是德国移民，也是大脑研究领域中的显要人物。我来麻省理工学院的使命就是建立一个专门研究神经障碍患者的实验室。多年以来，我实验室的患者群体包括二战的退伍军人、在朝鲜战争中颅脑受损的人和在麻省总医院做过精神外科手术的患者。在调查这些患者时，我对他们的认知和运动能力进行了广泛的研究，而且我的专业知识已超出我博士项目研究的范围。我博士项目研究的重点是触觉，但我一直对记忆很感兴趣，而且在 1970 年代末就开始研究阿尔茨海默病患者和其他神经退行性疾病的患者。1980 年代，我和同事扩大了对老龄化的研究，即将健康男女的脑部和相关行为的变化包括在内。一直以来，我实验室的人员都在深入研究亨利，同时也对其他类型的患者进行研究。

麻省理工学院的临床研究中心（CRC）是所有这些测试研究的基地。它成立于 1964 年，是一场大型运动中的一部分。这场大型运动的目的是建立由联邦政府资助的人类疾病学术研究中心。在约翰·肯尼迪和林登·约翰逊执政期间，联邦政府在医疗保健方面的作用扩大，而生物医学研究便是受益者之一。由美国国立卫生研究院资助的临床研究中心有助于在临床的环境中应用科学技术来研究疾病。我们的 CRC 是一个只有十张床的小单位，就在麻省理工学院校内一栋不显眼的砖混建筑物里，位于这栋建筑物的某一层。它被设计成患者的夜间宿舍，可为患者进入同一楼层的测试室提供方便。

CRC 成为了亨利的另一个家；CRC 的工作人员和许多经过我们实验室的研究人员成为了他的家人。从 1966 年至 2000 年，亨利因测试的原因在 CRC 共住了五十次。当实验室人员进行一系列的学习任务测试时，他就会在 CRC 待上三周或一个月，因为这些测试通常还需要连续几天的训练。

我或者另一名麻省理工学院的研究人员会开车接亨利到 CRC，然后再送其离开。同时，车上还会有另一个人一直陪伴，以防亨利癫痫发作或一些意外事件的发生。在两个小时的车程中，亨利会望向车窗外来打发时间；他有时看到广告牌上的照片后就会有自言自语，这些自言自语在旅程中反复发生。

霍华德・艾肯鲍姆是来自韦尔斯利学院的一位合作伙伴。他回忆起 1980 年的一次旅程：当时他开车前往亨利所在的比克福德养老院，旨在将他送到麻省理工学院的 CRC。途中，艾肯鲍姆在麦当劳吃了午饭，并带了一杯咖啡回到车上。当他到达时，进了比克福德里面，并和一名工作人员进行了交谈，再陪同亨利来到了他汽车停放的位置。亨利舒适地坐在后座后，他们便出发前往波士顿。几分钟后，亨利注意到了在仪表板上的咖啡杯，并说道：“嘿，当我还是个小男孩时，我认识一个名叫约翰・麦当劳的朋友！”他开始谈起了一些自己和这个朋友有过的冒险；艾肯鲍姆问了他几个问题，发现他对这些能够详细描述的童年记忆印象深刻。亨利的故事说完后，他便转过身去看路过的风景。又过了几分钟，他抬头看仪表板，并说道：“嘿，当我还是个小男孩时，我认识一个名叫约翰・麦当劳的朋友！”然后，他叙述起了几乎一样的故事。艾肯鲍姆再次问了几个试探性的问题，企图继续他们之间的互动，并确定故事的内容是否相同。亨利不知道自己几乎一字不差地复述了故事。几分钟后，对话结束了，他便又转过身去看风景。再几分钟后，亨利再次抬头看到仪表板，并大声说道："嘿，当我还是个小男孩时，我认识一个名叫约翰·麦当劳的朋友！"艾肯鲍姆又再次与他进行了相同的对话，便迅速将杯子放在自己座位下面了。[4]

CRC 的护士和厨房员工都很疼爱亨利。他有一个连着浴室的私人房间。每天早晨，护士会叫醒他，并帮他准备好早餐。九点左右，他会在大厅中设备齐全的测试室里开始进行测试。我们通常会同时进行多项研究，而且不同的实验室人员会在轮流期间对亨利进行不同的测试。为了不使亨利感到疲劳，我们经常让他休息。下午的时候，我们通常会给他饼干和一杯茶来休息。CRC 的营养师和工作人员会给他做家常饭，准备他最爱吃的食物，如法式吐司和蛋糕。他唯一不喜欢的食物是动物肝脏。多年以来，亨利的肚子慢慢圆鼓了起来（他一直是个身材高大的人）。尽管营养师控制了他的热量摄取，但却一直允许他吃甜点。午饭后和晚上，他会去休息室。在那儿，他会和其他研究参与者交流、玩智力游戏以及看电影。

在这样理想的研究环境中，我和同事有极好的机会可以调查亨利智力上的长处和不足。早期的一个研究重点是他的感知能力。感知和记忆互相联系，因为通过视觉、听觉、触觉、嗅觉和味觉所感知的信息是形成记忆的原材料。所有的感觉形态都有助于记忆的形成，所以我们想要排除一种可能性，即基本的感知问题不是导致亨利记忆不好的罪魁祸首。他于 1966 年首次住进麻省理工学院 CRC 期间，我们计划的一部分就是扩大对其视力和听力的检查。那次的检查要比他之前做过的神经系统检查更精确。布伦达·米尔纳从蒙特利尔来到麻省理工学院，并在我同事彼得·席勒的帮助下，一起为亨利进行了广泛的测试。那时，亨利在 CRC 住了十七天。

为了确认亨利可看到其视野范围内的所有地方，即前方、上方、下方和其他方位，我们要求他将其下巴放在固定器上，然后盯着正前方的一个点，而这个点在一个碗状仪器内。他的任务是：眼睛要一直注视着这个点，当发现有微光闪过这个仪器的其他地方时，他便要按一个按钮。通过这个方法，我们发现亨利在各方向的视野均属正常。

遮蔽是一项视觉感知测试。在此测试中，亨利会在屏幕上看到一个大写字母，但这个字母随即就被遮盖了。这样，亨利的视觉回路便停止加工这个字母。测量的关键是，他需要多长的曝光时间才能说出这个字母。第二个测试任务是后向对比遮蔽。在这个测试中，亨利会有十毫秒的时间看一个黑色的实心圆。看完后，他会再有十毫秒的时间看一个更大的黑色圆环。这个圆环的内圆与实心圆重合。如果实心圆和圆环同时闪动的话，亨利将看到这两个独立的刺激组合成了一个黑色大圆。但如果它们闪动的时间隔了一毫秒的话，实心圆就消失了，而且亨利只能看到圆环。当它们的闪动间隔增长到一秒时，亨利会将它们感知为两个独立的物体。这里的测量关键是，亨利开始将它们视为独立物体时，它们的闪动间隔是多长。在遮蔽和后向对比遮蔽这两项视觉感知测量中，亨利的表现与对照参与者相当。[5]

我们接下来测试了亨利对更复杂刺激的感知能力，如脸部和物体。我们给他看了四十四个黑白图案，而这些图案显示了不同的人类的脸部。当被要求判断每张脸的性别和年龄大小时，他的回答会很迅速、准确。在另一项任务中，他也毫不费力地识别出了二十种物体的简图（见图 5）。[6]

为了评估亨利的听力，我们让亨利舒适地坐在一个减噪的隔间里，并要求他戴上耳机。我们可通过这副耳机向他的一只耳朵输送不同声频的声音。他手里会拿着一个按钮装置。只要有声音出现或消失，他就要按下按钮。我们在亨利的面前放了书面指示，这样，他就能一直知道该怎么做。一个非常微弱、听不清的声音出现，并渐渐越来越大声。一旦听到这个声音，亨利就会按下按钮。接着，这个声音便会渐渐减弱。当不能再听到它时，他便按下按钮。我们使用了数个声频来重复该过程，结果发现，亨利能听到的声音频率范围是正常的。

我们想要确定亨利触觉的完整性是很棘手的，因为亨利多年服用狄兰汀导致患上了一种周围神经病。它是一种感觉障碍，仅局限于他能被手套和袜子覆盖的身体部分。正式测试的结果表明，尽管这些部位的刺激敏感度下降了，但他仍可通过触摸来识别常见的物体，而且，在给予必要的木料后，他可充分利用其手所感知的图案形状来构建复制品。

嗅觉在亨利得到保存的感知能力里是一个例外。世界各地的人们都很喜欢新出炉面包的香味，但亨利在术后便无法闻到它了。因此，他无法记住这种天堂般的香味。虽然海马并不支持嗅觉，但与它相邻的几个结构却支持。当我们吸入新出炉面包的香味时，我们激活了神经元，而这些神经元可将鼻子中的嗅觉信息传递到大脑中主要接收嗅觉的区域。这些区域包括海马旁回的前部、部分的杏仁核和杏仁核周围的皮质。斯科维尔的手术报告表明，他在亨利的大脑中移除了这些关键的嗅觉区域。手术没有对额叶里的其他初级嗅觉区进行移除，所以，我们于1983年进行了几项实验以确定亨利这部分完好的区域能否支持嗅觉感知。[7]

为了测试亨利的嗅觉，我们让亨利闻装有常见气味的瓶子，如椰子、薄荷和杏仁，并让他从面前的一张卡中选择气味的名字。卡片有五个选项。虽然这不是记忆测试，但他唯一答对的气味是蒸馏水；当闻瓶子时，他答道："没有气味。"他的表现表明，他可正常检测到气味的存在，即有无气味，但他的大脑没有给他有关气味性质的任何信息。他无法正确说出气味的名字，或把它们区分开：他不能说出连续呈现的两种气味是相同还是不同的，也不能将一种样品气味与两个选项中的一个相匹配。有趣的是，他可为气味命名，但他选择的名称与实际的气味并无明显关系，而且他也没有一贯使用这些名称。例如，有次他闻装有丁香气味的瓶子时，他答道："新的木制品。"但当下次再闻时，他便答道："被冲上岸的死鱼。"我不知道是什么激发了这些回答。[8]

为了排除一种可能性，即他的缺陷可能沦为一个一般性问题——命名，我们表明，当他触摸袋子里的食物时，他可通过触觉或视觉（匆匆瞥到袋里的食物）来说出食物的名字。一次特别的事件捕捉到了亨利没有嗅觉的本质：他通过视觉正确识别了一个柠檬，然后他闻了一下，说道："好奇怪，闻起来不像柠檬。"[9]

然而，亨利的手术并没有完全让他失去嗅觉。相对于蒸馏水而言，他可察觉到气味的存在。此外，他还可以顺利完成一项强度辨别任务。这项任务是用于判定他能否区分一种特定气味的不同强度。测试员要求亨利先后闻两种样品，然后让他在它们中选择气味较浓烈的样品。他正确选择了有较高浓度的样品；他只是不知道这种气味是什么。[10]

这种关于亨利嗅觉感知的单一协同研究结果推进了科学的发展。神经科学家得到的启示是，负责气味检测和强度辨别的脑回路与负责气味辨别的脑回路是互相独立的，即我们感知到瓶子中装有气味和气味更浓烈与我们感知到气味像丁香是在两个脑回路中产生的结果。亨利能检测到很淡的气味，能区分不同强度的气味样品，也能适应强烈的气味。这些都说明，携带嗅觉信息的机制至少有一部分是完好的。这个机制的范围是从鼻子到皮质。此外，他眼睛上方的额叶可能仍存有一条通往其他嗅觉皮质的神经通路，这条通路有助于支持他被保留的行为。然而，这些仅剩的信息输入区不足以支持气味的辨别。这表明，颞叶内侧结构在气味匹配和辨别中起关键作用。多亏了亨利，我们现在知道气味辨别发生在海马旁回的前部、杏仁核和杏仁核周围的皮质里。区分气味和识别特定气味的能力取决于亨利被移除的这些脑区，然而，检测、适应和强度辨别等初级过程则取决于其他未受影响的回路。[11]

遗忘症患者通常不会失去嗅觉，而且亨利的这一缺陷也的确不是遗忘症引起的。他的嗅觉缺陷是其脑组织在手术期间被移除所造成的。持续进行的大脑尸检将会明确地告诉我们亨利剩余嗅觉回路的完整性和一些我们在他去世前只能推测的事情。具体来说，它将会帮助我们了解神经通路的结构和系统，这些通路的范围是从鼻子到额叶、颞叶内的嗅觉皮质。

我们没有测试亨利的味觉。不过，我们知道其视觉、听觉和触觉都是正常的，所以我们可确信地认为，他无法记住视觉、听觉和触觉接收的信息是因为他患有记忆障碍，而不是因为他无法用健康参与者的方式来感知测试材料。

一旦排除了感觉障碍后，即它不是亨利无法记住以上信息的原因，我们便可列出与其脑部手术有关的缺陷。我们开始明白，记忆所依赖的范围是颞叶内侧几厘米的组织，即亨利被移除的区域。如今，人们已明确了海马对记忆的作用，而且数十年来，亨利在推动这一知识方面发挥了关键的作用。但在当时，他是我们探索未知领域的指南。

亨利手术的悲剧性结果启发了神经科学家建立遗忘症的动物模型。1960 年代和 1970 年代初，人们初次尝试在猴子和老鼠身上建立像亨利这样的记忆障碍，但并没有成功。没有两侧海马的动物在标准记忆测试中几乎没有遇到困难。1970 年代末，研究人员已设计出更具挑战性的新方法来测试记忆，并开始在建立动物模型上取得进展。这个新方法需要动物识别复杂的视觉刺激或学习迷宫。科学家开始记录海马的单细胞活动后，于 1978 年提出的一种流行理论认为，海马在空间记忆上发挥着关键作用，而且这种神经元活动导致认知地图的构建。认知地图是指人类环境的心理地图。[12]

意识到这一新兴趋势后，我和米尔纳于 1962 年决定测试亨利的学习迷宫能力，那时的我还是她实验室里的研究生。我们想通过一些不严重依赖言语刺激（如单词、故事）的任务来检查亨利的记忆，因为我们已有这一方面的研究了。我和米尔纳继续从事这一新方向，并使用了两个迷宫学习问题以探索他的空间学习能力。亨利要分别使用视觉和触觉来解决这两个问题。首先，米尔纳在视觉迷宫上训练了亨利三天，然后，我又在触觉迷宫上训练了他四天（见图 6-1）。

视觉迷宫被放置桌上，是一个十三平方英寸的木板。木板上有 10×10 阵列的螺栓头，螺栓头之间相隔一英寸。米尔纳指定了一条路径，即从左下角到右上角。亨利必须通过不断摸索才能发现这条路径。他右手握着一只金属手写笔，然后，他的笔在螺栓头中开始行进，每次只走一步。如果他走错步了，便会听到误差计数器发出的响亮滴答声。然后，他必须回到前一个螺栓头处。最终，他到达了终点，并完成了第一次训练试验。亨利在训练的第一天完成了七十五次试验，并在接下来的两天里也分别完成了七十五次试验，合计共二百二十五次试验。米尔纳在每次试验结束时都会记录错误的数量和完成的时间。[13]

触觉迷宫的面积是 12.75 英寸 ×10 英寸，迷宫里有一张切有路径的铝片，而这张铝片则被木框板所包围。亨利坐在迷宫一边，而且他那边有一块黑布帘遮着木框板以防止他看到迷宫。我则坐在亨利的对边，因为这边没有黑布帘，所以我在他行进迷宫时可观察他的手、手写笔和迷宫。介绍任务时，我让他把双手放在布帘的下面以感受迷宫的周边。接着，为了让他熟悉迷宫，我引导他握有写字笔的右手先到起点，终点，最后再回到起点。然后，我指示他沿着路径来移动手写笔，旨在找到从起点到终点的正确路径。亨利进入一个死胡同时，我会摇铃以表明他应该后退、选另一条路径。连续四天的时间里，亨利每天都完成了两期试验，即二十次试验。我会记录他每次试验的错误数量和完成时间（见图 6-2）。[14]

1962 年在神经所进行的这些实验中，亨利视觉迷宫和触觉迷宫的试验结果并没有达到学习的标准，即连续三次试验无错误。

甚至在他完成的试验次数比对照组人员知道正确路径所需的多得多之后，他的表现还是老样子。总而言之，这些实验表明，迷宫学习中的缺陷并不只局限于单一的感觉形态，因为当我们使用视觉指导来完成任务和完全排除视觉指导来完成任务时所产生的试验结果是很明显的。

1953 年，亨利做完那场激进的手术后出院回家，他的父母便开始意识到：对他而言，日常活动也是一种挑战。哈特福德皇家打字机的老板一定很喜欢亨利，并且对亨利术前的工作感到满意，因为他后来允许亨利继续在他那里做装配。但不久后，这位老板便打电话告诉莫莱森太太，亨利因太健忘而无法胜任这份工作。尽管亨利仍能意识到他的工作需要什么，但他却缺少特定的陈述性知识来执行他的任务——即使它是只需重复执行的任务。亨利失业了，所以他只能和父母待在家里，并接受他母亲无微不至的照顾。他母亲一个人在接下来的三十年里一直照顾他，并满足他的所有需求。亨利成为了她生活的中心。

亨利帮助他父母做家务活，但他会忘记物品的所在位置，尽管他经常使用这些物品。他的母亲必须提醒他割草机的位置，即使他前一天才使用过它。他自己不能做远离家园的任何事情，包括散步。他会反复阅读一本杂志，也会在没有意识到自己已完成过的情况下再完成一遍拼图游戏。

手术十个月后，亨利一家搬到东哈特福德的另一间房子里。房子还是在旧房子的那条街上，而且离旧房子也仅有几个街区远。但这对亨利的影响是巨大的，因为他无法记住他的新地址，也无法找到回家的路，他的空间记忆是有缺陷的。空间记忆是指有关空间位置的陈述性记忆。

四年后，即 1958 年，亨利一家在东哈特福德新月路 63 号买了一栋 860 平方英尺的平房。每个人都认为，亨利应该也会不记得这个地址。相反，他令我们大吃一惊。亨利于 1966 年在麻省理工学院的逗留期间，他知道这个地址，而且还能根据记忆画出一个准确的房屋平面图。更让人吃惊的是，1977 年，即他搬出这所房子的三年后，当我问他住哪里时，他仍答道“新月路 63 号”，并再次画了一张平面图。尽管他在勾勒这张平面图的线条时很犹豫，但这张图里有门和房间的标记。我联系了当时住在新月路 63 号的人，并获得了房子的平面图。房子的布局与亨利的图相匹配，而且亨利也能在其余生中背出这个地址。[15]

亨利能记住术前从未见过的房子平面图，这是一件很不寻常的事情。他在十六年的时间里日复一日地走过每个房间，而随着时间的流逝，他慢慢构建了这栋房子的心理地图。但他知道的也仅是一个模糊的地方。例如，他可在脑海中想象这个房子，并告诉我从卧室到浴室该怎么走，以及前后门的位置。他能将这个地址和房子的布局一起回忆，这说明，这个房子已成为他一般性知识的一部分；而这个信息原本应该是他无法记住的信息。

画出新月路 63 号的平面图是一个不需要自觉意识的学习过程，而且亨利的注意力也一直集中在其他事情上。习惯学习也是无意识的，但习惯是非认知的，即自动的、无意识的和不灵活的。但亨利对其房子的空间知识是认知的。他可自愿使用这个空间知识来对房子里的房间进行相互描述，并自觉描述从 A 点到 B 点的路线。这种用于导航内化空间地图的灵活性明显不同于习惯。

直到我们看见了亨利大脑的磁共振图像，我们才明白他绘制平面图的显著能力从何而来。1990 年代前，科学家已经发现了大脑区域网络，其中包括海马和皮质区域，它们参与对空间地形的记忆。当我们看到亨利大脑被移除和保留的准确结构，便发现这个大脑网络中用于加工空间信息的一些组织仍然存在。它们包括顶叶、颞叶和枕叶中的特定区域——躯体感觉皮质、顶叶—岛叶前庭皮质、视觉皮质、部分后顶叶皮质、下颞叶皮质和后扣带回皮质。[16]

显然，被保留的组织足够形成有关这个房子的记忆，因为这是他多年来曾无数次走过的房子，而我们在对亨利学习能力的测试中并没有达到这一深度的曝光。他通过沉浸式来学习，因为他每天都会在房子里走过不同的房间。学习外语的人可能也会运用这种沉浸式的学习方法。只要简单地按照自己的日常活动，他就可每天渐渐地丰富自己的心理地图——这是仅靠曝光来学习的完美例子。

这种随着时间的推移来获取空间知识的惊人迹象让我们想到了一个有趣的问题，即这种能力能否扩展到实验室里的空间定向测试？亨利的遗忘症不会阻碍这次的调查实验，因为这种空间任务并不依赖长时记忆。我们试图发现，在其海马无法正常工作的情况下，亨利能否在测试室里创建一个心理认知地图。

1977 年至 1983 年，亨利一共住进我们的临床研究中心（CRC）四次。在这段时间里，我们通过路线寻找任务来评估他的空间能力。这项测试任务的目的是为了记录他的一种能力，即他从一个地标走到另一个地标的过程中能否按照手持地图中的路线来行走。测试在 CRC 一个有特别装备的房间里进行。这个房间的地板铺满棕褐色的地毯，地毯嵌有九个直径约为六英寸的红圆圈，它们以 3 × 3 的阵列来排列。亨利拿着一张大地图。地图将地板上的九个红圆圈表示为黑点，并用黑粗线条表示点和点之间的路径，而且在起点和终点附近分别有个圆圈和箭头。这个测试有十五张这样的地图。每张地图上都有表示北方的字母 N，而且房间的一面墙壁上有一个大且红的字母 N。亨利的任务是按照地图上相对应的路径从一个点走到另一个点。他不可转动地图，所以当他走路时，地图和房间的方向并不总是一样的。地图上的 N 一直在地图的顶端，但每当他转身时，墙壁上的 N 可能会在他左边、右边、前边或后面。所以，他必须进行一系列的心理转化，即将地图的坐标系与房间的方向相联系。亨利很耐心地从一点走到另一点，但他通常并不能按照地图上指示的路径来走。而且，就算我们使用相同的地图对他进行重复测试，他的表现还是没有改善。（见图 7）

能让亨利画出平面图的脑回路网络并不能支持他在这个实验测试上的表现。他需要海马来进行地图阅读。没有这些结构，亨利便不能理解在 CRC 平面图上起点与终点之间的关系，也不能使其身体的变化位置与房间静态的坐标相一致。

亨利能成功获取有关其房子的认知地图，但却在路线寻找任务中失败了，这两件事似乎是矛盾的。但其实，这些任务本身与前者是完全不同的。通过无数小时的练习，亨利才渐渐知道了他房子的地形。而且在此期间，他是无意识的，也没有向其陈述性记忆存贮中有意识地提取此类信息。尽管在 CRC 的地图测试不是记忆任务，但它的确需要亨利形成一个即时认知地图，而这个地图的形成则需要海马的参与，所以他无法顺利完成这项测试。

1990 年代，随着我和同事不断了解一种科学知识，即大脑是如何处理复杂思维的，我们继续研究亨利被保留的脑区能否支持他学习周围的物质世界。1998 年，亚利桑那大学的一名年轻神经科学家对一些患者进行了研究。这些患者都被移除了右侧海马或右侧海马旁回皮质以减轻他们的癫痫症状。在空间记忆测试中，被移除右侧海马的患者表现正常，而被移除右侧海马旁回皮质的患者则表现不佳，这说明海马旁回皮质对空间记忆至关重要。亨利右侧的海马旁回皮质有一部分是完好无损的，所以我们想知道这部分的脑区能否支持他学习新的地点，即他有无导航到隐藏地点的能力。为了测试这个假设，这个亚利桑那大学的研究人员来到波士顿，并给了亨利一项简单的空间记忆任务。1998 年，亨利来了我的实验室两次，并在这两次逗留期间执行了这项任务，为期九天。

在第一次测试时，研究人员告诉亨利，小地毯的下面有一个被藏起的传感器。但是她并没有说明它的位置在哪里。测试室里摆满了物品，如书桌、椅子、书架和门，所以亨利可根据这些物品来弄清与环境相关的方位。在这项学习任务里，亨利必须得碰巧找到被隐藏的传感器，并记住它的位置，然后凭借记忆再找到它。每次测试前，这位研究人员都会在亨利看向别处时通过踩踏来触发传感器。她要求他找到地毯下某处可通过踩踏而发出声音的地方。因为传感器触发的声音来自远处的扬声器，所以亨利不能依赖声音来找到传感器的位置。尽管他必须使用助行器才能走路，但他搜索的欲望很强烈。在第一次测试中，他找到了传感器的位置。在接下来的测试中，他有 54% 的几率会直接走向地毯的中心，在那儿，他有 80% 的几率会径直走到被隐藏的传感器处。[17]

鉴于亨利患有严重遗忘症以及他无法明确回忆起测试内容和声音，他定位传感器的能力是很显著的。他在这项任务中的良好表现突显了海马旁回皮质对空间记忆的作用，因为他的大脑保留了四分之三英寸的海马旁回皮质。我们知道，他没有依赖短时记忆和工作记忆来执行这项任务，因为他在首次测试期后一天的命中率，即找到传感器，超过了 60%。他定位传感器的能力表明，他能形成有限的长时记忆，而且海马以外的结构可支持导航。[18]

但因为亨利无法有意识地回忆起有关测试的任何细节，所以我们得出结论，对传感器位置的学习是非陈述性的，即独立发生在颞叶内侧的学习。亨利能反复找到传感器的原因是他对目标位置有内隐、非陈述性记忆。有一点我们还不清楚，即他在地点学习中的良好表现是否由其被保留的海马旁回皮质单独负责，因为其他数个完好的结构，如纹状体（位于额叶的下方），也可影响这种学习。

尽管我们花费了数几十年的时间才知道亨利被移除脑区的详细解剖学结构，但我们从一开始就能依靠的解剖学结构事实是，他大脑两侧缺少了大量的海马组织。我和米尔纳为亨利进行的迷宫实验有助于确定海马对空间学习的重要性。后来的研究结果表明，他在不需要记忆的地图阅读测试中也表现不佳，他在空间方面的缺陷不仅局限于学习。没有了海马，他无法有效加工复杂的空间信息。他不能构建一般意义上的认知地图。然而，其他的测试结果却强调了认知地图理论的例外，并表明了空间记忆是有分级的。虽然亨利两侧的海马没有正常工作，但他却可出乎意料地画出他的住所。这种现象意味着，其他的大脑区域接管了这一丰富空间信息的编码和存储工作。特定大脑结构的指示，即这个结构可能参与了亨利绘制平面图的过程，是来自空间记忆的任务，即他能够找到地毯下隐藏的传感器。以前的研究工作表明，这项任务取决于海马旁回，而亨利大脑的两侧仍保留了部分的海马旁回。所以，在偶尔的情况下，他将被保留的大脑结构和网络组织起来，并以某种方式弥补了海马损伤所带来的破坏性影响。

记忆形成的基本要求是要有完整的感知。亨利通过了视觉、听觉和触觉的要求门槛，并允许我和同事为他进行这些感觉形态的测试。他的遗忘症影响了各种陈述性记忆，而且他也记不住感觉入口传递的、且将要被记住的信息。我们始终运用大范围的测试刺激来记录亨利的障碍。测试的刺激包括单词、故事、脸部、图片、场景、迷宫和谜题等等。我们在实验室里进行了大量的正式测试，并从中收集信息。与此同时，我们也对他的日常行为进行观察，这样，我们就能全面了解他的术后生活了。

第六章

“自我争论”

亨利很少与别人分享自己的内省，所以我们在很大程度上必须通过观察他的行为来推断他的情绪生活。我们与他交谈时，他似乎很愉悦、满足；他经常微笑，而且很少抱怨。我们可想象，如果我们处在他的境遇的话，我们会习惯性焦虑，担心自己行为欠妥，并害怕明天发生的事情。但没有人会将亨利描述成一名紧张不安或忧心忡忡的男性。手术切除了他部分控制情绪的脑组织，所以他有可能是因为这个原因才不会对其可怕的现实生活感到害怕。不过，他偶尔还是会有黑暗的一面，他会变得很沮丧、伤心、好斗或不安。但是，这些消极的情绪通常会在他分神后烟消云散。

亨利于 1966 年首次来到麻省理工学院的临床研究中心（CRC）时，他的母亲刚刚做完了一个小手术，正在哈特福德医院休养。亨利的父亲帮他打包了行李，并带他到斯科维尔在哈特福德的办公室。在那儿，托伊伯提出要接他去坎布里奇。亨利和父亲在那天早上去医院看望了母亲，但在见到托伊伯时，他隐隐觉得母亲出了些事情。当托伊伯问谁给他打包行李时，他答道："好像是我的母亲，但我也不太清楚。如果我母亲有问题的话，那可能就是我父亲。"在去坎布里奇途中，托伊伯反复向亨利解释说，他母亲在医院，而且她身体状态不错；但亨利还是一直对父母的事感到不安，并想知道他们是否一切都好。当他在 CRC 的专属房间安顿下来后，他的焦虑消散了。我们告诉他，他可以打电话回家了；但他已经不再记得自己想要打电话回家的原因了。不过，亨利在第二天的下午告诉一名护士说，他觉得母亲在医院里或者她心脏出了些问题。他过了一夜又想起了一些有关他母亲生病的事情。

那时，我们还不清楚这些记忆恢复的原因；我们推测，亨利只是没有前一天那么疲倦罢了。然而从那时起，很多对动物和人类的实验表明，睡眠有时会改善记忆的巩固。记忆在睡眠过程中可能会被重新激活和回放，这样，它便会更加牢固、不易受到破坏。不同阶段的睡眠可增强不同种类的记忆，反过来，这些记忆也使不同的大脑结构参与了进来。例如，深度（慢波）睡眠巩固有意识的陈述性记忆，而轻度（快速眼动，REM）睡眠则巩固无意识的非陈述性记忆。研究人员还发现,REM 睡眠可巩固有关情绪（特别是消极的）信息的记忆，而且巩固程度要比其对关于非情绪信息的记忆更好。根据那名 CRC 护士的说法，他前一天晚上“睡得特别好”。他仍存有的脑区被激活，其中包括情绪回路，这可能使其有关母亲生病的零碎记忆得到了巩固。所以，他才会在第二天保有这些记忆。[I]

母亲住院的信息在亨利的大脑里有双重表征，即事实因素和情绪因素。虽然他很快就不记得了这一事实的内容，即母亲在医院动了小手术，但有关这一信息的情绪内容却在他脑海里停留了几天，即觉得有点儿不对劲。因为海马回路不能正常工作，所以亨利不能将有关他母亲住院的事实存储在长时记忆里；但他脑区中较大的网络，即边缘系统及其周围区域，有助于保持他的焦虑。这种信息的情绪成分有特别的通道和加工，它们有助于建立情绪记忆的痕迹。边缘是一个解剖学术语，它在这个例子指的是皮质和皮质下结构中最接近皮质深层边界的连续环。这个皮质环最先于 1877 年被认为与嗅觉有关，但 1937 年提出的一项新建议将其描述为情绪行为的解剖学依据。[2]

在 1937 年那一版本的回路中，一个脑区将信息传递给另一个脑区，最后，接收过信息的所有脑区可连成一个环，即从海马结构到下丘脑的乳头体到丘脑前核到扣带皮质到海马旁回到海马结构。1952 年，另一名研究人员将杏仁核加入到这一回路中。人们不再认为海马是情绪的调控区，并将杏仁核视为情绪反应的中心。这个特别复杂的结构接收来自所有感官和一些区域的信息，而这些区域是用于加工幸福感和痛苦感的。杏仁核同时也将信息传递回这些区域中的多数区域，从而创建了情绪感知、表达以及记忆的庞大网络。越来越多的研究结果驳斥了这个观点，即不同的情绪是一对一映射在特定脑区的。这些令人们认识到，每种情绪反应都是许多脑区协作而成的。这种观点下，大脑存储个人的情绪体验是通过调动边缘系统和其他脑区的大范围结构来实现的。这些大脑结构是支持基础认知操作的网络，而这些操作是包括情绪和非情绪的。亨利的大脑偶尔就能创建这样的网络。[3]

亨利杏仁核和海马的移除引起了其边缘系统回路的故障，所以认为其加工情绪的能力可能会发生变化也是很合理的。但我们从早期研究中了解到，亨利能够体验一系列的情绪。亨利于 1966 年首次来麻省理工学院期间，一名 CRC 的护士每天凌晨四点都会来叫醒他，旨在检查他的生命特征。在检查过程中，她都会和他进行简短的聊天，然后在记录纸上写上详细的信息。他在那里住了十六天，在其中的八天里都在询问他父母在哪里以及他们的身体状况。由于他部分的边缘系统仍在运作，所以会对父母的情况感到焦虑，而且也注定会一次次重新体验这种情绪。

记忆可以是一个负担：它迫使我们重新体验过去不愉快的事情。但没有了记忆，亨利便无法妥善地哀悼或处理其生活中不可避免的损失。他不记得自己最喜欢的舅舅在 1950 年就去世了。据他母亲说，亨利每次听到这个消息后都会很伤心。因为这种情绪随着时间的流逝会逐渐消失，所以他偶尔还是会问他舅舅何时会再来看他。

1966 年，即他首次来 CRC 的那年，四十岁的亨利遭受了一个巨大的损失。那年 12 月，他的父亲在哈特福德的圣弗朗西斯医院去世了，死于肺气肿。莫莱森夫人告诉我，亨利在她丈夫去世后特别低迷，但他并不能自觉领悟到其父亲已经过世的事实，除非有人提醒他。她告诉我们，当亨利发现自己一些珍贵的枪不见了时，他会很生气，并冲出家门。这些枪是一位叔叔在亨利的父亲过世后拿走的。当叔叔得知亨利很不高兴后，就把枪还了回来，亨利也就不再生气了。亨利对其珍藏的枪械消失感到很不安，因为这些枪就是他世界的焦点。从他的少年时代开始，这些枪就被摆放在他的房间里，所以它们的消失对他而言自然是很明显和痛苦的。它们代表了他与其父亲的情感纽带，而且仅凭它们自身而言也是珍贵的财物。

亨利至少有四年不能明确表达他父亲已经过世的事实。莫莱森先生去世七个月后，莫莱森太太请求我们不要告诉亨利有关他父亲去世的事，因为他可能会像第一次听到这个不幸的消息一样那么伤心欲绝。我也是这么想的：我不会明确地问他有关其父亲的事，因为我知道这样会让他很难过。但 1968 年 8 月，那时，我正对他进行测试，他用过去时态谈论了自己的父亲。所以，随着时间的推移，他的大脑可能已经接受了这一痛苦的事实，并将其存储在无意识的记忆痕迹中。不过，他也会有不确定的时候。因为亨利的海马和杏仁核无法正常工作，所以他并不能形成长时情绪记忆；相反，他使用了仍存有的脑区。这些脑区是许多互相关联的皮质区域，它们存储了亨利的术前记忆。这些记忆是有关他父亲、家庭生活成长以及死亡概念的。随着时间的推移，他渐渐将这些事件的节点连接了起来，并在一定程度上知道父亲已经永远离开了他。

丈夫于 1966 年去世后，莫莱森太太就成了亨利唯一的看护人。她帮他获得了在哈特福德地区中心的工作名额，希望活动的增加能有助于改善他的情绪。哈特福德地区中心是精神疾病患者的工作场所。在那儿，他做一些简单、重复的工作，比如将彩色的橡皮筋气球装进小袋子里、将钥匙扣放在简单的纸板展示架上。亨利的邻居亚瑟·巴克勒一名六十多岁的矮胖男性，对亨利很有感情。每天早上，他都会开车送亨利到地区中心。在那儿，巴克勒监督地面维修人员的工作，并担任职业教师。他引导亨利进行诸如装气球的简单任务，指示亨利数气球的个数，而且当每个袋子里的气球数量正确时，亨利就用订书机将袋口封住。亨利的智力没有受到影响，事实上，他的智商在 1962 年测量时是 120，高于平均水平。然而，即使他的智力远远超出这项简单任务的需求，但他还是因患有遗忘症而遇到了麻烦。他会变得太集中数气球的个数而忘记在数到正确的数字时停下。然而，有一天，亨利想到了更好的方法来工作。亨利的远方亲戚记得亨利这个更好的办法是“用一台机械来减去一些步骤”。亨利把他的想法和工作人员说明后，他们采纳了他的建议。他一定感到很自豪，哪怕这种自豪感只持续了片刻。

巴克勒后来聘请亨利担任中心的一名杂务工。亨利的工作包括粉刷建筑物、整理机器车间和锅炉房以及协助外部的维修工作。巴克勒有时会派亨利去工具车间取锤子或扳手，最后却发现亨利在到达车间时已忘记了自己的任务。巴克勒借助了一种方法，即在一张纸里画上他需要亨利取的工具，而这种方法随后被证明是一个成功的战略。

1970 年的春天，亨利正在地区中心工作，突然就经历了一次精神崩溃。莫莱森夫人注意到亨利变得更加紧张和急躁。当她和他说话时，他有时会粗暴地反驳问题，而不是用他平时的好脾气来回答。有个星期天的下午，他表现得很奇怪。他闭着眼睛闲坐，并说想一个人静静。但不久后，他便突然跳起来，开始敲门。五点左右，他开始癫痫发作，全身变得僵硬，头也左右摇摆。大约十分钟后，发作结束。他通常在癫痫发作结束后会睡着，但这次却不同，开始接连发生癫痫小发作。癫痫小发作每次结束后，他在短时间内都会反应迟钝。过后，当他母亲过来和他说话时，他说道："别挡我的路。"接着，他就砰的一声关上了卧室的门。他花了一个半小时才把衣服脱下来，然后睡觉。

第二天早上，亨利的行为恢复了正常。他起床，并按其通常的习惯向他母亲问道："我今天要做什么事情呢？"她回答说，要去哈特福德地区中心工作。所以，他穿好衣服后便坐上了巴克勒先生的车。因为亨利的左手肿胀、有淤伤，所以他们来曼彻斯特医院进行了 X 光检查。X 光片显示亨利的小拇指骨折了，然后医生就给他的小拇指打上了石膏。

两周后的星期二早上，亨利在地区中心的桌上包装气球时，破天荒地发怒了，而且这次的怒火完全出乎意料。他跳起身来，大声说有人拿走了他的气球。然后，他吼着说自己没有记忆，毫无用处，而且只是个碍手碍脚的人。他威胁说要自杀，自己将要去地狱，而且还要带他母亲一块儿去。当别人想要接近他时，他就踢他们，甚至还把一个男人扔出了房间。然后，他转身走到一面墙壁旁，开始猛烈地撞击自己的脑袋。一位医生到了现场，给亨利注射了镇静剂。当他镇定下来后，巴克勒开车将他送回家，并和他母亲说了这件事情。

第二天，虽然亨利恢复了工作，而且也没有发生意外，但他似乎很紧张不安。莫莱森夫人给托伊伯打了电话，向他报告了她儿子惊人的行为转变。她认为他情绪的爆发是某种癫痫发作，所以她不怕他的威胁。她也想知道他是否因其记忆的改善而感到更加心烦意乱。虽然亨利的记忆不一定改善了，但至少她认为，他的记忆力有时要比过去好。她分析，亨利有可能越来越意识到自己的处境，而且对现实也感到越来越沮丧，因为他和其他人不同。她可能是正确的：亨利在家和地区中心的记忆失败不断重复，而这便助长了他的绝望和无用之感。随着时间的推移，他知道了自己的状况，接受了自己记忆不好的现实，也接受了自己的病情是永久性的事实。莫莱森太太担心，如果他继续在公共场合发脾气的话，他将会被送往精神病院，或者将不再被允许在地区中心工作。她认为，他在地区中心的工作会给他自己带来一种使命感。

亨利偶尔会发脾气，有时会对自己无法记忆而感到沮丧。然后，在 1970 年 5 月，亨利出现了新的症状：严重胃痛，这一症状经常发生在早晨。有天晚上，他的呻吟声惊醒了母亲。她注意到，他的情况在工作日时会更糟糕。他在工作日时会被安排去地区中心工作，所以她想知道是不是那里的人嘲笑他或让他心烦意乱。她认为，胃痛可能代表他在被告知要去那里时隐约感知到的焦虑。除了休假的早晨外，她感觉到他在早晨时会很阴沉。这些问题困扰着莫莱森太太；她无法知道亨利出现这些症状的真实原因，也不知道如何处理问题或帮助他。

同月，亨利的母亲给托伊伯打了电话，并交代了发生的事情。亨利在接下来的一星期里继续出现严重的胃痛。托伊伯向她保证，他会给亨利安排一次全面的身体检查。莫莱森太太担心亨利的体重下降，而且她说，地区中心的工作人员认为他的健康状况正在恶化。

尽管我和同事不是看护人，而是研究人员，但我们都认为自己有义务确保亨利得到照顾。托伊伯咨询了米尔纳，然后也咨询了斯科维尔。斯科维尔认为，如果他在哈特福德安排检查的话，亨利的母亲需要支付很高的医疗费用。最后，他们决定将亨利带到坎布里奇。这样，他便可在 CRC 居住较长时间以及进行医学评估，而且这些都是免费的。因为亨利在麻省理工学院的医疗看护都是免费的，所以莫莱森一家不会有任何经济负担。

在他儿子克里斯多夫的陪同下，托伊伯开车去东哈特福德接亨利。他们在新月路的一栋平房前停下车。这栋小型建筑是用米色木材建成的，并伴有白色修边。房子的四周是简单布局的院子，院子里有草坪和几棵树。他们走进房子里，并发现穿戴整齐的亨利拿着一个小手提箱。手提箱里装着他第三次去 CRC 的行李，这次他将在那儿住三个星期。莫莱森太太感谢托伊伯的帮助，并表示说，这将成为她近二十年来担任亨利看护人的第一个假期。她很期待自己独自去拜访他人，也很期待晚上的外出时间。

在 CRC 的三周里，麻省理工学院的医师为亨利进行了全面的医学检查。亨利的胃痛似乎消退了。他在整个逗留期间都很平静，只是有点儿迷失自我。一天晚上，托伊伯发现他坐在黑暗的房间里，而且他身旁有一本填字游戏书。他问亨利是否感到身体不适。“好吧，我心里不舒服，”他答道，“我给所有人带来了太多麻烦，因为我没有记忆。”他在思索合适的表达。“而且我也一直在自我争论，我是否说了不该说的话，或做了不该做的事。”每当亨利努力找回记忆时，他都会说“我正在自我争论”。这是他经常挂在嘴边的话。托伊伯安慰他说，他今晚可以打电话给他母亲。突然，亨利话锋一转，并谈起了他父亲。“我正和自己进行争论，这争论是有关我父亲的，”亨利说道，“你看，我内心很不安。一方面，我认为他已经去世了，但另一方面，我认为他还活着。”他开始颤抖。“我没法搞明白。”

亨利并不是一个焦虑的人，但他和托伊伯之间的对话唤醒了他有关父亲过世的悲伤和不确定性。他的父亲已去世很长时间了，他也该接受这个事实了。但他还是无法做到，因为他没有那些记忆，即自己对父亲说再见、参加葬礼、扫墓、被亲人安慰以及收到来自亲戚和朋友的慰问。托伊伯观察到的颤抖是亨利情绪状态的有形表现。

在 CRC 住了三星期后，亨利该回家了。他在整个逗留期间并没有提到有关胃痛的事，这表明促使他在 CRC 住院的胃痛是与压力有关的，它可能起源于他在地区中心的活动。虽然亨利每天都要抽一包香烟，但于 1968 年进行的 X 光检查并没有检测到他有肺部疾病。托伊伯打电话给莫莱森太太，并和她讨论了亨利的返回行程。讨论完后，他把电话给了亨利。亨利明显很激动，当向母亲说很高兴听到她的声音时，他几乎都要破音了。托伊伯开车送亨利回到东哈特福德的家。当车进入亨利房子的私人车道时，莫莱森太太就来到了门口，并说亨利的气色看上去很好，比离开的时候要好很多。亨利抚摸他母亲的脸颊和肩膀后，他们两个静静地拥抱了几秒。

尽管亨利失去了几乎所有的杏仁核，即情绪的关键结构之一，但亨利显然是可以感受和传达情绪的，无论是积极情绪还是消极情绪。正式测试中，他可判断脸部图片中的情绪，例如，图片中的脸部是快乐的还是悲伤的。他通常是很平静的，只有在极少数情况下才会变得很生气。这些攻击性事件是他对自己因不记得重要信息而感到沮丧的短暂反应，也是对其病友挑衅言行的短暂反应。亨利不是一个暴力的人。相反，他很温和、友好、耐心，而且他的社交行为算得上是典范。在 CRC 时，他一直都很温顺、友善。

情绪科学解释了亨利可体验和表达积极、消极情绪的原因。情绪涵盖了广泛的经历。1969 年，心理学家保罗·埃克曼提出，所有文化影响下的人类都会体验种基本情绪：悲伤、快乐、愤怒、恐惧、厌恶和惊讶。这些核心情绪的各种组合产生了许多其他的情绪，如喜爱、希望、同情、矛盾、愤慨和羞耻。情绪会随着两个不同变量的变化而变化：这两个变量是指人们快乐或悲伤的程度和他们激动或平静的程度。意识体验情绪的基础是心率、血压、血糖和应激激素的增加以及呼吸的加速。伴随着流向四肢和大脑的血流量激增，我们准备好了可表达情绪状态的动作。根据情况的不同，我们准备逃跑、打架或拥抱。我们的大脑调节所有的生物变量，而且被激活的大脑回路随着产生的情绪本质变化而变化。[4]

1970年，在第三次去CRC的途中，亨利见证了一件不寻常的事，而这件事让我们能进一步了解他情绪记忆的本质。当托伊伯在哈特福德接亨利时，天正下着大雨。托伊伯、他儿子克里斯多夫和亨利开始朝北开往波士顿时，美国15号国道充斥着雨水和泥土。托伊伯在右侧车道驾驶汽车，这时，前面的一辆浅棕色的雪佛兰黑斑羚汽车突然失控，并撞上了道路右边的陡坡。那辆汽车在左侧轮胎的支撑下摇摇欲坠，然后右侧的轮胎落地。前车架被撞弯了，而且后轮胎的嘶嘶漏气声比雨声还要大。

托伊伯将车停在失事处后面几英尺的地方，因为失事汽车有点儿堵塞了右侧车道。他叫亨利留在车里，然后就离开车去检查那辆车的乘客，即一位二十岁的女子和她的母亲。她们虽然很难过，但都没有受伤。那位母亲身材肥胖，歇斯底里地哭了起来。此时，另一辆车在失事处掉头后停了下来。一名年轻人跳下车，然后和托伊伯一起带那个女人躲避车辆。托伊伯回到自己的车里拿雨衣，但又决定不要雨衣了，因为他早已浑身湿透。检查失事汽车后，他们认为，虽然轮胎漏气了，但她们还是可以驾驶汽车。托伊伯在阻止车辆经过时，那个年轻人把失事的汽车从路堤边开走，停在了路边的应急车道上。

当每个人都安全后，托伊伯回到自己的车上，并开车走了。几分钟过后，亨利和克里斯多夫担心地谈起了事故发生的原因。然后，他们的谈话主题就变为持续不停的暴雨。离开事故现场约十五分钟后，他们经过了一辆闪着灯的警车。警车停在路边的岔道上，并在一辆连接着红色拖车的蓝色旅行车后面。亨利说，那辆警车一定是在用拖车保护着那辆汽车，这样，没有人可把车开进岔道，并停在那辆汽车的后面。过了一会儿，托伊伯问亨利：“为什么我全身湿透了？”

“嗯，有一辆车偏离了道路，然后你就出去帮忙了。”亨利答道。

“是什么车？”

“一辆旅行车，不，一辆旅行车和一辆卡车。”

托伊伯问亨利那辆失事汽车的颜色。

“我自己也在争论这个，”亨利答道，“那辆偏离道路的旅行车，它停在路边，是蓝色的。但随后我想到它是棕色的。”几分钟后，亨利又说一位州警已在事故现场重新指挥交通。约二十分钟后，托伊伯再次问亨利他衣服湿了的原因。

“因为你下车去问路了。”

这次事故对亨利而言是一个情绪事件，而且给他留下了深刻的印象。它渐渐与新的信息——一辆警车、闪光灯、路边一辆不同的汽车——相混合，而这些新的信息便把旧的记忆挤了出去。记忆在很短的时间内似乎就完全消失不见了。但因事故而产生的强烈刺激却在亨利的脑海中留下了异常清晰的印象。

在抵达 CRC 之后，当被问及旅程时，亨利说，因为交通很拥挤，所以他们绕道而行，但除此之外没有其他不对劲儿的地方。然而，托伊伯在那天晚上再次问亨利，他是否记得旅途的任何事情。亨利说不记得。

“我被淋湿了吗？”托伊伯问道。

“是的。你在事故发生后出去时被淋湿的。”

“什么事故？”

“那辆汽车转了个弯，然后汽车有一部分爬上了坡，有个女孩儿在车里。你冒着雨走了出去，想看看有没有人受伤。”

“车里只有一个人吗？”

“不，还有一个，另一个女人，她是个胖子。”

这个故事说明了记忆功能本质的几个核心原理。这次旅程中，亨利遇到了两起激动人心的事件。它们引起了他的兴趣，并提高了他的回忆水平。当我们仔细留意一件事件，并对它感到很激动时，我们对该事件的记忆将会被增强。在这次事故中，因为亨利的脑回路极其专注，而且他的情绪也很激动，所以他能对人物、车辆和动作等细节进行编码。可能在亨利重温和回忆这些细节时，他们三人遇见了那辆警车和拖车，而这些吸引了亨利的注意。亨利把他的注意力集中在这个事件上，并理解了在那里发生的事情。然而，在这样做的时候，他干扰了大脑对第一起事件的加工，随即就丢失了一些信息。

干扰是我们所有人忘记事情的主要原因。在这个实例下，涉及警车、旅行车和拖车的新信息与事故的信息互相竞争，干扰了旧信息的存储。在开了较远的路程后，托伊伯通过询问亨利自己被淋湿的原因来唤醒亨利对事故的记忆，然后亨利的回答结合了两起事件的细节。这一回答表明，亨利有关这两起事件的记忆痕迹都是脆弱的、不完整的。

在健康的大脑中，随着时间的推移，这种脆弱的记忆痕迹通过一个过程变得更加牢固。这个过程被称为巩固。亨利无法巩固新信息，因为这种过程需要海马和皮质之间的相互作用，而这种相互作用在他大脑里是不可能发生的。当巩固发生时，情绪状况在记忆回路中享有优先加工，这样便导致记忆相对较难被抹去。亨利到达 CRC 时，他已经忘记了这次旅程中的激动事件。但在晚上，托伊伯通过询问自己是否淋湿了再次提示了亨利。和过去一样，这个提示帮助亨利回忆起了动作、女孩和妇人。那时，他已经吃完晚餐休息了，但还能重新回忆起仍记住的旅程碎片。他通过机制回忆起这些碎片，但这一机制与健康大脑所运用的机制是不一样的。然而，引人注目的是，他成功运用了其他的回路来建立短暂记忆痕迹。当时，我们并不知道，亨利海马周围仍存有的颞叶内侧组织以及被保留的情绪记忆区很有可能支持了他的短暂记忆。[5]

直到 1980 年代初，我们有关亨利情绪状态的信息都是来自别人，这些人目睹并记录了他的情绪行为。大约那时候，我和同事决定对亨利的个性进行更客观、更广泛的研究。因为他的手术破坏了杏仁核，所以正式检查他的情绪状态是适当的。我们以前没有进行过这种检查，因为在 1960 年代和 1970 年代，许多神经科学家，包括我实验室里的成员，都回避了属于临床心理学和精神病学领域的主题。

我们为亨利进行了一系列标准化的个性测验。测验结果显示，尽管他的情绪能力有些钝化，但仍能表露一系列的情绪。我们也能确定，他在自理方面有点儿粗心大意，所以需要别人的监督。例如，他必须得依靠别人的提醒才会去剃须、洗澡。个性和动机的测量结果表明，他擅长社交，但缺乏主动性。重要的是，这些测验结果还显示，亨利没有患上焦虑症、重性抑郁症或精神病。与亨利在其父亲去世和忘记事情时的情绪不同，健康的人都会感到悲痛、悲伤和挫败。极少数情况下，他会因遗忘症造成的缺陷而感到十分沮丧，从而变得极度愤怒。

1984 年，我让精神病学家乔治·默里来评估亨利。默里指出，亨利“总是面带微笑，而且和我的互动也相对较热情。”亨利不知道他的胃口好不好，但他总会笑着说自己不喜欢吃动物肝脏。当默里问他睡眠是否正常时，他答道：“我想是吧。”亨利说，他知道自己没有想到死亡，也没有哭泣。当被问及是否感到无助时，他说：“是，但也不是。”当被问及是否感到绝望时，他会露出大大的笑容，并说道：“是的，但在大多数情况下不是。”当被问及是否觉得自己毫无价值时，亨利又微笑了，说道：“这个可能和绝望是一样的答案。”前面的问题仍在他的短时记忆里。当默里问他是否喜欢他自己时，他再次露出微笑，但这次是谨慎的微笑，并说道：“是，但也不是，因为我不能成为脑外科医生。”（多年来，亨利反复谈到的一个主题就是他想要成为一名脑外科医生。）默里得出结论，亨利“没有患上任何抑郁症，但这并不意味着他不会偶尔感到悲伤”。

默里继续调查亨利的情绪生活，并问起了有关他父母和音乐品位的其他问题。当知道彼此都不喜欢“摇摆乐”时，他们一块儿笑了起来。接着，默里谈到了性爱方面。他问亨利是否知道勃起（此英文单词也有建筑物的意思），亨利答道：“一座建筑物。”然后，默里说：“好吧，我换另一种说法。”他问亨利“阴茎勃起”是什么意思。亨利没有微笑、皱眉或任何面部肌肉变化，说道：“男性会有这个发生，就在腰部以下的地方。”亨利知道男性有阴茎，而女性则没有。然后，他描述了婴儿是如何形成的。亨利在面对默里的敏感问题时并没有任何面部反应，而且他表示自己没有任何性欲。默里把他描述为无性恋者，即没有性欲。（亨利的老板巴克勒曾把亨利描述成一位完美的绅士，他“从未色眯眯地看过中心里的女孩儿”。）

当我和同事与亨利接触时，他总是很友善，但也很被动。他有很好的幽默感，而且这种幽默感偶尔会在日常谈话中出现。例如，1984 年的一天，我们实验室里的一位神经病学家和亨利一起离开测试室去大厅。当门在他们身后关上时，这位神经病学家大声询问他自己是不是把钥匙落在测试室里了。亨利答道："至少你会知道在哪里找到它们！"

亨利进行我们全部测试中所表现的最大耐心彰显了其随和宽厚的本性。当然，他没有关于测试过程的长时记忆，所以每次测试对他而言都是新经历，因此他也从未觉得很无聊。有一次，当他和我们实验室里的一位成员谈话时，他用这种说法总结了他的测试经验："这是一件很有趣的事情，你们只需要活到老学到老便可。我在活着，而你们在学习着。"

第七章

编码、存储、检索

1972年，当“水门事件”占据各大新闻报道时，我拜访了莫莱森太太和亨利。我问亨利，水门对他而言是什么意思。

“嗯，我立马想到了一所监狱，然后我想到了水门监狱的暴动。”他答道。

“你最近有没有听说有关暴动或有关水门的消息？”我问道。

“没有。我现在想到了一个有关它的调查。”

“没错。”我鼓励地说道。

“但它，呃，我想我不能更确切地说出它是什么。”

“你有没有听过约翰·迪安这个名字？”

“嗯，我立刻想到了一名刺客，但之后，我说了这个之后，就是我说了刺客之后，我想到了，呃，一名领导人，你知道的，就是被杀害或者受伤的工党领袖或工人。这就是我想到的。”

“你在报纸和其他地方上都读到过的。”莫莱森太太插嘴道。

约翰·迪安是尼克松的白宫法律顾问。亨利已经看过大量有关“水门事件”的新闻报道，他的大脑就像一台硬盘驱动器有故障的计算机一样，无法存储和检索这些信息。

现代人类大脑的研究在很大程度上归功于计算机科学的进步。我们以信息论为基础来探索长时记忆的基础认知操作。信息论是克劳德·香农于1948年提出的一个观点。他是新泽西州贝尔电话实验室的一名工程师。香农在其通信的数学原理中提出了这个观点，整合了应用数学、电气工程和密码学的知识来将信息传输描述成一个统计过程，并创造了一个术语来指信息量的最小单位。这个术语就是比特。1950 年代初，认知心理学家乔治·米勒将信息论引入到自然语言处理的研究中，从而将香农的观点与心理学领域相融合。[1]

根据信息处理来概念化学习和记忆是一个关键的进步，因为研究人员可将记忆分成三个形成阶段，它们就像计算机的进程一样。第一阶段是通过将来自外界的感觉输入转化为大脑中的表征来编码信息。第二阶段是存储这些表征，以便稍后提取。第三阶段是在需要时检索存储的记忆。现在，研究人员设计了实验来分别研究这三个阶段和观察它们的相互作用。

科学家把基础的信息处理流分成这些离散的阶段，因为这样划分后，他们能轻松地处理有关记忆的科学研究。这样的人为划分虽是一种简化，但它是很有必要的：有了它，研究人员可详细描述每个阶段内的众多过程。事实上，编码、存储和检索的发生是不间断且同时的。了解记忆形成的组成成分是必不可少的，因为科学家可将它们组合成一套完整的理论。

亨利能毫不费力地编码信息。当我问他是否想在茶里加牛奶时，他在其短时记忆里登记了我的问题，并回答说，他从未在茶里加过牛奶，但他加过糖。亨利的问题出现在信息处理的后两个阶段，即新信息的存储和检索。如果我通过转移话题来令他分心，然后问他我们之前谈过的内容时，他什么都不知道。他大脑接受的刺激可短暂停留，但过后，它们就不能被存储或被再认了。

自从斯科维尔和米尔纳的论文于 1957 年发表后，亨利的病例便有助于我们开展后来几十年的研究。这项研究在记忆形成的三个阶段内用来剖析认知和神经过程。同样重要的是，亨利的病例也阐明了记忆的分级。记忆的分级是一种观点，即我们的大脑一直处理着不同类型的短时记忆和长时记忆过程，而且每种记忆过程是由一个单独、特定的记忆回路调控。米尔纳有了一个里程碑意义的发现，该发现表明，亨利有一些长时记忆过程受到了破坏，但其他的长时记忆过程却没有。所以，该发现导致了陈述性或外显记忆与非陈述性或内隐记忆的理论分野，因为亨利的陈述性或外显记忆严重受损，而他的非陈述性或内隐记忆却完好无损。[2]

基于颞叶内侧的陈述性记忆是指我们在日常对话中说出“我记得”或“我忘了”时所唤醒的记忆。这种记忆包括一种有意识回忆起两种信息的能力。这两种信息是指情景知识和语义知识，前者是指我们对过去特有经历的回忆，后者则是指与特定学习事件无关的一般知识，如我们获取有关人物、地点、语言、地图和概念的信息。陈述性记忆在很多方面上是日常生活的支柱，有了它，我们便能获取所需的知识来追逐目标和梦想，我们也能作为独立人士来发挥作用。

亨利术后继续生活了五十五年，但在此期间，他并没有获取过任何新的陈述性记忆。他无法告诉我们确切的事件，如早餐吃了什么，昨天做了什么测试，和他是怎么庆祝上个生日的。他也无法记住新词汇、新任总统的名字和他在 CRC 遇见的面孔。在记忆测试中，他得到的分数并不比瞎猜得到的更好。亨利大脑中被移除的部分是负责陈述性记忆的结构。然而，他的手术保留了其他支持非陈述性记忆的回路，而且他在特定任务中的表现表明，他可在无意识的情况下学会新的运动技能和其他行为。

对亨利病例的研究揭示了情节性知识被编码、存储和检索的基础过程。在过去五十五年中，科学家已在描述这三个处理阶段中取得了巨大的进步。1990 年代，诸如正电子发射型计算机断层显像（PET）和功能性磁共振成像等脑成像技术的出现推动了这些调查研究。有了这些技术，研究人员可首次对这三个处理阶段进行分别检测。

发现有意识的记忆取决于海马及其邻近结构——海马旁回的机制后，科学家开始着手解决一些基本问题，而这些问题是关于情节性学习的心理学和生物学的：哪些特定的认知操作支持单一事件的长时记忆？海马和海马旁回内的复杂工作是什么？大脑皮质在长时记忆中的作用是什么？哪些认知过程和对应的大脑回路调控我们编码、存储和检索场景的程度以及我们忘记的程度？

简单地登记一个感觉事件，即看、听、闻、摸或尝，不能确保这种学习的发生。我们记住事件和事实的效果在很大程度上取决于最初编码的有效性。我们记住名字、面孔、日期、地址、派对的方向等等的可能性与表征的丰富性有关。研究人员把这种表征的丰富性称为加工深度的效果。

心理学家费格斯·克雷克和罗伯特·洛克哈特进行了一系列实验来研究受试者加工信息的深度后，于 1970 年代初期首次描述了效果。这两名研究人员极具说服力地指出，大脑接收信息时，可将信息加工到不同的深度。克雷克和洛克哈特将诸如演讲和菊花这样的短词作为受试者的测试刺激，允许受试者快速查看每个单词，然后便询问他们有关单词的问题，每个单词配有一个问题。研究人员希望通过使用三种问题能产生不同程度的加工，即浅层、中层、深层。[3]

想象一个打印出来的英语单词 TRAIN（火车）。克雷克和洛克哈特通过询问这个单词的物理结构（这个单词是小写吗？）来鼓励浅层加工，通过询问这个单词的用韵特征 [这个单词与 brain（大脑）押韵吗？] 来鼓励中层加工，并通过询问这个单词的意思（这个单词是一种旅游模式吗？）来鼓励深层加工。受试者以这种方式编码好单词后，测试会有一个短暂的停顿，然后用突击记忆测试来查看他们能回忆起哪些单词。这个实验表明，受试者通过加工其意思来编码的单词是他们记得最好的，通过加工其用韵特征来编码的单词是他们记得第二好的，而通过加工其物理结构来编码的单词则是他们记得最差的。总的来说，受试者对单词的保留取决于他们在编码单词时所想到的详尽程度。因此，克雷克和洛克哈特阐明，深层加工产生的记忆要比浅层加工产生的更牢固。[4]

1981 年，我们对亨利是否能表现加工深度的效果感到好奇。我们设计了一项加工深度的测试。在该测试中，我们帮助他认真思考一些单词的意思，旨在提高他以后识别这些单词的能力。深层加工过的单词会比浅层加工过的更有可能被他识别吗？亨利的测试刺激是三十个普通名词，如帽子、火焰和地图。在编码任务中，测试员播放了一卷录音带。亨利首先听到一个单词，如帽子，然后听到三种问题中的一种，之后，他便要回答“是”或“不是”。例如，“是女声说的这个单词吗？”这是物理学（浅层）水平。“这个单词与 glass（玻璃）押韵吗？”是音韵学（中层）水平。“这个单词是一种服饰吗？”是语义学（深层）水平。[5]

编码阶段后，亨利进行了一场突击记忆测试，旨在观察他是否能识别刚刚编码过的单词。测试员给他读了三个单词，然后便叫他选择一个曾听过的单词，并鼓励他在不确定时就靠猜。亨利进行了两次加工深度的任务。若仅靠运气，他应该在三十个问题中答对十五个；在两次独立的测试期间，他的分数却要比靠运气得来的差——1980 年答对十二个，1982 年答对了十个。他的总体表现不佳；而且他的表现也回答了我们最初的问题，即他不能表现加工深度的效果。[6]

我们现在明白，亨利表现不佳的原因不仅是海马受到损伤，而且还是颞叶内侧结构与特定皮质区域之间缺乏关键的连接和相互作用。颞叶内侧结构是最初加工信息的地方，而该特定皮质区域则是专门存储单词以及其他信息表征的地方。尽管海马为编码做出了重要贡献，但皮质也发挥着同样重要的作用。有了功能性磁共振成像，我们可在亨利执行任务时观察其大脑的活动。这些观察结果极具说服力地表明，皮质在深层加工的激活程度要比它在浅层加工的大。然而，皮质本身是不能执行编码任务的。亨利的感官能感知单词、图片、声音和触摸，也可将信息传递到登记它的大脑皮质。但除此阶段外，他太欠缺存储信息的能力了，所以深层加工并没有什么帮助。尽管他可正常接收和理解传入的感觉信息，但他在格外的努力下还是无法形成深度表征来巩固记忆。[7]

一般来说，我们越深入描述名字、面孔、日期、地址或其他东西，我们便把它记得越好。无论我们是在没有帮助下就从长时记忆中提取信息，即自由回忆，还是我们在考虑几种选择时突然想起的信息，即识别，以上的情况都是适用的。想象一下，你要在网上搜索去某家意大利餐厅的路线，如果你的大脑基于过去的光顾经历有关于那家餐厅的丰富表征，你会自发地回忆它的名字、它所在的小镇，并将这些信息输入到电脑的搜索引擎。反过来，如果你大脑很少有关于那家餐厅的表征，因为你从未在那里吃过饭或你只是开车经过那里一次，你可能记不得它的具体名字，并需要一直查看可能的餐厅列表，直至你识别出你要找的那家餐厅。

当我们深入编码新信息时，在以后检索它的可能性会增大，因为我们已将它与存储在颞叶、顶叶和枕叶皮质中的大量语义信息联系起来了。精细复述是指我们在脑海中处理信息，并将信息与我们所知的其他事实相联系。它比简单的信息复述更能帮助我们形成长时记忆。学生通过组建学习小组知道准备测试和考试的重要性。在学习小组里，他们先互相询问在讲义和阅读材料中的练习题，然后就会开始讨论。随后的各种讨论便构成了精细复述：它们比学生在图书馆里默读笔记的方式要更促进深层加工、更牢固地编码信息。[8]

亨利与我们假设的学生不同，他无法从动态的精细复述中受益。然而，亨利于 1985 年确实使用了简单的复述来完成了一个壮举，而这壮举乍看之下像是长时记忆的形成。我实验室里的一位博士后研究员想要测试他对时间流逝的感知。她告诉他，她将要离开房间，而且她回来后会问他，她离开了多久。她在 14：05 离开，并在 14：17 返回。当她问亨利，她离开房间多久时，他答道："12 分钟，把你弄糊涂了吧！"她很吃惊，不过她后来发现墙上有钟，才知道了亨利是如何想出了正确答案。他在她离开的期间一遍遍对自己复述 14：05，当她回来时，他看了一下时钟，时间是 14：17。然后，他利用工作记忆的能力进行了简单的运算，即 17 减去 5 等于多少。亨利不能记住事情，但他偶尔能很聪明地想到的一些办法来弥补自己的缺陷。[9] 在这种情况下，亨利不仅要解决一个数学问题，还要记住解决这个数学问题的原因。

精细复述并不是增强记忆的唯一途径。历史记录有关人们使用复杂方法来回忆信息的例子太多，人们建立心理表征，并将它们系统化，以便以后提取信息。利玛窦是一位在中国工作的意大利天主教耶稣会传教士、学者。他于 1596 年编写了一本篇幅较短的书，书名为《记忆术的论述》。中国男性若想通过有难度的科举考试，就得记住大量的知识。所以，利奇提出了一种方法来帮助他们记忆。他的方法是基于欧洲中世纪中的一种观念，以“记忆宫殿”为中心。“记忆宫殿”是指一座有接待厅和许多房间的壮观建筑物。这些房间里有生动、复杂的表象，如一些诱发情绪的图画，而且这些表象位于不同的地点。因为含有情绪内容的物品会比中性的物品更难忘，所以诀窍就是在每个要记住的信息片段和房间里的一件物品之间建立一个离谱的或情绪的联想。这样，我们就形成了生动的心理联想。利玛窦记忆方法的现代术语是轨迹记忆法：在脑海里想一条熟悉的路线，沿着该路线放置不同的路标，然后将要记住的不同材料分别与一个路标联系起来。[10]

如果你想要建立一座记忆宫殿的话，你要选择一个熟悉的路标，如一座办公楼、一家附近的杂货店以及你的房子。例如，假设你正努力记住你将在婚宴上给新娘的祝酒词。你想要记住一些有关新娘的特定故事，即小学踢足球的故事、中学做体操的故事、高中去法国旅游的故事、大学得到一只狗的故事和后来遇见新郎的故事。你要选择一个熟悉的地点，然后让它成为你的记忆宫殿——例如，你当地的超市。在超市食物的有序排列中插入你将演讲到的故事线索。你在超市入口要放置一个醒目的线索，然后前进，并按照水果区、蔬菜区、肉类区以及冷冻食品区的顺序放置线索。当你靠近入口时，你要想象入口的玻璃门被一个巨大的足球堵住，然后新娘和她最要好的朋友在七岁的时候穿着运动服，手牵手地坐在这个巨大的足球上面。当你走到水果区时，你要想象新娘的体操队正在西瓜上做倒立。然后走到蔬菜区时，你要想象有一个巨大的埃菲尔铁塔在芦笋矛上。在肉类区，你要将一只完全长大的西伯利亚雪橇犬放在展示柜里，而且它嘴里有一块五磅重的牛排。在冷冻食品的通道，你要想象新郎单膝跪在冷冻柜里，手里拿着一大袋洋葱圈。一旦你构建了这些表象，并在脑海中记住它们后，你便可在心里逛超市，并从一个记忆表象逛到另一个记忆表象。当你演讲时，你便可按照特定的顺序检索已存储在那儿的记忆和轶事。所有年龄段的人都可利用像这样的技巧来增强记忆。

许多参加高水平记忆比赛的人都使用轨迹记忆法。例如，在每年的圆周率日，即三月十四日，普林斯顿大学都会举办集会来观看哪个人可背诵出这个数学常数中最多的小数位数。2009 年，几所大学的研究人员合作了一项功能性磁共振成像研究，旨在识别哪些大脑区域能支持人们将圆周率记到令人惊叹的小数位数。在这样的实验中，参与者躺在一台磁共振扫描仪里，并执行一项行为任务。当特定的大脑区域被激活时，它们的耗氧量会增加。大脑检测到了氧气使用量的增加，然后让更多的血液运送氧气到这个大脑区域。含氧血的增加改变了这个区域的磁特性。我们可使用一块强力的磁体来检测这些局部的变化。该磁体所产生的磁力是地球磁拉力的数千倍，而且如果你把各种信用卡放在太靠近它的地方，它们绝对会失效。在这种检测方式下，我们可通过识别每种特定行为所需的大脑回路来绘制大脑激活图。

在 2009 年的研究中，研究人员通过功能性磁共振成像记录了一位二十二岁的工科学生在背诵圆周率前 540 个数字时的大脑活动。这位学生使用了轨迹记忆法来按顺序记住这些数字。当他执行这一壮举时，功能性磁共振扫描仪显示，他的检索过程激活了在前额皮质中的特定区域。人们已知道这些区域的作用，即支持工作记忆和注意力。所以，它们被激活的这一现象表明，这位学生参与了认知控制过程来快速地背诵熟知的圆周率序列。[11]

为了深入了解人们最初如何获取如此大量的信息，研究人员要求这位学生在扫描时学习一连串新的、一百位数的随机数字。扫描的结果很引人注目：在三次历时六分钟的扫描后，这位学生使用了自己版本的轨迹记忆法，并按正确的顺序编码了这个一百位数的数字。在编码的早期阶段，功能性磁共振成像显示，某些皮质区域的参与力度要大于在圆周率数字检索期间的参与力度。这些皮质区域是专门负责视觉处理、与情绪相关的学习、动作计划、任务调度以及工作记忆的。多个区域被选择性激活，因为这项任务需要大量的脑力活动，而且为了取得成功，这位学生必须得利用大量的资源，其中包括大脑后部的视觉处理和大脑前部的认知控制过程。

这位学生解释说，在他版本的轨迹记忆法中，他在很大程度上依赖颜色、情绪、幽默、粗俗语以及性行为来建立自己的记忆宫殿——“场景越情绪化和可怕，便越容易被回忆起。”研究人员将他一贯运用的高度情绪化想象与其大脑中的一处结构性差异相联系。这处结构性差异是指其扣带回体积比常人的大，而扣带回是边缘系统的一部分。这位学生在记忆数字组上很有天赋，但他却未必拥有比常人更高的智力或记忆力。正如一位心理学家曾说的那样，“出色的记忆能手是后天培养的，而非天生的”。你也可以有惊人的记忆能力，而且可随时运用它。当你想记住名字、数字、单词、图片等等时，如果大脑在你最初接触到这些材料时是处于最佳活跃状态的话，你会把它们记得更牢固。[12]

编码是记忆形成的入口，而紧随其后的则是巩固和存储。亨利可编码呈现在他面前的信息，并短暂登记它，但之后他的处理就中断了。他无法巩固和存储信息。

1995 年，功能性磁共振成像处于起步阶段，我们有机会观察亨利的编码过程。在这项实验中，我们让亨利看一些场景图片，并让他指出它们是室内图还是室外图。我们故意设计了这些简单的问题。因为亨利的回答都正确，所以我们知道他正在观看和处理这些图片。当他在执行这项图像编码任务时，磁共振成像显示，他额叶上的活动增加了。随后，其他实验室为健康的研究参与者进行的实验进一步论述了这个发现，而且这些实验结果表明，在编码期间，分别位于左侧前额和右侧前额的两个独立区域通常处于活跃状态。亨利可激活额叶来编码其感知到的图片，但之后，他便突然停止了——记忆形成的过程中断了，因为他没有巩固和存储信息的能力。[13]

当大脑接收和编码新信息时，它还必须进一步处理该信息的内容，以备将来使用。初始传送的信息不会立即进入长时存贮中。我们需要通过一个较长的过程来巩固记忆。这个过程便是巩固，它是发生在单神经元及其分子组成中的持久变化。相邻神经元之间的连接会随着学习经历的改变而发生强化或弱化。亨利不起作用的海马无法启动和完成巩固所需的活动过程。

格奥尔格·埃利亚斯·缪勒和阿尔方斯·皮尔扎克是哥廷根大学的实验心理学家，满怀抱负。他们于 1900 年提出巩固的概念后，科学家就一直在努力了解大脑巩固记忆的机制。这种追求推动了数以千计的实验，并加剧了一场巨大的争议，即不同种类的记忆是如何在我们的大脑中巩固的。这些实验的对象包括从昆虫到人类的许多物种。[14]

缪勒和皮尔扎克有了一个新发现：陈述性学习，即对事实和情景的有意识检索，并不会立即导致持久记忆的产生。相反，记忆的巩固取决于大脑的变化。这种变化是随着时间的推移逐渐发生的，而且在此期间，新学习的材料容易受到干扰。这两位德国的研究人员是对一小群参与者进行了八年的实验后才得出这个结论的。实验的参与者包括他们的学生、同事、家庭成员、妻子以及他们自己。首先，他们创造了2210个无意义的音节，将它们组合成对，如DAK—BAP，然后做了一些列表，而且每张列表上有六对无意义音节的组合。因为参与者需要进行二十四天的艰苦训练和测试，所以他们每次只测试一位参与者。训练期间，参与者要大声朗读列表上的六对组合，并要在心理上将组成每对的两个无意义音节联系起来。之后，参与者便进行记忆测试：他们会看到一个提示——每对的第一个音节，如DAK—，并被要求说出每对的第二个音节，如BAP。[15]

当这两位研究人员集中分析参与者的侵扰误差时，他们获得了重要的见解。如果参与者在回忆一张列表中的无意义音节时说了上张列表中的无意义音节，并认为它是属于这张列表的话，那么这便是一个侵扰误差。在这个实验中，如果参与者先前学习过音节JEK的话，他们就会将其与DAK配对，而不是与正确答案BAP配对。这两位心理学家认为，这些侵扰误差是由参与者刚学过的材料在其近期记忆中的持久性引起的。当测试在训练结束的二十秒后进行，参与者的侵扰误差会最大，因为这时的大脑还在编码信息；当测试在训练结束的三到十二分钟后进行，他们的侵扰误差会减小，因为大脑在这段时间里巩固信息；当测试在训练结束的二十四小时后进行，他们的侵扰误差为零，因为他们在这时已成功巩固了信息。这些实验表明，巩固是一个需要时间的活动过程。参与者建立的音节联系在刚编码时都很脆弱，但它们却随着时间的推移变得越来越牢固。[16]

随后的动物研究支持了缪勒和皮尔扎克的假说。1949 年，西北大学的一位生理心理学家训练几组大鼠躲避一个会产生轻微电击的网格。然后，他们在每次学习试验结束后的不同时间为大鼠的脑部进行电痉挛疗法。在学习试验结束的二十秒后接受 ECS 的那组大鼠受到了最大的影响。当学习试验与 ECS 之间的时间增加为四十秒、一分钟、四分钟和十五分钟时，大鼠受到影响的程度逐渐减轻。在学习试验结束的一小时或更长时间后接受 ECS 的大鼠则没有受到影响。编码与 ECS 之间的间隔越长，巩固的时间越长，大鼠的记忆就越好。这些结果表明，若在训练后的有限时间里扰乱人脑的活动，巩固的潜在机制将会受到阻塞。在亨利的大脑中，海马和皮质中的重要细胞活动从未在编码结束的几分钟或几小时后被激活，因此，他无法存储新的陈述性信息。[17]

神经科学家从这些和其他许多实验中得知，记忆的神经基础，即大脑内的物理痕迹，虽然在最初很脆弱，但它们会逐渐牢固起来。它们会被实验室中的行为控制所扰乱，也会被更直接的脑生理学损害所扰乱。脑生理学损害的方式有药物、酒精和头部损伤。记忆的形成很脆弱，一个有关此现象的熟悉例子在北美橄榄球中很流行。2012 年的秋天，一名中后卫球员正进行着他首次的高中代表队比赛。他想对付对方队伍中持球冲锋的跑卫。结果两人相撞了，头盔对头盔，然后都下场了。不过，他们很快又起身回到了各自的阵地位置。两次进攻过后，这名中后卫球员的队友走到场外，并告诉教练说受伤的孩子（即这名中后卫球员）不在自己的位置上打球，而且也不愿回到自己的位置。这一球队的物理治疗员立即检查了这名中后卫球员，治疗员说他的神经状态正常，因为他没有出现恶心和头疼的症状。但是，这名运动员却出现了一个惊人的症状：他不记得自己和别人曾相撞过，也不记得撞击后发生了什么事情。对他脑部的撞击已破坏了他对这些脆弱记忆痕迹的巩固。

诊所和实验室进行的大多记忆测试是用于评估陈述性记忆和情景记忆的，即在单词、故事元素或图片细节之间形成联系的能力。在亨利的病例之前，记忆研究人员并不能确定哪些大脑结构负责建立这些联想。我们通过亨利学到了至关重要的知识：海马是建立这些联想所必需的。没有正常运作的海马，亨利不可能在两个熟悉的单词之间建立联想；他无法在记忆中将它们联系起来。他的长时存贮里总是没有新信息的身影。

联想是动物和人类学习的一个基本概念，是情景记忆的本质；有了它，我们可通过整合时间（下午三点）和场所（厨房，光线从窗户透进来）来描述一个独特事件（阅读本章）。这些背景知识可以很丰富，如谁也在厨房里、是否有在播放着音乐，以及自己对每个句子的具体感悟。

日常生活中，当特定的物品频频同时出现时，联想就产生了，并随着时间的推移逐渐加强。当我们搬到一个新社区，会逐渐认出生活在这个社区的人们——邻居以及一些工作人员。这些工作人员在我们常去的咖啡馆、药房和餐馆里上班。最终，我们会对他们中的一部分人很了解，因为我们逐渐收集了有关他们个人生活的信息。例如，我们知道，浓缩咖啡机后的那位绅士——经常问起我们家狗的人——是五年制学校的学生，而且他的梦想是成为一名记者。在便利店的那位老人——总很热情问候我们的人——失去了他患有癌症的孙女。我们在这个社区里体验了春天、夏天、秋天和冬天的生活，然后将这个环境特有的景象、声音和气味都存储起来。随着时间的推移，我们的大脑建立了有关社区的详尽表征，而且大量的个人事实和事件已相互联系。在这个社区住了几年之后，我们便可生动、详尽地描述它。

近几十年来，由于无数实验室的贡献，科学家已开始了解支持这些联想的认知过程和神经表征。海马周围的皮质，即海马旁回，将大量复杂的感知、思想和背景传递给海马，然后海马以三种方式将这些丰富的信息联系起来。第一，海马将不同的人物、物体、感觉、时间和地点一一联系起来。例如，今天早上七点五十五分，我们在社区的咖啡馆里看到的所有物品和顾客、听到的声音以及闻到的香气。第二，海马将事件按时间的顺序连接起来，旨在记录组合成一段独特情景的事件流。例如，一连串的事件：进入咖啡馆、点了大杯的卡布奇诺、等待服务员冲泡咖啡、拿起我们的卡布奇诺和冲出门去上班。第三，海马根据许多事件和情景的共同特征来联系它们，旨在形成关系网络。例如，将今早在咖啡馆的记忆和在常去的其他咖啡馆和餐馆里吃饭的记忆联系起来，这便构成了我们有关外出就餐的一般知识。[18]

每天早上，当我们对咖啡馆里的独特经历进行编码时，这种新的学习重新激活了以往的许多独立事件，并且还更新、丰富了自己的联想表征。这种联想表征超越了这些独立事件的表征。为了建立这种有关外出就餐的包容性表征，我们依赖海马和中脑区之间的合作性相互作用。中脑是指一个两厘米长的结构，它将皮质和纹状体与大脑的下方区域连接了起来。跨情景的整合将具有共同特征的独立经历联系了起来，并指导日常生活的决策。（我是应该去那家有最棒的卡布奇诺的咖啡馆，还是去那家有美味糕点的咖啡馆？）而亨利却没有了这种复杂的认知神经基础。[19]

米尔纳于 1955 年首次测试亨利时，她通过大声朗读八个单词组来检查他形成单词联想的能力。在八个单组对中，有些很容易记住，因为它们是相关的单词；但有些则很难记住，因为它们是不相关的单词。

金属—铁（容易）
婴儿—哭（容易）
粉碎—黑暗的（难）
玫瑰—花（容易）
服从—英寸（难）
水果—苹果（容易）
卷心菜—钢笔（难）

读完列表上的单词组后，米尔纳等了五秒，然后问亨利，“你记得金属和哪个单词在一起吗？婴儿是和哪个？那粉碎呢？”在第一次的尝试中，亨利只答对了一个，即铁。米尔纳重新朗读了列表上的单词组，然后再次测试了他。第二次，他回忆起了哭、铁和花，它们都属于容易的单词组。第三次，即最后一轮，他记住了苹果、哭和铁。他无法巩固困难的单词组。半小时后，亨利保留了一个联想：金属—铁，即他在三次尝试中都答对的单词组。其他的联想都消失了，因为亨利的大脑缺乏可巩固和存储它们的颞叶内侧基础。[20]

斯科维尔和米尔纳于1957年发表的开创性论文，详细描述了亨利的手术及其心理测试结果，他们开启了现代记忆研究的时代。尽管以前的患者病例已表明，海马对建立长时记忆的重要作用，特别是F.C和P.B.的病例，但亨利的病例最终确定了它们之间的联系。因为他在许多不同的记忆测试中一直表现不佳，所以海马便成为了全球数千名记忆研究人员的研究重点。[21]

我们现在知道巩固是记忆的一个重要方面，但它究竟是怎么发生的？大脑的基础过程是什么？回答这些问题对了解亨利的记忆障碍来说是必不可少的。

记忆的巩固取决于脑回路之间的交流和细胞网络内的细胞变化，特别是海马中的细胞变化。它需要海马与存储零碎记忆的颞叶皮质区、顶叶皮质区和枕叶皮质区之间进行频繁的交流。神经元间的这些交流重组、加强了记忆加工区域之间的联系，旨在确保信息被保存在皮质里。[22]

一个神经元通过其长长的尾巴——轴突——来将信息传递给相邻的神经元。在轴突的末端，被编码成电信号和化学信号的信息穿过两个神经元之间的空隙，即突触。一个突触包含一个突触间隙，而突触间隙是指信号分子从一个细胞移动到另一个细胞所经过的通道。突触的另一侧，即树突，是相邻神经元的树状分支。它接收信息，并将信息安全地传递到神经元胞体。然后，神经元胞体便会对信息进行加工。每个神经元都会有一个输出端，即轴突，和许多输入端，即树突。（见图8）

二十世纪中期，科学家开始假设神经元间的联系。1949 年，加拿大心理学家唐纳德·赫布推测，大脑的结构记忆痕迹是长时记忆形成的基础。赫布认为，学习会导致大脑结构的增多，从而建立记忆痕迹。他的想法是受到西班牙解剖学家圣地亚哥·拉蒙·卡哈尔的影响，因为卡哈尔在 1894 年写道，“脑力运动”可能会导致轴突和树突的增多。赫布采纳了这个观点，并进一步发展它。当一个神经元与相邻神经元进行交流的时候，突触会发生什么？赫布在考虑这个问题时提出，当一个细胞反复刺激另一个细胞时，突触两侧的微小结构便会膨大。（目前术语中，轴突上的结构被称为轴突膨体，而树突上的结构则被称为树突棘。）这种膨大使得第一个细胞更有可能在将来重新激活第二个细胞。当动物和人类学习新信息时，数个相邻的细胞便会同时被反复激活，并形成一个闭合回路。这个回路会随着不断的学习而逐渐加强。这种假定被称为《赫布定律》。它准确地将突触描述为一个关键地点，即突触对揭示学习和记忆的生理学基础来说是至关重要的。那时，赫布并没有直接的生理学证据，能证明闭合通路或环形回路参与了行为和学习。然而，事实证明，他有关大脑灵活性的假设是有远见的、正确的，即赫布可塑性确实存在，而且，随着神经科学家调查这种可塑性是否负责学习和记忆，赫布的影响仍在继续。[23]

随着长时程增强（LTP）现象的发现，这种调查在 1960 年代后有了很大的进展。现在，许多神经科学家都认为长时程增强作用是学习和记忆的生理学基础。1966 年，奥斯陆大学的博士生泰耶·勒莫为麻醉的兔子进行了实验，旨在探索海马在短时记忆中的作用。当勒莫将一系列电刺激的快速脉冲应用到传递信息给海马的轴突上时，他发现，在每次高频率刺激后，突触另一侧的神经元，即在海马的神经元，会对相同的输入量做出更快、更强烈的反应，而且做出反应的神经元数目也会比以往的多。刺激增强了信息从一个细胞到另一个细胞的传输，这种现象就像在调高收音机的音量一样。这种增强的一个关键特征是它会持续一个多小时。勒莫把这种新发现称为频率增强作用，并表明，反复刺激一个细胞的轴突便可引起这种增强。这个细胞会生成一个信号，而该信号会穿过突触，并使接收细胞的反应增强。进一步研究大鼠后，研究人员于 1970 年代初将这种现象的名字改为持久增强作用，后来在同一年代里又将它改名为长时程增强作用。[24]

LTP 的发现为研究许多动物的记忆形成提供了一个通用的模型。几大洲的无数研究人员继续探索：激活的特定模式（即不同的经历）是通过哪些分子和细胞机制来改变神经元间的连接强度的。LTP 为神经可塑性提供了强有力的证据。神经可塑性是指大脑随着经验而改变的能力。神经科学家在研究不断改变的大脑中提出了两个关键概念：结构可塑性和功能可塑性。结构可塑性的研究已告诉我们，海马的解剖结构在一生中不是固定不变的：树突和它们的突触一直随着经验而不断变化。功能可塑性说明了海马和其他脑区的突触增加或减弱强度的性质——本质上，强度是指一个神经元激活其他神经元的活动能力。大脑根据经验而变化的能力是记忆的核心，而且能很好地说明结构可塑性和功能可塑性的实验室例子便是 LTP 了。[25]

发现 LTP 后进行的大量研究丰富了 LTP 的三个基本特征。第一，增强作用是持续的，而且它的持续时间可能会是几个小时、几天，甚至长达一年（持久性）。第二，当刺激的特定模式开始进行编码新信息（输入专一性）的过程时，只有活化的神经通道有增强作用。第三，突触两侧的神经元（即发送信息和接收信息的神经元）必须同时被激活（关联性）。[26]

1980年代中期，仍有一个重大的问题没有答案：正如动物在执行记忆任务时所表现的那样，LTP是负责学习的吗？换言之，当研究人员阻止LTP时，学习和记忆还会发生吗？1986年的一项研究解决了这个问题，并提供了进一步的证据，证明LTP的缺乏与空间遗忘症有关。爱丁堡大学和加利福尼亚大学欧文分校的神经科学家合作训练正常的大鼠游泳到平台上，但这个平台隐藏在装有不透明液体的水池中（后来这个实验被称为莫里斯水迷宫）。经过几天的训练，一组大鼠已弄清平台在水池中的位置，并能使用平台来爬出水池。但另一组大鼠在试图学习任务时，研究人员给它们注射了一种可阻止海马发生LTP的药物。这些大鼠就很难找到平台了。这一结果清楚地表明，空间记忆的缺陷与LTP的阻断有关。同时，大鼠的这个现象类似于亨利在搬迁后很难找到回新家的路。[27]

1996年，科学家有了一次重大的进步，他们能够不使用药物阻断的方法来达到抑制LTP的目的。那时，两位诺贝尔奖得主利根川进和艾瑞克·坎德尔的实验室发表了数篇论文，而这些论文预示着一场革命的发生。这场革命旨在探索依赖海马的那种学习和记忆。这些杰出的研究人员以及其众多的合作者使用强大的基因敲除技术来单独移除某种神经元中的NMDA（N-甲基-D-天冬氨酸）基因。这种神经元位于老鼠海马的三个不同部分，名为锥体细胞。当LTP发生时，突触发送侧的活性细胞释放一种神经递质，即谷氨酸。如果突触接收侧的细胞被同时激活的话，那么谷氨酸便会与NMDA受体结合。这种交流开启了蛋白质合成和结构改变的过程，而蛋白质合成和结构改变则有助于确定要记住的事，并使得突触更有效率（即突触被强化）。[28]

通过每次有选择性地敲除一个区域中的 NMDA 基因，利根川进、坎德尔和他们的同事可描述这种基因在记忆形成中所发挥的作用，而且他们发现，海马的 CA1 和 CA3 区域有不同的专门化。当大鼠缺失 CA1 区域的 NMDA 受体时，它们在莫里斯水迷宫中的表现受到了影响，因为它们在游到和爬上隐藏平台所花的时间要比拥有完整 NMDA 受体的大鼠的长。相比之下，研究人员发现海马的另一部分，即 CA3 区域，在记忆中起着不同的作用。CA3 区域的 NMDA 受体是模组完成所必需的。当动物在仅有记忆片段作为提示的情况下必须检索整个记忆时，模组完成便会发生。这些实验使用了基因阻断的方法，而这标志着重大的进步，因为它们把海马中的特定细胞作为目标，并最终确定了受体依赖性的突触可塑性在空间记忆中的作用。

但人类是如何展示 LTP 的呢？自 1990 年代末以来，德国、奥地利、加拿大、澳大利亚以及英国的实验室一直都在诱导人类海马、运动皮质和脊髓中的 LTP。LTP 在一些人身上可能是适应不良的，不管它是被强化还是被弱化，而且有些神经障碍和精神疾病可能是由 LTP 太多或太少引起的。这种可能性为患有这些疾病的数百万名人开辟了许多的治疗方案。人类大脑有一个显著的特点：可塑性，即大脑有随着经验而改变的能力。科学家应该可充分利用这种潜力来纠正功能失调的 LTP。这里有一个令人激动的前景：科学家可通过在神经系统的关键部位使用一种控制 LTP 的化学制品来减缓某些疾病的病情，如记忆丧失、癫痫症、慢性疼痛、焦虑症、药物成瘾以及其他与 LTP 功能失调有关的疾病。[29]

LTP 是学习所必需的，尽管这个观点似乎越来越具有可信度，但我们仍有很多尚未知道的事情。到目前为止，科学家一直无法证明，LTP 可像记忆一样那么持久；LTP 最多可持续数周，但长时记忆却可持续几十年。神经科学家也在试图了解，他们在实验室里直接观察到的细胞分子机制在日常生活中是如何与特定记忆的编码、存储以及检索产生联系的。在将海马细胞的加工过程和人们在驾照笔试中的表现结合起来之前，我们还有很多需要涉及到的方面。

有些人否认自己做梦了，而有些人说，他们总是忘记自己做的梦。这是因为我们需要一定的努力才能完全回忆起自己所做的梦。为了记住梦的内容，我们必须得在床头放上本子和笔，这样，我们才可以在醒来之后立即记录每一个梦，因为梦在那时还没有悄悄溜走。梦通常包含我们过去的经历，而且也可能在记忆巩固中发挥着作用。然而，我们现在还没有直接的证据证明，梦是记忆巩固所必需的。所以，我们必须谨慎地解读有关梦和记忆的实验结果。

为了更好地了解记忆是如何被巩固的，研究人员于 1990 年代开始对大鼠进行睡眠研究。这些实验通过放置在海马的电极来记录大鼠睡眠时期的心理内容，然后在睡眠时期和清醒时期分别记录大鼠神经活动的特有模式，并将这两种特有模式进行比较。比较的结果经常显示，这两组记录之间有一个明确的对应关系。所以，我们通过比较的结果可深入了解睡眠在记忆现实经历中的作用。

这项研究是从一个重大的发现演变而来的，而这个发现便是海马有位置细胞（place cells）。1971 年，英国伦敦大学学院的神经科学家识别了大鼠海马中的专门化神经元。这些专门化神经元用信号传递该动物当前的空间位置。每个位置细胞都对应着大鼠所在空间的一个特定区域，而大鼠所在的空间是指该细胞的位置野（place field）。位置细胞放电时，它会将一些信号传递大鼠，而这些信号是有关其所在位置和其正对的方向的。例如，当将一只大鼠放置在迷宫之中，而且它必须找到获得奖励的路时，位置细胞就会被激活。这些位置细胞合力确定了这只大鼠所在的环境。我们可运用最佳实例，即位置野，来说明大鼠的世界在其海马内是如何表征的。[30]

自从这一发现以来，大鼠和小鼠的位置细胞已引起了科学家的极大实验兴趣。当这些动物进行迷宫实验时，位置细胞便会按照不同的模式和序列放电，而这些不同的模式和序列对应着迷宫中的不同位置，旨在准确定位这些动物所在的位置。更有趣的是，科学家从迷宫中取出大鼠之后，这些位置细胞会以相同的顺序被再次激活。也就是说，当大鼠很安静时，即睡眠或踌躇时，位置细胞便会回放大鼠在上一次经历中所发生的神经活动模式。

位置细胞的活动如何影响长时记忆的形成？1997 年，亚利桑那大学的神经科学家提出，在诸如睡眠或安静不眠的离线期间（offline periods，即皮质较少参与传入信息的加工），海马便会促进皮质活动的再激活。为了探索这种可能性，研究人员将电极放置在大鼠海马中的位置细胞旁，旨在记录细胞的活动。每个记录期会有三个阶段：睡眠、走迷宫和睡眠。研究人员预测，海马在第二次睡眠期间的神经元放电会类似于皮质的神经元放电，此外，这个活动的模式也将会类似于大鼠在走迷宫期间的活动模式。实验的结果验证了他们的预测。在睡眠期间，海马和皮质重新表达了大鼠在迷宫中的神经元放电模式，而且两个区域在第二次睡眠期间的心理表征类似于大鼠在走迷宫期间的表征。这种对应的关系表明，海马回路和皮质回路在睡眠期间是相互作用的。然而，问题还是没有解决：这种暂时的活动是否在长时记忆中起着作用呢？[31]

通过利用亚利桑那大学的实验作为研究跳板，麻省理工学院的神经科学家马修·威尔森和同事对自由移动的大鼠和小鼠进行了实验。实验过程中，他们同时记录了约一百个细胞的放电。推动这一研究的主要问题是：海马的大量细胞是如何形成和保留记忆的？这个问题的答案来自海马的位置细胞活动记录。这些动物都戴着一顶小帽子，帽子上有大量的微型记录电极——四极管，所以科学家可同时“窃听”许多神经元的活动。有了这些数据，研究人员可随时了解许多位置细胞的电活动。

为了比较睡眠期和不眠期的大脑活动，研究人员监测了脑电图记录，并根据不同的脑电活动特征将睡眠分成不同的阶段。慢波睡眠，即深度睡眠，是人类在前半夜中最常见的睡眠，而 REM（快速眼动）睡眠，即轻度睡眠，则主要出现在后半夜。动物也有慢波睡眠和 REM 睡眠。[32]

在 2001 年的一次实验中，威尔森实验室记录了大鼠海马的位置细胞活动。研究人员首先记录了十至十五分钟的位置细胞活动，在这段时间里，动物正在走迷宫以获取奖励；后来，他们又记录了一至两小时的位置细胞活动，在这段时间里，动物正在睡觉。当研究人员比较大鼠在走迷宫期和 REM 睡眠期的细胞行为时，他们发现了一个显著的对应关系——这两组数据极其相似。这种现象表明，睡眠中的大鼠在回放它们在迷宫中学到的行为。在学习期间，海马神经元以一定的顺序放电；而在 REM 睡眠期，它们便以相同的顺序放电。[33]

这些神经活动的模式代表着行为的序列，而且它们的持续时间会与真实的经历一样长。记忆再现便是指细胞放电模式的重复。清醒的大鼠在其海马的特定部位（CA1 区域）编码这些序列，而且它们在二十四小时后的REM睡眠期中仍能检测到这种脑电活动。这种神经活动的再现与以前的行为经验相关，而该现象便是持久记忆的强有力证据。CA1 的位置野编码了大鼠的空间位置，它的大脑通过该信息整合了位置序列。海马与一些皮质区域间的交流可能有助于完成这个过程，其中，这些皮质区域是专门负责空间信息的。清醒活动在 REM 睡眠期中的再现可能会因皮质回路和海马回路之间的相互作用而强化皮质的记忆巩固。在明确记忆再现对学习和巩固的作用之前，我们仍需探讨这个假设和其他假设的正确性，但我们已有大量的证据支持这一观点，即海马的位置细胞有记忆能力。[34]

威尔森和同事的某项研究进一步证明，记忆回放（memory replay）是学习和长时记忆的重要组成部分。在这项研究中，他们调查了慢波睡眠期的大脑活动。他们发现，慢波睡眠和 REM 睡眠对记忆的影响是不同的。他们训练大鼠在一条轨道上来回跑动。每当大鼠跑到轨道两端时，他们就会奖励其一块巧克力。当大鼠沉迷于甜食时，研究人员便同时记录它们海马的大量细胞活动。然后，他们在大鼠睡觉时监测了相同的细胞。慢波睡眠期间，海马也回放了大鼠在清醒时的经历，然而，它是以很高的速度进行回放的，即大脑在进行回放时把轨道上四秒一圈的速度提升到十五至二十倍。再现的记忆反映了事件的顺序，但它并没有反映这次经历的实际持续时间。那么，这些有序的事件便可在更短时间内再现完（事件再现的时间比大鼠实际执行它们所需的要少得多），从而使得它们看上去像被压缩了。[35]

如果我们在脑海中建立一张从家走到超市的线路图，然后想象自己沿着这条线路行驶的话，这趟心理之旅所花的时间会比我们实际开车所花的要少很多。我们无疑以同样的方式压缩了梦的内容。在威尔森的实验中，这种记忆再现最有可能发生在慢波睡眠期的前几个小时里，所以记忆再现的作用可能是在长时记忆的形成之前对信息进行早期加工。[36]

因为记忆是被存储在整个大脑皮质的，所以皮质活动在睡眠期必须参与记忆巩固的过程。我们知道，海马和皮质必须一起接收、组织和检索信息，但相隔很远的脑区是如何协作的呢？2007年，威尔森的团队在记忆再现期间观察到海马和皮质的细胞活动之间有一种密切的联系，从而他们便有了另一个重要的见解。研究人员训练正常的大鼠在一个“8”字形迷宫中奔跑。大鼠每次都会在“8”字形迷宫的中间开始进行实验。为了获得食物奖励，它们必须交替地跑向迷宫的左侧和右侧。经过三周的训练后，研究人员将小型的电极植入大鼠的海马和视觉皮质中，并记录这两个区域的神经元放电模式。视觉皮质是指大脑后部的感觉加工区，它接收来自眼睛的信息。科学家发现，这两个区域在慢波睡眠期间都有记忆再放的现象。这个发现说明，大鼠和人类一样可做与视觉有关的梦。海马的活动模式与视觉皮质的类似。[37]

如果只需要一次充满记忆再放的良好睡眠，我们就可拥有更强记忆力的话，那将会是一件很美好的事情。虽然这种可能性很低，但越来越多的证据表明，睡眠有助于记忆巩固和突触可塑性。现在，调查不同睡眠阶段如何影响记忆巩固的人类实验已集中研究特定种类的记忆特性，即陈述性和非陈述性，与睡眠的类型和持续时间之间的联系。这方面的知识增强了我们对记忆的理解。有了它，我们可通过观察大脑内部支持巩固的神经过程来进行研究，不用再单单借助于行为实验了。通过调查许多伴随睡眠和睡眠障碍的生理变化，研究人员或许能够为失眠症患者和记忆障碍患者制定新的治疗方法。

亨利的缺陷在于他无法对新事实和事件进行巩固、存储以及日后检索。然而，他的遗忘症不一定能归咎于其在检索方面的缺陷：他仍可回忆起自己在手术前巩固和存储的事实。他喜欢在临床研究中心与我们团队谈论有关术前的经历和家庭生活。但当他在检索这些记忆时，他却无法将旧的记忆痕迹与当前生活的信息整合起来。例如，当谈到自己的枪支收藏时，他无法通过说出他枪支收藏的其他事情来更新这个故事。亨利在术前巩固了信息，但他在术后便无法再巩固这些信息，所以他的童年记忆痕迹仍在他的大脑里，没有发生任何变化。

不妨这样思考：再巩固是一个记忆更新的过程。如果你打开衣箱，然后重新整理衣箱的话，衣服的位置会发生些许变化，而且你可能会拿出一些物品，然后添加其他物品。旧记忆的检索和再巩固会令它们突然变得不稳定，即它们在这种状态下容易再次受到扭曲和干扰，所以在这个时候，它们可被新信息修改。

如果我问你，你上次吃中国菜是什么时候，你会开始进行心理搜索。这次的搜索基于食物、晚餐、外卖和筷子等内在思维。

你可能会想到唐人街，因为那里的环境可帮助你检索记忆。当你回忆起我问你的那顿饭时，你的检索过程重新激活了巩固机制，而这些巩固机制与你在吃那顿饭时产生的机制相类似，即使你吃那顿饭已是几年前的事情了，而且你目前的想法将会修改那些记忆。例如，在吃那顿中餐的一年后，你知道了自己对味精过敏；现在回想起来，你发现了你在吃完中餐的那天晚上出现偏头痛的原因，在此过程中，你添加了当晚出现偏头痛的原因，从而修改了你对那次经历的原记忆。另外，一顿类似的饭，比如你在韩国餐厅庆祝去年的生日，可能会干扰你的记忆。当你在回顾那顿中餐时，你脑海中想到的任何东西都会有助于新记忆的形成。你每次检索那次事件的记忆时，那些记忆就有被扭曲的可能，而且你也会更倾向于记住修改后的版本。重新激活旧的、之前巩固过的记忆可建立新的记忆痕迹，而且这种迅速增多的痕迹能会让旧记忆更能抵抗来自其他大脑活动的干扰。如果你接下来的六个月里都重新激活那顿饭的记忆，那么随着时间的推移，修改后的新记忆将会变得更牢固，而且也更有可能会被保存下来，尽管它与原情节的相似度可能会降低。

检索是一个重构的过程，它比简单地激活特定的记忆痕迹要更为复杂。你每次检索记忆时，记忆都会发生变化。因为唤起和调用记忆的过程会修改记忆的内容，然后修改后的记忆会被重新存储起来，所以我们存储的每段记忆都是不相同的。每次你回想有关去年生日的记忆时，该记忆的细节都会略有不同——有些细节被省略，而有些细节却被添加进来。巩固再次出现。神经科学家认为，巩固会在检索期间和之后再次发生。他们的这个观点已被命名为再巩固假说（reconsolidation hypothesis）。它的基本思想是：人们在存贮中取出记忆，即检索，然后把记忆放回存贮里，即再巩固。回忆是将以前存储在长时记忆里的信息与当前的信息相混合。[38]

每当一段美好或是糟糕的记忆被检索时，检索环境中的新信息必须被并入现有的、完善的网络里，而这个网络是该段记忆的基础。当一段记忆被再巩固时，新内容会与现有的内容相交错，从而润色和修改了再巩固的记忆。虚假记忆便是一个很好的例子。在公布辛普森案件裁决的三天后，加利福尼亚大学圣迭戈分校的神经科学家在询问学生是如何得知这个消息的，如通过收音机、电视和朋友。一部分的学生在十五个月后再次回答了这个问题，而且他们给出的回答也相对较准确；另一部分的学生则在是在三十二个月后，尽管他们对自己的回答更加自信了，但他们的回答并不太准确。在这两个时间段，学生都记错了自己是如何得知的这个消息。这种现象支持了一种观点：巩固的记忆是不稳定的，也是可被修改的。[39]

1997年，巴黎皮埃尔和玛丽居里大学（巴黎第六大学）的两位神经科学家找到了生理学证据来证明记忆是可被修改的。他们在一个迷宫里训练大鼠。该迷宫有八个臂，而且这些臂是从一个小型的中央平台放射出来的。他们在三个臂的末端放上可可泡芙麦片，旨在引诱大鼠选择这三个臂，而不是其他五个没有诱饵的臂。研究人员每天都会将每只大鼠放在迷宫的中间一次，并允许它们按照自己的想法活动。当大鼠去到了那三个有奖励的臂后，实验就会结束。几天过后，大鼠已完全掌握了窍门，因为它们会直接走进有可可泡芙的三个臂里，完全不理会其他五个没有诱饵的臂。[40]

为了测试大鼠的记忆强度（该记忆指大鼠新巩固的记忆），研究人员让它们进行了一次无误实验，旨在重新激活它们的记忆。然后，他们立即为大鼠注射地佐环平。地佐环平是一种降低记忆力的药物，它会抑制大鼠在巩固经验时所需的活性。这里的经验是指大鼠在无误实验中所获取的信息。二十四小时后，大鼠忘记了哪些臂有可可泡芙。

研究人员使用了一个巧妙的实验策略来证明了再巩固。他们给大鼠进行了一个额外的试验环节，而该环节也是它们恢复注射药物前的熟练水平仅需的。尽管它们对迷宫的记忆已被中断，但并没有完全丧失这些记忆。大鼠从额外的试验环节中得到了信息，并对这些信息和已建立的记忆进行再巩固，从而恢复到了注射药物前的水平。[41]

这项实验证实，当一段记忆被再巩固时，一些在巩固阶段发生的细胞活动至少会再次发生。长时记忆每次被检索时都会发生变化，而这种现象进一步证实了一个观点，即记忆是一个由生活事件驱动的持续动态过程。进一步的生物学确认支持了这种假设：长时记忆的再现会使长时记忆变得更牢固、更稳定。

再巩固在你的日常生活中经常发生。比如说，阔别十年，你重回故里。你会非常惊讶，因为你看到的家乡并不完全符合你记忆中的样子；街坊可能看起来、听起来，甚至连闻起来都与以前不同了。当你检索有关社区的长时记忆痕迹时，你会更新这些长时记忆痕迹，因为你看到了社区风景的新特征，并以成人的角度来评估自己生长的地方，而这些新特征和评估便会随着原来的长时记忆痕迹一起被存储在脑海里。这样做时，你利用了旧痕迹的不稳定性来建立更新、更牢固的记忆痕迹。这种更新过程的发生是因为以前巩固的记忆与新信息之间的不匹配。你也可用同样的方式调整自己对别人的看法：一位最初给你留下不好印象的同事可能会是一个受人尊敬的、重要的伙伴。

再巩固的概念于1990年代末首次被提出，且具有带来重大突破的潜力，例如治疗创伤后应激障碍（PTSD）。伊拉克战争后，大量老兵因患有PTSD而丧失了活动能力，而且到了无法恢复战前生活的程度；他们反复再体验创伤性事件，并伴有失眠、易怒、愤怒、注意力不集中和没有安全感的症状。研究团队一直在测试一种缓解PTSD症状的办法，此种方法不用彻底消除有关痛苦事件的记忆。他们的办法是给患者服用心得安。心得安是一种药物，它可抑制交感神经系统的活动，而交感神经系统是身体表达情绪的工具。这种药物选择性阻止创伤性事件情绪内容的再巩固过程，而不是创伤性事件事实内容的再巩固过程。经过短暂的心得安治疗后，患者可能会感觉好些了；他们仍可回忆起创伤性事件的细节，但不会有极度的精神痛苦。这项工作表明，在创伤性记忆的检索和再巩固期间，心得安减少了情绪相关区域的活动，但它不干扰海马的功能。海马是再巩固基础事实的区域。[42]

在我们的日常生活中，独特事件和情景的记忆也受益于再巩固。重新激活一段复杂情景记忆中的一个元素也会重新激活与该事件相关的许多其他记忆。例如，我记得自己在麻省理工学院的第一天，我们部门的行政主任向我展示怎么使用施乐复印机。他让我把手放在玻璃上，然后他按下了一个按钮。几秒过后，一张印有我手掌的纸就从机器中出来了。我很吃惊，并拿着我的第一张施乐复印件从那台神奇的机器旁边走开了。当我想起这段在1964年发生的施乐复印机事件时，我又想起了那天发生的一系列事情。

如果你经常检索一件特定事件的细节（而且该事件是发生在你生活中的），如你上班的第一天，那么随着时间的流逝，你对该事件的记忆将会比你在完全不检索的情况下更可靠。

对亨利如何忘记事情的研究让我们更好地理解了我们是如何记住事情的。一百多年前，缪勒和皮尔扎克首先提出，记忆是随着时间的推移进行巩固的，而且部分被巩固过的记忆痕迹是很脆弱的。2004 年，加利福尼亚大学圣迭戈分校的一位心理学家进一步研究这个观点，并提出了一个合乎逻辑的遗忘理论。这个遗忘理论基于三门学科——心理学、心理药理学和神经科学——提供的证据。遗忘发生的原因是：我们一直在形成新记忆，而新记忆则会干扰其他仍在进行巩固的记忆。在这期间，记忆可被任何形式的脑力活动影响，不管它与未完成巩固的记忆是相关的还是无关的。[43]

想象一下，一名四十五岁的职业人员将在网球度假村里度过一周的假期。他从家里开车前往度假村，并在这漫长的过程中回想起了自己上午与主管的会面。在那次会面中，主管邀请他负责在其专业领域里的一个新项目，并说了具体的事项。他开始规划实施这个项目的方案，即构思方案的提纲，随着时间的推移，他也开始思考如何落实这个项目的每个阶段。最后，他到达度假村，且他的脑力劳动也停止了。他受到了旅店老板的接待，并立即投入到了娱乐中。他看见了陌生的面孔，听到了新名字，并试图吸收有关其行程安排的信息，如将要做的事情、时间、地点以及陪同人员。他心情愉悦，用手推车把手提箱和网球包送进了自己的房间，快速从手提箱中取出泳衣，然后便前往游泳池。他进入了一个不同的世界，他平日的生活（即工作）逐渐消失。在接下来的七天中，他的注意力都集中在正手、双反、发球、过顶扣球和网前打法。海马在他不知情的情况下一直积极地记录新的景象、声音、对话以及场所，并构建了度假村的心理地图。一周后，当他开车回家时，他有可能会忘记那次会面的许多细节和那些出色的规划，因为有关假期的一连串信息阻碍了这些信息的巩固（他在一周前编码了这些信息）。新获取的记忆容易发生改变，后续事件的干扰可将它们部分或完全抹去。

因时间的推移而产生的遗忘现象是正常的；记住十年前发生的事件比记住上周发生的事件要困难得多。我们忘记过去的原因是新的活动和想法把这些旧记忆推到了一边。当我们对原始事件的编码不佳时，有关该事件的记忆也会随着时间的推移逐渐丧失。亨利是自愿成为一名研究参与者的，有了他，我的实验室便获得了一个极难得的机会来探讨这些问题和确定颞叶内侧组织的损害是否加剧了遗忘的程度。

1986 年，我们为六十岁的亨利设计了一系列的实验，旨在弄清遗忘现象是在哪些情况下发生的。传统观点认为，遗忘症患者要比健康人群更快忘记信息。为了验证这个观点，我们给亨利和对照人员展示了一百二十张幻灯片，而且每张幻灯片里都有一张不同、复杂、多彩的杂志图片，如动物、建筑物、室内设计、人物、自然风光和单一物品。亨利有二十秒的时间来观看每张图片，并依照指示来试图记住它们。在随后的测试中，我们让他看两张并排的图片（一张是旧的，一张是新的），并让他说出他认为自己曾看过的图片。我们把这种记忆称为检索识别记忆，即有意识地对两个可能的答案进行选择，两个答案中有一个答案是正确的。[44]

我们在四个时间段测试了亨利对一百二十张图片的记忆。四次测试发生的时间分别是在他最初观看完图片的十分钟、一天、三天和一周后，而且每次测试三十张图片。我们必须确保他和对照人员在十分钟后的测试分数是相同的，因为只有这样才能比较亨利和对照人员的遗忘率。为了达到这一重要的相同，我们允许亨利在最初的学习阶段有二十秒的时间观看每张图片，而对照人员则只有一秒的编码时间，这样，亨利便有了十九秒的额外时间对图片进行编码。

令所有人惊讶的是，亨利在二十秒内编码的信息可让他在一天、三天和一周后识别图片的表现至少与对照人员的一样好。但更令人惊讶的还是这个发现：亨利对这些图片的再认记忆在六个月后仍是正常的。至关重要的是，当我们将他与同等年龄和教育水平的健康人群进行比较时，他并没有表现出比健康人群要更快忘记这些复杂、多彩图片的情况。[45]

既然亨利长时记忆的大多数指标都是异常的，那他又是如何获得正常的图片识别分数的呢？他几乎无法记住自己的日常生活和所有其他有关陈述性记忆的测试内容。我不能用理论知识来解释其图片认知的结果。我向同事讲述了这次的实验，并推测，亨利只是在脑海里有个模糊印象，而这印象帮助他在两个答案中选择了对的那个。在每次测试中，他必须在两张图片之间进行选择，其中，一张是在学习列表上的图片，而另一张则是新图片。因此，他会有两种反应，一种是接受其中的一张是熟悉的图片，而另一种是否认其中的一张是熟悉的图片，然后选择另一张图片。这个过程是自动发生的，基于他自己对两张图片的记忆强度不同。我们无法让亨利描述他自己的思路，因为不断的干扰会影响实验的结果。但是，亨利很有可能自动运用了其大脑后部的皮质区域，而这些区域有巨大的容量来存储视觉信息。

我们在进行这些测试时，数学心理学的研究人员通过使用信息加工理论为再认记忆建立了一个坚实的理论框架。这个框架来源于查理德·阿特金森和詹姆斯·尤奥拉于1974年提出的模型。他们的长时记忆任务是要求参与者记住整整六十个单词。在接下来的测试中，参与者每次会看见一个单词，然后必须决定这个单词是不是他们曾记过的单词。如果参与者回答的速度很快，且其回答仅基于熟悉感的话，那么他们的错误率会很高。然而，如果他们花更多时间来回答的话，他们便有机会可详细回想这个单词是否在学习列表上，而且他们的正确率会很高。根据测试的结果，研究人员将正常人群的再认加工分为两个独立的检索过程。1980年，认知心理学家乔治·曼德勒提出了再认的双加工模型（目前仍很流行），而这些有关再认记忆的观点就被形式化了。他形式化了两种再认记忆——熟悉性和回想。另一名认知心理学家的后续研究阐明了这两种记忆使用的根本区别，而且与1974年的模型相一致，即熟悉性依赖快速、自动的加工，而回想则是一种缓慢、有意的记忆使用，且需要注意力。[46]

我们都有过这样的经历：我们在街上看到了某个人，尽管我们确信自己是认识这个人的，但却想不起来其名字和身份。这种再认便是基于熟悉性。它不需要注意力，而且还是自动发生的。当亨利识别那些复杂的杂志图片时，他就运用了这一加工，因为这项任务的认知要求相对较低。相反，当我们在街上遇到老朋友时，我们很容易就能详细回忆起自己与这位老朋友的欢乐时光。这种再认是基于回想。回想是一个需要精力和注意力来搜寻记忆的加工。因为这种加工依赖于完整的海马，所以亨利无法在日常生活和大多的正式记忆测试中运用它。

亨利在 1980 年代的惊人测试结果揭示了一个有关大脑分工的重要事实：熟悉性和回想是由两个独立的加工管理的，而且这两个加工发生在两个不同的大脑回路里；亨利的大脑仍有其中的一个大脑回路，但另一个大脑回路却被破坏了。后来，许多不同来源的行为证据阐明了这一事实，而且这些证据分别将回想和熟悉性与海马和鼻周皮质的加工联系了起来。尽管海马和鼻周皮质是亲密的、互相联系的“邻居”，但它们对记忆检索所做出的贡献是不同的。[47]

这种区别有助于我们了解，为什么亨利在编码复杂图片的六个月后仍有识别它们的能力。亨利的手术仅切除了部分的鼻周皮质，所以他在实验中可能通过运用仍被保留的部分鼻周皮质与其他正常的皮质区域的合作来识别那些图片。但是，这种合作仍不足以支持他在日常生活中的长时记忆。图片识别的测试结果是一个显著的特例，它与亨利在其他陈述性记忆测试中的表现形成了鲜明的对比，因为他的再认记忆在那些测试中一直都是不足的。[48]

随后的功能性磁共振成像研究支持了我们的猜想，即亨利对我们曾给他展示过的那些复杂图片有熟悉感。2003 年，加利福尼亚的认知神经科学家小组表明，熟悉性和回想取决于颞叶内侧的不同解剖区域。他们的研究参与者躺在磁共振扫描仪内编辑两种颜色不同的单词，如红色字体的单词 NICKEL（镍）和绿色字体的 DEER（鹿）。扫描结束后，参与者进行了一项再认记忆测试。在这项测试中，学过的单词和未学过的单词被随机混合了起来，他们要观察这些单词，并给出两个回答。首先，他们对每个单词进行评价，即他们有多大的信心确定自己有否见过它们。然后，他们要回答一种类型的问题，即他们第一次在扫描仪看到单词时，单词的字母是红色的还是绿色的。这种问题是用于测量他们的来源记忆的。记住字母颜色的能力，即来源的准确性，评估了有意识的回想，而且这种回想要将每个单词与其颜色关联起来。他们对来源记忆的判断不能基于熟悉性，因为学习列表上也有红色和绿色的单词，这使得它们在测试期间给他们的感觉是同等熟悉或不熟悉。[49]

研究人员分别分析了每个参与者的功能性磁共振成像。分析结果区别了两种大脑回路，即参与者在编码自己后来基于回想或是熟悉性而识别出的单词时显示活动增强的两种大脑回路。随着再认信心的增加，熟悉性的贡献也会逐渐增大。参与者对某个单词越有信心，即曾看过它，则此单词的熟悉效应便会越大。[50]

功能性磁共振成像的分析结果与之前提到的理论，即鼻周皮质和海马在再认记忆中发挥着不同的作用，是一致的。这些分析结果揭示了两种不同的回路，而且这两种回路分别对应两种再认记忆。研究人员发现，致力于熟悉感的回路在两个相连的区域上，而这两个区域是内嗅皮质和鼻周皮质。在这两个区域里，大脑的活动随着熟悉性的增加而增强。当参与者正确地记住字母的颜色时，另外两个区域的活动增强了。这表明，来源信息（颜色）的准确记忆是回想记忆的索引。这两个区域位于海马的后部和海马后部旁的皮质——海马旁回皮质。[51]

这些研究结果表明，海马和海马旁回皮质专门负责回想，而鼻周皮质和内嗅皮质则专门负责熟悉性。亨利的磁共振扫描图显示，他大脑的两侧仍存有部分的鼻周组织。我们推断，当我们让他记住那些复杂的杂志图片时，他仅剩的鼻周区域便立即工作，从而令他后来可基于图片的熟悉度来选择自己曾看过的图片。

亨利的病例证明，海马的病变对回想造成了极大的影响。同时，一个有关鼻周皮质和熟悉性的类似问题也出现了。只有鼻周皮质病变的患者会显示熟悉性缺陷吗？2007 年，这个问题从一位女患者中得到了解答。这位患者的鼻周皮质遭受到了损害，但其海马却没有，所以她的熟悉性有缺陷，但其回想却正常。一组加拿大研究人员检查了这位患者的再认记忆。这位患者的名字是 N.B.，她为了减轻顽固性癫痫的症状进行了左前颞叶切除术。她的手术是非典型的，因为它保留了她的海马，并切除了大部分的鼻周皮质，而这与 F.C.、P.B. 和亨利的手术不一样。N.B. 在再认记忆测试上的表现与亨利的完全相反，因为她的回想是正常的，但其熟悉性则是受损的。这个惊人的病例报告进一步证明了那个理论，即颞叶内侧区域的不同回路分别支持着回想和熟悉性。尽管如此，研究人员仍在争论有关回想和熟悉性加工的精确位置，并将其视为一个值得进一步研究的主题。[52]

亨利的陈述性记忆是有故障的，而且他仅有模糊的熟悉感。他无法评估这些心理印象是否值得信赖，但或许这并不重要，因为它们为他的生活提供了内容。亨利在比克福德生活的二十八年期间，这种被保留的熟悉性能力帮助了他。他感到很舒适，因为那里有家的感觉。那里的一位工作人员把他描述为“休息室的支柱。”那里的患者都很喜爱他，而且其中的一些患者还指名要找他。他的善良和礼貌使他自己对周围的痴呆症患者有一颗包容的心。亨利与他们的亲切互动清楚地表明，亨利肯定没把他的病友和比克福德的工作人员当成陌生人。

我在与亨利的互动过程中有一个优势，即他对我的脸很熟悉。

他认为我和他曾在同一所高中上过学，所以我对他来说并不是一个外人。他与比克福德的几位女性工作人员也建立了相同的联系，因为她们经常与他进行互动，而且随着时间的推移，这种反复的接触增强了他的一种感觉，即他认识这些人。尽管亨利环境中的面孔、物品和技术发生了巨大的变化，但他默默地接受了这些变化，并将它们并入自己的世界里。手术之前，他看的电视节目是黑白色的；手术之后，彩色电视机出现了，但他并没有对这个巨大的变化发表过任何评论。同样，在我们的实验室中，他舒适地坐在电脑前，然后进行着各种测试；看起来，测试好像就一直是他生活中的一部分。亨利世界里的熟悉感通过安定他和给他一种感觉，即比克福德和麻省理工学院是他的家，来帮助自己应付遗忘症产生的影响。

第八章

无法记住的记忆 I

运动技能学习

亨利的脑损伤仅限于颞叶内侧结构，而且除小脑外的其余区域仍能正常运作。这些区域支持了数种无意识学习。在日常生活中，他可掌握新技能，并记住如何执行它们。

作为一名年长的男性，亨利需要学习的一项技能便是如何使用助行架。他开始依赖助行架行走的原因是其抗癫痫药物的副作用。尽管亨利的手术取得了预期的效果，即显著减少了其癫痫大发作的次数，但他仍需服用抗癫痫药物。他在术前一直服用高剂量的狄兰汀，然后在术后继续服用治疗剂量的狄兰汀。直到1984年，一位神经学家建议改用不同的抗癫痫药物。那时，狄兰汀已引起了数种有害的副作用，如骨质疏松症。骨质疏松症导致了亨利数处骨折。狄兰汀还引起其小脑的大面积萎缩。小脑是大脑后部的较大结构，负责保持平衡和协调。正是由于这种萎缩，亨利走路不稳，而且只能缓慢行动。他服用的另一种抗癫痫药物——苯巴比妥，本身是一种镇静剂，而且很可能是导致他整体反应迟钝的原因。

亨利的骨质疏松症已恶化到一定程度了，自己一个人走路都是不安全的。1985年，他的右脚踝骨折了；1986年，他的左髋也骨折了。在康复期间，他的医生嘱咐他在走路时要使用助行架，这样，他便可达到锻炼身体以及保障安全的目的。一旦收到了这架新器械，他就必须得学习一些新的步骤来正确地使用它。经过练习后，亨利掌握了行走的技巧。他可将身体从椅子转移到助行架上，然后再将身体转移回椅子上。当我问他为什么要使用助行架时，他回答道："这样我才不会跌倒。"他没有正确的有意识的陈述性知识，即他是因为服用了狄兰汀才患有骨质疏松症；他也不记得自己有过数次骨折，而且这些骨折需要其接受住院和康复治疗。然而，随着时间的推移，亨利却保留了这一新的运动技能，而这种现象突出说明了，他拥有获取和继续保留程序性知识的能力。

在实验室中，他运动学习能力的正式表现与这些日常的成就类似。亨利使用了其大脑中仍保有的区域，而且他可在无意识的情况下进行学习和记忆。在这种情况下，记忆这个术语的使用强调了一个观点，即我们拥有不止一种记忆——当我们回想起自己需要在杂货店买的东西时，我们运用了有意识的陈述性记忆；当我们在十年没骑自行车的情况下仍可骑自行车时，我们依赖的是无意识的非陈述记忆。

认识到学习可在无意识的情况下发生是人类记忆研究中最重要的进步之一。二十世纪，大部分关于遗忘症的科学研究主要集中在陈述性学习和记忆，但一个平行的故事也随之展开，这些科学研究揭示了一种不同的记忆，即非陈述性学习。遗忘症患者可通过非陈述性学习执行新的任务，尽管他们无法明确地描述自己的学习经验。非陈述性学习有时被称为程序性学习或内隐学习。被保留的大部分学习能力都被涵盖在非陈述性的庇护下——运动技能学习、经典条件作用、知觉学习以及重复启动。这些行为在一些方面有所不同，如习得所需的试验次数、重要的大脑基质以及知识的持久性。[1]

1911 年，第一份表明学习可发生在遗忘症患者身上的报告出现了。日内瓦大学的心理学家艾德华·克拉帕雷德讲述了一件有关四十七岁女性的临床轶事。该女性的记忆因患有柯萨可夫综合征而受损，即其遗忘症归因于硫胺素（维生素 B1）缺乏。像亨利一样，她保留了自己在疾病发作前获得的一般世界知识；例如，她可以正确地说出欧洲所有国家的首都，而且也可以在脑海里进行简单的运算。然而，她却无法记住那些念给她听的单词或故事，也无法认出照顾她的医生。

为了研究她的学习能力，有一天，克拉帕雷德将一枚大头针藏于手掌中，然后去和他的患者握手。她有针刺感，而且缩回了手。第二天，当他靠近她，并伸出手时，她拒绝和他握手，但不知道自己为什么要拒绝。显然，她在握手时接收到了信息，但她在第二天却无法回想起有关上次痛苦经历的无意识记忆，尽管她这次的反应是由上次的痛苦经历引起的。她无法说出自己的恐惧，而这种现象表明，她的陈述性记忆受损了。但与此同时，她拒绝握手的行为表明，她的非陈述性记忆仍能正常工作。[2]

四十年后，布伦达·米尔纳提出了第一个有关遗忘症患者可保留学习的正式实验论证。1955 年，当她第一次在斯科维尔的办公室评估亨利时，她试图通过许多不同的行为任务来发现任何有关新学习的证据。尽管她的测试没有受到任何假说的影响，但它的回报却是巨大的：经过三天的练习，亨利的表现在其中的一项任务中有了明显的改善。这个激动人心的、偶然发现的测试结果表明，亨利颞叶内侧中被切除的组织并不是这种学习所必需的。米尔纳的实验表明，大脑有两种不同的长时记忆，其中，一种是亨利无法形成的记忆，而另一种则是他可形成的记忆。米尔纳的发现启发了许多有关非陈述性记忆的调查研究，而且随后的几十年也见证了这些调查研究的发表。

在米尔纳选择的测试中，有一项是有关运动技能的学习任务——镜描。在一次访问期间，她连续三天为亨利安排了这个任务。米尔纳在这三天里都要求亨利描画一颗五角星，并让他把铅笔放在五角星的边界内。这是一项具有挑战性的任务，因为印在纸上的五角星被放在一块水平木板上，但近乎垂直的金属屏障挡住了亨利看那块木板的视线，而且这个屏障也阻碍他直视五角星、自己的手和铅笔。他侧头望向金属屏障的右边便可看到镜子里的五角星、右手和铅笔，而且这个镜子被安装在那块木板的远侧。整个图像是颠倒的，所以如果他想要用铅笔描画远离他身体的五角星线条，他必须把铅笔向身体一侧移动。我们用于指导动作的正常视觉线索被颠倒了。这项任务需要掌握一项新的运动技能——允许这种被颠倒的视觉图像来决定手的运动。每次偏离线条后，亨利都必须重画，而且这会被视作一次错误。大多数的人一开始会觉得这项任务很困难、很令人受挫，但他们的表现会随着时间的推移而改善，而且经过练习后，他们描画五角星的速度会逐渐加快，犯的错误也会逐渐减少（见图 9）。[3]

随着亨利一遍又一遍地完成这项任务，惊人的事情发生了。第一天，他错误的次数随着试验次数的增加而逐渐减少，而且——不可预料地——他保持这种学习过夜。第二天，他刚开始的得分几乎和第一天结束时的一样好，然后他继续描画五角星，而且犯错误的次数也越来越少。第三天，他的表现近乎完美——他干净利索地描画五角星，而且很少画出线条外。

亨利学会了一项新技能。然而，这种学习是在他有意识的知识之外发生的。在第二天和第三天中，他忘记了自己曾做过这项任务。米尔纳很清楚地记得测试的最后一天：在熟练地描画完镜子里的五角星后，亨利坐直了身子，并自豪地说道："嗯，这很奇怪。我以为这项任务会很困难，但我好像已经把它做得相当不错了。"

米尔纳推测，人们可能是通过运用一个不同的记忆回路来学习各种运动技能，如亨利已掌握的这项技能，而且该记忆回路的位置不在亨利所缺失的海马组织中。这个不可预料的发现开启了学习过程的宝库，而且这些学习过程不是依赖于亨利在手术期间被破坏的颞叶内侧回路，而是由遗留的大脑区域进行介导的。[4]

1962 年，我进一步论述了米尔纳惊人的发现。那时，我还是麦吉尔大学的研究生，正在蒙特利尔神经病学研究所的米尔纳实验室里工作。亨利和他的母亲来到了蒙特利尔，旨在接受为期一周的测试。那时候，科学家已进行了一些需要亨利通过视觉和听觉来记住信息的测试，而且这些测试的目的在于调查和核实他的陈述性记忆障碍。然而，没有人测试他的记忆缺陷是否延伸到了他的触觉，即躯体感觉系统。所以，我便进行了这个方向的研究。我给了亨利一项任务。在这项任务中，他需要使用笔来探索一个由触觉引导的迷宫，并学习在迷宫中转弯的正确顺序。我在第五章中讲述了他的表现，即他由始至终都无法学会正确的迷宫路线。然而，尽管亨利的错误率在八十次试验中都没有下降，他还是学到了新的东西。除了记录他在每次试验中犯的错误数目，我还记录了他从起点到终点所花的时间。在他和他的母亲返回东哈特福德后，我将这些数据绘制到一张图表上，然后我便惊讶地发现，尽管他的错误次数没有发生改变，但他的时间得分在八十次试验中却逐渐降低了。尽管他无法记住线路，但随着日子的流逝，他在迷宫小巷中的移动速度却变得越来越快了。亨利穿越迷宫所花的时间越来越少，而这种现象表明，他学会了某样东西——步骤，即如何走迷宫。虽然他不记得线路，但他对这项任务却感到越来越自在。这项实验加强了米尔纳曾提出的观点：运动学习取决于颞叶内侧区域外的不同记忆回路，而颞叶内侧区域则是巩固和存储事实和经历的基础。

亨利在探索触觉迷宫时的错误得分和时间得分形成鲜明的对比，这种现象加强了一个观点，即自由回忆——陈述性记忆——取决于他现在所缺少的海马区，而技能学习——程序性记忆——则取决于他未受损的不同网络。据我所知，1962 年的这个结果是在单一实验中最先定量演示受损的陈述性学习（无法学会正确的路线）和程序性学习的（提高了运动技能），即非陈述性学习。对患者和健康人群的进一步研究继续描述这两种长时记忆之间的重要区别。[5]

如果你想学会一项新的运动技能，你就必须反复执行有关这项运动技能的任务。一旦你学会了一项运动技能，你便能持久地掌握它，就像这句格言所说的：永远不会忘记如何骑自行车。但正如网球运动员告诉你的那样，运动技能在单一的练习中是无法被完善的；相反，它们会随着经验而加强，而且你的表现会从几个动作的不连贯执行到一个平滑运动的自动执行，其中，这个平滑的运动是由那几个动作整合而成的。例如，双手反手的执行需要很多步骤。首先，你的身体要面对着球网，脚趾尖向前，然后你的球拍和身体处于准备的姿势。当网球接近你的反手侧时，你的双手要转换成双手反手的握法，然后向远离球网的方向挥动球拍，同时将你的肩膀和身体转动到同一个方向。尽量将球拍的前部保持在你双手以下的位置，这样，当你击球时，球拍上的线会擦过网球的后侧，从而打出一个上旋球。接下来，你要迈出一大步，向前移动你的身体，并举起你的双臂。当你击球时，将身体的重量转移到前腿，然后身体随着球拍的动作走，最后球拍停在你的肩膀上。由始至终，你的眼睛都要盯着网球，而且你的膝盖也要保持弯曲。

这有太多需要处理的信息了！为了处理这些信息，你必须运用自己的认知控制过程，旨在记住这些动作和用适当的顺序来执行它们。这些过程受到前额皮质的调控。作为一名新手，你每时每刻都有意识地关注自己的表现；学会这种技能并不是一件容易的事情，你必须一直练习，直到你能把所有的重要动作都连在一起。在学习期间，你的大脑会将反手击球的许多单独动作组合成一个流畅的击球。当你检索它们时，反手击球的组合单元便会是一个连贯完整的整体。几周、几个月、甚至几年以后，你还能自动地击球，无需思考，然后还可以将自己的注意力和认知控制过程集中在赢得一次、一局和整场比赛所需的策略上。[6]

幸运的是，运动技能学习的过程很容易受到实验室研究的控制，所以亨利成为了宝贵的资源。米尔纳 1955 年的镜描（mirror-drawing）研究和我 1964 年的研究出现了一些有趣的迹象。我受到了这些迹象的启发，开始研究亨利是否能学会其他的运动任务。1966 年，即亨利四十岁时，我有机会能全面地研究这个问题。他的父母批准他来到麻省理工学院的临床研究中心（CRC），旨在让他进行为期两周的测试。这是亨利第一次来到 CRC，而且在接下来的三十年中，他来 CRC 的总次数为五十次。在这次旅行中，我们测试的目的是继续观察这一行为，即亨利在患有重度遗忘症的情况下仍可学会新的运动技能。因为可以连续十四天测试亨利，所以我使用了三种方法，即旋转追视、双手追踪和协调敲击，来测量他的技能学习，并记录了他每日的进展。[7]

第一项任务——旋转追视——的设备类似于一张老式的唱机转盘，上面有一个金属目标。该金属目标的面积约为二十五美分硬币的大小，距离边缘约两英寸。亨利在右手的大拇指和食指之间拿着一只手写笔，然后我要求他将手写笔的尖端放在金属目标上。几秒钟后，转盘开始旋转，该金属目标也开始旋转，他要在二十秒内尽力保持手写笔与金属目标的接触；我记录了手写笔在金属目标上的时间，也记录了它离开金属目标的次数。我分别测试了亨利和对照人员，我在头两天是一天进行两次测试，在接下来的五天是一天进行一次测试。然后，我隔一星期后再对他们进行测试，想看看他们在没练习的情况下执行该任务的效果如何（见图 10）。[8]

经过了七天的测试，亨利的分数有所提高，尽管他的分数还是不及对照人员的好。进一步的观察显示，他用手写笔与金属目标的接触次数随着练习的增加而增加；他变得越来越熟练，即一旦手写笔与金属目标失去接触，他便能越来越快地使它们重新接触。总体来说，对照人员能更长时间地停留在金属目标上。虽然亨利的收获不如其他参与者那么明显，但他在没有额外练习的情况下却保留了这项新的运动技能。当我在第十四天测试他时，他的表现与他在第七天的一样好。[9]

接下来的一周，我对亨利进行了双手追踪任务的训练。该任务的设备是一架铝制鼓，鼓上涂有两条狭窄的非对称轨道。亨利的双手都握着一只手写笔，并将手写笔分别放在两条轨道上。他的工作是在鼓旋转的二十秒里保持手写笔与轨道的接触。这项任务从运动控制的角度来看是非常困难的，因为亨利的大脑必须协调左手、右手和眼睛的运动，而且他的眼睛必须在两个轨道之间来回转动。因此，他大脑的两侧必须一直互相作用。我重复测试了三次，将鼓的旋转速度调得一次比一次快，并记录了亨利和对照人员在两条轨道上停留的时间以及他们掉落的次数。和以前一样，亨利的分数低于对照人员的，他的停留时间也较短。但在执行这项运动技能时，他再次随着试验次数的增加而表现出明显的进步（见图 11）。[10]

亨利在旋转追视和双手追踪任务中的次优表现不是由其陈述性记忆的问题导致的；这两项任务取决于快速的反应时间。当亨利有更多的时间来对刺激做出反应时，他就会表现得很好。但总的来说，他倾向于缓慢地做所有事情。他的缓慢节奏可能部分归因于服用苯巴比妥。苯巴比妥是一种针对失眠症和癫痫症的镇静剂。其他有类似损伤的患者——斯科维尔的患者 D.C. 以及彭菲尔德和米尔纳的患者 P.B. 和 F.C.——也服用了抗癫痫的药物，他们的动作也很缓慢。然而，尽管亨利有些迟钝，但他显然能学会新的运动技能，并长期地保留这些知识。我们不知道他在不服用抗癫痫药物的情况下会如何表现，但断药的做法是不可取的，因为这样做的话会威胁到他的健康和安全。[11]

另一项运动学习任务，即协调敲击，测量了亨利依次用手写笔敲击四个目标的能力。亨利先用单手敲击，然后再用双手敲击。这项研究的目的是观察他是否能通过练习而加快速度以及增加自己在三十秒内的敲击次数。该任务的设备由一块黑色的木板和两个并排的金属圈组成，而且两个金属圈还被分别划分为四个象限。

每个象限的编码为1、2、3和4，但这些数字在两个金属圈上的排列方式是不同的。首先，亨利的右手握着手写笔，按1、2、3、4的顺序敲击右边的金属圈。然后，他的左手握着手写笔，按1、2、3、4的顺序敲击左边的金属圈。接下来，我要求他同时敲击两个目标。这个要求是很苛刻的，因为亨利需要同时敲击两个1，同时敲击两个2，等等。他必须协调左手和右手的动作，而且因为数字在两个金属圈的位置不同，所以两只手要遵循的轨迹也是不同的。亨利和对照人员执行了这项任务两次，而且在这两次的间隙有四十分钟的休息（见图12）。[12]

在第一次测试中，亨利的分数与对照人员的一样好。当我在休息后重新测试他时，他的速度要比第一次测试时还快。他巩固了敲击技能的运动记忆，从而使自己能在四十分钟后展示自己对这种运动行为的学习。为什么亨利对敲击任务的学习会类似于对照人员的？但为什么他对旋转追视和双手追踪任务的学习却不同于对照人员的？一个主要的区别是：敲击任务是自定速度的；亨利按照自己的速度进行测试。然而，在另外的两项任务中，设备的运动决定了他的动作。旋转追视的设备以三种不同的速度进行旋转，而双手追踪设备中的鼓则自动以较短的距离转动。在这两项任务中，他还必须快速预测目标的行进情况，但这种预测的要求可能需要陈述性记忆的输入。[13]

这些有关亨利的早期研究揭示了陈述性学习和非陈述性学习之间的区别。陈述性知识的表达需要颞叶内侧结构，而非陈述性的程序性知识则与该网络无关。新技能的学习，即新的行为，不会有自觉意识。当我们骑自行车、打网球或滑雪时，我们通过行为来展示自己的专业技能（或展示自己缺乏专业技能）。如果我们试图以毫秒为单位分析自己正在做的事情，我们可能会发生事故、没击中球或滑到滑道的边缘。同样，音乐家发现，如果他们试图以音符为单位回想一段复杂音乐的话，那么他们将会演出失败；相反，当执行复杂的动作序列时，他们是不会去回想它的。钢琴家彼得·赛尔金与波士顿交响乐团一起演奏莫扎特的协奏曲时，他的表演依赖的是大脑中的大量程序性知识，而且这些知识是他从多年来对这首曲子的刻苦练习中所获得的；他已将单独的按键整合成一个流畅的整体，在演奏这首曲子时并不会有意识地想起自己单个手指的运动。

在神经科学家调查不同学习之间的区别之前，其他来自哲学、计算机科学和心理学的思想家已用更加抽象的方法理论化了这些区别。英国哲学家吉尔伯特·赖尔在其 1949 年出版的《心的概念》一书中编写了有关某一特定部门的事情，他谴责了研究心的理论家。赖尔认为，他们过分强调了知识是智力的基础，而且他们也没有考虑到个人知道如何执行任务的意义。赖尔将差异称为“知道什么”和“知道如何”。当我们学习一项技能时，如新的舞蹈动作，我们可能无法明确地表达大脑向肌肉传达的一系列命令和由这些命令而产生的反馈，即“知道什么”，但我们却可以将这个新的舞蹈动作展示给朋友看，即“知道如何”。[14]

亨利学习新运动技能的能力有力地表明，他在手术中被切除的区域——海马及其周围结构——并不是学习新运动技能所必需的。所以，我们想解答的下一个问题当然是：哪些关键的大脑回路支持运动学习？为了研究这个问题，我们集中调查了大脑在其他方面受到损伤的非遗忘症患者。

自二十世纪初期以来，科学家已经知道，有两个脑区对运动学习是至关重要的：基底神经节和小脑。在基底神经节中，皮质下的两个神经元集合，即尾状核和豆状核（合称为纹状体），一直是科学家研究神经病患者技能习得的重点。这些结构通过丘脑接收信号。丘脑是大脑中部的一个区域，负责整合感觉和运动活动。因此，纹状体熟知身体和世界正在发生的事情，照此，它完全可以胜任学习复杂运动技能的工作（见图 13）。

小脑（cerebellum）的英文起源于拉丁文。小脑是大脑后部中的大型复杂结构，位于视觉皮质之下。亨利的小脑已大幅萎缩，所以我们无法从他的磁共振扫描图中得知小脑损伤的确切位置。这个结构可通过闭合回路直接与纹状体和皮质中的几个区域相联系。因为小脑从许多脑区和脊髓中接收信息，所以它处于运动控制的前沿。

纹状体的异常可造成二十多种疾病，包括两种进行性脑部疾病、帕金森病和亨廷顿舞蹈病。在纹状体中，豆状核最受帕金森病的影响，而尾状核则最受亨廷顿舞蹈病的影响。

帕金森病是一种常见疾病，但其病因不明。它通常发生在五十多岁的人群中，而且男性的患病率高于女性的。患有这种疾病的人通常会出现以下症状：面无表情、动作迟缓、双手抖动、驼背和步履缓慢。在帕金森病患者的大脑中，黑质内的神经元会先开始死亡。黑质是指大脑皮质下的一堆灰色物质，通常会发出纤维，而这些纤维则会将神经递质多巴胺传递给纹状体。但是，当黑质内的这些细胞死亡后，就像帕金森病患者一样，传递给豆状核的多巴胺供应便会减少，从而导致运动障碍。[15]

亨廷顿舞蹈病是一种罕见的遗传性疾病，它是由尾状核中的神经元缺失引起的，并伴有皮质细胞的死亡。亨廷顿舞蹈病的病因是 4 号染色体上的 HTT 基因有缺陷。该基因中的某个 DNA 片段会在亨廷顿舞蹈病患者中重复多达一百二十次，但在未患有该疾病的人群中只会重复十至三十五次。帕金森病的特点是运动过少，而亨廷顿舞蹈病的突出特征便是运动过多。亨廷顿舞蹈病患者出现的最显著症状是脸部、双臂和臀部的无意识、痉挛性动作，这使得患者看上去像是在跳舞一样。[16]

同时研究帕金森病和亨廷顿舞蹈病是具有启发性的，因为它们的初始损伤发生在纹状体的不同部位（帕金森病在豆状核，而亨廷顿舞蹈病则在尾状核），而这种现象提供了补充证据来证明不同技能的位置。

1990 年代初，为了探索豆状核在运动技能学习中发挥的作用，我的实验室为早期帕金森病患者进行了镜描实验。我们要求患者进行一项测试，而且该测试类似于米尔纳给亨利进行的那项测试。该测试的任务是尽可能快地描画一颗六角星，而且不可描出六角星的线条外。因为这些帕金森病患者有运动障碍，所以他们描画完六角星的时间、描画的速度和停顿的次数分别比对照人员的长、慢和多。我们已预料到了这些缺陷，而且这些缺陷是用于测量运动表现，而不是用于测量技能学习。为了观察帕金森病是否影响他们的技能学习，我们在连续三天的训练中记录了他们的进步，然后将他们的进步率与对照人员的进行比较。放置在六角星下的数字面板表以毫秒为单位地告诉我们，手写笔在每次试验中从开始到结束的准确位置。有了这些数据，我们可计算运动技能学习的几种不同指标。这些测量方法并没有受到运动表现缺陷的影响，因为它们是严格地按照每个人的进步速度来测量的，而且不管他或她最开始的表现水平如何。

尽管帕金森病患者的测量数据在三天的训练中都得到了提高，但他们的进步还是要比对照人员慢。在有关学习的几种测量数据中，即他们描画完六角星的时间、他们在描出线条外后重新返回线条所花的时间以及他们在重描上花的时间，帕金森病患者在三天训练中也没有对照人员进步得多。这些患者在这项任务中遇到了困难。这一现象提供了直接的证据证明，纹状体参与了复杂的运动技能学习。同时，它也证实了一个观点：亨利运用了他的纹状体来学习运动技能。[17]

这些帕金森病患者在镜描任务中的表现不佳，但这种测试结果并不一定意味着他们在所有的运动学习任务中都会表现不佳。许多大脑区域都支持运动行为，而且所有的这些区域不可能只致力于单一、通用的运动学习活动。大脑是一台高效率的机器，它不会给其元件部分安排重复的任务。因此，我们假设，不同的运动技能参与独立的认知和神经过程。纹状体内的特定大脑回路支持镜描任务，但它对不同技能学习任务的执行，如学习特定序列的反应，可能是无关紧要。

1990 年代初，我的实验室使用了玛丽·乔·尼森和彼得·比勒姆于 1987 年提出的一种序列学习程序（a sequence-learning procedure），旨在探索帕金森病的技能学习缺陷范围。我们的帕金森病患者坐在电脑终端前，他们会看到水平排列在屏幕底部的四个小白点。一个特别定制的键盘略低于屏幕底部，上面有四个反应按键，而这四个按键分别对应那四个小白点。参与者将他们左手的中指和食指放在左侧的两个按键上，然后将他们右手的中指和食指放在右侧的两个按键上。在每次试验时，一个小的白色正方形会出现在一个小白点的下方，而参与者的任务就是要尽快按下与该正方形位置相对应的按键。参与者并不知道，正方形在每次试验中是按一个含有十个数的序列重复出现十次的，而且他们总共要按一百次按键。我们知道，如果参与者正在学习这个序列的话，他们的反应时将会在含有该重复序列的试验中变得越来越短，但它们将不会在含有随机序列的试验中变短（见图 14）。[18]

帕金森病患者和对照人员连续两天进行了这项序列学习任务。两组的执行时间没有差异；帕金森病患者正常执行任务。第一天，参与者对该重复序列的反应时减少了，而且他们保持这种学习过夜。第二天开始进行任务时，他们的表现与第一天结束时的一样好。帕金森病患者对该重复序列的反应时减少了，这表明，他们以正常的方式获得了程序性知识。

比较帕金森病患者在镜描任务和序列学习任务中的表现后可知，他们在前者的表现不佳、在后者的表现正常。这种现象表明，技能学习并不是单一的概念，而且不同种类的技能学习有不同的神经基础。纹状体中通常支持镜描技能习得的记忆网络在帕金森病患者上是功能故障的，但在相同患者上仍存有的神经回路却介导了正常的特定序列学习。然后，我们问道，这个神经回路是什么？它在其他疾病中是否会受损？

人们对亨廷顿跳舞病的研究提供了一条线索，而且该线索是关于特定序列学习的基质的。同时，这个研究也告诉了我们，尾状核的损伤对这项任务的影响。当尼森安排一组亨廷顿跳舞病患者执行她的序列学习任务时，他们表现出学习障碍。尽管他们的运动机能足以顺利地进行测试，但他们的反应和准确率要比 21 名对照人员的更缓慢、更低。他们的缺陷与认知障碍无关。这个测试结果告诉我们，尾状核在特定序列学习中起着关键的作用。[19]

人们对帕金森病和亨廷顿跳舞病的实验结果说明，纹状体内的不同病理学对序列学习可产生不同的影响：帕金森病患者是正常的，而亨廷顿跳舞病患者则是异常的。这种分离现象表明，早期受亨廷顿跳舞病影响的尾状核是序列学习的关键基质，而早期受帕金森病影响的豆状核则不是序列学习的关键基质。

纹状体以外的大脑区域也参与运动学习。自从1960年代末期以来，神经科学家从研究小脑异常的动物和患者身上获得了另一个有关定位大脑技能习得的视角。这些动物和患者出现的症状有协调障碍、动作迟缓、震颤和口齿不清。严重醉酒的人也会像亨利一样有这些症状，只是他们不会出现震颤。小脑变性的患者在序列学习中会出现障碍，但几项研究表明，他们的基本缺陷可能与帕金森病患者的不同，而且可能还会更严重。当小脑变性的患者依靠镜子中的反像来描画一个简单的几何图形时，他们的动作和准确度也要比对照人员的缓慢和低，而且这项任务的布置与亨利成功描画五角星时的相类似。1962年，我们从亨利了解到，颞叶内侧区域不是镜描技能学习所必需的。三十年后，我们得知，小脑才是这种学习所必需的。[20]

小脑疾病患者在镜描任务中的缺陷表明，他们无法使用在测试期间接收到的反馈来指导自己的动作。尽管他们能看到视觉显示和感受到其手臂和手的位置变化，但他们无法将这些信息转换成新的指令来激活自己的肌肉。他们无法克服这种固有的反应。这种困难不是只出现在某项任务中的，它本质上是一般故障，即患者无法将来自感官的输入与其对肌肉的指令整合起来。以键盘打字为例。当我们执行这项技能时，我们会接收到多个来源的信息——指尖上的键盘感、手指和手的位置和运动、手的视觉图像以及电脑屏幕上的文档。当我们打字时，我们的大脑自动组合所有的这些输入，告诉我们的手指如何以正确的顺序移动到正确的按键，然后施加足够的力量使所需的字母出现在屏幕上。健康的人群可通过练习轻松学会这项复杂的运动技能。

一个协调感觉和运动回路的突出例子是棱镜适应。为了执行这项任务，参与者戴着棱镜眼镜。这个棱镜可将光线向左或向右弯曲几个度，从而使得物体看起来的位置在其真实位置的左侧或右侧。在戴棱镜眼镜之前，参与者用正常的视觉练习指向一个目标。一旦他们熟练后，实验者便要求他们戴上棱镜眼镜，从而改变了目标呈现给他们的视觉环境。如果棱镜将目标略微移动到左边，参与者最初指向目标右侧的方向。但经过几分钟练习后，他们会更新自己的动作，最终指向目标。当他们取下棱镜眼镜，并再次指向时，他们表现出适应后效——指向相反的方向。这说明，他们已适应了改变的视觉信息。

1990 年代末的研究有助于揭示自适应过程所需的大脑回路。为了精确找到适应视觉环境变化的特定区域，神经科学家为小脑疾病患者安排了一项棱镜适应任务。在 1996 年的一项实验中，参与者在三种情况下将球扔到一个目标上，三种情况分别是戴棱镜之前、戴棱镜期间和刚取下棱镜时。研究人员在第三种情况下评估学习。因为棱镜使目标出现在其真实位置的左侧，所以参与者刚开始时都将球扔到目标的左侧。经过练习后，他们扔的球逐渐向右倾斜，然后他们的扔球点移动到目标的中心。取下棱镜后，对照人员仍将球扔向目标的右侧，就像他们还戴着棱镜一样。这种现象表明，他们已适应了视觉转换。这种消极的后效是学习的量度。当小脑疾病患者取下棱镜后，他们的表现与在基线情况的一样，并没有显示任何消极的后效。这种结果有力地证明，他们的大脑并没有弥补棱镜偏差。这项实验显示，小脑整合了两种信息，即感知信息和运动信息，旨在适应视觉世界的变迁。[21]

值得注意的是，当我们在1990年代中期对亨利进行测试时，他表现出正常的棱镜适应，尽管他的小脑有明显的萎缩。棱镜适应任务可测试他小脑损伤对一种非陈述性学习的影响，同时，它也是我们测试这些影响的理想选择了。这种学习会因两种大脑回路间的相互作用而加强，其中，这两种回路是专门负责视知觉和运动的。我们的实验测试亨利的运动系统是否能适应一种情况，即棱镜将其工作空间的所有东西都向左平移十一度。为了完成这种视觉转换，我们要求他戴上一幅实验室护目镜，而该护目镜里有棱镜。他的任务是在三种情况下用其右手食指快速指向一条有一臂长的垂直线。这三种情况是：无棱镜的基线情况、有棱镜的曝光情况和无棱镜的曝光后情况。在每种情况下，亨利要指向九个不同的目标。他的正前方有一个目标，而他的两侧分别有四个目标。我们以随机的顺序呈现每个目标四次。每次试验中，我们记录了亨利手指的位置，然后确定它与目标之间的距离。与其他的棱镜适应实验一样，学习的量度是参与者在曝光后情况下有多大的消极状态——指向点偏离目标的程度。

亨利的表现与十名对照人员的一样。在曝光情况下，他可清楚地看到，他指向的地方是目标左侧较远的位置。然后，他的指向便逐渐向右移动，最终他的指向是目标的正中心。当取下棱镜后，他继续指向每个目标的右侧，就像棱镜仍存在一样。这种现象便是正常后效的明显证据。实验期间，亨利大脑的感觉回路和运动回路顺利地进行相互作用，并完成了这种非陈述性学习。

尽管我们还不知道是哪种残留的小脑功能支持了亨利的良好表现，但我们希望在检查他死亡的大脑时能更全面地了解这些实验结果的原因和确定那些仍完好无损的特定小脑回路。特别让人感兴趣的是：如果传递信息给小脑的结构——小脑深部核团——仍完好无损的话，它可能为棱镜适应提供了必要的机制。弄清棱镜适应的解剖基质将是一个显著的成就。

我们有关运动技能学习的调查比较了亨利和一些患者的表现，其中，这些患者的脑损伤是在颞叶内侧外的区域。我们了解到，运动技能学习和陈述性记忆被分配到大脑的不同隔间。海马区域包含了一些对回忆以及识别事实和事件十分重要的回路，但它并不支持新运动技能的学习。相反，尾状核、豆状核和小脑内的回路则是运动技能学习所必需的，但它们却不支持事实和事件的再认。

尽管亨利可在实验室里学会新的技能，但除了学会使用助行架外，这种能力并没有给他的日常生活带来太大的好处。小脑损伤而引起的症状，再加上癫痫症，都不利于他跳舞或者学习新的运动。他打槌球，不过，我们并不知道他的表现在经过练习后是否有所改善。

除了研究脑损伤患者来解析运动技能的神经结构之外，科学家已提出了理论模型来解释大脑是如何学习和执行这些任务的。1994 年，麻省理工学院的神经科学家雷扎·沙德梅赫尔和费迪南多·穆萨瓦尔迪在理解运动记忆方面上取得了一项重大突破。他们引进了一个观点，即当身体进行伸展运动时，运动控制系统会适应环境中突如其来的变化。大脑通过构建一个内部模型来实现这种适应。这个模型使用经验来估计环境中的力量，即推力和拉力。内部模型的概念已被普遍用于解释大脑如何表征和修改已学到的技能。[22]

若想了解内部模型，你先想象自己口渴了；你倒了一杯水，抓住杯子，把杯子拿到嘴边，然后喝水。你已在许多不同的地方中执行过这个简单的动作无数次，但这个动作并不像看上去的那么简单。在你移动手臂之前，你的大脑要接收和加工有关玻璃杯的基本信息：它的形状、它可能的重量、它的位置和手的位置。大脑要解决的问题是将（桌上的）玻璃杯的位置和你的目的，即抓住玻璃杯，转换成肌肉活动的模式，而且该模式是你把玻璃杯拿到嘴边所必需的。当我们度过每一天时，如刷牙、使用刀叉、开车和浏览网页，我们便一直在执行这种运动指令。在我们的一生中，我们会在环境中与无数不同的物品进行相互作用。在每次相互作用时，我们的大脑都必须将来自感官的信息转换成动作，而且很幸运的是，它很容易地适应从一种情况到另一种情况的变化。

内部模型代表的是大脑回路，用于加工手的动作和运动指令之间的关系。例如，反演模型体现了手的理想动作和达到这个动作所需的运动输出之间的关系。这种内部模型是一个系统的主要组成部分，其中，这个系统可引导你的手去抓住玻璃杯。另一种内部模型，即正演模型，可允许大脑预测运动指令可能带来的结果和选择能顺利执行特定运动任务所需的运动指令。在我们的例子中，特定的运动任务便是喝一杯水。1998 年，日本的计算神经科学家与他在伦敦的同事合作，他们采用了内部模型的观点，并提出，新运动技能的习得取决于大脑为运动任务的执行而建立这样的内部模型。运动学习是一个过程，它将目标的空间特征和动作的目的转换成肌肉激活的适当模式。[23]

这两名计算神经科学家提出，以上的两种内部模型会密切合作，旨在追踪我们正在做的事情和建立有关运动的心理图像，其中，运动是指我们想要实现的运动。一个模型登记了运动输出——伸手去抓住玻璃杯——和随之而来的感觉输入——玻璃杯以及手臂的位置和速度——之间的关系。鉴于手臂的现状和伸手的指令（到玻璃杯处），这种模型可对手臂接下来的位置和速度进行一步一步的预测。另一个模型则提供你抓住玻璃杯所需的实际运动指令。[24]

当这两种内部模型相互作用时，大脑会将手臂的实际状态与其理想状态进行比较；它们之间的差异提供了有关行为错误的关键信息。错误的信息会指示你如何调整运动来减少错误和达到预期目的，从而促进了学习。大脑可根据前后关联的信息——玻璃杯的新位置——或错误信息——有关准确性的感觉运动反馈——来切换内部模型，即从一个内部模型转化到另一个内部模型。这种切换机制可确保人们灵活地适应不断变化的环境。[25]

当亨利学习描画五角星时，他只能通过镜中的反像来看五角星、手写笔和他的手。在这个学习过程中，他的大脑正在建立新的内部模型，而这些内部模型描绘了他看到的东西和他如何移动手写笔之间的关系。因为这些新的内部模型在他的大脑里有专用回路，所以它们并不会干扰他以前学过的所有运动行为。在日常生活中，我们积累了许多这样的内部模型，旨在构建一个有关复杂运动行为的庞大系统。

基于来自计算模型、认知科学和神经生理学的证据，日本京都的研究人员预测，小脑是主要建立和存储内部模型的区域。这种大而复杂的结构符合这项任务的要求，因为它具有一种生理能力，而这种生理能力可将理想动作和实际动作进行比较，然后使用它们之间的差异——错误信号——来引导下一个动作。

2007 年，当这些研究人员使用了功能性磁共振成像来检验这个假设时，他们获得了首个生物学证据，即内部模型是在小脑中形成的。这些科学家进行了一系列的实验。在这些实验中，参与者执行了一项追踪任务，即移动电脑的鼠标来让光标一直对准在电脑显示屏上随机移动的目标。在基线情况下，鼠标处于正常的方向；但在测试情况下，它被 120 度旋转，这样，它与光标之间的关系就被改变了，从而迫使参与者以新的方式学习如何控制鼠标。参与者会有十一次训练，而且在奇数训练的期间，他们要进行功能性磁共振扫描，旨在获取与整个学习过程相关的神经活动。

研究人员在测试期间发现了小脑的两个独立区域有活动。一个是与错误相关的区域；当学习有进展、追踪变得更准确时，该区域的神经活动便会减少。另一个是与追踪错误无关的区域；相反，它是与内部模型相关的区域。这个区域的活动一直出现在训练的后期，而且它似乎是新追踪技能的持久内部模型被存储的地方。参与者在执行这项运动学习任务时，他们的神经活动出现在小脑两侧的许多区域。其中的一些区域从额叶皮质和顶叶皮质接收了有关计划、策略和伸展运动的有用信息。[26]

考虑到这个证据，即小脑在运动技能学习中发挥着重要作用，我对亨利在镜描、旋转追视和双手追踪中的良好表现感到很惊讶，因为他的小脑因服用药物已严重受损了。我的最初研究是有局限性的，因为它们仅提供了亨利表现的粗糙数据——他犯错误的次数和他完成任务所花的时间。我试图进一步了解亨利的大脑在技能学习过程中是如何控制运动的。1998 年，我与约翰·霍普金斯大学的研究人员沙德梅赫尔进行了有趣、富有成果的合作。我们更详细地研究了亨利在学习过程中的运动记忆加工。沙德梅赫尔曾是我部门的博士后研究人员，而且我对他在运动控制领域上的研究和专业知识印象很深刻。因此，我邀请他和他的两名学生来麻省理工学院进行一项技能学习的实验。

我们进行这项实验的诱因是 1996 年的一项研究。那项研究证实：运动学习经验的巩固在学习之后仍会发生；而且，它是在调查健康年轻人的运动记忆巩固中得到的结论。当参与者执行他们在上次训练中练习的运动技能时，他们的表现明显要比上次训练结束时的好。这表明，记忆在这段时间里有所改善。然而，当参与者在刚学习完一项运动任务后被要求学习另一项运动任务时，这种改善便会被破坏。由于第二项任务的介入，他们对第一项任务的巩固被干扰了。相比之下，如果他们学习这两项运动技能的间隔时间为四小时的话，那么干扰的情况便不会发生。这项研究表明，运动记忆的巩固很快会发生——就在练习后的短短四个小时里，新技能的记忆会从最初的脆弱状态转变成更加牢固的状态。这种快速的时间进程与陈述性记忆的巩固形成了对比，因为陈述性记忆的巩固可能需要数年的时间。[27]

实验室里的这个发现往往会延续到个人的经历上。我的一位编辑朋友告诉她的滑雪教练，她在每节课上只能学会一种新技能。如果他们试图教她两种或更多的技能，那她根本什么也学不会，因为一种新技能的巩固被另一种新技能打断了。

沙德梅赫尔在 1996 年对健康年轻人进行的那项实验提出了有关技能学习的重要问题：运动记忆的巩固需要参与者记住有关运动任务的陈述性信息吗？干扰效应的出现需要颞叶内侧的正常工

作吗？因为这些年轻人的陈述性记忆都是可使用的，所以这些问题的答案必须来自患有记忆障碍的参与者。因为亨利的陈述性记忆被摧毁了，所以对亨利的研究可明确告诉我们，这种来源的信息是否重要。在遗忘症患者身上研究与运动记忆有关的干扰过程，我们开创了先河。如果陈述性记忆在练习后对运动记忆的干扰没有起任何作用的话，那么亨利和对照人员在学习多种运动技能的表现应该是一样的。[28]

在为期两天的实验中，我们研究了亨利学习新运动技能的能力。实验的任务不是视频游戏，但它类似于 Wii 游戏主机上的《林克的弓箭训练》。在这款游戏中，当公牛突然出现在屏幕上时，玩家便要射击它们的双眼。刚开始时，目标都是静止不动的，但当玩家打中一个目标时，该目标就会爆炸；随着游戏的进行，公牛的眼睛开始移动，从而使任务变得更加困难。但在我们给亨利进行的实验中，目标总是静止不动的。他变得能熟练地直线射击目标后，我们引入了一个意想不到的变化，即我们会在他移动时机械地摇晃他的手臂，从而使他偏离目标。我们想知道，经过训练后，他射击目标的动作是否会变回直线。

这项任务的设备是一个机械臂，而且一个显示器位于该机械臂的上方。研究人员首先让亨利就座在这个机械臂的前面，就像其他没有经验的志愿者一样，他静静地坐着，没有触碰机器。他们要求他抓住这个机械臂的手柄，然后让他稍微移动一下手柄，以便适应它。起初，他在移动手柄时一直注视自己的手，但后来，他们告诉他要看着显示器，而且该显示器上有一个光标。亨利将光标移动了一分钟左右后，研究人员在屏幕的中央点亮了一个目标，并要求他把光标移动到该目标的位置。然后，他们向他展示了其他的单个目标，并要求他尽快将光标移动到这些目标的位置。他的任务是要在 1 秒内将光标移动到每个目标上。只要他成功了，这些目标便会爆炸（见图 15）。

目标的爆炸触发了亨利有关狩猎小动物的童年记忆。当他执行这项任务，并获得许多爆炸时，他详细地描述了这些珍贵的记忆——他使用了哪种枪，童年故居的后门廊、后院的树林地形以及他狩猎了哪些鸟。他在为期两天的实验期间多次重复了这些记忆，而且他也很欢快、激动。对他而言，这项实验就是一次愉快的经历。[29]

亨利花了几分钟将光标移动到各个目标处后，我们默默地改变了程序；机械臂给他的手施加了一个力，从而将他的动作偏离到一侧。因此，他的手是曲折到达目标处的，而不是直线移动到目标处的。然而，经过练习后，他改变了他的运动指令来补偿这个力，而且能够重新快速地直线移动他的手到目标处，始终实现在 1.2 秒或更短的时间内完成任务。他的大脑构建了一种有关这种技能的内部模型，从而使他能估计机械臂施加的力度和抵消这个力的作用。他学会了补偿力量，而且这也是显而易见的：当研究人员突然撤掉这个力时，他的动作会有很大的误差，就像他在早期训练时所犯的误差模式一样，只是这个模式被颠倒了而已。在训练结束时，研究人员礼貌地向亨利表示了感谢，然后亨利就离开去吃午餐了。[30]

四小时后，亨利回到了测试室，而且他已完全忘记这个设备和实验。研究人员将机械臂推到一边，然后请亨利坐下来。他坐了下来，然后，一件有趣、意想不到的事情发生了。与他第一次看到这个设备的表现不同，这次，他主动伸手抓住手柄，把手柄朝向他，然后看着显示器，期待着看到一个目标。显然，尽管他无法有意识地回忆起自己曾执行过这项任务，但亨利大脑的某些区域知道，这个设备是能让他在显示器上移动光标的工具。当目标出现时，他表现出了对以前训练的强烈后效。因为他的大脑预计机械臂会像以前一样扰乱他的动作，所以它产生了运动指令来补偿这些力，而且他还会像力还存在一样将手柄移动到目标处。运动记忆不仅仅是指人们知道如何操作一个工具；它包括一些信息，而且这些信息是有关该工具用途的奖励性质的。比如，“当我快速移动手柄时，一些有趣的事情就会发生”。机械臂的样子和触感足以激起一个运动行为，即亨利想要获得奖励。如果机械臂在第一次训练中是与电击或其他的伤害性刺激一块使用的话，那么亨利很有可能会不愿再次使用这个设备。[31]

亨利在这项伸展任务的表现表明，他的大脑在没有自觉意识和没有使用颞叶内侧的情况下获得了三个重要的见解。首先，在初次的训练期间，他学会了在两种情况下如何使用新工具来实现既定的目的，其中，这两种情况是指有无干扰力的存在。第二，测试结束的几小时后，该工具的样子足以使亨利产生自愿使用，而这表明，他已知道和存储了与使用该工具相关的潜在奖励，即一项可获得爆炸的挑战。第三，该工具的样子和触感足以使他无意识地回忆起它的用途和实现该用途所需的运动指令，尽管相同的视觉和触觉信息不足以唤起他的有意识记忆，即他以前接受过这项任务的训练。[32]

与使用旋转追视、双手追踪和协调敲击的早期运动学习实验不同，这项机械臂的实验可让我们分别检查运动控制的两种性质：运动学和动力学。运动学是指运动的速度、速度的变化和运动的方向，而动力学则是指各种力对运动的影响。尽管亨利在学习这项任务的运动学中遇到了很大的困难，但他最终还是知道：如果他想要光标往屏幕上方移动，那他必须将机械臂移动到远离自己的位置；如果他想要它往屏幕下方移动，那他必须将机械臂移动到靠近自己的位置。他也能补偿施加的力（动力学），并将他的手直线移动到目标处。我们实验的目的是观察亨利受损的陈述性记忆是否会对这些复杂运动记忆的获取产生影响；显然，它并没有产生影响。就像对照人员一样，他的大脑可构建新的内部模型来支持这种运动技能的学习。

米尔纳 1962 年的开拓性发现，即亨利可学会新的运动技能，是一个巨大的进步。它提供了一种新方法来探索我们是如何获取和保留非陈述性记忆的。从那时起，研究人员设计了数千个实验，旨在阐明支持这种记忆的认知和神经过程。目前，实验主要研究神经可塑性的细胞和分子机制，而这里的神经可塑性是专指支持技能学习的大脑回路所具有的。这些实验累积的知识可能会有助于找到治疗诸如亨廷顿舞蹈病和帕金森病等疾病的方法。

因为运动是我们与世界进行相互作用的根本要求，所以运动技能的表现对我们的独立是至关重要的。有关运动技能的一个谜：我们是如何在稍加思考的情况下如此快速地执行它们的。当我们第一次学习新技能时，我们需要以执行控制的形式投入大量的精力。随着时间的推移，我们所获得的技能会越来越自动化；它们需要更少的精神消耗。研究人员已研究新的运动技能是如何自动化的，而且通过使用脑成像技术，我们可观察到，当人们掌握技能时，大脑活动是如何发生变化的。

然而，科学知识的巨大缺口依然存在。不同脑区——主运动皮质区、纹状体和小脑——的运动机制是如何协调它们各自的作用来实现我们在不断变化的世界中所需的运动学习？功能性磁共振成像技术在两个方面上拥有很大的潜力，而这两个方面是详细分析不同技能学习的各个过程，以及记录不同大脑网络是何时和如何协同工作的。这些研究指出，在运动学习期间，许多皮质区域都参与了进来。这表明，运动区域和非运动区域的庞大网络支持了技能的习得。

任何运动技能——运球、投进罚球和发球得分——都需要大量的训练。日益提高的表现伴随着大脑的变化。1998 年，美国国家心理健康研究所的神经科学家小组开始研究在持续练习过程中发生的神经变化，也开始探索在技能习得过程中需要多少练习才能引起可检测的变化。他们选择了主运动皮质区来作为他们感兴趣的区域，因为它控制随意运动和支持运动学习。主运动皮质区是在额叶后部的带状结构，并为各种运动发送神经编码。研究人员要求健康的成年人进行手指运动的序列练习，为期数星期。参与者按照这个序列将其大拇指与其他的 4 根手指进行触碰：小拇指、食指、无名指、中指和小拇指。他们每天练习这个序列十到二十分钟，并持续五个星期。五个星期过去后，他们在每次三十秒的测试中完成这个序列的次数增多，而且犯的错误也减少了。[33]

为了获取他们大脑中发生的事情，研究人员每周都会进行一次功能性磁共振检查。在检查过程中，参与者会在一台磁共振扫描仪内执行序列练习。所得到的磁共振图像显示，随着参与者技能的提高，他们主运动皮质区中的手部区域发生了变化，即它的激活扩大了，而且这种变化会持续数月。这个发现提供了证据表明，练习运动技能促进了其他运动神经元的活跃，然后将这些运动神经元并入一个表征这个运动序列的焦点大脑回路。成年人的大脑出现了神经可塑性，而这个无可争辩的现象可能代表着一种与运动技能学习有关的修改。主运动皮质区的主要功能是告诉我们的肌肉该怎么做，但除此之外，这一区域的神经元放电也可改变突触强度，从而促进记忆的巩固。突触强度是指一个细胞激活其突触伙伴细胞的能力。在运动技能习得、巩固和检索期间，主运动皮质区内的神经回路可随时进行适应。[34]

我们在实验中证明，亨利可学会数种运动技能，如镜描、旋转追视和双手追踪。他正常的主运动皮质区很有可能在他获得这些新运动技能和在日常生活中熟练使用助行架上发挥着作用。但这些现象也很有可能是其他脑区——一些是致力于运动功能的脑区，而一些则是致力于认知过程的脑区——发生了有益的变化而导致的。

运动学习通常是在经过许多次练习后缓慢发生的，而且支持技能习得的复杂机制会随着不断的学习而发生变化。训练诱导的可塑性可在灰质和白质的扩张中观察到，其中，灰质是指神经元的细胞体，而白质是指连接不同细胞群的纤维束。刚开始时，随着前额皮质、顶叶皮质和小脑内的活动增加，主运动皮质区和相邻的运动区域被称为“在线”。后来，当熟练运动变得越来越自动化时，这个学习过程仍需要主运动皮质区、纹状体和小脑的参与。运动表征在运动皮质和其他皮质区域中扩展，其中，这些皮质区域是专门用于计划、感知运动、控制眼球运动和计算空间关系的。这些区域协同合作，旨在实现运动记忆的形成。大脑中的多个回路参与了运动技能的学习，但正如亨利向我们展示的那样，颞叶内侧的那些回路是不必要的。[35]

现代的脑成像技术已使我们能在健康人群中观察关键回路在练习期间所做的工作，研究人员想知道，当人们从某项任务的新手发展成专家时，哪些脑区是活跃的。2005 年，神经科学家使用了功能性磁共振成像来表明，当参与者接受序列学习任务（尼森和比勒姆的任务，如前所述）的大量训练时，他们在新手阶段的大脑活动是不同于后期阶段的，即自动阶段。最初，前额皮质和深部运动区域——尾状核——是高度活跃的，然而，当他们的表现在经过练习后变得自动化时，这种活跃程度便下降了，这表明，他们对认知控制过程的依赖性降低了。纹状体（尾状核和豆状核）在获得运动序列知识中发挥着关键作用，而这项发现与另一项发现是一致的，即纹状体受损的帕金森病患者和亨廷顿舞蹈病患者都有运动学习缺陷。[36]

蒙特利亚肯高迪亚大学的两名神经科学家于 2010 年进行了一项雄心勃勃的研究，旨在记录大脑活动在连续五天的技能习得期间的变化。他们的这项研究基于这个观点，即学习是在训练中逐渐发生的。因为每次训练都扫描参与者的行为是不必要的，所以，第一天、第二天和第五天时，参与者会在扫描仪内执行一项相同的运动学习任务；第三天和第四天时，他们则不用进行扫描，直接执行这项任务。研究人员发现，随着参与者表现的提高，起初活跃的数个运动区域变得不那么活跃了。这些现象发生的原因可能是：随着学习的进展，大脑对重复刺激的注意力减少了，而且也不再需要纠正错误了。与此同时，随着表现的提高，主运动皮质区和小脑中的小区域则显示了活动的增加。[37]

整体活动减少的网络内，这些区域的活动却增加了。这种现象可表示，这些区域是最后存储运动记忆的地方。研究人员推测，主运动皮质区内的不同神经元群体是分别编码和表达运动序列学习的不同方面的。一种神经元群体被错误的行为激活的，致力于快速学习；它与陈述性记忆网络进行交流。另一种神经元群体表现出抗遗忘的特性，致力于渐进学习；这些神经元与专门用于学习程序——如何做这项任务——的网络进行交流。这两种神经元群体协同合作。

我们现在有极具说服力的证据表明，从一种复杂技能的新手到专家的演变并不是一个单一的过程。运动记忆有不同的时标，而且这些时标的贡献随着时间的推移而发生变化。中立梳理不同过程的能力有助于我们了解亨利在伸展任务中的表现，即他在必须补偿附加外力时的表现。尽管他可保留这种技能，但他学习的速度要落后于对照人员的。基于2010年的功能性磁共振实验结果，我猜测，亨利在几项技能学习任务中的缓慢进展可归咎于他受损的小脑，因为健康大脑中的小脑在早期的学习阶段中做出了重要的贡献。

对于我们大多数人来说，非陈述性记忆和陈述性记忆的过程是交织在一起的。当你骑自行车时，你可能无法描述你正在做的事情，但你可回想起以前的那些日子。那时，你还骑着有辅助轮的自行车；你的父亲或母亲第一次放开自行车的后座，并让你自己独立骑它。技能、经历和知识都是联系在一起的。亨利的病例中仍引起注意的是：它显示了，尽管他已彻底忘记自己学习一项技能的经历，但这项技能仍可在他的大脑中绽放。

第九章

无法记住的记忆Ⅱ

经典条件作用、知觉学习和启动

从1980年代中期到1990年代末，我和我实验室里的成员拓展了思维，也扩大了工作范围，旨在通过调查习得行为的本质。在广阔的理论背景下，我们设计了新的实验来揭示其他有关非陈述性记忆的认知和神经机制。正如我们所看到的，亨利能无意识地习得新运动技能。我们也发现，他可顺利地执行其他非陈述性记忆的任务。在我们对经典条件作用、知觉学习和重复启动的研究中，亨利是通过自己在这些任务上的表现来展示所学的知识，而不是通过有意识的陈述性记忆。他的熟练程度表明，这些无意识学习的形式，如运动学习，是发生在颞叶内侧外的大脑回路的。亨利在人们对这三种非陈述性知识的思考中发挥了重要的作用。

在这段时间里，我和同事开始意识到亨利作为一名研究参与者的无限价值。我们一直感到很惊讶，因为我们对他的进一步研究可关联或巩固许多同时期的不同科学发现。而且，我们对亨利的研究也无疑提高了实验室的知名度。虽然我们只有22%的出版物描述了对他的实验结果，但这些文章到现在仍被广泛关注和引用。

经典条件作用是一种利用反射的习得行为，其中，反射如流涎、膝跳反射和眨眼。这种形式的非陈述性学习已是数十年来研究动物和人类的宝贵手段。在运用经典条件作用的实验中，诸如钟声这一中性物与另一个可引起反射的物品，如食物（可引起流涎），频频配对出现。最后，钟声本身便可引起反射反应。当某一动物对钟声做出流涎反应时，我们知道，在食物和钟声的多次呈现后，该动物已学会了将两者关联起来。

二十世纪初，俄罗斯生理学家伊凡·巴甫洛夫在研究狗的消化作用时发现了经典条件作用。他运用了一种简单的反射来引发一种现象：当动物的口中有食物时，它便会分泌唾液。巴甫洛夫巧妙地观察到，动物闻到食物的气味，看到送食物的人，甚至是听到这个人的脚步声时都会产生类似的反射。狗知道，这些感觉信息意味着食物即将来临。在巴甫洛夫的实验中，他的助手会在狗得到食物之前按一下门铃。在屡次接触到这个配对的刺激——铃声和食物的递送——之后，它们在听到铃声时便会流涎，而这种现象表明，它们已将这个声音与食物关联起来了。[1]

建立物品与情绪的联系是广告行业里的流行策略。想象一下，加勒比度假村的广告：一对佳人微笑着，在沙滩上漫步黄昏，与热带鱼一同游泳，并享受按摩服务。如果我们决定要去热带度假的话，那我们很有可能会选择这个度假村，因为我们由于条件作用已将乐趣与浪漫关联了起来。

我和同事从以前的实验中了解到，小脑和海马对条件反射的形成都发挥着作用，但我们想测试这两个区域各自对这种学习的重要性。我们推断，如果亨利在其海马无法正常工作的情况下表现出条件反射，那他仅存的小脑可能介导了这些反射。如果亨利并没有表现出条件反射的话，那测试的结果将难以解释：我们将不知道，这个缺陷到底是由海马的损伤、小脑的损伤，还是这两者的共同作用引起的。亨利所有的神经系统检查可追溯到 1962 年，它们揭露了他小脑功能障碍的迹象，而且他的磁共振扫描图显示了明显的小脑萎缩，其中，这种萎缩表明了细胞的死亡。然而，尽管亨利的海马和小脑都有严重损伤，但他在实验中却表现出了条件反射。虽然他的学习速度要比同龄健康男性慢，但他却展现出了非凡的保留能力，因为他在两年后的第二次研究中也表现出了相同的条件反射。

1990 年，我们首次在亨利身上研究了有关经典条件作用的能力。那时，我们进行了眨眼条件反射的实验来测试他是否会产生有条件的反应，即对一个音调做出眨眼睛的动作（因为在音调之后，一股空气会吹向他的眼睛）。为了测试，亨利来到麻省理工学院临床研究中心的一个房间。房间很安静，他就坐在一张舒服的椅子上。他戴上一块头巾，头巾上装有一台喷气器和一台记录眨眼的监视器。研究人员给了亨利这些指令："请别拘束，放轻松。你将会偶尔听到一些音调，并感受到一股温和的空气吹向眼睛。如果你想眨眼的话，那就请你眨眼吧。让你的自然反应做主。"（见图 16）[2]

在八周的时间里，我们安排了两种条件作用任务：延迟条件作用和痕迹条件作用。在延迟条件作用期间，音调会先发出，紧随其后的是一股空气，然后两者共同停止。每次训练有九十次试验，时间约为四十分钟。在八十次试验中，亨利会听到音调和感受到喷气，从而给了他机会能够无意识地将两者关联起来。如果眨眼发生在音调和喷气的时间间隔里——不到一秒，我们则将其视为一次条件反射。这样的眨眼表明，亨利已学会将声音和紧接而来喷向眼睛的空气关联起来，而且他还会无意识地眨眼睛，期待着喷气的到来。在剩余的十次试验中，亨利只会听到音调。如果他在听到音调后立即眨眼，那我们也将这样的眨眼视为一次条件反射。结算试验的结果很简单：我们算出他在音调和喷气之间的条件反射次数和在只有音调的条件反射次数。在痕迹条件作用期间，音调和喷气之间会有无声的时间间隔，这意味着，亨利的大脑必须连续保存音调半秒钟，并将它与随后的喷气关联起来。与前面一样，如果亨利在听到音调后即刻眨眼的话，这样的眨眼就被视为一次条件反射。[3]

在整个条件实验过程中，我们给亨利看了一些电影，旨在将他的注意力集中在愉悦的事情上。他最喜欢看的电影之一就是查理·卓别林的喜剧《淘金记》，而且他也喜欢看有关1939年纽约世界博览会的纪录片，因为他和他母亲参加过那届的博览会。尽管我们将电影调成了静音，因为这样亨利才能听到音调，但他没有抱怨，而且还很享受测试体验。在这期间里，亨利并不知道自己正在进行记忆实验，这证实了任务的确是运用了非陈述性记忆的过程。我们比较了亨利和六十六岁健康男性的条件分数，想看看他的能力是否有受损，以及受损到何种程度。[4]

亨利在延迟和痕迹程序中都产生了条件反射，这是他的大脑在非陈述性训练经历中发生修改而获得的成就。但总体而言，他的表现不如对照人员的。他需要更多的试验次数来达到学习的标准——在只有音调的情况下，受试者要在连续的九次试验中眨眼八次。对于延迟条件作用，对照人员在315次试验中达到目标，即九次试验中有八次眨眼，而亨利则是在473次试验中才达到目标。延迟条件作用实验的五周后，我们引进了痕迹程序。对于痕迹条件作用，亨利的对照人员在第一次试验中就达到了学习的标准，而亨利则需要91次试验。这些现象表明，他似乎在延迟条件作用和痕迹条件作用中都有障碍。[5]

在观察只有音调的试验后，我们得到了一些有关亨利在延迟和痕迹条件作用期间表现的解释。在一些这样的试验中，尽管他在听到音调后有出现眨眼，但来得太慢了——在我们规定的条件反射时间，即四百毫秒后；因此，这些眨眼没有被视为条件反射。他缓慢的反应至少部分地解释了为什么他在延迟条件作用时需要一百多次的额外试验来达到学习的标准。然而，学习的第二次测量——亨利在休息五周后还能记得多少呢？——表明，延迟程序中的部分学习仍存在。这一次，亨利需要 276 次试验来显示条件作用，即比之前少了 197 次，而对照人员则需要 91 次试验，即比之前少了 24 次。尽管亨利提高的 42% 不及对照人员提高的 79%，但他显然在习得条件反射上取得了实质性的进展。这项实验告诉我们，海马对经典条件作用在延迟和痕迹程序中的发生都不是必需的。虽然亨利的学习能力降低了，但它促使我们猜测，他小脑的哪些部分支持了这种学习。[6]

在初次条件作用实验的两年后，我们研究了这种学习的持久性。在新的实验中，亨利充分展现了非陈述性学习：他仅在九次试验中便达到了痕迹条件作用的学习标准。这表明，在过去的两年里，他的大脑巩固并安全存储了这些习得的条件反射。这个明确的实验结果指出，海马不是这一过程所必需的，即存储音调的痕迹半秒钟，旨在将音调与喷气相关联。为了条件作用的发生，亨利必须运用他仅存的小脑和皮质区域来保留这些习得的反应，而且保留时间为两年。他表现出无意识的非陈述性学习，尽管他没有上次经历的陈述性记忆：他不记得任何研究人员、设备、指令、步骤和自己曾学过的东西。[7]

为了更好地了解延迟条件作用与痕迹条件作用的差异，我们查阅了三名记忆研究员的研究，他们来自加利福尼亚大学圣迭戈分校。2002 年，他们整理了一些实验的证据用以强调：意识是痕迹条件作用所必需的，但它却不是延迟条件作用所必需的。这些实验的对象是动物和人类（其中包括遗忘症患者）。这项学习任务的意识是指一种陈述性知识，即音调和喷气之间的关系——音调表示喷气即将到来。我们的对照人员一定有这种陈述性知识，即这种意识，因为他在一次试验中便习得了痕迹条件作用。在实验过程中，健康的参与者在意识水平上开始明白，音调预测了喷气的发生；然后，他们便会开始期待喷气的发生。[8]

尽管亨利缺乏这种陈述性知识（意识），但他最终在 91 次试验中展现了痕迹条件作用。因此，支持亨利学习的机制必然是不同的。加利福尼亚的记忆研究人员提出，虽然小脑是延迟和痕迹条件作用所必需的，但它无法在半秒的痕迹间隔中维持音调的表征。那么，在亨利的病例中，他的成功表现必然来自他完好的听觉皮质所产生的音调表征。该听觉皮质使他能够习得条件反射，即非陈述性知识。[9]

我们的眨眼经典条件作用实验证实了亨利大脑的可塑性。通过这些程序，他可实现联想学习，即将音调与喷向他眼睛的一股空气联系起来。这种非陈述性学习是无意识的，局限于运作在自觉意识领域外的回路。相比之下，如果他有意识地想将音调和喷气关联起来，那他会失败，就像他无法将医生的名字与其面孔相关联一样。他在这项任务中并没有相关的陈述性记忆回路可依赖，但他仍维持着一些网络，而这些网络使他能在没有意识记忆的情况下习得这两种不同的条件反射——延迟和痕迹。

与经典条件作用一样，知觉学习也是通过任务的执行来得到表达的。视觉系统中的知觉是指一种心理能力，它可检测运动和通过视觉识别物体、面孔、形状、纹理、线条的方向以及颜色。按同样的方式，触觉可让大脑感受到粗糙度、温度、形状、质地以及弹性。

知觉学习和知觉是不同的。它发生在刺激的基本加工之上。知觉学习是指在训练后更精确、更轻松地辨别事物的能力，而且它是偶然发生的，没有学习的自觉意识。通过经验来微调知觉的情况在生活的任何领域中是显而易见的，从业余爱好者知道古董车的每种品牌和型号、装配线上的质量监控经理能即时发现缺陷，到放射科医师可从磁共振图像的阴影中识别癌性肿瘤的存在。[10]

我和同事很好奇，想知道亨利颞叶内侧的损伤是否会让他在无意识的情况下获取新的感知信息。我们在 1968 年就解决了这个问题。当时，米尔纳为亨利进行了一项知觉学习测试，即戈林不完整图片测试。这个测试不是针对亨利的视知觉，而是比较他第一次和第二次识别不完整图片的能力。这项任务需要观看二十种常见物品和动物的简单线条图，其中，常见的物品和动物如飞机和鸭子。亨利观看的每个物体都是以五度的破碎程度呈现的。测试开始呈现的是一张很粗略的图片，图片的内容是物体的几个部分，但几乎不可能识别。测试最后呈现的是一张完整、可识别的图片。亨利第一次看的是最破碎的图组，每次看一张图片，每张图片有约一秒的观看时间，并说出他认为每张图片可能代表的物体。当他能命名所有的二十种物体时，他便可逐渐看到完整的图组（见图 17）。[11]

米尔纳为亨利安排了连续两天的戈林测试，并附上这些指令：

"我将给你展示一些不完整的图片。我想让你告诉我，如果图片里的图形是完整的，那它会是什么东西。如果你不确定的话，你就猜猜看吧。"经过一次短暂的练习测试后，她向他展示了前二十张卡片，即最困难的图片，并记录了他的错误。接着，她以不同的顺序展示了不太破碎的图片版本，这样，亨利便无法预料下一张将出现的图片；而且，她告诉他，这次的图片会比较容易识别。这个程序持续进行，而且每次试验的图片也会变得越来越完整，直到亨利可识别这二十张图片。他在四次试验后准确无误地完成了测试，而且，值得注意的是，他的准确度要比十名对照人员还好一些：他说错了二十一张图片，而对照人员平均起来则说错了二十六张图片。[12]

我们从其他的测试可知，亨利的视知觉很出色，但他第一次观看图片的行为会有益于他第二次观看时的表现吗？他会表现出知觉学习吗？一个小时后，米尔纳在毫无预兆的情况下向亨利展示了同样的图片。他不记得自己曾进行过这项测试；尽管如此，他在更少的试验次数里识别了这些破碎的图片。[13]

不过，亨利表现出的提高并没有与对照人员表现出的一样显著。为什么没有呢？对照人员比亨利要更有优势：他们在长时记忆里保留了图片的名字，所以，在第二次观看破碎图片时，他们有一份正确名字的列表可供选择。例如，他们知道其中的一张图片是鸭子，所以，当他们看到一张图片上有一些喙和尾巴的片段时，他们便会猜这张图片是鸭子。然而，亨利的表现的确在试验中逐渐改善，而且，令人吃惊的是，当我在十三年后为他进行相同的测试时，他的识别却变得更加准确了。尽管他还是没有有意识的记忆，即记得自己曾看过这些图片，但他却在没有显性知识的情况下学会了知觉技能，而且这项知觉技能牢固地存储在他大脑仍保有的皮质区域中。[14]

我们现在更加了解了某些脑区是如何检测和分类信息的。例如，1990 年代初的研究揭示，有一个脑区是专门负责面部加工和识别的。蒙特利亚神经病学研究所的一位认知神经科学家使用了一种称为正电子发射型计算机断层显像（PET）的功能成像的技术来要求参与者识别面部，并发现局部区域的脑血流量增加了。脑血流量的增加可表明高度的神经活动。这些区域位于颞叶皮质内，致力于视觉信息的加工。五年后，麻省理工学院的一位认知神经科学家使用了另一种大脑成像技术，这项技术提供的大脑图像要比 PET 提供的更精确。她制定了功能性磁共振成像的扫描方案来界定颞叶内的面部选择区域和确定其功能，并将这个区域命名为梭状回面孔区。亨利大脑的这个区域并未受损，所以他在术后仍可认出他的父母、亲戚、朋友和名人；他在术前已将这些图像存储在长时记忆里。如果我们给在磁共振扫描仪内的亨利展示一系列陌生的面孔，那么，当他看着这些面孔时，他的梭状回面孔区就会很活跃。然而，当他离开扫描仪后，他便不会再记得这些面孔，因为他缺乏颞叶内侧的必要区域来形成这些新记忆。[15]

这位研究人员的核心发现启发了范德堡大学的科学家团队，这个团队进行了更深入的功能性磁共振研究，而且这些研究显示了大脑是如何安置其他类型的专门知识的。他们发现，大量有关鸟类或汽车的知识也需要这个面部选择区域的参与。在磁共振扫描仪内，所有的参与者会看到几组汽车和小鸟，然后判断同组的汽车是否型号相同、但其出产年份不同，以及判断同组的小鸟是否属于同一种类。当研究人员比较两组参与者与汽车和小鸟相关的大脑活动时，他们发现，汽车对汽车爱好者的大脑有更大的激活，而小鸟对鸟类专家的大脑有更大的激活。汽车知识和鸟类知识的效应发生在与面孔知识相同的皮质区域，这表明，这个小区域内的活动集中支持数种专门化——面部识别和物体的熟练识别。[16]

这些实验说明，个体大脑（人类）的可塑性——由特定物体（如面孔、汽车和小鸟）的长时知觉学习而引起神经元在某个精确定义领域上的奉献。这种能力是我们与其他人和环境成功进行相互作用的基础。亨利在术后仍可感知面孔、汽车和小鸟，而且也可在戈林测试中显示正常的知觉学习——这项测试依靠其完整视觉皮质的能力。然而，这些过程本身不足以让他在日常意义上记住新面孔和新物体。

我们现在继续了解更多关于我们的大脑是如何学习和分类信息的。2009 年，神经科学家识别了将支持面部和物体加工的视觉区域与杏仁核和海马连接的白质通道。我们将检查亨利被解剖的大脑，旨在确认这些连接的完整性。然而，我们现在假设这些通往颞叶内侧组织的神经通路是完整的，所以，如果它们没有被去除的话，有关面孔和物体的信息可到达他的颞叶内侧结构。亨利缺乏接收、编码和巩固面部信息的记忆机制。[17]

并不是所有的非陈述性学习都需要长期接触一个刺激或长期进行一项程序。重复启动可在一次学习试验后发生。当亨利在实验室里观看一连串单词、图片和图案，并在接下来的测试中再次看到它们时，早前的接触往往促进了他对它们的感知或他的反应。这种增强的加工被称为重复启动——因为他以前曾看过它，所以他的大脑被“启动”，旨在以某种方式对刺激做出反应。即使他并非有意回想起过去，他的经历也会无意识地影响着他的记忆。[18]

重复启动在我们的日常生活中频繁发生，然而，因为它是无意识的，所以它是不易察觉的。我们可能会在早晨起床时听到收音机里的一首歌曲，然后发现自己一整天都在哼这首歌，但却不知道自己为什么会哼它。启动是广告行业最喜欢的手段之一。我们在电视或杂志上频繁接触到某些品牌时，我们可能会加工它们更多次，从而会在许多品牌中选择它们，即使我们是无意识地记住自己曾在广告上看过它们的。政治运动也利用启动：名不见经传的候选人可在一夜之间受到大众的喜爱，只要选民能反复看到和听到他们的名字。当我们在选票中看到这些名字时，我们可能会误认为这些候选人是具有杰出政绩的老练政治家，仅仅因为我们能更容易加工他们的名字。

1980 年代中期，我们开始对详细研究亨利的启动能力产生了兴趣，因为我们想知道遗忘症患者是否有这种形式的记忆，也想知道不同类型的启动在遗忘症患者身上是否同样强劲。我们研究的另一个重点，是证明亨利对熟悉的测试项目所产生的启动效应是否不亚于他对新测试项目所产生的。

1980 年代末至 1990 年代末，我们进行了一系列实验来探讨这些问题，而且使用了各种启动任务。在每种情况下，测试都有两部分：首先是研究阶段，亨利在此阶段会接触到单词和图片；然后是测试阶段，他在此阶段会执行一项任务，而且这项任务包括学习过的单词和图片以及新的单词和图片。例如，在研究阶段中，我们会在电脑屏幕上展示一系列单词，每次只展示一个单词，然后给了他一个指令：如果单词里有字母 A 的话，他要说“有”，但如果没有的话，他便要说“没有”。这个指令让亨利相信，我们只是在测试他识别字母 A 的能力，所以他并不知道这是一项记忆测试。

EPISODE

FACULTY

RADIUS

STOVE

CALCIUM

ROUGH

CLAY

STAMP

FROST

接下来，在测试阶段中，我们将这些单词的前三个字母与类似单词（不在学习列表上的单词）的前三个字母夹杂在一起，然后将它们展示给亨利看。新单词与他学习过的单词在字母个数（英语）和出现频率上都是相同的。

CLA

SER

CAL

ROU

MED

TRO

EPI

FAC

SWI

RAD

BRE

REC

我们告诉亨利，三个字母的词干都是一个英文单词的开头。然后，我们要求他将每个词干都填充成一个单词。我们鼓励他写下脑海里出现的第一个单词，并没有提及学习列表。亨利仍然不知道，我们这是在测试他的记忆。

在一项先导性研究中，我们要求健康的参与者用他们最先想到的单词来填充这些词干，并统计每个词干中出现最多的三个单词。他学习过的单词不是这些词干中最常见的造词，因为它们并不在这些出现最多的单词中。CLA、CAL 和 ROU 的常见单词分别包括 clap、calendar 和 round，而 CLAY、CALCIUM 和 ROUGH 则是比较不常见的单词。值得注意的是，在单次接触学习列表后，亨利写下了这些比较不常见的单词，这表明，启动效应出现了。他的启动得分考虑了他只是偶然写下学习过的单词个数，即他用学习过的单词来填充一些词干的次数要减去他用类似的新单词来填充其他词干的次数。测试期间，启动发生的原因是他的大脑激活了这些单词的表征，因为他刚在学习列表中学习过这些单词。[19]

我们将亨利在这项非陈述性记忆任务中的表现与他在两个陈述性记忆量度中的得分进行了比较。在这两个量度中，他的任务是以相似的方式有意识地回忆学习过的单词。像以前那样，他在电脑屏幕上看一系列单词，然后经过短暂的停留后，我们要求他口头回忆自己曾看见过的单词。接下来，我们为他进行了一项再认记忆测试。在这项测试中，三个单词会在电脑屏幕上出现，而且这三个单词的前三个字母是相同的，如 CLAY、CLAM 和 CLAP。亨利的任务就是在这三个选项中选出自己学习过的单词。他在这两个量度上都遇到了障碍：回忆和再认。[20]

这些陈述性任务与非陈述性启动任务之间的关键区别在于指令的不同。在回忆和再认的测试中，我们要求亨利有意识地检索学习列表中的单词——传统意义上的一项记忆测试。这些测试结果表明，他激活了不同的神经网络来分别进行陈述性学习和非陈述性学习。他在回忆和再认的测试中失败了，这表明，他的陈述性回路是有故障的。然而，他却在单词填充的启动测试中表现正常，这证明，他的非陈述性回路被保留了。[21]

哪些大脑机制可让遗忘症患者表现出正常的启动？1984 年，宾夕法尼亚大学的心理学家在与遗忘症患者的随意谈话中敏锐观察到一个现象，而该现象则是解决以上问题的首个线索。研究人员注意到，大量的遗忘症患者在长时间接触一个特定的单词或概念，如狗或狗的种类，然后执行另一项任务后，他们会声称自己不记得任何特定的谈话，而且也不知道谈话的主题可能是什么。然而，如果研究人员让患者就他们希望的话题发起谈话，他们选择的话题或提及的单词很有可能就是先前谈话中出现的，如狗或绠犬，尽管他们并没有意识到新谈话与先前谈话之间的联系。[22]

研究人员推测，遗忘症患者在启动测试的正常表现是由痕迹激活引起的。痕迹激活是指完整心理表征——信息的符号代码——的激发。他们提出，当参与者大声朗读单词时，如 CANDLE、

PLEASANT 和 BUTTON，他们便激活了单词的心理描述。这种激活可持续数分钟或数小时，就像你关掉吹风机后，它会在短时间内保持温热。而且，这种激活会同样发生健康参与者和遗忘症患者身上。在随后的测试中，当参与者必须用最先想到的单词来填充 CAN、PLE 和 BUT 时，这些单词，即 CANDLE、PLEASANT 和 BUTTON，被高度激活，因此，它们比其他可能的单词更有可能被选中。[23]

1980 年代中期，当我和同事开始研究重复启动效应时，我们有几个目标。其中的一个目标便是使用陌生的图案作为测试刺激来检查非言语启动。大多数实例，即遗忘症患者的完整启动例子，都是使用言语任务，如阅读、拼写和单词填充。然而，一个有关（遗忘症患者）启动本质的更大理论必须包括非言语信息。当遗忘症患者看到单词时，他们可利用自己在没患有遗忘症前所获得的知识（即有关这些单词的知识）：这些刺激早已存储在他们的心理词典里，可被激活，从而被启动。但他们首次看到的信息又会怎样呢？遗忘症患者可能只在自己有关于刺激的知识时才会显示完整的启动——当他们已加工刺激的正常表征。研究人员很容易将有关单词的知识认定为言语启动的基础，但他们并不清楚，组成非言语（图案）启动的知识基础是什么。

1990 年，我实验室的成员开始探索，当刺激是画在纸上的图案时，亨利是否会表现出正常的启动。我们通过任意连接三乘三矩阵中的五个点来创建六个目标图形。然后，我们让亨利和对照人员画出他们想要的图形，即他们要使用直线来连接每个六点矩阵中的五个点。这些图形组成了参与者的基准图形，它们显示了他们会自发地画出哪些图形。启动测试在六小时后开始。在研究阶段中，参与者会收到一张有六个目标图形的纸，并被要求将这些图形复制同一页的相应点矩阵中。然后，我们拿走了这些纸，并让参与者进行了三分钟的干扰任务——尽可能多地写下二十世纪著名艺人的名字（见图 18）。[24]

在测试阶段中，我们给亨利和对照人员一张有六点矩阵的新纸，并让他们在纸上画自己想要画的图形，唯一要求是他们必须用直线来连接每个矩阵中的五个点。我们想看看参与者是否会画出他们先前复制的目标图形；如果他们这样做了，那这种现象证明，它们已被启动了。亨利和对照人员在被启动（后复制）状态下画出的目标图形要远远多于他们在基准状态下偶然画出的目标图形。简而言之，参与者将一个目标图形复制到一个点矩阵后，当他们被要求画出任何想要的图形时，他们便会更有可能画出这个目标图形。亨利在三个不同版本的测试中表现出正常程度的启动，其中，这三个不同测试被安排在三个不同的场合。[25]

这个实例——新刺激引发了启动——表明，学习并不依赖于亨利术前所建立的记忆表征，相反，它依赖于特定目标图形的新表征。这一发现是第一份有关这类现象的报告，即它描述了一位记忆障碍患者的完整非言语启动。它提供了强有力的证据表明，启动不受遗忘症的影响，也不局限于基于言语的刺激。[26]

我们如何解释图案启动？健康的参与者和亨利在实验前不太可能会有这些目标图形的记忆表征，所以，我们很难将图案启动描述为长时记忆表征的激活。那么，新的解释又是什么呢？在将目标图案复制到点矩阵的过程中，亨利和对照人员在这些图案之间形成了新的关联。这些新关联影响着知觉加工，该加工将特定结构分配到点矩阵，然后引导画出被启动的图形。亨利的深度遗忘症彻底消除了一种可能性，即他完整的图案启动表明了回忆和再认机制的运行。它也强调了一个结论，即支持知觉启动的新关联可能被无意识地建立，尽管他的情景记忆有严重的缺陷。[27]

值得注意的是，在一项需要陈述性记忆的图案再认任务中，亨利的表现明显要差于对照人员的。我们安排了一项不同的测试。在此测试中，我们要求亨利和对照人员将一组新的目标图形复制到点矩阵中，然后在三分钟休息后，他们要在四个图形中选择自己先前复制过的图形。亨利的表现符合他糟糕的陈述性记忆，即他难以识别自己曾复制过的目标图形，而对照人员则可识别出目标图形。[28]

亨利的图案启动能力表明，这种记忆不依赖于支持回忆和再认记忆的颞叶内侧结构。相反，调控图案启动的知觉关联很有可能在视觉加工的早期阶段被建立，它们位于皮质的后部。这些关联相对较难接近自觉意识。这种知识引起了进一步的实验——人们广泛探索支持各种启动的特定皮质回路。我们进行了一系列研究，它们揭示了重复启动的功能架构。亨利在这些研究中发挥了重要的作用，但我们仍需要一些其他脑区受损的参与者。因此，我们招募了阿尔茨海默病患者和其他患有离散脑区病变的患者。此外，我们还测试了对照组，该对照组包括健康成年人，其中，他们的年龄、性别和教育水平与每个患者组的相当。

1991 年，我们迎来了第一个突破。我们证明了启动是一个多部分的概念：启动代表着一类学习过程。通过研究阿尔茨海默病患者，我们可表明，皮质中的独立回路调控了两种不同的启动。像亨利一样，阿尔茨海默病患者的颞叶区域有损伤，而且在陈述性记忆的量度（如回忆和再认）上有障碍。他们在某些皮质区域也

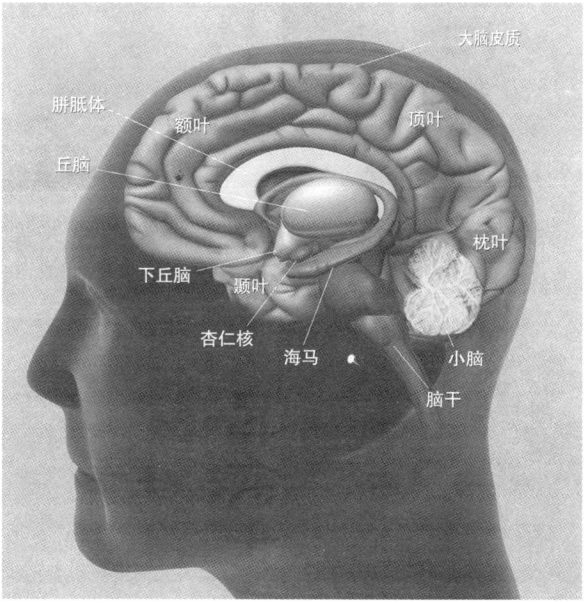

1. 边缘系统

尽管由单一大脑系统支持情绪的观点已不再成立，但边缘系统这一术语仍被用于指定一组相互连接的结构，且这些结构在情绪的理解和表达中起着作用：下丘脑、丘脑、杏仁核、扣带回皮质以及眶额皮质。眶额皮质是位于眼睛上方的脑区，而扣带回皮质则是位于胼胝体上方的脑回。由于杏仁核与海马紧密相连，所以，我们的情绪可影响记忆的形成，尽管海马本身并不可调节情绪。

2. 大脑皮质的四种脑叶

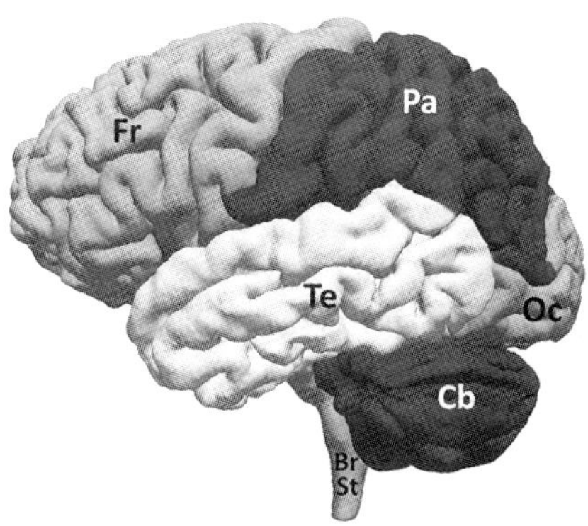

本图为一名四十一岁健康男性的磁共振扫描图，图中显示了从其左侧观察的整个大脑，并勾勒出了四种脑叶的轮廓。额叶（Fr）负责调节基本运动技能和认知控制过程（设定目标、做出决策和解决问题）；颞叶（Te）负责调节复杂的视觉和听觉过程、记忆、语言及情绪；顶叶（Pa）负责调节触觉、痛觉和其他躯体感觉、空间能力及语言；枕叶（Oc）负责调节基本的视觉过程。大脑皮质的顶部为脑回，而脑回间的凹处则为脑沟。小脑（Cb）专门负责平衡和运动协调。在亨利的大脑中，由于狄兰汀的副作用，该结构严重收缩。脑干（BrSt）将脊髓与大脑的其余部分连接起来。脑干是感官信息的入口，且其内部的大脑回路负责控制心率、血压、呼吸和意识水平等重要身体机能。

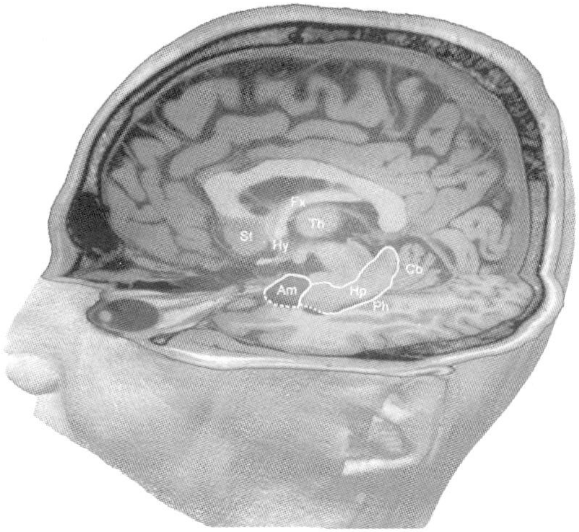

3-1. 颞叶内侧结构

同一颗健康大脑，显示了亨利大脑被移除的颞叶内侧结构。杏仁核（Am，白框中的深灰色）以及海马（Hp，白框中的浅灰色）的上部和主体部分。为了方便起见，海马的尾部已被去除，但它通常会继续向上形成穹窿 (Fx)，而该穹窿会向前拱、并到达下丘脑（Hy）的乳头体。亨利的大脑仍保有海马旁回皮质（Ph）的后部，但其前部已被移除。本图显示的其余结构为小脑（Cb）、纹状体（St）和丘脑（Th）。其中，纹状体参与运动控制和运动学习，而丘脑则是将来自眼睛、耳朵和皮肤接收到的信息传送到神经通路的地方，然后神经通路再将这些信息传送给大脑皮质。

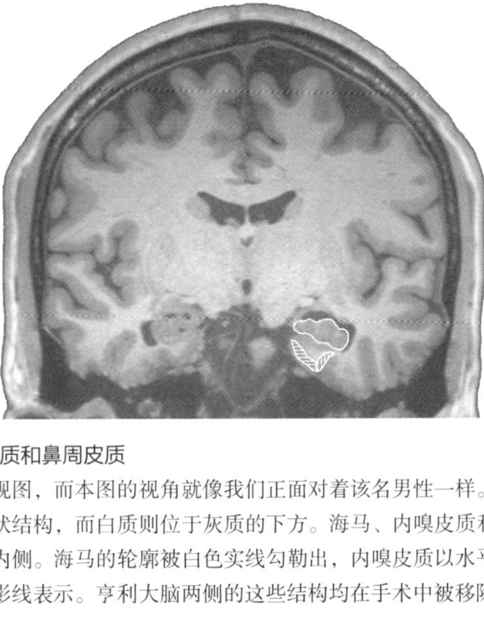

3-2. 海马、内嗅皮质和鼻周皮质

同一颗大脑的不同视图，而本图的视角就像我们正面对着该名男性一样。灰质紧随沿着整个大脑皮质的皮质带状结构，而白质则位于灰质的下方。海马、内嗅皮质和鼻周皮质位于本图右下方可见的颞叶内侧。海马的轮廓被白色实线勾勒出，内嗅皮质以水平阴影线表示，而鼻周皮质则以垂直阴影线表示。亨利大脑两侧的这些结构均在手术中被移除。

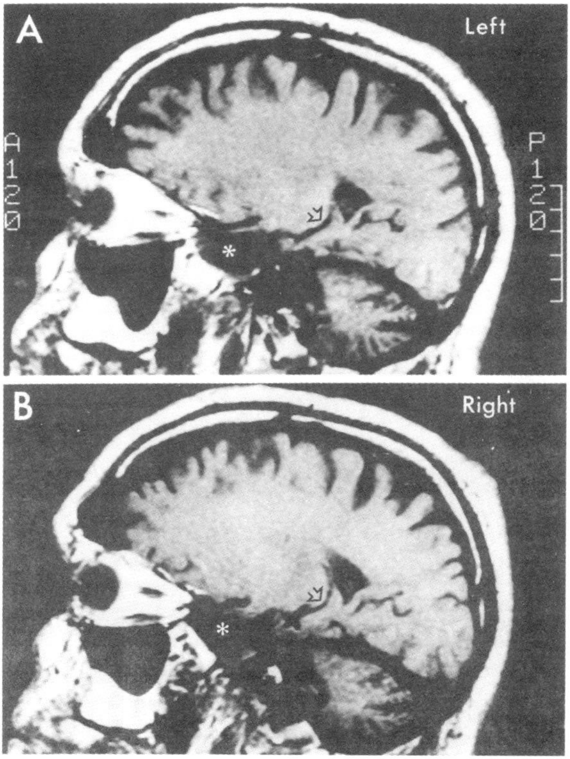

4. 亨利的磁共振图像

1992 年收集到的这些磁共振图像显示了亨利大脑的左侧病变和右侧病变。星号表示颞叶内侧结构所缺失的部分。空心箭头所指部分则表示海马结构的剩余部分。我们可分别在大脑两侧观察到约两厘米（0.79 英寸）的剩余海马结构。小脑叶片间的间隙扩大则是小脑大量变性的证据。

5. 穆尼脸部识别测试

穆尼脸部识别测试中的一张图片。亨利四十岁时，我们要求他说出每个人的性别及其大概的年龄，这里的“每个人”就是指测试刺激所描绘的一些人脸。他的得分高于对照人员，而这表明，他的视觉感知是完好的。

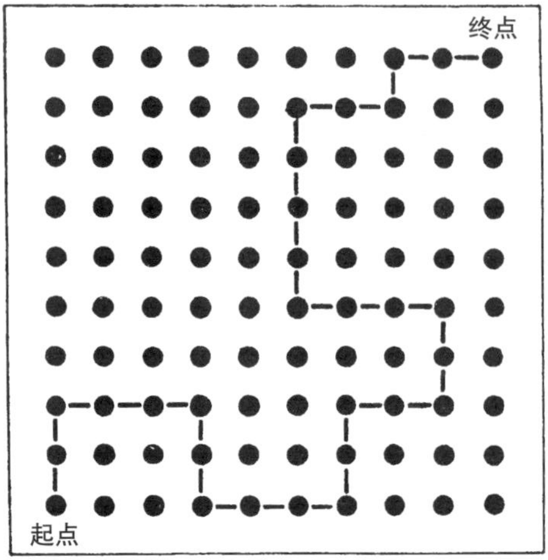

6-1. 踏脚石视觉迷宫

踏脚石视觉迷宫由一些黑点组成，其中，这些黑点是木质底座上的金属螺栓头。亨利的任务是发现并记住正确的路线（用黑线表示）。当他从一个螺栓头行进至另一个螺栓头时，若误差计数器发出滴答声，那便标志着一次错误。在三天的训练中，亨利完成了 215 次试验，但其错误的次数并未减少，这表明他的陈述性记忆是有缺陷的。

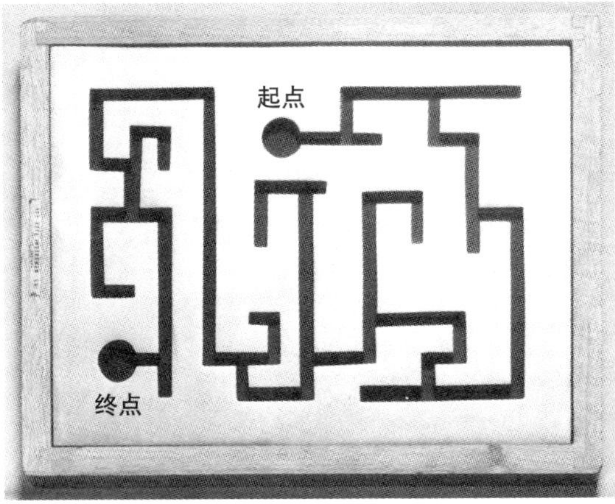

6-2. 写字笔触觉迷宫

写字笔触觉迷宫被放置在一个木制框架内。亨利坐在一侧，且他那边有一块黑布帘遮着木框以防止他看到迷宫。我则坐在亨利的对边，由于这边没有黑布帘，所以，我能在他行进迷宫测试时观察他的手、手写笔和迷宫。我指示他沿着路径来移动手写笔，旨在找到从起点到终点的正确路径。每次他进入死胡同时，我都会摇铃以表明他应后退、选另一条路径。连续四天的时间里，亨利每天都完成了两期试验，即二十次，但错误得分仍未下降，这表明他的陈述性记忆出现了故障。

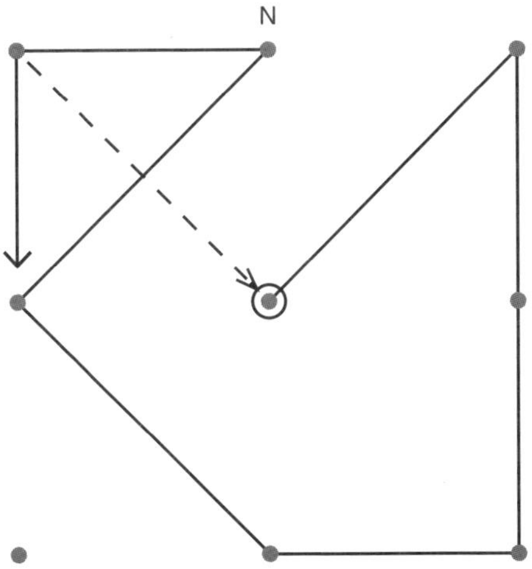

7. 路线寻找任务

用于测试亨利空间能力的十五张大地图之一。该地图描绘了在测试室地板上的九个红圆圈，并用黑粗线条表示点和点之间的路径，且在起点和终点附近分别有个圆圈和箭头。每张地图上都有表示北方的字母 N，且房间的一面墙壁上有一个大且红的字母 N。亨利的任务是按照地图上相对应的路径从一个点走到另一个点。亨利很耐心地从一点走到另一点，但就算我们使用相同的地图对他进行重复测试，他的表现还是没有改善。在该地图中，虚线表示他偏离的路线。

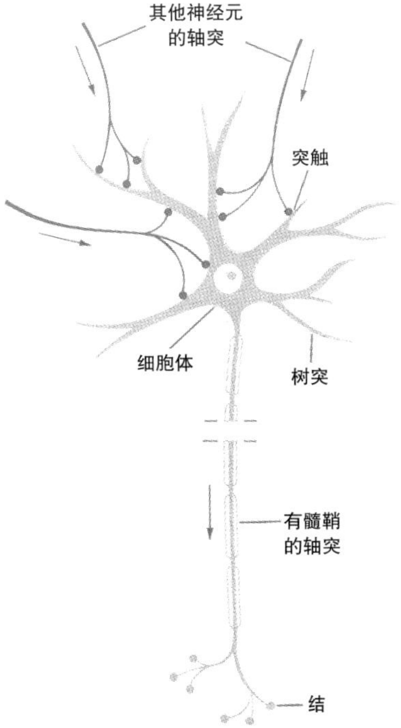

8. 一个典型的神经元

我们的大脑含有数十亿个神经元，且它们之间不断地进行交流。一个典型的神经元由数个部分组成。每个神经元均有一个树突树，该树突树可接受来自其他神经元的数千个信号。这些信号信息在细胞体内进行加工，然后从细胞体经由轴突传递给其他神经元。神经元间相互联系的地点便是突触。

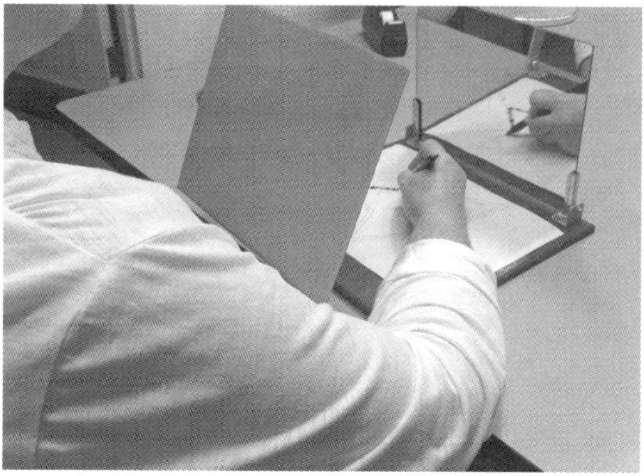

9. 镜描任务

米尔纳于 1962 年的开创性发现首次表明，遗忘症患者仍可进行数种学习。她给亨利安排了镜描任务。在该任务中，他需要描画一颗五角星。该任务极具挑战，因为他只可看见镜子里的五角星、其右手和铅笔。即使如此，他的表现在 3 天的练习里有了明显的提高。但与此同时，他并未有该经历或这一成就的有意识记忆，而这表明，大脑拥有两种不同的长时记忆，其中，一种是他可保留的记忆（非陈述性记忆），而另一种则是他无法保留的记忆（陈述性记忆）。数十年后，我的实验室重复了该项镜描实验，且在距离我们的首次测试期近一年后，我们再次对他进行该实验，而实验结果显示，他仍保留了这一技能。

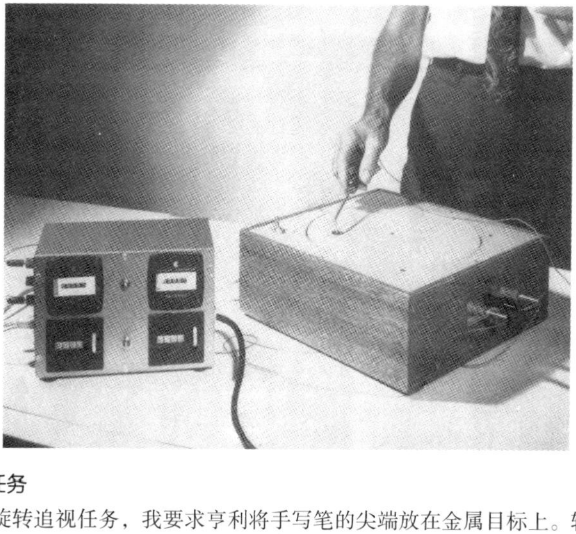

10. 旋转追视任务

为了开始进行旋转追视任务，我要求亨利将手写笔的尖端放在金属目标上。转盘开始旋转，他要在二十秒内尽力保持手写笔与金属目标的接触；我记录了手写笔在金属目标上的时间，同时也记录了它离开金属目标的次数。经过七天的测试后，亨利的分数有所提高，尽管他的分数仍没有对照人员的高。他在接下来的一周里并未进行练习，却仍保留了这项技能。

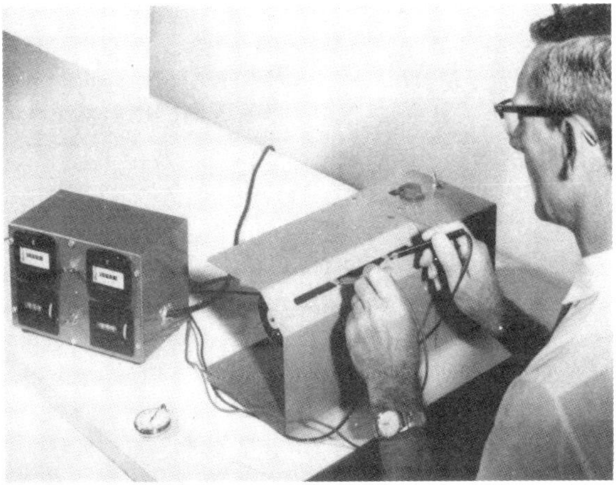

11. 双手追踪任务

亨利在双手追踪任务中的工作是在鼓旋转的二十秒里保持手写笔与轨道的接触。这项任务从运动控制的角度来看特别困难，因为他的大脑必须协调左手、右手和眼睛的运动，且他的眼睛必须在两个轨道之间来回转动。尽管亨利的分数低于对照人员的，且停留时间也相对较短，但在执行这项运动技能时，他再次随着试验次数的增加而表现出明显的进步。

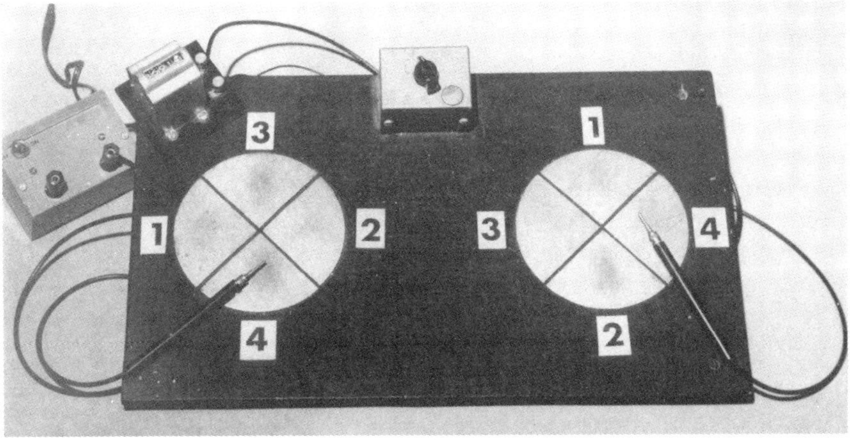

12. 协调敲击任务

为了进行协调敲击任务，亨利的右手握着手写笔，按 1、2、3、4 的顺序敲击右边的金属圈。然后，他的左手握着手写笔，按 1、2、3、4 的顺序敲击左边的金属圈。接下来，我要求他同时敲击两个目标。这个要求是很苛刻的，因为亨利需要同时敲击两个 1，同时敲击两个 2，等等。他必须协调左手和右手的动作，且由于数字在两个金属圈的位置不同，所以，两只手要遵循的轨迹是不同的。在这项自定速度的任务中，亨利的分数与对照人员的一样好，且当我在休息后重新测试他时，他的速度比第一次测试时更快。

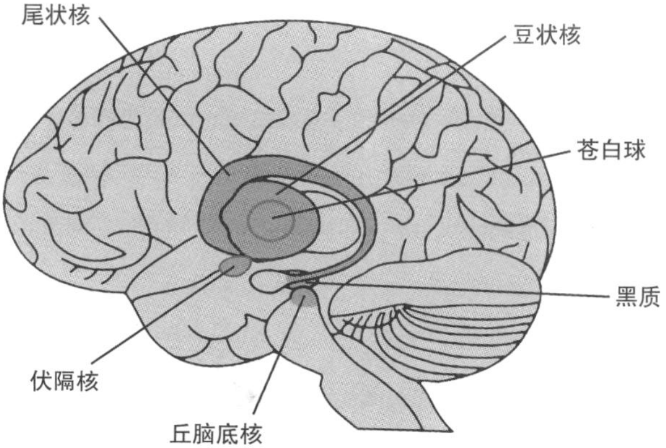

13. 基底神经节

基底神经节是一组分布式的互连回路，与大脑皮质协作以实现对姿势、运动和无意识学习的控制。基底神经节的主要结构为纹状体（尾状核和豆状核）、伏隔核、苍白球、丘脑底核和黑质。信息以环状流动，先从额叶和顶叶中的区域出发，然后经过基底神经节和丘脑，最后再返回额叶皮质。

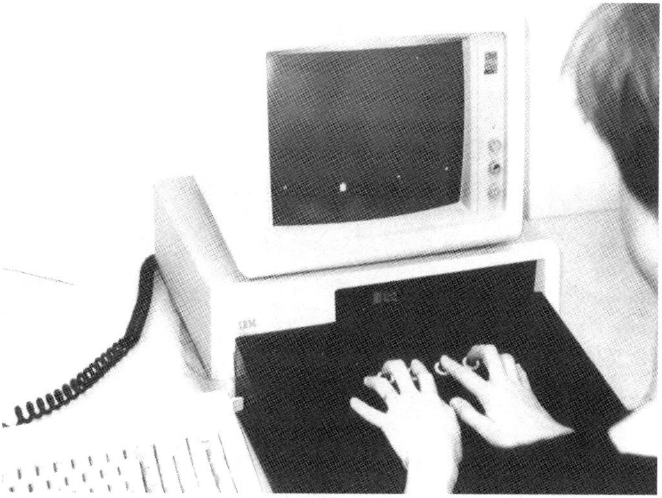

14. 序列学习任务

在序列学习任务中，我们要求帕金森病患者坐在电脑终端前以观察水平排列在屏幕底部的四个小白点。每次试验时，一个白色的小正方形会出现在其中一个小白点的下方，而参与者的任务便是尽快按下该正方形位置所对应的按键。但患者和对照人员不知道的是，正方形在每次试验中是按一个含有十个数的序列重复出现十次的，且他们总共要按一百次按键。我们发现，早期帕金森病患者和对照人员均习得了这个序列：他们的反应时间在使用重复序列的试验中变得越来越短，但在使用随机序列的试验中却无变化。相比之下，亨廷顿跳舞病患者则未表现出这一非陈述性学习。

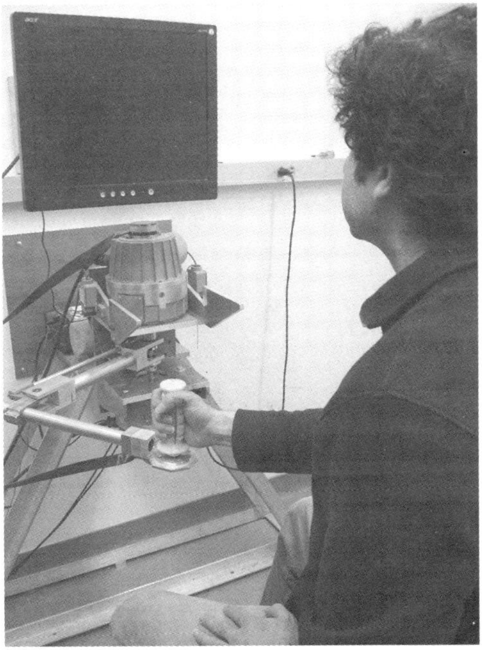

15. 伸展任务

在伸展任务中，我们在屏幕上展示了亨利的单个目标，并要求他使用机械臂以尽快将光标移动到目标的位置。他的任务是要在一秒内将光标移动到每个目标上。若他的任务成功了，目标便会爆炸。亨利花了几分钟将光标移动到各个目标处后，我们默默地改变了程序；机械臂给他的手施加了一个力，从而将他的动作偏离到一侧。然而，经过练习后，他改变了他的运动指令来补偿这个力，且能够重新快速地直线移动他的手到目标处。我们知道亨利已学会补偿力量，因为当我们突然撤掉这个力时，他的动作会有很大的误差，就像他在早期训练时所犯的误差模式一样，只是这个模式被颠倒了而已。

16. 眨眼条件作用任务

在眨眼条件作用任务中，亨利坐在一张舒适的椅子上，并头戴一条头巾，且该头巾上还装有一台喷气器和一台记录眨眼的监视器。我们给了亨利这些指令："请别拘束，放轻松。你将会偶尔听到一些音调，并感受到一股温和的空气吹向眼睛。如果你想眨眼的话，那就请你眨眼吧。让你的自然反应做主。"在为期八周的时间里，亨利接受了两种条件作用任务：延迟条件作用和痕迹条件作用。尽管亨利的表现不如对照人员的，但他确实在延迟和痕迹程序中均产生了条件反射，而这便是非陈述性学习的证据。

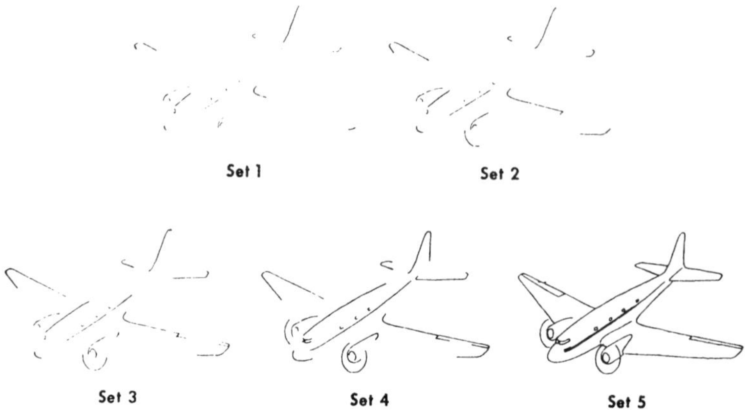

17. 戈林不完整图片测试

戈林不完整图片测试是用于测量知觉学习的。亨利的任务需观看二十种常见物品和动物的简单线条图，如飞机和鸭子。测试开始呈现的是很粗略的图片，图片的内容是物体的几个部分，但几乎不可能识别。测试最后呈现的是完整、可识别的图片。亨利最先观看的是最破碎的图组，每次看一张图片，每张图片有约一秒的观看时间，并说出他认为每张图片可能代表的物体。他在四次试验后准确无误地完成了测试，且值得注意的是，他的准确度要比十名对照人员的高。一个小时后，亨利在毫无预兆的情况下再次观看了相同的图片，并在更少的试验次数里识别了这些破碎的图片。他已在无显性知识的情况下学会了知觉技能，且这项知觉技能牢固地存储在其大脑仍保有的皮质区域中。

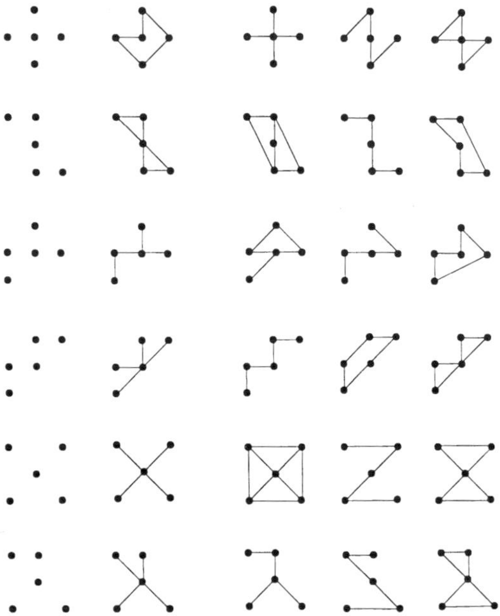

18. 图案启动

用于图案启动的点阵图案位于第一列。亨利复制的目标图形位于第二列。剩下的列数则展示了其他一些可被画出的图形。在亨利将一个目标图形复制到一个点矩阵后，当被要求画出任何想要的图形时，他便很有可能会画出该目标图形。在三个场合分别进行的三种图案启动测试中，亨利均表现出正常程度的启动，而这证明，他的非陈述性记忆是完好无损的。

19-1. 威廉·比彻·斯科维尔

19-2. 布伦达·米尔纳，约 1957 年

20. 五岁的亨利及其父母

21. 热爱动物的亨利

22. 术前的亨利

23. 亨利，1958 年

24. 术后的亨利及其父母

25. 亨利，1975 年

26. 亨利在麻省理工学院等待测试，1986 年

27. 亨利在比克福德医疗护理中心

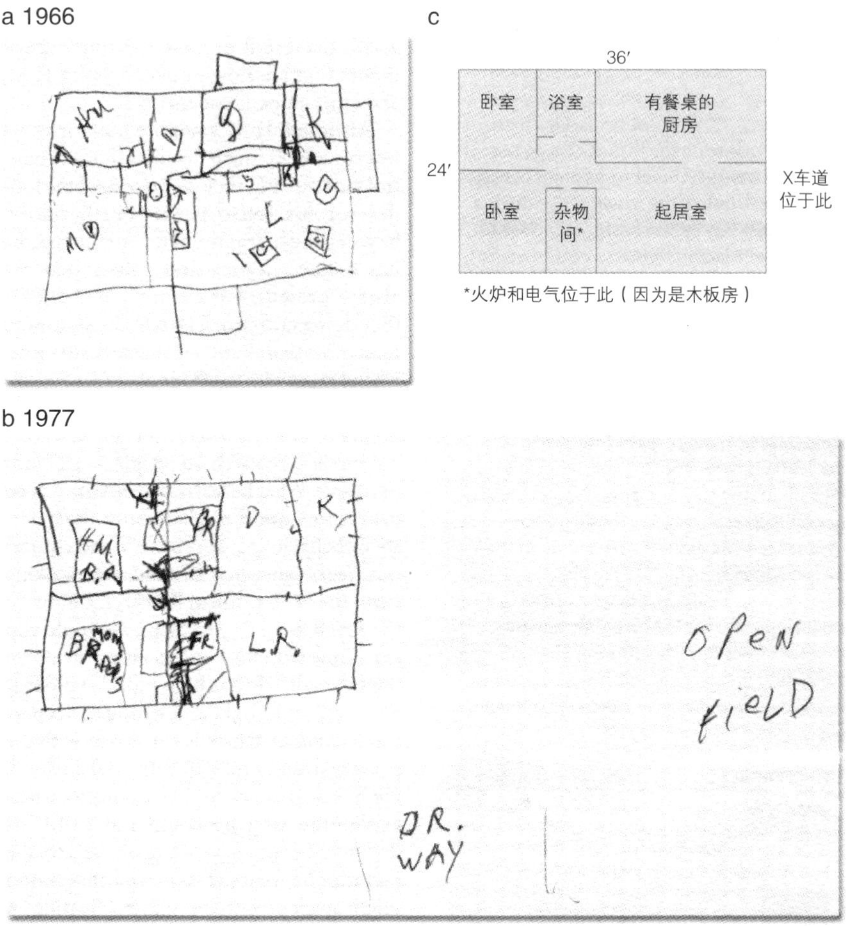

28. 亨利绘制的房子平面图

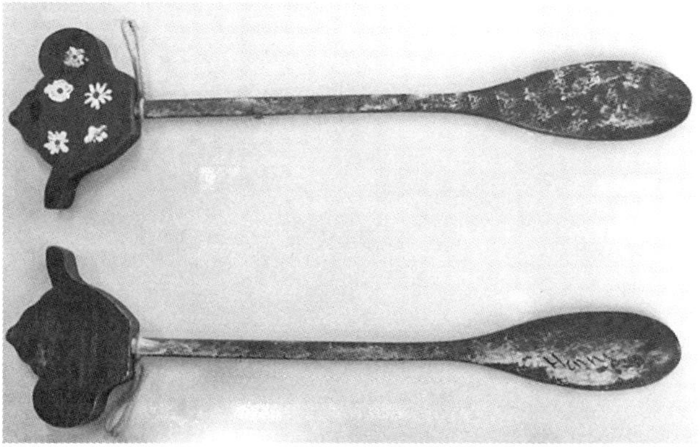

29. 亨利的勺子

有细胞丧失，但他们的其他区域却没有细胞丧失。我们的实验揭示，当我们在测试阶段中要求阿尔茨海默病患者从视觉上识别单词时，他们表现出了正常的启动，即知觉识别启动，但当我们要求他们根据单词的意思来说出单词时，他们没有表现出启动，即概念启动。这一发现指出，这两种启动之间有明显的区别。它还表明，基于简单视觉记忆的启动依赖于一个大脑网络，而该网络不同于基于更复杂思维的启动所依赖的。亨利在这两个量度中都表现出了正常的启动，因为它们都不需要颞叶内侧回路的参与。[29]

知觉启动和概念启动的任务包括学习条件和测试条件。两个量度的学习条件是相同的——患者和对照人员在电脑屏幕上观看一系列单词，其中，屏幕每次只展示一个单词，而且他们还要大声朗读出每个单词。然而，它们的测试条件是不同的。在知觉识别启动中，实验者告诉参与者，参与者将执行一项任务，而且这项任务与他们刚完成的任务无关。然后，她在屏幕上短暂展示了一系列单词，并要求参与者阅读每个单词。这些单词的一半是在学习列表中的，而另一半则是新单词。如果他们识别列表单词所需的时间——以毫秒为单位——要短于识别新单词所需的时间，那启动便发生了。我们发现，阿尔茨海默病组的启动效应与匹配对照组的没有差异。所以，轻度至深度遗忘症不会影响知觉识别启动。这一发现表明，在阿尔茨海默病患者支持这种启动的大脑回路并没有受损。[30]

在概念启动的测试中，参与者会在电脑屏幕上看到三个字母的词干，然后用他们最先想到的单词来填充这些词干。这些单词的一半是他们曾在学习列表中看过的，而另一半则是新单词。这次，当阿尔茨海默病组必须将每个词干填充成一个单词时，他们完成的列表单词并不比他们随意想起的单词多。他们概念启动的程度明显下降了。[31]

从阿尔茨海默病患者的尸检中，我们了解到，这种疾病并不会以统一的方式损伤皮质。通过视觉、听觉和触觉接收基础信息的皮质区域和发出运动指令的皮质区域相对不受影响，但额叶、颞叶和顶叶内支持复杂认知过程的高阶区域则受到了影响。我们的启动研究意指，视觉区域（位于枕叶皮质）内的记忆网络——不受阿尔茨海默病的影响——支持知觉启动效应，而颞叶和顶叶皮质中的不同网络——受到阿尔茨海默病的影响——支持概念启动效应。亨利大脑中的这些区域都是完好的，所以他能产生这两种启动。[32]

1995 年，我们对一名患者的调查支持了这一观点，即知觉和概念启动过程是分开的。这名患者的视觉区受到了损伤。他的磁共振扫描图显示，多个脑区异常，特别是视觉区。而且，他在视知觉测试中有明显的缺陷。然而，他没有患上遗忘症，因为他的颞叶内侧没有受到影响。我们给他进行了同样的测试，即阿尔茨海默病患者曾进行过的测试，测试结果显示了相反的模式。他没有知觉启动的能力——识别短暂呈现的单词和假词，但他却可表现出正常的概念启动——基于意思来填充单词，而且也仍可明确识别自己曾看过的单词。这名男性在概念启动任务上的正常表现和在知觉启动任务上的异常表现形成了强烈的对比。这种对比是我们观点的重要补充。而且，当我们将这些测试结果和阿尔茨海默病患者的相反区别一起考虑时，这些测试结果便提供了强有力的证据证明，这两种启动过程依赖不同的神经回路。[33]

我们研究了亨利和其他患者的重复启动，而这些研究有助于更细微地揭示，我们的经历在没有显性知识的情况下是如何影响我们的。因为我们在启动实验中有进行陈述性记忆的量度，所以，实验的结果强调了启动——非陈述性记忆——与显性检索——陈述性记忆——之间的差异。我们在实验室里细致地梳理这种分离，而且这种分离在日常生活中也是很明显的。当我们忘记赴约或忘记朋友的生日时，我们对自己的记忆感到失望；但如果我们在一场网球比赛中失利了，我们不会责怪自己的记忆说“我无法为自己的发球检索到正确的运动序列”。我们在上面的第一种情况下会使用术语——记忆，但在第二种情况便不会使用它。这种现象说明，我们认同一个观点，即陈述性记忆和程序性记忆是不同的。

然而，日常生活中的轶事并不能证明，大脑的功能机构存在这样的分离。我们需要亨利和其他患者来科学解释这种分离。我们通过亨利已知道，海马及其邻近的组织对陈述性记忆至关重要。陈述性记忆是指有意识记住经历和信息的能力。他在启动实验的正常表现支持了一种观点，即概念和知觉启动被局限在一些记忆回路里，而且这些记忆回路位于额叶、颞叶和顶叶的高阶联合皮质——这些是支持复杂认知功能的区域——中。这些回路独立于颞叶内侧的记忆回路工作。

亨利对我们理解各种运作在自觉意识之外的记忆来说很重要。我们有关经典眨眼条件作用、知觉学习和重复启动的研究进一步揭示他的能力，即他可获取新的非陈述性知识。尽管大脑两侧的海马及其周围结构有大面积的损伤，但他在不运用显性检索过程和无法有意识地回忆学习内容的情况下仍可学习。他在延迟和痕迹条件作用的过程中习得了条件反射，并在几个月内保留了这些已习得的反射；他可在脑海里完成图片碎片的拼接，这表明，事先接触那些图片是有好处的；而且，他可对言语和绘画的测试项目都产生启动。这些成就证明，亨利仍然拥有一些认知能力和支持这些能力的神经回路。

我和我实验室的成员以科学期刊文章和书刊篇章的形式热切地将有关非陈述性学习和记忆的实验结果与医学界和科学界进行交流。其他研究人员数百次引用我们的实验结果，这表明，他们肯定了亨利所做出的贡献。

第十章

亨利的世界

亨利父亲去世后的数年里，亨利的母亲继续照顾着亨利。但最终，她变得越来越力不从心。1974 年，亨利四十八岁。他和母亲搬去同莉莲·赫里克一起住。莉莲的第一任丈夫是亨利母亲那边的亲戚。莉莲是一名注册护士，还没退休前是生活研究所的工作人员。生活研究所是康涅狄格州哈特福德的一所精神病治疗结构，而且收费昂贵。在她六十多岁时，她有时会收留在日常生活中需要帮助的老年人。

赫里克夫人和她的丈夫居住在哈特福德新不列颠大街的住宅小区，该小区发展完善，而且就在三一学院的附近。他们的白色木屋是一幢有前廊的三层大型房屋，其周围都是高大的树木。赫里克夫人的儿子 M 先生说他母亲是一个“端正、正派、非常英国化的”人。她很有幽默感，经常大笑。她在家会穿过时的家常便服，但她也喜欢打扮后出门。她的儿子从未见她穿过裤子。

尽管赫里克夫人的第一任丈夫已去世了，但她仍与莫莱森一家保持联系。她怜悯亨利，并与他和他母亲保持了多年的联系。这种联系对莫莱森夫人来说是幸运的，因为她的年龄已越来越大，身体也越来越虚弱了。赫里克夫人在一次拜访中发现莫莱森夫人的右腿有大面积严重的红肿溃疡。赫里克夫人立即开车把她送到哈特福德医院的急诊室，在接下来的两天里，她都面临着失去右腿的危险。幸运的是，她的腿被治愈了。自这以后，赫里克夫人每隔两周或三周就会来拜访亨利和他的母亲。

1974 年 12 月，赫里克夫人接到了一通来自莫莱森一家邻里朋友的电话。他们说，当他们把圣诞礼物送到莫莱森夫人家时，她并没有认出他们。赫里克夫人本来在这天要去生活研究所上班，但她还是打电话告诉研究所无法过去了。然后，她开车前往莫莱森的家。她看到莫莱森夫人“躺在地上，完全失去了意识”。我们并不知道她发生了什么事情，亨利似乎没发觉他母亲不对劲儿；只是以为母亲在休息或睡觉。一辆救护车把情况危急的莫莱森夫人送到了急诊室，医生想直接把她送到养老院，但在 1975 年 1 月，善良的赫里克夫人把莫莱森夫人和亨利接到了她的家中。

赫里克夫人很快就注意到他们的个人卫生很差，包括脏内衣和体臭。她改善了他们的个人护理，而且，用她自己的话说，她把莫莱森夫人“变回了以前那个一直很友好的人”。刚到赫里克夫人的家里时，亨利和他母亲的关系很糟糕。他们过去可能有过冲突，但没人有机会近距离观察过他们。根据赫里克夫人所说，莫莱森夫人经常责怪她的儿子，而且她儿子和她在一起就会变得“非常、非常生气”，他会踢她的小腿或用他的眼镜打她的额头。赫里克夫人很快便进行了调和，她把莫莱森夫人安排在楼上的房间，然后把亨利安排在楼下的房间。当他们在同一个房间时，赫里克夫人就会和他们待在一起来保持和睦。策略很有效，亨利也平静了很多。

赫里克夫人为亨利的生活准备了例行事务。每天早晨，他要吃早餐、吃药、刮胡子和上厕所。她会提醒他，从他的抽屉里拿出干净的内衣和袜子，然后穿好衣服。在工作日的 8：45 时，赫里克先生或夫人会开车送他到智障人士的“学校”——哈特福德智力迟钝公民协会。亨利会和一些人围坐在一张桌子旁，然后做哈特福德企业所交付的零件工作，如把钥匙扣放在纸板展示架上。作为回报，他们每隔一周会收到一张小额支票。1977 年 6 月，亨利的职业进展报告指出，他“很好地适应了车间的生活”。他的指导老师在亨利的“工作评估”中写了以下的描述：“亨利不能很好地记住指示。必须定期重新给出指示。愿意适应工作变化，但会感到困惑。会坚持执行工作任务。必须偶尔检查亨利的工作。亨利的工作不会随着重复次数的增加而改善。随着任务步骤的增加，他的工作质量会下降。难以执行多步骤的装配任务。可遵循口头指示。”这名指导老师还特别指出，如果一项任务的步骤多于三个，那亨利将无法完成这项任务。

工作小憩后，亨利经常到办公室询问他应该做的事情，一旦他看到他的桌子，就会清楚地知道任务是什么。工作的环境有助于他记住任务的各种步骤，因为他在非陈述性记忆回路里存储的技能可根据适当的环境线索被激活。

从学校回到赫里克夫人的家后，亨利的例行事务包括洗手和吃点心。他喜欢拿着有关步枪的杂志和填字游戏书，然后坐在露台处。如果其他人也在露台的话，他便会和他们进行交谈。他在这个环境中的社交要比他在以前环境中的多很多，因为他之前是和母亲生活在一起的。亨利希望自己在家里是一个有用的人；他会倒垃圾，帮助赫里克先生整理庭院。晚上的时候，他会坐在一张软垫的扶手椅里，然后看电视或玩填字游戏。赫里克夫人在电视机上贴了标语，即 21：30 要关掉电视机，而且亨利也总是遵从这个标语；他自愿在 21：30 或 22：00 时上床睡觉。亨利从小就被培养成天主教徒，所以，星期天早晨，他会在电视上看一台或多台的弥撒。望完弥撒后，赫里克夫人经常会带他去兜风，然后一起吃完。他喜欢出去外面就餐。这些午后的外出会持续数个小时。亨利并不在意他们去哪里，因为她带他去任何地方，他都会很高兴。她说：“只要开车去，他就会去。”

亨利不会在赫里克夫人的家里迷路。他知道他的房间在哪，而且会自觉关掉他房间的灯。他能意识到房子里的安全。有一次，赫里克夫人在火炉上煮着食物，亨利以为她离开时忘记关火了，所以他就把煤气关掉了。一天晚上，她想上楼去做头发，所以她告诉亨利，不要关掉厨房的灯，因为她稍后会下来。然而，她走了之后，亨利不太记得她的指示是什么了，所以他没有去睡觉，在楼下等了四十五分钟直到赫里克夫人回来。

我和赫里克夫人的谈话和通信使我相信，她把亨利照顾得很好，而且她为他创造了一个温馨的、有纪律的环境。当他刚搬进她家时，他是个老烟枪，有每天抽一包半香烟的习惯；赫里克夫人逐渐把他每天吸的香烟数量减到十支左右，最后减到了五支。在亨利与赫里克夫人一起居住六年间的某天，他进行了一次体检，结果胸部 X 光片显示出了肺气肿，所以她便彻底不让他吸烟了。戒烟后，他对胃痛的抱怨减少了，但我怀疑他还是有烟瘾。大约在这时，当我对他进行测验时，他会无意识地把手伸进他的胸袋；当我问他在找什么时，他答道：“我的烟。”他的老习惯是根深蒂固的。亨利的非陈述性记忆是完好的——他能记住拿香烟的动作，这动作是他在手术前习得的。然而，他的陈述性记忆却消失了——他无法回忆起，为什么他的胸袋是空的。

为了保证良好的卫生习惯，赫里克夫人在房子里贴了便条来提醒亨利做一些事情，如洗手和提起马桶座。他的身体状况似乎要比他与他母亲独自居住时的好，而且他也变得更加警觉、吃更多样化的食物。亨利坚持做自己的例行事务；他只有在癫痫大发作后昏迷的情况下才不去学校。这些癫痫大发作是罕见的，但他仍会有不少的癫痫小发作——短暂的精神游离。根据赫里克夫人，他会在看电视时突然“脑子一片空白”，几秒过后，他又恢复了正常。她对他进行医疗护理，并协调他来我们实验室的时间。当我们想要测验他时，她便会很和蔼地把他送到麻省理工学院。

莫莱森夫人也受惠于赫里克夫人的关注。然而，1977 年的 2 月，她经历了赫里克夫人所说的“另一个可怕的诅咒”，并因高血压住进了医院。一星期后她出院，但八十九岁的她所需的照顾显然要比赫里克夫人能给予的多。所以，莫莱森夫人住进了一所养老院，在那里度过了她人生的最后时光，伴随着痴呆和妄想。因为亨利无法回忆起他母亲在哪里和他母亲去那里的原因，所以他难以适应母亲的离开。他经常询问，母亲和父亲什么时候会来看他。那一年，我们实验室里的一名成员注意到，他曾写下两张便条给自己，并放在他的钱包里。其中的一张便条写着：“爸爸去世了。”另一张写着：“妈妈在养老院——她的身体是健康的。”我们不知道，是赫里克夫人促使他写下这些便条的，还是他在她告诉他这些信息时主动写下这些便条的。不过，不管是哪种方式，这些便条都能让他不再焦虑自己的父母去了哪里。

赫里克夫人有时会带亨利拜访他的母亲。他看到她时总是很高兴，离开时也很高兴，因为他知道母亲很好。她在 1981 年 12 月过世了，享年九十六岁。根据亨利的一名护理人员说，他并没有把她去世的消息看得太糟糕，也没有笼罩在悲痛的氛围里。他只谈到她是个很好的女性，并叙述她是如何照顾了他的一生。

亨利继续住在赫里克夫人的家里，直到 1980 年她被诊断出已到了癌症晚期。然后，五十多岁的亨利就搬到附近的康涅狄格州温莎洛克斯市，并在比克福德医疗护理中心居住。该中心是由赫里克夫人的兄弟肯恩·比克福德和他的妻子罗斯所创立的长期护理机构。比克福德医疗护理是一个很舒适的环境，在这儿，亨利度过了余下的二十八年，并受到了不分昼夜的照顾，这些照顾来自许多位专业并敬业的护理人员。最初，他在医院病的历上把我列为“唯一一个有利害关系的亲戚、朋友或联系人”，在他搬进中心的当天，我就在中心里，因为我想知道他是否会得到很好的护理和保护。医疗保险、医疗补助和社会保险都承担了亨利居住在比克福德的费用和他去当地医院看病的钱。

赫里克夫人过世后，我便成为了亨利的看护人，从某种意义上来说，我觉得自己应该对他的健康负责。我要看护他。当他来到麻省理工学院临床研究中心时，他总是进行身体检查和神经系统检查，因为它们有助于我们查明任何新症状，并找到缓解这些症状的方法。幸运的是，我们可依赖麻省理工学院医务部的资源和养老院的工作人员来执行医生的嘱咐。我和亨利在比克福德的护理人员保持着密切的联系；当他出现了新的问题时，如癫痫大发作、扭伤脚踝以及表现出诡异的行为，他们总会打电话告诉我。我也试图提高他的生活质量，例如，我会送给他衣服、卡片、照片、影碟以及播放影片的播放机。

我现在要比其他人更了解亨利。赫里克夫人已成为莫莱森一家的遗物保管人。休假时，她整理了莫莱森家庭活动所产生的遗物，然后，她把这些东西都交给我了。1991 年，康涅狄格州温莎洛克斯市的遗嘱检验法院委托她的儿子 M 先生来担任亨利的监护人，这意味着他负责保护亨利的权益和监管亨利的个人事务。他是我了解亨利过去的最好资源，填补了有关莫莱森家族历史的细节，并将他们的遗物给了我。我有幸屡次与公众分享这些历史细节和遗物，所有的这些故事和遗物都有助于我重建这个家庭的过去。

我们可能会看到亨利患有遗忘症的五十年时光——他首先是和父母一起生活，然后是和赫里克夫人生活，最后是生活在比克福德里——直至其生命的尽头。尽管他总有别人的照顾、可以自娱自乐、很少受苦，但他在没有记忆的情况下是怎么生活的呢？如果他永远被困在单一的时间里，他能成为一个具有充分意识的人吗？一些哲学家、心理学家和神经科学家认为，如果我们没有记忆，那我们便缺乏自我同一性。亨利知道他自己是谁吗？

在我看来，亨利肯定有自我意识，尽管它是分散的。在多年来与他一起工作的时间里，我们逐渐了解了他的个性、怪癖和特征，而这些便是塑造他成为他自己的部分。亨利的信仰、欲望和价值观一直存在。他表现出利他主义的基本精神，经常表达他的希望，即希望我们从他身上了解到的东西能帮助到别人。这种可能性是他自豪的来源之一。

亨利知道自己经历过一场手术，也知道自己在记忆方面上有问题，但他却不知道自己丧失记忆有多久了。以下是他在 1992 年与我的对话中谈到他手术的内容：

苏珊·科金（SC）：和我说说（那场手术）吧。

亨利：我记得，即使我不记得是在哪里完成的……

SC：那你记得医生的名字吗？

亨利：不，我不记得。

SC：斯科维尔医生，这个名字听起来熟悉吗？

亨利：是的，的确熟悉。

SC：那你和我说说斯科维尔医生吧。

亨利：这个……他去了，他进行了一些旅游。他对，嗯，人们进行了医学研究。他对欧洲的各种人、皇室人员和电影明星都进行了研究。

SC：你有没有见过他？

亨利：是的，我想我见过他。见过几次。

SC：你知道你是在哪里见到他的吗？

亨利：我想我是在他办公室见到他的。

SC：那他办公室在哪儿？

亨利：嗯，我马上想到了哈特福德。

SC：哈特福德的哪里？

亨利：嗯，不瞒你说，我无法告诉你地址号码或其他东西，但我知道它就在哈特福德的主要区域。是在主要的……

SC：是在医院吗？

亨利：不是。我第一次遇见他是在他的办公室，在我去一家医院之前。而且，那里——嗯，他从我身上了解的东西也帮助了其他人，我很高兴。

亨利的回忆在很大程度上是正确的。尽管他从未对斯科维尔或那场手术的结果表示过任何不满，但他似乎在某种程度上加工了一些因他的手术而发生的事情。亨利多次提到他曾梦想成为一名脑外科医生，但他说他已放弃了这个想法，因为他戴眼镜，而且担心自己可能会犯错误，从而伤害患者。他在一天会重复三至四次有关这个小故事的不同版本，而且这种现象并不稀奇。小故事的不同版本有：在一个设想中，一名护理人员在擦亨利眉毛的过程中无意移动了他的眼镜；在另一个设想中，血液溅到他眼镜上，阻碍了他的视线；在第三个设想中，他眼镜上的一些污点阻碍了他的视线。在所有的故事版本中，亨利都表达了自己的担忧——他将会采取一个错误的行动，从而导致患者感觉丧失、瘫痪或死亡。这些重复的故事叙述与亨利对自己经历的叙述是十分相似的。珍妮·奥格登是我实验室里的博士后研究人员，来自新西兰的神经心理学家。1985 年，亨利与奥格登分享了这些想法：[1]

奥格登：你记得手术的时间吗？

亨利：不，我不记得。

奥格登：你觉得在那场手术中发生了什么？

亨利：这个，我觉得是，嗯，我正在自我争论中。我是第三个或第四个做这种手术的人，所以，我认为他们当时，嗯，可能没有在正确的时间进行正确的行动。但他们吸取教训了。

亨利的善意在日常的很多方面上都是显而易见的。在社交方面，他很有礼貌、友善和仗义。当我们从麻省理工学院的一栋建筑物走向另一栋时，他会用手托住我的胳膊肘来护送我往人行道走。他也有幽默感，喜欢讲笑话，甚至是开自己的玩笑。1975 年，在与我的一位同事交谈期间，他在回答有关日期的问题时说出了常挂在嘴边的话："我正在自我争论中。"我的同事开玩笑说："那谁赢了争论？你还是你？"亨利大笑了起来，并重复道："你还是你。"亨利在四十六年里只对我厉声呵斥过一次：那时，我试图帮助他学习一个复杂的过程，然后他就沮丧了起来。他责骂道："你现在已经把我搞得一团糟了！"

若干变量很可能在塑造我们所认识的亨利中发挥着作用：他的固有本性、受保护的生活环境以及他的手术。两侧杏仁核的缺失在一定程度上影响了他的行为。这个杏仁状的结构是边缘系统的一个组成部分，对情绪、动机、性欲和疼痛反应（特别是侵犯和恐惧的感觉）的加工至关重要。这名亲切、温和的男性是否受到了手术的影响？据我们所知，亨利一直是一个随和、被动型的人——与他父亲的行为很相似，而且他的父母在他术后并未提及他的任何个性改变。事实上，亨利没有失去情绪能力。当他攻击哈特福德地区中心的一名工作人员或他与他母亲吵架时，他是具有攻击性的。此外，他也能感受到失去亲人的悲痛。正如我们在 1970 年所看到的那样（那时的亨利来到了麻省理工学院），当他长时间没看到母亲时，他会想念她，并展现对她的柔情。亨利的情绪可能因那场手术而产生了钝化，但他能感受到我们所感受到的大部分感觉。

不过，亨利在许多基础方面上都缺乏自我意识。他甚至在很大程度上无法评估他自己的身体状况——他自己是否生病或健康、精力充沛、困倦、饥饿或口渴。亨利抱怨身体疼痛的这类现象是不常见的。他有时会报告一些疾病，如胃痛和牙痛，但当他患有诸如痔疮等疾病时，他便不会报告。当他扭伤脚踝时，他会认为这个伤很轻，不需要照 X 光。我们也注意到，亨利很少会说自己饿了或口渴了，但当他被问及是否饥饿时，他会说："我可以一直吃个不停。"1968 年，莫莱森夫人报告说，当她告诉亨利他应该饿了时，他第一次同意了她的观点。他说道："是的，我想我是饿了。"他从未自己找过食物，所以他的护理人员每天要给他准备三餐。

亨利明显无法登记内部状态的情况中有多少是遗忘症造成的，又有多少是缺失的杏仁核造成的呢？为了系统地记录我们的观察结果，即亨利很少评论这样的内部状态，如疼痛、饥饿和口渴，我们在 1980 年代初进行了两项实验。在一项实验研究中，我们测验了他感知疼痛的能力；在另一项实验研究中，我们要求他在吃饭的前后评估他的饥饿感和口渴感。健康的对照人员也执行了这两项任务。因为有限的记忆能力可能会影响亨利对内部状态的报告，所以我们将他的表现与其他五名遗忘症患者的进行比较，而这五名患者的杏仁核都没有被切除。[2]

自十九世纪初以来，神经科学家就一直在研究杏仁核，并有了一个不断发展的认识，即这个结构和功能多样化的单元在许多行为（如疼痛、饥饿和口渴）中起着重要的作用。因为亨利两侧的杏仁核被大面积移除，所以，记录这些损伤对它已知功能的影响很重要。每个杏仁核是专门负责疼痛加工回路的一部分，这个疼痛加工回路还包括两个其他的区域——一个区域是导水管周围皮质，位于中脑；另一个区域是前扣带皮质，位于额叶的正下方。这个网络的发展是为了保护人类和动物免受逆境所带来的困扰和提高他们的生存机会。杏仁核在与数个脑区（如下丘脑）互相配合的情况下也有助于提升饥饿感和口渴感。[3]

1984 年，我的实验室开始研究亨利加工一些信号的程度，其中，这些信号与疼痛、饥饿和口渴有关。我们使用了一台类似吹风机的装置来测验亨利的痛知觉。这台装置会将少许的热量投射在他的皮肤上。我们指示他将不同强度的热量投射在他前臂的六个地方。这些热量绝对不会烧伤皮肤。在三次测验期间，他运用了十一个等级来评估所有热刺激的强度。这十一个等级包括完全没感觉、可能有点感觉、微温、温暖、热、非常热、非常微弱的疼痛、微弱的疼痛、疼痛、非常疼痛以及缩手（无法忍受）。我们在三种情况下评估了亨利的痛知觉。我们对他反应的分析产生了痛知觉的两个量度——他在多大程度上可区别两种不同强度的刺激以及他把一个刺激描述成疼痛的倾向。当我们将亨利的表现与健康对照组的进行比较时，他在两个量度上都有缺陷。他要比正常的参与者更难区别不同强度的热量，这意味着他很容易混淆刺激；而且，他也无法将任何刺激评为疼痛，不管它们的强度有多大。值得注意的是，他从未在三秒间隔结束前缩手。其他遗忘症患者的表现与对照组的相似，这表明，亨利在区别疼痛上的缺陷并不是遗忘症的固有组成部分。相反，痛知觉的这种缺陷是由他的杏仁核损伤引起的。[4]

在另一项实验中，我们比较了亨利与健康参与者和其他遗忘症患者的一种感知能力，即饥饿程度的感知能力。在吃饭时间，我们大多数人可从精神上观察自我，并评估我们的饥饿程度——我们想不想吃饭？然后，吃完饭后，我们会有意识地感受到饱腹感，即一种告诉我们要不要吃甜点的感觉。当我们调查亨利是否会感受到这两种食欲的度量时，我们发现，他的主观食欲（我有多饿？）

和他的饱腹感（我有多饱？）都是有缺陷的。[5]

1981 年，我们要求亨利在吃饭的前后运用 0（极度饥饿）到 100（太饱了，无法再吃了）的等级来评估自己的饥饿程度。他一直给出 50 分，无论他是在吃饭前或是在刚吃饭后。一天晚上，当他吃完一顿完整的晚餐，而且他的托盘被快速拿走时，厨房的一名工作人员悄悄地把另一个托盘放在了原托盘的位置，这个托盘中的食物与原托盘的一样。亨利以他平常缓慢、稳定的速度吃第二顿晚餐，他吃完了所有的食物，除了沙拉。当我们询问他不吃沙拉的原因时，他只是说他“吃饱了”，而不是说他太饱了、不能再吃了。二十分钟后，我们再次要求他评估自己的饥饿程度。他给出了 75 分，这意味着他意识到自己有些饱了。我们只有让他吃完两顿饭后才能最终把他的评估分数提高到 50 分以上，但他给出的评估分数仍远达不到饱和分数，即说明他已饱足的分数。[6]

疼痛感知的测验结果表明，相对于亨利察觉轻触摸的能力（这个能力是正常的）而言，他察觉疼痛的能力是严重受损的。尽管他可区别不同强度的疼痛，但他的表现不如其他遗忘症患者和健康参与者。他报告的疼痛程度并没有随着热度的增加而加深。

因为杏仁核完好的遗忘症患者并没有表现出异常的痛知觉，所以我们推断，亨利异常的疼痛耐受性是因两侧杏仁核的缺失造成的。相关的调查结果，即他对饥饿和口渴程度的评估在吃饭前后是一样的以及他无法表达饱腹感，都支持了我们的结论，即亨利可能缺乏有关当前内部状态的信息，或者要比其他遗忘症患者更难获取这类信息。我们将他无法评估和表达内部状态——疼痛、饥饿和口渴——的表现归因于他的杏仁核损伤，而不是他的记忆缺陷。

我们的实验证实了我们在亨利的日常生活中所观察到的：他无法评估疼痛和他对食欲的察觉力度不足。我们得出结论，他无法评估内部状态的原因是他两侧的杏仁核被切除了。没有了杏仁核，亨利无法感觉自己何时会肚子饿或口渴，也无法运作一些可告诉自己已吃饱或喝足的大脑回路。幸运的是，他对食物的整体评价能力并没有减弱。他告诉我们，他喜欢蛋糕胜过沙拉，非常喜欢法式吐司，但不喜欢动物肝脏。

杏仁核也在性冲动的表达上发挥着作用，杏仁核的损伤可能会增加或减少患者的性欲。据我们所知，亨利在术后并没有表现出任何的性兴趣或性行为。1968 年，即手术过后的第十五年，斯科维尔写道，亨利“已没有性发泄的途径，而且他似乎也不需要它们”。亨利的手术可能是他缺乏性欲的原因。他年轻时曾提及自己与女孩的互动，而且他两位朋友的来信内容表明，尽管他显然没有经历过认真的恋爱，但他在术前对女性是感兴趣的。亨利的家庭相册里有一张照片，照片里是一名美丽的年轻女子，该女子摆着流行的拍照姿势；这张照片上写着：“献给亲爱的亨利，莫德。摄于 1946 年 5 月 1 日。”当然，严重的癫痫症和他所服用的抗癫痫药物也可能是导致他没有恋爱的原因。知道自己随时会癫痫发作必然会使他在社交场合下极其自觉；约会期间发生抽搐或出现打盹（由药物引起）的潜在尴尬都足以阻止任何人和他约会。

我们在了解亨利是谁以及他如何感知自己的世界的过程中有许多挑战，最大的挑战之一便是他对术前生活的记忆是极不完善的。他肯定患有顺行性遗忘症——他无法记住其脑损伤后发生的事件和事实。然而，他也患有逆行性遗忘症——他无法检索其脑损伤前发生的独特事件。

研究逆行性遗忘症要比研究顺行性遗忘症具有更大的挑战。为了测验顺行性遗忘症，一名研究人员需要做的事情只是给展示患者一些需要记住的物品，如图片、句子、故事和复杂的图画，以便稍后测验患者是否保留了这些信息。然而，研究逆行性遗忘症会比较困难，因为弄清人们在过去存储的信息是有挑战性的。为此，研究人员通常会通过使用特定的事件和事实来个性化测验，其中，这些事件和事实在患者自身的生活和知识中是独一无二的。

1986 年，波士顿大学的两名记忆研究人员叙述了一项单一案例的研究。这项研究集中调查逆行性遗忘症，是以往对记忆障碍患者的多数研究中所忽视的领域。这项研究探讨，所有时间段的逆行性记忆是否受到了相同的影响，或者，几十年前所存储的信息是否比接近遗忘症发病期所存储的信息更有弹性。研究人员精心设计的实验强调了获取患者过去信息的重要性。通过使用专门为他们的患者 P.Z. 设计的测验，他们发现，远期记忆相对保存完整，接近遗忘症发病期的记忆则大量遗失。[7]

P.Z. 是一名杰出的科学家和大学教授。1981 年，六十五岁的他被诊断出患有酒精性柯萨可夫综合征。他有严重的顺行性遗忘症和逆行性遗忘症。因为 P.Z. 曾是一名多产的作家，所以研究他的记忆学家很了解他未患上疾病前所知道的知识。他在脑损伤发病前曾写过一本自传，而且，当研究人员测验他对一些事件的回忆能力时，他的整体表现不佳，其中，这些事件是他在自传中叙述过的事情。有趣的是，他的表现是起伏不定的：当一起事件发生在遥远的过去时，他更有可能会给出正确的答案。他能清楚记得自己的童年时光，但他却几乎无法回答自己在发病前几年所发生的事情。正如这项研究和其他研究所表明的那样，近期的长时记忆要比远期的长时记忆更脆弱。

为了更详细地研究这一现象，研究人员整理了一张有关著名科学家的列表——P.Z. 认识的七十五名科学家，而且 P.Z. 经常在自己的著作中提及到他们。这些都是在不同时期里取得了突出成就的科学家。在一项实验中，研究人员给 P.Z. 展示了这些科学家的名字，而且每次只展示一个名字。然后，他们便要求他说出每位科学家的主要研究领域及具体的科学贡献。在回答职业生涯于 1965 年后达到顶峰的科学家时，P.Z. 的分数是最差的。这表明，他的逆行性遗忘症吞噬了他在发病（即 1981 年）前十五年的记忆。他最好的分数是回答 1965 年前的事情时取得的。我们现在仍不知道为什么像 P.Z. 这样的患者会经历这种模式的记忆丧失。

亨利也患有逆行性遗忘症，尽管我们花了几十年的时间才明白他遗忘的本质。我们的实验结果使他成为了一场科学辩论的焦点，而这场辩论的主题则是海马在自传体记忆中的作用。通过深入研究亨利的遗忘症，特别是他的逆行性遗忘症，我们知道了许多知识，即大脑如何存储和检索不同种类的记忆。大脑检索个人情景知识——如你的老师在早晨把你评为最棒阅读小组的成员——所运用的单独过程要比它检索个人语义知识——如你小学的名称——所运用的多。我们对亨利长达半个世纪的研究是这一发现的关键。

起初，斯科维尔和米尔纳认为，亨利的遗忘症是相当简单的——他在术后无法记住任何新信息，而且也忘记了大量临近手术前的记忆，但他能清楚地回忆起在早期生活中发生的事情。1957 年，他们报告称亨利患有“部分逆行性遗忘症，因为他不记得他最喜欢的舅舅在三年前去世了，也不记得自己住院的事情，但他能回想起他在住院前发生的一些琐碎事件。他的早期记忆显然是清晰、完整的”。同样，1965 年 6 月，一位神经学家指出，亨利不太记得手术前一年发生的事件。例如，他经常把自己在术前度过的一个半月的假期与另一个也在术前度过的两个月的假期弄混。这位神经学家进一步记录了亨利保留的记忆——发生在手术前两年或更久远的事件、他在术前认识的亲戚和朋友以及他曾获得的技能和能力。1968 年，基于斯科维尔办公室的资料以及我们对亨利和他母亲的非结构式访谈，我们报告称亨利能回忆术前的远期事件，如早期的学校时光、高中的女朋友和他在二十岁左右做的工作。他似乎对手术前两年的记忆很模糊，其中，手术是在他二十七岁时进行的。[8]

随着远期记忆的测验变得更加规范和成熟，我们意识到，我们早期的想法是不正确的。从 1982 年至 1989 年，我和同事们引进了客观性测验来探讨亨利对手术前后信息的记忆，而这些信息涵盖了不同的种类。第一种信息是公共知识——著名的曲子（如《顺流而下》《黄色潜水艇》）、广为人知的历史事实（哪个机构在“二战”期间控制定量配给和价格支持？约翰逊总统派遣部队到哪个拉丁美洲国家来进行干预？）以及著名的场景（海军陆战队在硫磺岛升起了美国国旗；尼尔·阿姆斯特朗踏上月球）。这些测验混合了亨利在术前获取的信息和一些发生其手术后的事件。我们发现，对于 1940 年代至 1970 年代出现的公共知识，即这些知识发生在手术前和手术后，当他在四个选项中进行选择时，他的答案都是正确的。例如，当被问及“富兰克林·罗斯福在竞选第三个任期时的对手是？”时，亨利正确地选出了温德尔·威尔基。当被问及“卡特总统召集了哪些世界领袖在戴维营开会？”，他正确地选择了贝京和萨达特。[9]

我们的测验结果揭示，尽管亨利患有遗忘症，但他能识别一些在术后发生，且备受瞩目的历史人物和事件。我们如何解释在实际中无法记住事情的这名男性有陈述性记忆的明显迹象？我们转向他的生活方式来寻求这问题的答案。他花了大量的时间看电视和阅读杂志，而这为他提供了许多机会来编码有关当前事件和名人的信息。这种重复建立了他皮质中的表征，即信息的符号代码，而这些表征足以使他在被测验时说出自己以前是否看过某个人或某起事件。在著名场景的多项选择识别测验中，亨利必须在三个选项中选择一个选项——两个错误的选项和一个正确的选项。例如，当他看到海军陆战队在硫磺岛升起美国国旗的图片时，他要从三个现实的地点中进行选择——南太平洋的硫磺岛、越南的河内和韩国的首尔。他也被要求在三个日期中进行选择——1945年（三十九年前）、1951年（三十三年前）和1965年（十九年前）。当我们使用这种方式进行术后场景的测验时，亨利给出的答案通常都是正确的。通过日常接触而逐渐形成的记忆痕迹引发了一种熟悉感，而这种熟悉感足以支持亨利的再认记忆。然而，当测验员给他一项更艰巨的任务——他要在没有任何提示的情况下回忆著名场景（硫磺岛和1945年）的地点和日期时，他的表现就没有那么好了。对于我们所有人来说，像这样的回忆测验要比识别测验更具有挑战性，因为我们必须靠自己回忆起答案。亨利在回忆术后事件所遇到的困难要比健康参与者所遇到的多得多。尽管他的表现在其回答1940年代发生的事件时是正常的，但他的表现在其回答1950年代至1980年代发生的事件时是异常的。[10]

我们也测验了亨利的自传体记忆。我们要求他叙述自己分别在十个普通名词（如树、鸟和星星）的提示下想起的事件，其中，这些事件必须是他亲身经历过的。他可在生命中的任意时间段内选择一段记忆。我们以 0 到 3 的等级来对他的回答进行评分，而评分标准取决于这些回答就那段记忆的时间和地点而言有多具体。参与者获得 3 分的记忆需要包括一个自传体事件，而该事件则需要包括刺激提示（鸟）、具体的时间和地点以及大量的细节。例如，一名参与者可能会说："在我二十一岁生日时，我去了拉斯维加斯，并住在一家酒店里。这家酒店的大厅有绿鹦鹉和红鹦鹉。"这段记忆会获得 3 分。"我过去常常在父母家附近的湖上看鸟。"这段记忆会获得 2 分，因为它包括一个具体的自传体事件，但该事件只有刺激提示，缺少具体的时间和地点，而且细节也不够。"我以前喜欢观鸟。"这段记忆会获得 1 分，因为它有自传体内容，但却缺乏刺激提示和具体说明。"鸟飞来飞去。"我们会给这个回答 0 分，因为它只是一般陈述，没有自传体参照。参与者没有给出回答时也会获得 0 分。[11]

测验的结果是很显著的。亨利回忆起的全是发生在此次测验前四十一年或更早时间的个人事件——四十一年前的他十六岁，距离那场手术还有十一年。他的手术使他丧失了近期的术前记忆，但他远期的术前记忆却可幸免于外。1980 年代中期的这些结果表明，尽管亨利的逆行性遗忘症有时间限定，但这种缺陷的时间范围却要远大于科学家们在 1950 年代和 1960 年代所报告的那样。顺行性遗忘症患者，其中包括痴呆症患者，往往有较长的逆行性遗忘症，而且，比起发生在自己记忆障碍发病前的事件，他们能更清楚地记得发生在青少年时期的事件。这种现象的简单表达法便是"后进先出"。[12]

远期记忆实验设计的后续发展向我们提供了两种新手段。第一种手段是更敏锐的自传体记忆访谈，用于评估参与者再体验单一事件和回忆该事件背景细节的能力，其中，单一事件都是来自具体时间和地点的。第二种手段是伴随公共事件访谈，询问参与者有关发生在具体时间和地点的事件背景。2002 年，我们进行了新研究，旨在评估亨利回忆远事和近事的能力。我从 1992 年的访谈中得知了一条线索，即他没有任何情景、自传体记忆，而这条线索便是我们开始这些实验时所掌握的情况。[13]

我在那次访谈中询问他："在有关你母亲的记忆中，你最难忘的是哪个？"

"这个，我……她是我的母亲。"他答道。

"但你能记得任何具体事件吗？就像是节日、圣诞节、生日和复活节这样的特别事件？"

"我在和自己争论有关圣诞节的事情。"他说道。

"圣诞节怎么了？"

"嗯，我爸爸是南方人，而南方人庆祝这个节日的方式与北方人不同。他们不会有圣诞树或类似的东西。而且，呃……尽管他出生在路易斯安那州，但他还是来到了北方。我知道他出生城镇的名字。"

亨利的叙述从圣诞节开始，但随着他叙述的继续，他分心了，并忘记了这个问题，而且以一个不同的话题结束了自己的叙述。在多年的访谈中，亨利始终无法叙述一个自己与母亲或父亲都在场的单一事件。他的回答总是很含糊、一成不变。当被问及一个重大节日时，我们大多数人都能生动地讲述精彩时刻，语句间充满感官细节，而这些感官细节便是令这些记忆如此难以磨灭的原因。亨利却专注于将事实分类，并使用他对亲属和自己成长的一般知识来试图构建一个回答。

这项研究是我们评估亨利记忆中的一个突破，它表明，他拥有的术前记忆比我们起初认为的还要少。他可回忆依赖一般知识的记忆，如他的父亲来自南方，但却无法回忆依赖个人经历的记忆，如他父亲曾送给他的特定圣诞礼物。他只保留了个人经历事件的要旨，即普遍事实，但却没有具体情节的记忆。[14]

1982 年 10 月，我们有了一个很好的机会来探索亨利在自然环境下的术后生活记忆。我了解到，他的高中班级正在东哈特福德的马可波罗餐厅举办第三十五届聚会。我和我实验室的博士后研究人员尼尔·科恩得到了比克福德工作人员的许可，即我们可带亨利到这个城镇度过一个晚上。我们开车前往温莎洛克斯市来护送他参加聚会，而我们在抵达时发现，亨利打扮得整整齐齐，露出迫不及待的样子。

餐厅很拥挤，大约有一百个人参加聚会。这些人是亨利的同班同学以及他们的伴侣。几个同学还记得亨利，并很热情地欢迎了他；一位女性甚至给了他一个吻，而他似乎很享受。然而，我们能确定的是，亨利不能通过面孔或名字来认出自己的同学，但他并不是唯一遭遇这种窘境的人。一位同学向我们吐露，她在聚会中没有认出一个人；与其他的聚会参与者不同，她早已搬离哈特福德，而且与同学们也多年未联系了。

亨利的情况也是一样——所以，我们不知道，他无法认出同学的这种现象有多大程度是他三十五年来没有与同学们联系造成的，而又有多大程度是遗忘症造成的。不过，即使同学的面孔看起来不熟悉，他也应该在看他们的名字标签时有些许的印象。他可能会说："丹尼·麦卡锡——我在年级教室中见过你！"或"海伦·巴克——我在英语课上坐你旁边，你还辅导我做作业。”但他并没有这些举动，这表明，他高中记忆的很大部分已被抹去了。

随着我们对亨利的多年研究，我们了解到，他的缺陷仅限于自传体记忆——尽管他无法检索独特的人生经历，但他仍具有清晰回忆公共事件的能力。例如，他能谈论 1929 年（那时的他才三岁）的股市崩盘、泰迪·罗斯福在圣胡安山之战中打头阵、富兰克林·德拉诺·罗斯福和第二次世界大战。然而，一旦他谈论到个人信息时，他的缺陷便会极其明显。例如，他可大体叙述自己与父母多次沿着风景优美的马塞诸塞州莫霍克小径行驶，但却无法回想起某次旅途中发生的具体事件细节。他回忆了事实，但却无法回忆经历。

认知科学世界的巨人安道尔·托尔文提供了一个理论突破口，而该突破口帮助我们了解了两种信息的区别，其中，这两种信息是指亨利能检索的信息和他无法检索的信息。1972 年，托尔文提出了长时记忆的两大类：语义记忆，即我们存储的事实、信仰和对世界的概念，以及情景记忆，即我们个人生活中的独特事件。语义记忆与特定的学习经历无关——例如，我不知道自己是在何时何地得知：巴黎是法国的首都。与语义记忆不同，情景记忆能及时记录事件流，并允许我们根据事件的内容、发生的时间和地点，以及它是否在其他事件之前或之后发生来回想我们的心理表征。我们能清楚记得自己当初接到面试通过电话时的细节，而且我们现在仍可再体验这个独特的事件，因为我们有进行心理时间旅行的能力。亨利则无法进行这种时间旅行。[15]

他的个人语义知识——他对早年生活中有关人和地方的事实记忆——怎么样了？赫里克夫人之前交给我的亨利旧时家庭照中

便捕捉了许多幸福时光——婚礼、抓到一条大鱼以及欢庆的家庭聚餐。这些是他个人故事的物证。1982 年，为了测验亨利的童年记忆，我选择了其中的三十六张照片，并在照片中掺杂了相同数量的其他照片。这些照片是我的旧时家庭照，不过，我并没有出现在这些照片中。我将所有的照片制成幻灯片，并在实验室里的显示屏上放映它们，而且每次只放映一张照片。我询问亨利是否能识别出每张照片里的人以及拍摄的时间和地点。在一张照片中，亨利和他父亲正在莫霍克小径中的印第安人雕像前摆姿势；十二岁的亨利穿着白衬衫、短裤，戴着眼镜，系着领带，把双手背在身后，正看向镜头。他的父亲是个清瘦高个的男性，也穿着衬衫和系着领带，但他穿着长裤。他则摆着活泼的姿势，双手叉腰，伸出一只腿，并眺望着远方。

“你认识这些人吗？”我问亨利。

“嗯，是的。其中一个是我。”

当我询问他哪一个时，他答道：“较小的那个。另一个人似乎是我父亲，而拍摄地点——我立即想到了莫霍克小径。但我心里有个疑问——那是一座雕像吗？嗯，我知道它是背景——印度人的雕像。但我不清楚照片背景较远处的那座山是哪座。”

当我询问他照片的拍摄时间时，他答道：“大约 1938 年、1939 年……1938 年吧。我第一次说的是对的。”尽管我并不知道这张照片的确切拍摄日期，但我和他的监护人猜测那时的他大约十二岁，即这张照片可追溯到 1938 年，所以他的答案很有可能是正确的。

亨利在他的三十六张家庭照中认出了三十三张照片中的人。同样重要的是，他并没有认出我家庭照中的任何人。对亨利而言，只有三张家庭照没有唤起他的记忆。其中的一张照片是餐桌上的远房亲戚，而且亨利不在这张照片里。他说，照片里的小男孩很眼熟，但并不知道他的名字以及照片的拍摄地点和时间。这一现象的原因可能是他和这个家庭相处的时间比较短。在亨利和莫莱森夫人一起庆祝他五十岁生日的照片中，他认出了他的母亲，但却没有认出侧坐着的自己。在这里亨利的失误是难以解释的，因为他的确在其他照片中认出了自己。他不记得的第三张照片是在一场飓风后拍摄的，内容是他姑妈房子的外观，房子的屋顶还不见了。这栋房子在佛罗里达州，所以亨利可能从未去过这里或看过这张照片。令我印象深刻的是，他竟然认出了一个出现在我家庭照（我母亲在哈特福德伊丽莎白公园中抱着我女儿，她们的脚下有七只鸭子。这张照片的背景是一片湖泊和一些树木）里的标志性建筑。他准确地认出了这个公园，所以他在哈特福德成长时一定参观过它，而且他能从这张照片中梳理出自己知道的信息和不知道的信息。

亨利的表现反映了他的个人语义知识——他来自哪里、他的家族历史和他自己的过去。他有一般意义上的身份认同感。然而，他所欠缺的自传体知识——个人的独特事件——意味着他的自我意识是非常有限的。

记忆研究人员一直想知道，为什么逆行性遗忘症似乎往往从发病时间开始向后展开，并使得遥远的过去最为清晰，而近几年的记忆却逐渐消失。一个理论——即记忆巩固的标准模型——认为，记忆在一段很长的时间内进行巩固，即记忆变得牢固了，而该段时间可持续数月到数十年。哥廷根大学的心理学家格奥尔格·埃利亚斯·缪勒和阿尔方斯·皮尔札克在 1900 年首次提出了这一理论。1990 年代中期，神经科学家拉里·斯奎尔和他在加利福尼亚大学圣迭戈分校的同事采用了标准模型来作为他们思考逆行性遗忘症的核心。根据这一理论，大脑在巩固的早期阶段中需要海马系统来存储和恢复记忆，但随着时间的推移，当额叶、颞叶、顶叶和枕叶中的区域承担起长期保持所有记忆的责任时，这个系统就变得不再必要了。一旦记忆被牢固存储后，它们便不再依赖海马系统来被再次访问。简言之，海马网络对所有形式的记忆都只发挥着暂时的作用。根据这种模型，近期记忆在遗忘症和痴呆症的情况下会丧失更多的原因是这些较新的记忆还没被完全巩固，所以它们仍依赖于海马系统。[16]

标准模型的缺陷在于它假定所有的记忆都是以相同的方式被加工的，无论它们是有关世界的一般知识（语义知识）或是个人经历（情景知识）。亨利的回忆指出了这两种记忆之间的重要区别：他能记得自己在术前获取的事实，然而，当被要求叙述他个人生活中发生的事件时，其中，这些事件是指在特定时刻发生的事情，他却感到很困难。陈述性记忆并不都以相同的方式进行加工。通过研究亨利，我们了解到，存储和检索自传体记忆的能力总是取决于海马系统，而事实和一般知识的记忆则不是。[17]

1990 年代末，神经科学家林恩·纳德尔和莫里斯·莫斯科维奇提出了记忆巩固的多重痕迹理论，而我们便有了一个能更好了解亨利逆行性遗忘症的模型。尽管亨利的案例没有为他们的原始思维作出贡献，但我们对亨利的调查结果却为他们的观点提供了强有力的支持。这一理论吸取了托尔文的建议，即我们加工事实和独特经历的方式是不同的。与巩固的标准模型一样，多重痕迹理论认为，语义记忆——世界知识——最终可独立于海马系统，因为我们无需记住自己在学习它们时的背景，也无需将它们与已存储的信息片段进行连接或关联。例如，我们不记得自己是坐在二年级教室的后排里学到哥伦布第一次到美洲航行的年份；我们只记得 1492 年。然而，我们对自己如何庆祝二十一岁生日的记忆则需要获取具体的时间、地点以及发生的事情。根据多重痕迹理论，事实的检索——如 1492 年——可无需海马系统的参与，但独特经历的检索——如生日庆祝——则必需海马回路与皮质回路之间的交流。亨利案例中的迹象更支持多重痕迹理论，而不是巩固的标准模型，因为它表明，自传体事件的痕迹永远依赖于海马系统的保留和检索。[18]

多重痕迹理论提供了一个替代原因来解释，为什么遗忘症患者在相较于近期经历的情况下会更有可能记住早期经历。根据这一理论，海马内的神经过程为皮质中的所有遥远位置提供了指针或一个指数，其中，遥远位置是指有关经历的记忆被存储的地方。我们可以把这个过程想象成一次地方图书馆的参观。在图书馆中，我们会在卡片目录里查找一个主题，如“加勒比海的鸟类”，然后仔细查看书架来找到相关书籍。每次我们通过回忆记忆痕迹或为其添加新信息来激活它时，我们都为该记忆创建了一个新指针，即卡片目录里的新条目。因此，我们对一通录用电话的记忆可能通过一个关联网络与海马系统内的多个指针相联系，其中，该网络是我们在重温那一刻或将它告诉其他人时逐渐构建而成的。在这个模型中，早期记忆可随着时间的推移来积累这些指针，这样，它们便有机会能更牢固地编织在大脑中。逆行性遗忘症对较新记忆产生更大影响的原因是它们与较少的指针相关联，因此，它们更容易被抹去。

巩固的标准模式与多重痕迹理论之间的争议集中在自传体记

忆。与语义记忆或一般记忆不同，自传体记忆具有情节性和丰富的细节，具体包括研究人员所说的近距离经验细节——伴随一个独特事件的声音、场景、味道、气味、想法和情绪。标准模型假定，自传体记忆仅在有限的时间里依赖功能正常的海马；之后，它们便独立于海马，并被存储在皮质中。因此，这一理论会预测，亨利术前的自传体记忆是完整的。

相比之下，多重痕迹理论则认为，自传体事件的检索始终需要海马的参与。根据这一观点，海马是皮质区域的记忆指针或指数，其中，这些区域存储了能构成情景事件的感觉和情绪特质。如果多重痕迹理论是正确的，那亨利的一种能力，即回忆其早期生活中的自传体事件，便会受损。

关于亨利术前自传体事件的报告很少；我只知道两个事件。1950 年代，他向布伦达·米尔纳讲述了第一起事件。那时，他讲述了自己在十岁时发生的重大事件。“我还记得我抽过的第一根香烟，是一根切斯特菲尔德牌香烟；我是从父亲的香烟堆里拿出它的。我抽了一口，然后就咳嗽了！你真该听听我咳嗽的声音。”数十年来，这是亨利向我们叙述过的唯一的自传体记忆。[19]

直到 2002 年，我们才从亨利那里听到了第二个有关其过去的自传体经历。那时，我们运用了新开发的结构式访谈来系统地检查他的自传体记忆。结构式访谈的目的在于诱出个人信息。我实验室里的博士后研究员莎拉·斯坦沃斯将亨利的访谈分为数个阶段。访谈期间，她要求亨利分别叙述在以下五个生命阶段中发生的一个事件：童年、青少年时期、成年初期、中年期和此次测验前一年。然后，她便会向他询问尽可能多的事件细节。如果他在回忆事件上遇到了麻烦，她会通过建议典型的生活事件来帮助他，如婚礼或乔迁新居。这项研究的关键是耐心和毅力。斯坦沃斯可能在进入下一生命阶段前花了半小时来建议可能的事件，旨在诱出一段记忆。她也劝阻亨利选择其过去曾多次叙述的事件。（我们都会有这样的经历——当我们已多次重述一些事件后，最终，我们会很平淡地讲述它们，不会再强烈地重温那些丰富的感官体验。）当斯坦沃斯询问亨利时，她会与他谈起他生命中的不同时间段，然后，他便会艰难地说出任何细节。例如，当她问他一个童年事件时，他提到自己爱上了一个女孩，而且这女孩的父亲是警长。然而，他却无法讲述与该感受相关的具体事件，即一件发生在特定时间和地点的事情。[20]

有一天，亨利的惊人叙述使斯坦沃斯很欣喜。

“你能回想起一个具体事件吗？而且这个事件持续了几个小时，并发生在你幼年至十一岁之间。”她反复说道。

“你能想出这样的事件吗？”

“不，我不能。”亨利答道。

“那你想不想换另一个时间段，然后看看自己能不能在那个时间段里想起任何事呢？”

“在某种程度上来说，这样会更好一些。”他同意地说道。

“好的，我们就来试试看。也许你可以想起一些事情——你能想起一个自己亲身参与过的具体事件吗？而且这个事件是发生在你十一岁至十八岁之间的。”

他沉默了一段时间，所以她把这问题重说了一遍，但他依旧没有回应。

“亨利，你累了吗？你想不想休息一下？或者你只是——”

“我在思考着。”

“好吧，我很抱歉。我并不想打断你的思考。”

“我想起了第一次飞机飞行。”

“再说一遍。”

“第一次飞机飞行。”

“你的第一次飞机飞行？”

“是啊。”

“告诉我是怎么回事儿。”

亨利开始详细叙述这次经历。那时，十三岁的他在一架单引擎飞机上进行着半小时的“天空之旅”。他准确地描述了瑞恩飞机的布局、它的仪器、驾驶杆和旋转螺旋桨。他和飞行员并肩坐着，而且飞行员一度还允许他驾驶飞机；他回想起自己必须伸展双腿才能够到脚蹬。当斯坦沃斯询问他时，他记得那天是在六月份，天气多云。当他们在哈特福德附近飞行时，他能看见主街上的建筑物；当他们靠近机场来着陆时，他们经过了一个有船只停靠的小海湾。自从他手术以来，这是他第二次叙述这样的过去记忆，即它充满着近距离经验细节、充斥着因具体事件而产生的兴奋感以及包含着标志性建筑物、颜色和声音。

当我阅读到斯坦沃斯的访谈记录时，我感到十分惊讶；我并不记得自己曾听过这个故事，但事实证明，我记错了。在编写这本书的过程中，我重新阅读了我们与亨利在 1977 年进行的访谈记录。那时，我们把电极放置在他的头皮上，旨在进行一项整夜的睡眠研究。当他和研究人员随意聊天时，他叙述到一个类似的故事：

还有布雷纳德平原。嗯，我也知道它。我知道它时，它还没有交通运输系统，只有私人飞机。我之所以记住它的原因是：它是我在 1939 年的起飞地方。那时的我在飞翔。是啊。在一架飞机上。

而且我也总是很高兴自己能够驾驶它。这是一件好事。因为我知道我妈妈和爸爸都害怕飞机。我是在刚要毕业前起飞的。因为我即将毕业，所以我能乘飞机——约 2.5 美元。因为带我起飞的那名男性是来自罗克维尔市的私人飞行员，而且他是为“莫名其妙的人”工作的。所以，我得到了一点额外的乘坐时间。

当我重新发现这个在二十五年前便获取的额外证据时，我相信，亨利对乘坐飞机的记忆是真正的自传体记忆，而不是虚构的。在 2002 年的访谈中，斯坦沃斯询问亨利是否还记得其他的具体事件。尽管他想出了一些有希望的事件，但没有一起事件能具有乘坐飞机那样的生动性。他谈起自己七岁时曾和母亲一起乘火车旅行，但他仅简单地陈述事实，并没有叙述独特的情节。他们在哈特福德登上了火车，在纽约转乘，然后便乘坐第二辆火车一直到佛罗里达州。他回忆道，他和母亲分别在上铺和下铺睡觉，而且他们还在火车上吃饭。他也记得自己和父母一起去过加拿大，当时的他还在念初中。他谈到自己在那次加拿大旅行中给奶牛挤奶，而且当斯坦沃斯向他询问细节时，他能提供一些信息——他坐在畜棚内的一张凳子上，畜棚里约有二十头奶牛，他必须先挤一个牛乳头，然后再挤另一个牛乳头。然而，尽管一直在絮叨，但他仍无法以一种可作为此次经历的真正重温的方式来描绘这个画面，而只是挤牛奶的一般描述。所以，该记忆并不能被称为一段自传体记忆。

亨利对第一根香烟和乘坐飞机的清晰记忆与他对其余术前生活的模糊记忆形成了鲜明的对比。他能够生动回忆这两起非凡事件的能力是基于他在这两个自传体经历中所感受到的强烈情绪。斯坦沃斯要求亨利在 1 至 6 的等级里评估自己的情绪状态在飞行期间中的改变程度、该经历在飞行期间的个人重要性以及该经历在测验期间的重要性。亨利把自己在飞行期间的情绪状态评为 6，即一个“巨大的情绪变化”。他事后回想该经历在飞行期间和测验期间的个人重要性，并分别将它们评为 5 和 6。这个独特事件的记忆痕迹被牢固地保留在亨利的大脑里，因为它的显著性和情绪意义强烈激活了一些脑区，而这些脑区可支持情绪信息的生动编码和存储，如海马、前额皮质和杏仁核。这种激活不仅会发生在实际的飞行期间，而且也会发生在他每次与朋友讲述这个事件的过程中。随着时间的推移，这段令人兴奋的记忆会变得越来越牢固，而且他在数十年后都可检索其丰富的表征。[21]

相比亨利详述过去具体事件的不佳表现而言，他在远期语义记忆测验的表现却一贯出色得多。语义记忆是指有关世界的一般事实。在一次这样的测验中，当他获悉一个公共事件时，斯坦沃斯要求他专注于该事件本身，而不是他的个人经历——换言之，他要专注于语义知识，而不是情景知识。她给了他一张提示表，并要求他回忆自己在不同生命阶段中获悉的一个具体公共事件，如重大犯罪案件或名人的婚礼。亨利能回忆起的公共事件都发生在他还没患遗忘症的生命阶段。例如，他选择讲述了“一场重大事故”，然后便开始较为详细地叙述了 1937 年的兴登堡号空难。他回想起这种一般信息的能力进一步证明了一种观点，即自传体记忆和语义记忆是以不同的方式被存储和检索的。他对公共事件的完整记忆为一个结论提供了强有力的支持，而该结论是：我们不可将他自传体记忆的缺失归因于他在检索、回忆和描述详细叙事结构中的一般性故障。[22]

科学家们继续争论巩固的标准模型和多重痕迹理论的优点。

我们对亨利的研究结果与多重痕迹理论是一致的：尽管亨利记住语义信息的能力依旧强大，但由于其受损的海马，他几乎无法记住所有的自传体事件，其中，语义信息是来自其早期术前生活中的。他能回忆起的那两段记忆——第一根香烟和乘坐飞机——是惊人的例外，它们揭示了他生命中的两个重要时刻。

为了运用标准模型来解释亨利遗忘症的性质，斯奎尔提出了两点争议。首先，他基于亨利在2002年至2004年的脑部扫描异常提出，亨利无法检索术前自传体记忆的表现可能是由年龄相关疾病引起的。然而，我们可排除这个可能性，因为我们可在我与亨利在1992年的访谈中找到他自传体记忆缺失的证据；那次访谈中，他无法检索有关其母亲或父亲的情景记忆。那时，他的大脑还未出现任何与年龄相关的异常。[23]

斯奎尔对亨利缺乏术前自传体记忆的第二个解释是：亨利术后仍有自传体记忆，但这些记忆痕迹随着时间的推移而消失了。如果这个推理是正确的话，那它也将适用于他对公共事件的记忆。这些记忆应该也消失多年了，但它们却没有。亨利在公共事件访谈中的正常表现表明，他可生动地回忆公共事件，但却不记得与这些事件是相同年份发生的自传体记忆。他的语义记忆是正常的，但他的情景、自传体记忆却是受损的。根据我们的实验结果，我支持一个观点：我们需要一个功能正常的海马来再体验自己过去的独特时刻，不管它们发生的时间是在多久以前。这个观点与多重痕迹理论是一致的。现在，越来越多的研究结果也支持这一理论。[24]

衡量巩固的标准模型和多重痕迹理论的关键问题是遗忘症对情景、自传体记忆和语义记忆的影响是否不同。这两个理论都作了明确的预测，而亨利的案例则揭示了它们间的区别。他的测验结果支持多重痕迹理论，并告诉我们，支持远期自传体信息检索的脑区网络不同于支持远期语义信息检索的脑区网络。前者会受到遗忘症的影响，而后者则不会。颞叶内侧结构参与这两种记忆的初始编码、存储和检索。然后，在巩固期间，语义记忆被永久性存储在皮质中，而情景、自传体记忆痕迹则无限期地依赖于颞叶内侧结构。因此，据我们所知，亨利的大脑在被切除这个组织后便只保留了两段自传体记忆。

1970 年代末，我们并不知道睡眠对记忆巩固的重要性，也不了解它在神经可塑性中的核心作用。那时，我们对梦的神经基础知之甚少，而且有关做梦的认知神经科学研究也不存在。我们所知道的是，眼球运动与不同睡眠阶段之间存在着联系，不同睡眠阶段与做梦之间也存在着联系。有了这个基础知识，我们着手研究亨利颞叶内侧的大面积损伤对其做梦的影响。我们对弗洛伊德提出的可能性很感兴趣，其中，该可能性是指梦境报告将揭示我们无法在亨利进行有意识回忆中诱出的封存秘密。我们能看一眼他的潜意识愿望吗？

我们知道亨利能叙述其术前生活经历的要旨，所以，我们想知道这些记忆是否为他术后的梦提供了主要的内容。梦是我们想象的产物，它们类似于我们清醒时的心理意象。它们通常是不连贯的、离奇的和转瞬即逝的——它们不像故事那样地合乎情理。科学家对大鼠的实验结果表明，梦与清醒生活之间存在着有意义的联系。鉴于亨利无法记住自己在前一天做过的事情，所以，我们对他的梦境产生了兴趣。[25]

1970 年，我请求临床研究中心的护士在唤醒亨利时询问他的梦境。他连续两天的回答往往都是相似的，尽管叫他起床的护士天天都在变化。同一个护士可能会连续几天说出相同的梦境报告。5 月 20 日，他说自己正在跑步或被人背上丘陵；5 月 22 日，他说自己为了追赶盗牛贼正在丘陵里开着一辆卡车，卡车上还有农民；5 月 23 日，他说自己在丘陵上，但那儿没有树木；5 月 26 日，他说自己在一个靠海的地方，即丘陵地带，它就“像有陡坡的路易斯安那州”；5 月 27 日，他说自己和几个约二十岁的年轻男子在丘陵地区上赛跑，而终点便是一个可供他们休息和睡觉的地方；6 月 6 日，他说自己正穿过绿油油的丘陵地带，那儿没有树木。

为了更清晰地了解亨利的梦，我们设计了一项实验来记录他的梦境内容。在 1977 年的研究中，我们的目标是查明亨利在没有正常海马和杏仁核的情况下的梦是怎么样的。我们运用了脑电图（EEG）来监测他在夜间的睡眠模式。EEG 是一种工具，可记录神经元放电所产生的脑电活动。这些记录可告诉我们，亨利所处的睡眠阶段。在亨利处于快速眼动睡眠和非快速眼动睡眠的期间，两名学生会通过唤醒他来捕捉其梦境，然后询问他是否在做梦，如果他回答是的话，他们便会询问他有关梦的内容。与健康的参与者一样，亨利在这两个睡眠阶段都报告自己做梦了。

亨利的梦境报告是真实故事吗？或者他为了满足问话者而现场编造的故事？我怀疑是后者。当然，如果亨利的梦——像大多数人的梦一样——是基于他的亲身经验，那它们必须利用他的术前事件，因为他没有近期记忆来助力梦的发生。亨利的梦境报告都太现实了，而且它们缺乏梦境普遍具有的非连贯性和虚幻性。他的典型回答与他在清醒时所叙述的青年事件太相似了，其中，他叙述的青年事件包括观看牛仔影片、欣赏大自然以及沿着马萨诸塞州西部的雅各布天梯小径和莫霍克小径乘车旅行。他有一些与术前经历相关的真实故事。亨利很有可能只是尽其所能来做好一名合作的参与者，而不是描述他的真实梦境，而且他说出的梦境是其灰暗过去的要旨。例如，一名学生在凌晨的 4：45 唤醒了亨利，而那时的他正处于快速眼动睡眠期间：

学生：亨利？亨利？

亨利：嗯？

学生：你刚才是在做梦吗？

亨利：我不知道。怎么啦？

学生：你不记得了吗？

亨利：嗯，在某种程度上来说，我记得。

学生：那你记得什么？

亨利：这个……我刚才想弄清乡村里的一所房子，但我仍不知道它是如何布局的。而且信不信由你，我刚才还梦见自己是一名外科医生。

学生：外科医生？

亨利：是的，脑外科医生。它是我以前的理想，但我放弃了，因为我戴着眼镜。然后我说，好吧，如果你的眼镜在你执行手术期间时沾上一点（灰尘）或其他东西的话，患者就很有可能会（死去）。

学生：嗯哼。

亨利：这就是我对自己成为医生、外科医生或脑外科医生的想法。它是我的整个思路，我的意思是说，我想起手术时的思路。

学生：你还说了自己在乡村的事？那是怎么回事？

亨利：在乡村里……执行手术或只是待在乡村里。平坦的地方，我觉得它是一个平坦的地方，而且我自己也想了解它。在某种程度上，我是因为知道我爸爸在南方长大，南方的地势很平坦。而我是在康涅狄格州长大的，我还在加拿大挤过奶牛的牛奶。而且……

学生：这些都出现在梦境吗？

亨利：不，这些都是真实发生的。

学生：噢，所以你刚才没在做梦咯？

亨利：我刚才梦到……我把它们全放在一起了。

亨利有关“乡村的一所房子”的即时报告可能是他实际做的梦，但我们在这里却面临着一个问题：他的记忆广度有限。为了令他的梦境报告具有说服力，这些报告必须发生在其瞬时记忆广度内，约三十秒。约三十秒后，他的梦境内容将会消失，而他随之而来的闲聊也将与其旧时存储的知识相关。

我并没有支持这一结论——亨利没有做梦——的证据，但如果他真做了梦，那他的梦境体验一定不同于健康人。在亨利的大脑中，一些正常参与做梦的脑区变成了充满液体的空间。例如，在快速眼动睡眠期，健康参与者的杏仁核是十分活跃的，但亨利的大脑却缺乏这种活跃，而这一缺乏很有可能会改变他的睡眠模式及其做梦的能力。此外，他有时还会夜间癫痫发作，这使其在次日时感到身体不适；虽然我们尽了最大的努力，但还是无法知晓亨利的梦境细节。1977 年，当我们叫醒他，并询问他有没有做梦时，他有时说“有”，有时说“没有”。这种回答的模式表明，他可理解和评估这个问题，而且他并没有为了满足研究人员的期待而当场叙述任何旧故事。然而，其梦境内容的本质和特性仍是一个谜。[26]

亨利术前和术后的自传体记忆障碍均受限于他的自我意识。他乐于讲述有关其亲戚和童年经历的故事，但这些故事都缺乏具体的细节。他所讲述的自传缺少丰富的感觉和情绪描述，但这些描述却是形成我们是谁的复杂“织锦”。他无法有意识地从一个过去事件回忆到另一个过去事件，他被困在了当下。鉴于这些局限性，我们询问亨利是否了解自己是谁的行为是适当的。他的自我意识是因患有遗忘症而减弱了吗？

当人们得知亨利的病例时，他们经常问我：“亨利在照镜子时会发生什么事吗？”如果他无法记住二十八九岁后发生的事情，那他如何适应中年的面貌和最终年迈的自己？当亨利照镜子时，他从未表现出震惊或无法识别的样子；他对自己在镜中看到的人感到舒服。有一次，一名护士问他：“你是如何看待你的样子的？”他以其特有的幽默保守地答道：“我不是一个男孩儿了。”

在实验室中，我们曾向亨利展示了有关复杂场景的图片，数周后，他在无法明确回忆起自己曾看过它们的情况下还是基于熟悉感识别出了它们。也许，他对自身样貌不感到惊讶的原因也是这样。亨利多年来一直看自己的样貌。我们知道，大脑的梭状回——亨利被保留的部分颞叶——内有专门负责加工面部的区域。我们也知道，当人们观察自己的面部时，前额皮质的区域会变得活跃。亨利可能因为这些完好的大脑网络而熟悉自己逐渐变化的面部以及不断更新心理的自我形象。

与此同时，亨利对其外表和身体状况的事实知识也存在着许多差距。当我们询问他的年龄或今年是何年时，他回答的数字经常与实际数字相隔数年或数十年。尽管他有些头发已变灰白，但还是认为自己头发是深褐色的；尽管他随着年龄的增长而逐渐发福，但他还是将自己的身材描述成“瘦，但较重”。他会以某种方式将自己当前的外表与术前的外表进行匹配。

在亨利术后的数十年里，他的世界发生了许多变化，但他却从未因这些变化感到震惊。由于日复一日的接触，他在不知不觉中熟悉了其环境中的新信息，并随着时间的推移进行了缓慢的学习——这种了解世界的方式不同于健康人群。每当他看见自己的面部、照顾自己的人和身处的环境时，他的大脑便会自动登记它们的特点，并将它们整合到他已存储、且与事物和人物相关的内部表征里。否则，他会对其灰白的头发感到惊讶，而且会一直想知道自己为什么会住在自己所在的地方、为什么电视屏幕上的图像是彩色的以及电脑是什么。他会以某种方式接受这些在其生活中出现的增添和创新。

由于不能建立新记忆，亨利无法随其生活展开而构建自传，而且他对过去的叙述也是很笼统的。对于我们许多人而言，我们的个人历史是构成我们是谁的重要部分，我们会花大量的时间来思考过去的经历和设想未来的故事。我们的自我意识包括过去的故事和我们认为自己将前往的地方——我们的“待办事项”。我们可能会设想自己的事业将会取得进展、自己将会组建家庭或在气候宜人的地方里颐养天年。在短期内，我们会计划今天要做的任务、本周要见的朋友以及下个假期要做的事情。从短期或长远来看，亨利的手术不仅让他失去了陈述性记忆，而且还阻碍他进行心理时间之旅。他缺乏记忆碎片来构建下一天、下个月、下一年的日程表，也无法设想其未来的生活。1992 年，当我问他："你觉得你明天会做什么？"他答道："任何有益的事都行。"

认知神经科学家已呼吁大家关注模拟未来事件和情景检索之间的联系。他们确定了一个常见的大脑回路，它可参与人们对过去的回忆和对未来的展望。展望未来事件的过程取决于颞叶内侧结构、前额皮质和后顶叶皮质——同为陈述性记忆的关键脑区。当我们设想下个假期时，我们深入检索长时记忆，而这些长时记忆是有关以往假期的细节和其他知识的。我们需要从长时记忆中检索信息后才能想起这些往事和重组它们以创造未来的情景。遗忘症对干扰这一过程与重新唤起过去的记忆一样，我们对未来的构建也需要建立海马与额叶皮质、扣带回皮质和顶叶皮质之间的功能联系。亨利没有这个网络，所以，当被问及他将在下一天、下一周或未来几年内做什么时，他没有可供参考的数据库。他能设想的未来就与他能回忆的过去一样有限。[27]

第十一章

了解事实

亨利缺少手术前几年的情景、自传体记忆，但他同一时期的语义记忆却似乎是正常的。这种鲜明的对比引出了一个问题：他术后的情景记忆和语义记忆是否受到同等的影响。我们有大量证据表明，他术后的情景记忆受到严重损伤——遗忘症的病症。但亨利获取新语义记忆的能力是正常的，还是不足的？他可在多大程度上学习和保留自己在术后首次接触到的语义信息？我们还想探索他术前获取的旧语义知识在术后几年里的情况如何。这些问题推动了我实验室里众多研究项目的开展。

术后，亨利有正常的注意广度，仍可利用术前获得的知识来说话、阅读、写字、拼写和交谈。他可检索自己在术前（1953 年）存储的语义信息，因为这些信息被存储在他的整个大脑皮质里，而且他也无需海马的参与便可访问它们。

我们对亨利的语言能力特别感兴趣，因为我们想知道他是否需要颞叶内侧结构来保存他的旧语义记忆——他于 1953 年前存储的世界知识。语义记忆的一个主要组成部分便是字汇记忆——有关字词的存储信息，包括字词的意义和形式（单数与复数）。首要问题是遗忘症是否不影响已建立的字汇记忆。我们通过设计实验来解决 3 个问题：颞叶内侧损伤是否影响他使用已习得的（术前）字汇记忆？这些损伤是否影响文法处理？随着时间的流逝，长时字汇记忆会衰退吗？[1]

当亨利进行交谈时，他的谈话内容是经过斟酌的、深思熟虑的。我和同事想知道其语言处理的特征是否与其他人的相同。1970年，我们实验室里的一名研究生提出了一项试验，该试验将运用语言歧义来检测亨利的语言处理机制，其中，语言歧义是指有多个含义的句子。一般而言，语言歧义有三种类型——词汇结构、表层结构和深层结构。

词汇结构：When a strike was called it surprised everyone. 该句至少有两种意思：罢工出现时，大家都很吃惊；钟响时，大家都很吃惊。（strike 有多重意思：罢工和钟响等等。）

表层结构：A moving van out of control is dangerous. 该句有两种意思：失控的搬运车很危险；失控、移动的厢式货车很危险。（moving 可用于修饰 van，也可与 van 作为固定搭配。）

深层结构：Visiting relatives can be a bore. 该句有两种意思：拜访亲戚可能会很沉闷。来拜访的亲戚很沉闷。（visiting 可被理解为是该句的主语，或作为形容词修饰 relatives。）

这名学生造了六十五个歧义句和二十五个无歧义的句子（如：吉姆在滑雪用品店里买了一件派克大衣），其中，每种类型的歧义都有多个歧义句。[2]

在实验中，这名学生大声朗读这些句子，而且亨利的前方有一张提示卡，写道：这个句子有一个含义，还是有两个？正常的参与者可在内心重组并正确解读歧义句。尽管亨利并没有像控制组人员那样能频繁察觉到两个含义的存在，但当他察觉到它们的存在时，他却掌握了三种语言歧义，包括深层结构的歧义——例如：赛车可能会很危险。

这项研究说明，亨利可在几秒内正常保存一个句子中的各种要素及其相互关系。由于短时处理容量超载、长时记忆无法被激活，他发现歧义的频率不及控制组的参与者。短时记忆可暂时存储少量的信息，而且亨利的大脑可以做到这一点，但短时记忆的有限容量却不足以消除一些句子中的歧义。

大约在同一时期，加利福尼亚大学洛杉矶分校的一名心理学家发表了类似的一组实验。当时，他是一名研究生，隶属于我们在麻省理工学院的部门。他独立进行实验，造了三十二个歧义句，然后大声念给亨利听，并给他两个指令："尽快找出一个句子中的两个含义"和"说'是'，然后按时间顺序说出你找到的那两个含义"。这名研究人员规定了九十秒的时间限制，所以，如果亨利无法在时限内找出两个含义，那这次试验便被记作一次错误。亨利在超过 80% 的试验中都发现了句子中的词汇和表层歧义，但当给出的句子有深层结构歧义时，他却无法发现该种歧义。这名加州研究人员认为，亨利大脑中被切除的结构——"海马系统"——在语言理解中发挥着核心作用。但他的这一结论与我们先前的实验结果是相悖的。[3]

对我的实验团队来说，这一结论似乎是不正确的。我们知道，亨利在与自己遇到的每个人交谈时都很健谈，而且其交谈内容也很即兴。我们也从十九世纪中期开始到现在的数十年研究中了解到，语言表达和理解并不局限于海马系统。许多研究人员，包括我在内，都认为语言是由多个皮质回路介导，而不是由海马和海马旁回介导的，而且，对大多数人而言，语言主要是由他们的左脑介导。

我决定亲自用这名加州研究人员造的句子来测试亨利，旨在检验他的实验结果，但我对他的实验步骤进行了重要的修改。我要求亨利大声朗读句子，并要求他重读自己有漏读情况发生的句子；我将自己的手指放在他漏读的单词下面来提醒他注意这些单词。然后，我要求他在发现句子里有两个含义时说“是”，并让他按自己发现的顺序来描述它们。因为亨利总是缓慢地做每一件事，所以我并没有像那名加州研究人员一样限定九十秒的时间，而是给他无限的时间来解释这些句子。我的实验结果表明，亨利的确能察觉深层结构歧义，只要他不遗漏地读完一个句子和按照自己的节奏来解释句子。的确，亨利能进行有效交谈——就像他每天与实验室成员和临床研究中心（CRC）的工作人员交谈一样——的这一事实就证实了他能理解句子中的深层含义。

我们继续研究亨利的语言能力，直至他的生命将近结束。那名加州研究人员认为，亨利双侧颞叶内侧的损伤损害了他对语言歧义的鉴别，以及其他的语言处理能力，但我们对此观点却不以为然。为了最终明确我们的案例，我实验室里的一名研究生和一名博士后研究员在 2001 年给了亨利大量的任务，来评估他词汇知识的储存量及其使用语法规则的能力。考察了他在十九项试验中的表现后，我们得出结论，他很难察觉歧义的原因并不是其词汇知识和语法不足。[4]

亨利可很容易地命名在彩色图片和线条图中的物品。例如，我们给他看卡片，每张卡片里都有一张图片和一个单词。在一半的卡片中，单词和图片内的物品是匹配的，但在另一半的卡片中，单词和图片是无关的。亨利能区分匹配的卡片和不匹配的卡片，而且他在区分过程中只会出现少量失误。同样，他在基础语法的测试中表现优异。例如，他能给出名词的复数形式和动词的过去式，而且也能将形容词转换成名词。当我们让亨利听一句话，并让他判断这句话是否有语法错误时，他的测试分数与控制参与者的一样好。[5]

然而，亨利在语言流畅性的测试中遇到了困难。在一项测试中，我们给他一个类别，如“水果”，然后要求他在一分钟内命名自己可想到的、有关该类别的所有例子。在另一项测试中，我们要求他在一分钟内命名尽可能多的、以 F 开头的单词，然后是说出以 A 开头的单词、以 S 开头的单词。基于可供选择的单词数目，以 F 开头的单词是最难的，以 S 开头的单词最简单，而以 A 开头的单词则介于两者之间。在这两项流畅性的测试中，亨利的分数都要逊色于十九名控制参与者。尽管如此，其他所有语言功能的测试结果表明，他拥有完好的词汇记忆能力（词汇知识）。[6]

毫无疑问，亨利在流畅性的测试中均表现不佳。对于这种受限的表现，最直接的解释便是他的社会经济地位较低。手术前的他绝不是一个擅长言辞的人，而且他术后的命名能力很差，这可能反映了他普遍缺乏言语技能。他的工人阶级出身可能限制了其语言过程的发展。他从未上过大学，而且他年轻时的兴趣和学习的技能倾向于科学与技术。语言并不是他的强项。亨利在二战期间收到的信件经常出现拼写和语法错误，这些信件来自他驻扎在海外的朋友们。这一现象突显了我们的想法，即他所处的社会群体不太在意自身的语言技能。我们的大部分研究最终表明，亨利术后的语言能力在总体上与他的社会经济地位一致，而且他可能保持了术前的语言能力。

我和实验室里的成员在与亨利的非正式互动中发现，他可以鉴别双关语和语言歧义，如有双重含义的单词。尽管他很少主动与人交谈，但当我们与他交谈时，他总是很配合、健谈和令人愉悦。有一次，当我对他说："你是智力游戏王（原句：You're the puzzle king of the world. 单词 Puzzle 有两个含义：智力游戏和困惑。所以，此句也可被翻译为'你是困惑王'）。"他回答道："我正在困惑呢！"

亨利的手术并没有影响他大多数的语言能力，因为许多支持语言生成和理解的脑区都不位于颞叶内侧区域。自 1980 年代末以来，功能性脑成像实验为语言过程的理解增添了一个不同的信息维度。有了两种新型的扫描工具，即正电子发射型计算机断层显像（PET）和功能性磁共振成像，研究人员可让健康人在扫描仪内执行各项单词任务，并观察其脑活动。PET 和功能性磁共振成像运用了不同的技术。针对 PET 研究，参与者需注射一种放射性示踪物，这种示踪物会被神经元——尤其是那些最活跃的神经元——吸收，然后就能被一台复杂的 X 射线机检测到。有了分析工具，研究人员可将离散的激活区域与健康人在扫描仪内进行的特定认知过程联系起来。功能性磁共振成像则依赖不同的技术来联系大脑和行为，这一技术是通过测量血流量来揭示与任务相关的激活区域。在认知神经科学的研究中，功能性磁共振成像已在很大程度上取代了 PET，因为它不仅不会让参与者接触到辐射，而且还能给出更为精确的脑活动图像。

2012 年，人们对 586 项功能性成像实验进行了回顾，该回顾综述了激活的局部化结果，其中，该种激活是与听到的语音、口头语言和阅读相关。该综述显示，三十一个与语言相关的激活区域分布在左脑皮质、皮质下结构——尾状核、苍白球和丘脑——和小脑右侧的两个地方。每个区域都支持语言功能的一个或多个方面，如语音、语音理解和生成的处理、书面文字的处理以及拼写到声音的转换。这些皮质和皮质下区域与脑白质纤维束紧密相连，这样，它们之间便可有效地进行交流。右脑也参与语言功能。右额叶和右颞叶中的一个网络处理有关语音节奏、口音和基频的信息。[7]

由于亨利的特殊情况，我们团队能再次给认知神经科学带来一定的冲击——这次是语言领域上的冲击。我们对他词汇和语法处理的研究，首次广泛分析了遗忘症对这些能力的影响。他的研究数据揭示了词汇记忆内的显著区别，即检索以前获取的信息（已存储的信息）和新信息（没存储的信息）之间的差异。亨利的测试结果清楚地显示，颞叶内侧区域并不是保留和使用术前习得的词汇信息和语法所必需的。他可拼写常用词汇、通过名称识别物体、将图片与相应的单词进行匹配以及说出著名地标建筑的位置。这种检索和有效使用词汇信息的能力源于支持语言的完整皮质网络。相比之下，我们从亨利的案例中了解到，颞叶内侧结构是学习新词汇信息所必需的，我们将看到，亨利无法学习不在其术前词汇中的单词。

亨利的术前语义知识是如何随着时间的推移而继续存在的呢？他能像没有脑损伤的人一样保留这些记忆吗？在健康人群中，情景记忆会比语义记忆更易受到时间的影响。事实上，1960 年代进行的实验表明，在有关世界常识的测试中，老年人的分数往往比年轻人的高。当然，随着年龄的增加，你有更多机会来建立词汇、概念和历史事实的储存库以及再次巩固自己已了解的信息。例如，每次你听到或看到间谍这个单词时，你会自动在语义库里搜寻它的意思并进行处理。这样，你便可以随着时间的推移加深间谍这个单词的记忆痕迹。这种持续不断的信息再处理或许能解释为何有些语义记忆会难以磨灭。[8]

我们想弄清亨利是否能像健康老年人一样完好保存其术前语义库，是否每年在检索单词信息方面都表现出一致性。数十年研究亨利的好处之一便是我们可多次使用相同的智力测试来比较他的表现。过去并无研究遗忘症患者的单词记忆稳定性随时间推移变化如何，但 2001 年，我们回顾了亨利四十八年来的测试结果，从而开辟了此类研究的新天地。

我实验室的研究人员分析了亨利的测试分数，其中，测试分数来自他在 1953 年 8 月 24 日（手术的前一天，且其大脑还是完好的）至 2000 年间进行的二十次测试。该分析评估了四项来自一种标准化智力测试的子测试中的表现：一般信息（谁写了《哈姆雷特》？巴西在哪个大洲？一年里有多少个星期？）、相同点（一只眼睛和一只耳朵在哪方面是相同的？）、整体理解（为何建造砖房会比木房好？）以及词汇（间谍是什么意思？）。我们发现四十八年间，亨利在这四项测试中的表现是一致的。他对事实、概念和单词的记忆从手术前一天到公元 2000 年便一直保持不变，这表明，颞叶内侧结构对他保留和使用其术前再巩固的词汇知识和概念并非必要。还有重要的一点，这些测试结果显示，亨利的大脑在无外显学习的情况下可保留已了解的信息。因其遗忘症，他无法通过情景学习获得情景记忆，但仍可运用海马外的大脑回路以及额叶、颞叶和顶叶中的大脑回路来保存词汇知识。他认为，玩填字游戏可以帮助记忆，或许他的想法是对的。[9]

我们数十年来一直在收集亨利语义知识的详细信息，从而才使得这种回顾性研究成为可能。我们与之相关的一个研究目标便是进一步调查他的语义记忆，就像我们之前彻底调查他的情景记忆一样。我们不希望局限于标准化测试提供的常规评估，并确保自己没有遗落其记忆的任何角落。

1970 年，英国的记忆研究学者提出了一个观点，即遗忘症患者经受的记忆困难可归结为检索异常——他们可正常存储新记忆，只是无法有意识地将它们回忆起来。这些研究学者进一步指出，遗忘症患者遗忘的信息显然可通过提示被唤起。若此观点正确，那给亨利有关术后事件的提示应该可使其表现正常。1975 年，我们的实验室对此观点进行了测试。一名与汉斯 - 卢卡斯 · 托伊贝尔（Hans-Lukas Teuber）共事的研究生通过使用公众人物的新闻照片设计了一项名人面孔测试，其中，这些公众人物都是在 1920 年代至 1960 年代间出名的，只是具体出名时间点不同。该学生首先要求亨利在无任何提示的情况下认出这些人物。若无法认出，亨利会得到两种帮助其识别的提示，即间接提示和字母提示。例如，艾尔弗雷德 · 兰登（Alfred Land）的间接提示便是，“他是 1936 年的共和党总统候选人，和罗斯福一同参与总统竞选，但落选了。他还是堪萨斯州的州长。”若亨利仍无法认出这位公众人物，他将得到音素提示。该提示提供公众人物的姓名字母，但姓名字母是以逐渐增加其姓字母、再增加其名字母的形式给出的，先提供姓名首字母，到最后几乎提供全名。以艾尔弗雷德 · 兰登（Alfred Land）为例，音素提示会是 A.L.、Alf. L.、Alfred Lan. 和 Alfred Land。我们比较了亨利遗忘症发作前后的语义记忆，发现他记住了在手术前出名的公众人物，但他对术后出名的公众人物的记忆却明显不如对照组的参与者。对于认出 1950 年代后出名的公众人物，这些提示并没有什么帮助。亨利无法成功编码、巩固和存储语义信息；显然，他的遗忘症不能作为错误检索的例子而不予考虑。[10]

随后的数十年中，实验室的成员更新了这项测试，并让亨利在 1974 年至 2000 年间的九个测试阶段都进行这项测试。然后，我们利用这一庞大的数据集来确定他的表现是否在多年的测试中保持一致。整合所有数据后，我们发现，当被问及 1920 年代至 1940 年代出名的人物时，他的表现与健康参与者的一样好，甚至比他们更好，但被问及 1950 年代至 1980 年代出名的人物时，他的表现却远远不如他们。例如，他在未给提示的情况下正确认出了 1920 年代出名的查尔斯·林德伯格（Charles Lindbergh）和沃伦·G. 哈丁（Warren G. Harding）、1930 年代出名的乔·刘易斯（Joe Lewis）和 J·埃德加·胡佛（J. Edgar Hoover）以及 1940 年代出名的约翰·L. 刘易斯（John L. Lewis）和杰基·罗宾森（Jackie Robinson）。他对 1940 年代后出名的人物茫然不知。他无法认出 1950 年代出名的斯坦·穆休（Stan Musial）和　约瑟夫·麦卡锡（Joseph McCarthy）、1960 年代出名的约翰·格伦（John Glenn）和乔·纳玛什（Joe Namath）、1970 年代出名的吉米·卡特（Jimmy Carter）和安妮公主以及 1980 年代出名的奥利弗·诺斯（Oliver North）和乔治·布什（George H.W. Bush）。

不过，亨利显然存储了一些新信息。有提示的情况下，他可认出一些在 1953 年后出名的公众人物，但其所需的提示数量要比对照组所需的平均数量高出一半。所以，即使有再多的提示，亨利也很难回忆起来。显然，遗忘症患者可存储其在术后获取的信息，只是在无提示的条件下检索出来的信息不多。但若检索的一般故障是亨利患遗忘症的基础，那这一缺陷应该也会影响他术前信息的检索。事实却并非如此，这便证实了以下观点，即遗忘症的根源在于一种无法持续巩固、存储和检索生活经历的无能。

尽管亨利的案例提供了证据证明，颞叶内侧结构是形成两种陈述性记忆——情景记忆和语义记忆——所必需的，但该观点仍受到了质疑。一些研究人员怀疑，新的语义学习依赖颞叶内侧结构的方式与情景记忆的不同。1975年，多伦多的两名临床医生提出，遗忘症患者大脑中支持情景记忆习得和检索的结构有损伤，而介导语义记忆习得和检索的结构无损伤。1987年，他们中的一名认为，遗忘症患者应该可学习新事实，因为事实的检索并不依赖患者有意识地回想起其学习过程中发生的特定事件。这名科学家预测，像亨利这样的患者可通过非陈述性的记忆回路来无意识地获取常识。[11]

1988年，我和同事企图通过教亨利新词汇来测试这个观点。我们想看看他是否能学会英语词典对以下八个单词的定义，这些单词在生活中不太常见，即，quotidian（日发疟）、manumit（释放）、hegira（穆罕默德从麦加逃亡）、anchorite（隐士）、minatory（恐吓的）、egress（外出）、welkin（苍穹）和tyro（新手）。我们猜想，亨利术前应该不会遇到这些单词。他在电脑前看这些单词，电脑屏幕每次只显示一个单词及其定义，他需将单词及其定义都一一朗读出来。接着，他会在屏幕上看到8个定义，且定义下方有一个单词，他需要为单词匹配正确的定义。若他回答正确，被选择的定义便会从选择列表中消失，屏幕底部也会出现新单词。若他回答错误，他便要重新选择。这一过程一直持续，直至亨利能将八个单词和八个定义一一匹配成功。对照组的参与者平均能在六次试验内将所有单词与其正确的定义进行匹配，而亨利在接受十二次试验后仍无法学会这些新词汇。[12]

我们没有放弃，并试图使用其他两种方法来教亨利这些单词，第一种是给出这些单词的常见同义词，第二种则是将这些单词分别填入八个对应的句子空白处中。亨利每次都能正确选择 tyro（新手）的定义及其同义词，且在 90% 的试验里都能将该词填入正确的句子中，所以，他显然是知道 tyro 的意思的（可能术前学过该词）。但他却无法掌握其他单词的意思，这一现象明确表明，他在受控的实验室环境中无法学会新词汇。相比之下，对照组的参与者能在不到 6 次的试验中学会这些新单词。[13]

有些人可能会持异议，认为人们在日常生活中学习新词义是以一种很自然的方式，而这些实验却没有模仿这一方式。也许，我们的实验设置过于刻意、不自然，因而无法充分探究亨利获取语义信息的真正能力。我们每天都会在各种有意义、相关的情境下接触新词，而且为了实现某一目标，会常常阅读或听这些新词，所以我们是积极的学习者。另一个研究小组注意到了这一想法，并于 1982 年提出，判断一名遗忘症患者能否学会新词汇的决定性试验是将该患者带到一个他不会说、也不听懂其语言的国家。研究人员预测，他会像小孩一样慢慢地学会新语言，但事后便会忘记自己曾到过那个国家。这种自然的学习环境将听、说、读、写一门语言与日常活动相结合，要优于实验室的环境。不像亨利在实验室学习新词，在异国的他是在有意义的情境下学习短语和句子的，此类情境如面包店、药店、咖啡厅或公园。根据该小组的观点，由于反复接触新语言的缘故，他也许能建立该语言的丰富心理表征，其中包括语音、词汇、概念和语法。[14]

我们意识到这一理论是错误的，但为了证明该理论的错误性，我们需知道亨利自 1953 年接受手术后能否偶然学会一些在日常生活遇到的新英语词汇。即便他不记得新词的定义，但也是有可能知道该词是真实存在的。这种直觉在健康人群中很常见。

我们开始着手研究亨利认不认识1954年后新编入《韦氏词典》的单词，即他患遗忘症后可能遇到的新词。测试刺激有charisma（魅力）、psychedelic（迷幻剂）、granola（格兰诺拉燕麦卷）、Jacuzzi（极可意水流按摩浴缸）和palimony（解除同居赡养费）。它们与旧词和可读的非词混合一起，其中，旧词如butcher（屠夫）、gesture（手势）和shepherd（牧羊人），而可读的非词（nonwords）如phleague,、thweige和phlawse。我们想弄清亨利是否会将1954年后的单词和可读的非词视作合法单词。每次试验开始时，电脑屏幕都会出现以下问题，即"下面的单词是真实存在的吗？"亨利阅读该词后需回答"是"或"不是"。若他对合法单词回答"是"、对非词回答"不是"，便回答正确。对于1950年代前的单词，他的正确率为93%（相较于对照组的92%是正常的），而对于1950年代后的单词，他的正确率为50%（相较于对照组的77%是偏低的）。他将非词归为非词的正确率为88%，而对照组的为94%，相比之下，他的这个能力属正常边缘。这项相对简单的实验进一步证明，亨利的术前语义知识是完好的，但其术后的语义知识则严重缺失。[15]

为了探索亨利语义知识的另一维度，我们设计了一项测试来估量他对公众人物的了解程度。知道名人姓名的最低表现便是能识别著名的姓名本身，而这便是我们让亨利在一项姓名分类任务中所做的事情——"以下姓名是或曾是名人的姓名吗？"亨利需要回答"是"或"不是"。名人的类别有电影明星、运动员、美国政治家、外国领导人和作家。有些名人在亨利术前出名，有些则在术后出名。在该项任务中，名人的姓名与从波士顿地区电话簿中挑出的相似姓名相混合。亨利将非名人姓名归为非名人的表现与对照组的相当，而且在识别1930年代至1940年代的名人姓名时，他的表现要比对照组的略好（亨利的正确率为88%，对照组的为84%）。但亨利在识别1960年代、1970年代和1980年代出名的名人和那些在其术前仍默默无闻的名人时，其正确率远低于对照组的80%，仅有53%。该种测试结果——他清楚记得术前时期的公众人物，但记不清术后时期的公众人物——进一步证明，亨利患遗忘症后无法正常存储、检索其接收到的事实信息。[16]

然而，尽管亨利在此项测试中表现不佳，但他的语义储存库却还是在术后时光中保留了一丁点有关其经历的痕迹。我们惊奇地发现，他的遗忘症不是完全性的。他的认知记忆并非完全消失。当我们让他在测试手册的四个选项中选择单词和短语的最佳定义时，对于1950年代前的单词和短语，正确率为56%，而对于1950年代后的单词和短语，正确率则为37%。后者的正确率虽不佳，却高于25%的偶然几率。但同时，他能记起这些单词和短语的能力显然减弱了。他可记起61%来自1950年代前的单词和短语，但对于1950年代后的单词和短语，却只记起了14%。[17]

同样，亨利在单词与非词任务（“以下单词是真正存在的单词吗？”thweige）和姓名分类任务（“以下姓名是或曾是名人的姓名吗？”林登·贝恩斯·约翰逊）中的表现也表明，他记住了一些1950年代后出现的单词和名人姓名，尽管记住的不多。当测试员让亨利解释一些在1953年后编入词典的单词时，他通常都不知道答案。但他会动动脑筋，然后给个靠谱的猜测，而不是仅说“我不知道”。他的很多回答都是在解释单词和短语的字面意思，例如，他将angle dust（天使粉，一种强烈迷幻药）解释成“天使制造的尘埃，我们称之为雨”、closet queen（非公开的同性恋者）解释成“飞蛾”、cut-offs（毛边短裤）为“截肢”、fat farm（减肥中心）解释成“一种奶制品”。亨利存储旧词和旧名的语义库在其皮质中，但皮质区域里的大脑回路无法参与新词和新名的学习，因为这些重要的皮质区域与海马回路间的关键联系已被切断。他在大多数情况下都无法巩固新的语义记忆。回到先前的那个问题，即身处异国的遗忘症患者能否学会异国语言且忘记自己曾来过，从亨利的表现来看，即使该患者处于自然的学习环境，即他在有意义的情境下听、说、读、写异国语言，他也无法用新词汇来扩展其词汇知识。这种缺陷便是造成亨利陈述性记忆严重受损的重要原因。[18]

我们拓展这一思路，并于1990年代中叶继续就亨利缺乏对新词汇的语义学习开展了数项实验。以下问题引起了我们的兴趣，即这种无法通过陈述性记忆获取新信息的缺陷是否会延伸至其完好的非陈述性记忆？尽管他无法有意识地记起新词，但他是否会对这些词产生启动？他能否通过完好的非陈述性记忆回路来正常加工它们？具体来说，我们想知道亨利对其患遗忘症后才普遍使用的单词所产生的启动是否不同，因此相较于诸如blizzard（暴雪）、harpoon（鱼叉）、pharmacy（药房）、thimble（顶针）等旧词，他才对新词——1965年后的单词，如granola（格兰诺拉燕麦卷）、crockpot（克罗克电锅）、hacker（黑客）和preppy（预科生）——很陌生。

我实验室里的一名研究生设计了四项重复启动任务，其中两项是用于评估亨利的单词填充启动——一项使用其手术前就编入词典的单词，另一项使用1953年后编入词典的单词。另外两项任务则用于评估亨利的知觉识别启动——一项使用 1953 年前的单词，另一项使用 1965 年后的单词。这四项任务都需要亨利的非陈述性记忆回路参与。在此实验中，每项启动任务都有学习状态和测试状态。[19]

在单词填充启动的学习状态中，亨利需大声朗读出现在电脑屏幕上的单词，屏幕每次只展示一个单词。朗读完所有单词的一分钟后，他便进入测试状态，此时，他会在电脑屏幕上看见由三个字母组成的词干（GRA 对应 granola，THI 对应 thimble），屏幕每次只展示一个词干。在所有被展示的词干中，有一半是对应学习列表中的单词，而另一半则对应他未学过的单词。测试员要求亨利用自己最先想到的单词来填充词干。若他没有用以 THI 开头、且更为常见的单词（如 think、thin、thief、thick 等）来填充 THI 这个词干，而是用 thimble 的话，该种表现便是其先前看过 thimble 的影响，而这便是单词填充启动的本质所在。单词填充启动的分数是用被学习列表中的单词（如 thimble）填充的词干数减去偶然被相似、且未学过的新词填充的基准分数得到的。只要亨利用学过的单词来填充的词干数明显多于其用未学过的单词来填充的词干数，那他便产生了启动。[20]

知觉识别启动也包括学习状态和测试状态。在学习状态期间，电脑屏幕会快速展示单词，但每次只展示一个，且每个单词的停留时间少于半秒。我们要求亨利大声朗读每个单词。在测试状态期间，电脑屏幕再次快速展示单词，亨利也再次朗读每个单词。在这些测试单词中，一半是他在学习状态期间见过的单词，而另一半则是他没见过的新词。知觉识别启动的分数是用正确识别学过的单词数减去正确识别未学过单词的基准分数得到的。亨利再次产生启动。电脑屏幕于测试期间快速展示单词时，相较于新词，他会更关注学过的单词。亨利在学习状态期间每朗读一个单词便会留下一道记忆痕迹，而该痕迹便加强了该词的表征。于是，当他在测试期间快速看学过的单词和新词时，会更有可能看那些学过的单词，因为他对它们的心理表征更强。[21]

亨利在这四项启动任务的测试结果很明确。对于1950年前的单词，如blizzard（暴雪）、harpoon（鱼叉）、pharmacy（药房）和thimble（顶针），他能正常表现出两种启动。在单词填充启动中，他用学过的单词来填充词干的数目要多于用未学过的单词来填充词干的数目；在知觉识别启动中，相较于未学过的单词，他可用更短的时间来正确阅读自己学过的单词。对于1950年后的单词，如granola（格兰诺拉燕麦卷）、crockpot（克罗克电锅）、hacker（黑客）和preppy（预科生），他的测试结果则不同。亨利的知觉识别启动仍属正常，但其单词填充启动分数则为零。为什么？因为亨利的心理词典缺乏新词必要的、且预先存在的语义表征，从而使其无法产生单词填充启动。他无需该种表征来产生知觉识别启动，因为知觉识别启动任务涉及初级、且独立于语言的视觉过程。面对相同的新词时，他的单词填充启动受损，但其知觉识别启动却正常，这一发现告诉我们，支持两种启动的机制是不同的——其中一个机制已遭破坏，而另一机制则仍在运行。[21]

亨利在这两项非陈述性记忆任务——概念启动和知觉启动——中的不同表现很重要，因为它们突显了一个事实，即这两项任务激活大脑回路进行不同层次的信息加工。单词填充启动的运作依靠存储在颞叶和顶叶的词汇知识。亨利对granola（格兰诺拉燕麦卷）很陌生，且他的心理词典——语义库——没有此词的表征。因此，当他在学习列表中看到 granola 时，并没有产生受益于额外加工的可用表征，从而无法在测试中用它来填充词干 GRA。然而，他却可毫不费力地将 grandmother（祖母）用于填充 GRA，因为该词是他在术前便存储好的词汇知识。该项实验进一步证明我们先前得到的测试结果，即当我们用亨利熟悉的单词进行测试时，他是能产生正常的单词填充启动的。[23]

相比之下，知觉识别启动的运作则依靠更为初级的视知觉。只要亨利朗读了学习列表中的 granola，他的视觉皮质便会对该词进行相关加工，所以在测试状态期间，一旦看见它从屏幕闪现时，他便可将其朗读出来。亨利对 1953 年前和 1953 年后的单词都表现出了类似的知觉识别启动，因为其大脑后部的视觉皮质是用同一方式对有意义的字母串（blizzard）和无意义的字母串（granola）进行加工的。[24]

包括亨利在内的遗忘症患者都在诸如启动等非陈述性记忆任务中表现出学习的迹象。但亨利没法对新词产生单词填充启动则是个例外，而导致这一缺陷的直接原因便是其无法巩固和存储 1953 年后的单词。在这项启动任务中，尽管他从电脑屏幕中看到了 granola（格兰诺拉燕麦卷）、crockpot（克罗克电锅）、hacker（黑客）和 preppy（预科生）等单词，但其心理词典中却无词条可激活。他无法从阅读单词中受益，所以不大可能会用 granola 来填充 GRA。他的表现表明，对相同的单词来说，他支持这种启动的大脑回路不同于支持知觉识别启动的大脑回路。我们的大脑也是如此分工的。[25]

尽管亨利一再证明，自己已无法形成新语义记忆、无法学习和存储新事实，但他偶尔却能记住一些我们从未指望他能记住的事情，我们对此很是惊讶。一天，研究助理艾迪斯·沙利文与亨利闲谈时问道，听到艾迪斯这个名字会想到什么。他回答“艾迪斯·邦克”，艾迪斯吃惊极了，因为艾迪斯·邦克是电视剧《全家福》中的虚构角色，该剧于1971年首播。第二天，沙利文又提起了这个话题，问道：“该剧的主角叫什么？”

“阿尔奇·邦克。”亨利答道。

她又问道，阿尔奇·邦克怎么称呼他的女婿，并补充“那称呼不太好听”。

亨利想了好一会儿，答道：“白痴。”

这些令人惊奇、且似乎随机的新记忆仿佛漂浮在空旷海面的浮木不时出现。对于我们这些已看惯亨利不记得事情的人来说，它们就像一个个小奇迹。早年时期，亨利的母亲常常认为他的情况在改善。她告诉我们：“他知道一些无关紧要的事情。”现在想来，亨利显然是患有永久性遗忘症的，而这些零碎记忆的出现只是例外，并非普遍现象。相较于正常人而言，亨利记住其人生经历的能力简直糟糕透顶。1973年的他无法识别当时新闻常出现的名词，如“水门”、“约翰·迪安”和“圣克莱门特”，尽管他每晚都能在电视上多次听到。他不知道当时的总统是谁，但当被告知是“N”开头的姓名时，便会回答“尼克松（Nixon）。”

1973年的7月，我问亨利能否与我说说有关太空实验室的事情。他答道：“我想，呃，这是在太空对接的地方。”他还正确地说出，当时的太空实验室里有三个人，但又立即补充道：“但我在自我争论中，是有三个人还是五个人？”我问他：“在那里移动是什么感觉？”他回答：“嗯，他们会失重。我想，磁铁将他们吸在金属零件上，这样的话，他们便不会漂走，而且吸在金属零件上后，他们可四处走动，停留在一个区域，不会被迫移动（原文如此）。”亨利欣然接受了诸如电脑测试等新技术，但在其他方面，他却无法跟上时代的变化。他有一次错误地将嬉皮士描述成舞蹈家。世界已改变，但亨利的世界却基本原封不动。

亨利多年来表现出的些许记忆促使我们对其语义记忆进行更深入的研究。我们决定重新检测他对名人的了解，因为他广泛接触杂志和电视，一直通过它们来获取有关名人和大事的信息，所以我们便利用了这一点。2002 年的一项实验探索了七十六岁的亨利对术后出名人物的细节记忆，并进一步揭示了其语义学习的深度。我们以前的研究并无探索其术后获取信息的深度。他在以前实验所回想起的信息片段十分稀少，其中，这些片段要么是通过陈述性学习记住的，要么是通过非陈述性学习记住的。（另外两组的记忆研究人员都表示，他们组内的一名严重遗忘症患者在经过数周的训练后可逐渐学习和保留新的语义事实。这两名患者可通过行为来表现其获取了极少的事实性知识，但却无法有意识地记住学习片段，所以该种学习是非陈述性学习。）[26]

我们的两名研究生在研究过程中解决了一个争议不断的问题。一些研究人员预测，海马外的脑区完全可支持一些有意识的语义学习。但另一个实验室认为，遗忘症患者的情景记忆回路与语义记忆回路同样受损，因而对于亨利这样无情景记忆的患者来说，语义学习是不可能的。我们设计了实验来揭示人们获取语义知识的途径。我们的实验受到新理论问题的激发，即所有新信息是否都以情景片段的形式进入大脑、随后成为一般知识？例如，你十二岁在沙滩第一次吃桃子味冰激凌时发现自己喜欢它。经过多年后，你已忘记了这个情景，但却仍将桃子味冰激凌视为你的最爱。该事实刚开始为情景记忆，但后来便成了语义记忆。这样一来，问题就来了：难道所有记忆都必须作为情景记忆开始？或者它们能否绕过情景记忆回路，以语义知识的形式进入大脑？海马是情景学习所必需的，所以我们也可用这样的方式表述上述问题：海马无法正常工作时，语义学习能否发生？亨利的海马完全受损、且他几乎无情景记忆，所以他是检验该假设的最好人选。[27]

在初步实验中，我们要求亨利在听到名人名字后迅速说出其立即想到的姓氏来完成一个姓名。这项任务并不要求完成的姓名是名人姓名，即任何姓名都行，所以，内隐记忆（非陈述性记忆）可在无意识的情况下自动支持他的表现。例如，亨利在听到雷（Ray）后说出了查尔斯（Charles），这并不是因为他知道雷·查尔斯是个名人，而是因为他以前在先后听到或读到雷和查尔斯时无意识地将它们联系在一起。查尔斯就这样突然浮现在他的脑海里。对于在其术前出名的名人名字，亨利完成的姓名中有 51% 是名人姓名；令人惊讶的是，对于在其术后出名的名人名字，亨利完成的姓名中竟有 34% 是名人姓名。他完成的名人姓名有索菲娅·罗兰（Sophia Loren）、比利·琼·金（Billie Jean King）和马丁·路德·金（Martin Luther King）等等。尽管亨利获取此类信息的能力相较于健康参与者的明显受损，但实验结果表明，他对术后出名人物的了解足以支持他们姓与名之间的联系。[28]

接下来的一天，我们提供名人的有意义提示，如“著名男艺术家、1881 年出生于西班牙、创建了立体派、作品包括《格尔尼卡》”。我们给出线索，并问道：“当我说帕布鲁时，你想到的第一个单词是什么？”这种提示公平地地促进亨利说出术前和术后成名的名人姓氏。他从 1953 年前出名的人物语义提示和 1953 年后出名的人物语义提示中获得的收益相当，而这一事实表明，他获取的新知识与其术前知识一样，都被纳入了图式中。这种安排有序的语义网络，即相关信息的集群，能够支持有意识的回忆。这一发现进一步证明，亨利可进行受限的陈述性语义学习。[29]

在一项关键的同伴实验中，我们通过集中研究亨利可提供的名人细节数量来调查其新语义知识的范围。首先，他会看到两个并排的姓名，其中，一个是名人姓名，另一个则是从波士顿地区电话簿中随机挑出的姓名。当他被问及“哪个是名人姓名？”时，对于术前便遇见的名人姓名，其正确率为 92%；对于术后才遇到的名人姓名，其正确率竟有 88%。亨利每次选择后，我们都会问他一个关键问题：“这个人为什么会出名？”尽管亨利为 1953 年后出名的名人提供的语义信息相较于对照组的很贫乏，但结果却是惊人的。他能为十二名 1953 年后出名的名人提供准确、且不同的信息。他知道朱莉·安德鲁斯“因在百老汇唱歌而闻名”、李·哈维·奥斯瓦尔德“刺杀了总统”和米哈伊尔·戈尔巴乔夫是“俄罗斯议会的首脑，因演讲而闻名”。[30]

该项研究表明，一些语义知识可在海马无作为时被获取。尽管亨利的海马病变，但他仍有能力了解在其术后成名的人物，并提供了强有力、明确的证据证明，至少一些语义学习可在无情景学习的情况下发生。[31]

尽管语义学习在哪种程度上可在无海马功能的情况下发生很

值得一探，但同样值得注意的还有：这种学习与对照组的学习有何不同。亨利能忆起一小部分对照组已熟知的名人信息。此外，他忆起的术后名人信息相较于他忆起的术前名人信息量，以及对照组忆起的术后名人信息而言较为贫乏。他无法提供一些自己选择为名人姓名的名人性别，例如，他说小野洋子是“日本的一名重要男性”。而且，比起远期成名的人物信息，对照组更能回想起近期成名的人物信息，这与健康人的一般遗忘模式一致，而亨利却有着相反的表现模式。他提供术后名人信息的能力是不稳定的。例如，他在早期评估其对名人的了解中曾成功识别罗纳德·里根是总统、玛格丽特·撒切尔是英国政治家，但在此次研究中却无法回想起他们的职业。而且，他在这次 2002 年的研究期间表示，约翰·肯尼迪已被暗杀，但在早期实验时却说肯尼迪还活着。[32]

亨利表现出的语义知识具有局限性，这一局限性表明，他学习所依赖的机制与健康成年人自发获取大量语义知识所依赖的机制不大可能是一样的。特别是，他没有快速学习任何语义知识的能力，这大概是因其双侧海马病变而导致的。他唯一的学习机制是通过缓慢学习。在缓慢学习中，信息的不断重复使他最终获取部分信息。[33]

在解释这项研究的结果时，我们必须考虑亨利对有限语义信息的习得是否代表陈述性学习，而非非陈述性知觉学习——即通过视觉曝光而自动获取的信息。亨利的学习与非陈述性记忆有数个重要方面的不同。首先，陈述性记忆的一个特征是人们可通过自觉意识轻松获取它，且可自愿以文字或图像的形式来进行回忆。相反，非陈述性学习只能通过重新执行学习知识的任务才可获得。亨利能自由回忆起术后出名人物或事件的具体细节，如约翰·格伦是“首个火箭手”和约翰·肯尼迪的暗杀事件等，但数量有限。其次，非陈述性记忆的体现是由其获得的方式严格决定的，而语义知识却可灵活地根据各种相关刺激而被扼要重述。亨利反复检索少数名人的信息，无论我们用何种具体语言或刺激的形式（文字和图片）来设置问题。第三，亨利听到名字后说出姓氏的能力可被解释为一个由非陈述性记忆支持的自动应答反应。他从术后出名的人物语义提示与术后出名的人物语义提示中获得的收益相当，而这一事实表明，新知识与其术前知识一样被纳入可支持有意识回忆的语义网络。基于这个证据，我们得出以下总结：亨利能进行少量的陈述性语义学习。这种不寻常的学习发生在亨利大脑的哪里？可能的地方有：海马病变附近、且与记忆相关的剩余皮质，即鼻周皮质和海马旁回皮质，以及存储信息的巨大皮质网络。[34]

为什么亨利在该项研究中表现出对名人的语义学习，但在上个研究却无法学习新词汇呢？一种可能性是刺激在暴露次数与类型上的差异。名人为信息编码提供了更为广泛的机会，而且亨利可能在许多场合以及丰富的情境下遇到诸如约翰·肯尼迪和约翰·格伦等姓名。他每晚六点至七点都会看新闻，而且他也经常阅读杂志。存在于日常生活中的各种暴露可能会比在实验室中处理诸如 minatory（恐吓的）、egress（外出）、welkin（苍穹）等独立词产生更为丰富、更灵活的记忆痕迹。另一种可能性是展示给亨利的姓名可能使其至少可在一些情况下利用术前获得的相关信息。例如，他之所以记住约翰·肯尼迪的细节有可能是因为其在 1930 年代至 1940 年代得知了肯尼迪家族的信息；同样，莱莎·明奈利的父母是著名电影导演文森特·明奈利和著名歌手兼演员朱迪·加兰。[35]

亨利的术前知识似乎帮助他完成另一项的实验。这项实验使用了亨利最爱的消遣方式——填字游戏。我们在 1998 年至 2000 年进行该项实验，旨在寻求三个问题的答案：与健康参与者相比，亨利有多精通于填字游戏？他能解决与术后事件相关的术前线索吗？反复接触相同字谜后，他解决字谜的准确度或速度会提高吗？使用专门为亨利设计的测试字谜后，我们收集了更多证据证明，他可将新语义信息固定在旧的语义记忆中。我们设计了三种各含二十条线索的填字游戏，且涵盖了不同时期的语义知识。其中一种填字游戏使用了 1953 年前便熟知的历史人物及事件，其线索诸如 1930 年代打破本垒打记录的棒球运动员等等。我们将该种填字游戏称为“前前字谜”，并预估亨利可破解这类线索。另一种填字游戏使用的线索是基于 1953 年后出名的历史人物及事件，如杰奎琳·奥纳西斯的丈夫、担任美国总统时被暗杀。我们将这种填字游戏称为“后后字谜”，并预估亨利无法破解这类线索。最后一种填字游戏则结合了以上两个时期，将 1953 年后的知识（如：沙克疫苗成功治疗的儿童疾病）作为线索，但其答案（小儿麻痹症）却为 1953 年前的知识。我们将这种填字游戏称为“前后字谜”，并认为亨利在解决字谜时很有可能会运用到他的旧知识。亨利能以自己喜欢的方式完成每一道谜题，且能清除原先的答案。我们没有规定时间，只让亨利在完成每一道谜题时告诉我们一声。亨利在连续六天的时间里每天都完成了内容不变的三种字谜。每种字谜只会在特定的一天呈现一次，而亨利在开始下一种谜题前会有短暂的休息时间。每次测试结束时，研究员都会向他展示正确答案，而亨利则会纠正其拼写错误的单词，并在空白处填入正确答案。[36]

我们很好奇，亨利反复接触第三种字谜——1953 年后的线索和 1953 年前的答案——的正确答案后最终能否运用其 1953 年前的语义知识网络来填入正确答案？我们认为，这的确是个可能性，因为我们以前的证据表明，他偶尔可运用其现有的心理图式来获取新事实（约翰·肯尼迪被暗杀）。对于 1953 年前的字谜，亨利的准确率极高，且其表现一直不错。但他一直无法破解两条最困难的线索，即卓别林和格什温，且其总成绩在六天的测试中并未改善。对于 1953 年后的字谜，他的准确率果然很低，其表现也并未改善。然而，与“前前字谜”和“后后字谜”的测试结果形成鲜明对比的是，对于五天的“前后字谜”测试，亨利的表现却得到了改善，因为他可将新信息与其术前便建立好的心理表征相联系。他成功学会将六个字谜答案的术后信息与术前信息联系起来，这六个答案为小儿麻痹症、希斯（Hiss）、《飘》、艾克（IKE）、圣路易斯和华沙。这种改善与一般观念一致：当信息对遗忘症患者有意义时，即当患者可关联信息时，信息便可促进患者进行新的语义学习。[37]

在这项填字游戏实验中，亨利展现了学习字谜线索答案的能力，使其能从术前知识中受益。当他告诉我们一些他选为名人姓名的名人信息时，这个将术后信息与术前信息相联系的机制也在运作。他可编码、巩固、存储和检索少量的名人信息，如他知道约翰·肯尼迪“成了总统；有人向他开枪、而他未能活下来；他是天主教徒”。[38]

亨利偶尔有巩固和检索新语义知识的能力，而心理图式的概念则为这种能力提供了有趣的解释。英国的弗雷德里克·巴特利特勋爵原先是哲学家，后来成为一位杰出的实验心理学家。他于

1932 年引入了图式概念。基于自己对健康受试者的记忆表现研究，巴特利特写道："回忆并非重新激发无数、且永久无生命的零碎痕迹。"相反，他认为回忆是一个积极的过程，是一种能力，旨在创造性重建你对世界的内在表征。他将这些安排有序、不断变化的块团命名为"图式"。当亨利试图解决"前后字谜"时，他可能一直依赖旧知识的一种持久结构化表征——图式——来理解、存储和回忆新信息。[39]

当我们观看一场政治辩论时，我们会看到候选人详细介绍其政策和实施方案。随着问题及回答的展开，我们将新信息放入一个心理框架，而该框架能使我们理解、评估和巩固每位候选人的想法。一段时间过后，选举日前夕到了。我们可参考自己已更新的心理图式，并做出给谁投票的明智决定。我们之所以能高效地做出选择是因为我们已将相关语义信息存储在一个井然有序的知识体系中。亨利保留了其术前建立的心理图式，且偶尔能利用它们来记住一些新事实。

2007 年，爱丁堡大学的神经科学家在动物身上进行了有关图式学习的实验。他们训练正常的老鼠，使它们能将不同的食品调味剂与小舞台上的特定位置相联系，其中，老鼠对该舞台十分熟悉。最初，这些老鼠形成了六个味道与位置的联想。例如，它们通过反复试验后知道朗姆酒味的粮食粒在一个地方，香蕉味的在另一个地方，而培根味的则在其他地方。这些老鼠还可在六个砂井中挖取奖励。在学习过程中，它们收到起始箱内特定食物的线索，并找寻含有相同食物的砂井（线索回忆），这便是它们的任务。如果它们挖到正确的砂井，它们便会得到更多量的食物作为奖励。经过数周的训练后，它们获得了该项任务的联想图式——它们已将每种味道映射到舞台上的特定砂子中。[40]

研究人员随后思考，拥有这种图式是否将促进新联想（味道与位置）的编码和巩固，并使这些联想迅速融入现有图式呢？他们封闭了两口砂井，且开启了各含一种新味道的两口新砂井。这些老鼠分别进行了一次有关新味道与新位置的奖励试验，然后休息了二十四小时。当研究人员测试它们对这两个新联想的记忆时，它们选择了正确的砂井进行挖掘，而非已封闭的砂井。它们仅在一次试验中就获得了新联想，并记住了二十四小时。这表明，联想图式的早期学习有助于这一过程。又过了二十四小时后，研究人员开始为老鼠进行手术，旨在破坏其海马。当老鼠从手术中恢复过来时，它们仍记得原始图式的位置，而且令人吃惊的是，它们还记得两种新味道及其所属砂井的位置。这两个新联想已被迅速巩固、存储在海马之外，或许是被存储在皮质中。显然，老鼠已学会一个联想图式，其中，该图式包含味道到舞台位置的映射，并提供了一个框架来帮助老鼠保留这两个新联想。[41]

亨利在术前的二十七年里成功建立了许多图式，并将其存储在皮质中。尽管其颞叶内侧病变阻碍其学习新联想，如卷心菜与笔的联想，但他有时可利用术前便已巩固、且存储在长期记忆的图式库。例如，他在解决“前后字谜”时成功写出小儿麻痹症、希斯（Hiss）、《飘》、艾克（IKE）、圣路易斯和华沙，而这种学习可能依赖于其术前获得的图式。这些存储的、且井然有序的信息可能便是他术后能巩固一些新事实的原因。他在电视上看到和听到的东西可能激活、更新了一些与政治家、电影明星和科技相关的长期图式，使其能记住约翰·肯尼迪、朱莉·安德鲁斯、李·哈维·奥斯瓦尔德和米哈伊尔·戈尔巴乔夫，并将太空实验室定义为“一个在太空对接的地方”。

亨利学习一般知识碎片的能力如何影响其日常生活？我猜想，他觉得自己认识比克福德疗养院的一些人，且到各处都可说出一个名字，所以他感觉自己是和朋友们在一块。1983 年，当他从麻省理工学院回到比克福德时，一名工作人员说，他好像很高兴自己能回来，而且似乎记得他的同伴们。他看电视时一定对一些新闻主播和情景喜剧演员的样子和声音感到很熟悉，所以他可将他们与其电视伙伴联系起来。亨利在疗养院里认出了一些元素：他的房间、休息室、饭厅、坐在他轮椅上的狗、与他调情的女人以及照顾他的众多助手。虽然他与世界的交往极不正常，但他身边的确有一些能让他安心的人员。总的来说，尽管他遭遇了悲剧，但仍勉强生活着。

亨利拥有术后获取新语义知识片段的能力，而且我们有许多引人注目的例子可证明这一点。然而，与对照组相比，他始终存在的障碍清楚地表明，1953 年的颞叶内侧结构切除术已摧毁其获取大量新语义信息的能力。他的知识存在着这种差距，但他仍可思索自己的个人世界和进行有效的沟通。他拥有出色的词汇量，对世界大事件和名人也有着深刻认识，但这些知识却被时间及时冻住了，成为二十一世纪上半叶的信息档案。

第十二章

声名鹊起，健康堪忧

斯科维尔和米尔纳于1957年发表合著论文《双侧海马病变引起的近期记忆丧失》后，亨利逐渐成为名扬神经科学界的人物。1970年，他的故事开始出现在心理学和神经科学的教科书上；到了1990年代，几乎每本论述记忆的教科书都将其作为案例研究。科研论文经常提及他，强调他是一些特定实验的灵感来源。每名年轻的心理学家和神经科学家都在学校学习过H.M.，H.M遗忘症的描述是衡量其他记忆障碍患者严重程度的标准。随着我们对亨利的持续研究，他成为神经科学领域中接受了最全面研究的患者。[1]

到了1970年代末，我已成为亨利的主要联络人，任何想研究他的人都必须先与我联系。汉斯·卢卡斯·托伊伯于1977年去世，布伦达·米尔纳虽仍对亨利的病例保持着浓厚的兴趣，但已着手研究其他课题。我便接手了这个病例。亨利住在距离麻省理工学院仅有两小时车程的比克福德疗养院，所以，无论是他来我的实验室，或是随着其年龄的增长，我和同事去比克福德看望他，都会很方便。

多年来，许多研究人员来到麻省理工学院，旨在测试亨利以进行其研究。但我强烈认为，亨利不应该和每一个想见他的人都见面。若我敞开大门、让所有感兴趣的研究人员都可对他进行测试和采访的话，那么这种对任何人的开放不仅将会不断消耗他的时间和精力，还将过分利用他的记忆障碍以及乐于助人的好心肠，而这对他来说是不公平的。很多人渴望能与亨利进行简单交谈，但我不想让他成为“杂耍表演者”——没有记忆的男人。因此，我要求任何想研究亨利的人需先访问我的实验室，并在我们的每周会议上展示他们拟定的研究方案。我想先确保他们的实验都是精心设计的，这样，从亨利身上收集到的数据便能得出有意义的结论。我的要求可能让一些人很失望，但却免去了亨利被无聊的调查所打扰。

自1966年起，共有一百二十二位科学家有机会与亨利一块工作，他们不是我实验室里的成员，便是来自其他机构的合作者。我们合起来调查了十分广泛的课题。加利福尼亚大学圣迭戈分校的一名记忆研究学者过来研究亨利的语义知识。马萨诸塞州坎布里奇市罗兰研究所的一名视觉科学家研究了亨利与一组阿尔茨海默病患者的一个视知觉方面的问题，旨在查明记忆障碍是否影响他们在一项视觉后效任务的表现。加利福尼亚大学洛杉矶分校的一名神经科学家在亨利检测屏幕上的不同目标时进行脑电图记录。

尽管每位来访的科学家都已广泛阅读过有关亨利的论文及亨利的病例，但有些科学家仍觉得亲自与他见面的经历很惊奇。一位同事理查德·莫里斯回忆说，他和一组海马研究人员一同与亨利见面。后来，他给我写了这个便条以描述当时的场景：

我们坐在一个房间里，他走了进来。我们就这样与他见面了。他在很多方面与你论文中的描述相同——很谦恭、很有礼貌。刚开始谈话时，你不会觉得他有任何不妥。只是在见一位亲切、和蔼的老人罢了。但后来，一两件事发生了，慢慢地，各种事情重复发生，这便开始显露他的不对劲。

我们中的一个人离开房间的机会出现了，事实上，这个人就是我。我们与他交谈了半小时左右，然后我起身离开了房间。我故意在房间外逗留了约十分钟，然后重新加入谈话。当我的同事再次将我介绍给他时，他就像不知道我曾在那里一样，说道："很高兴见到你，"然后指着一张空椅子，"那里有张空椅子，你去坐那儿吧。"当然，那张椅子就是我曾坐过的椅子。这正是我们在出版文献中所看到的那样，但亲眼看到，还是觉得很惊奇。

亨利过着隔绝、且高度受限的生活。我实验室的成员、与他互动过的其他同事以及麻省理工学院临床研究中心和比克福德的工作人员都对其真实身份极度保密；他未去世前，外界只知道他叫 H.M.。然而，在二十五年间，他和他的故事变得越来越有名。他的病例引起了记者、艺术家及公众的关注，同时也引发了有关实验性医疗干预措施的伦理问题。人们对这种深刻而又不断发展的遗忘症故事着迷不已。

比克福德的工作人员知道亨利对世界有特殊重要性，而且我叮嘱他们不要在疗养院外讨论他及其病例。我收到了许多媒体想采访、录像的请求，但我拒绝了，以免他有过多的曝光。同时，我不允许实验室的成员对他进行拍照或录像，且据我所知，没有此类录像存在。不过，我的确允许科学作家菲利普·J·希尔茨与亨利见面、并在实验室逗留，旨在方便其撰写一本名为《记忆的幽灵：M 先生的异事及记忆的本质》的书，该书后于 1995 年出版。希尔特与亨利进行了广泛的交谈，且他在实验室收集资料时还有专属的办公桌。

随后，电台节目播出我与亨利于 1992 的谈话片段。这些谈话片段给亨利不带个人色彩的病例研究中添入了人的声音，更有助于公众和科学家对他的了解。此次谈话同时也清楚揭示了他记忆的缺失，因为他将相同想法重复了数次，且无法说出当前月份、年份或是午餐吃了什么。

亨利于 1980 年 12 月搬进比克福德时，我正陪着他。赫里克夫人从其哈特福德市的家出发，开车将亨利及其少数行李送往离家的十五英里处，即比克福德疗养院。他被安排在二楼的一个房间。该小型机构以柔和的绿色为基调，墙纸印有花形图案，放置着橡木家具。亨利很好地适应了在比克福德的生活，而且那里的工作人员说他很温和、合作，并与其他的患者相处融洽。赫里克夫人于次年去世后，那间疗养院便成了亨利世界的中心；他作为居民，在那儿度过了其生命的最后二十八年。

亨利在比克福德有了新的生活方式。首先，那儿的工作人员给予他无微不至的照顾；其次，那是一个更具社会性的群体环境。近三十年来，亨利住过不同的房间（经常与一名室友同住），目睹过疗养院进行大规模的翻修，并与许多不同的护士和助手进行过交流，其中，有些护士和助手与亨利一样，在那儿待了二十年。在那段时间里，亨利成了疗养院里的宠儿，大家都认识他、喜欢他。我实验室的成员都会给他发送自己的照片，这样，他的公告栏就会和其他患者的房间一样有人情味。

对亨利而言，每一次相遇都是转瞬即逝的，因为他无法存储有关事件和事实的记忆。然而，尽管他记不起姓名或细节，许多工作人员却认为，他还是能感觉出他们是谁的。亨利在那个环境中是个与众不同的患者。他初到疗养院时五十五岁，比其他大多数居民都要年轻。此外，他还聪明、机敏，且健康状态相对良好。然而，照顾亨利与照顾痴呆症患者在某些方面很相似。痴呆症患者也会忘记近期事件和信息，如护士的姓名，但仍可讲述他们的童年及其成长的城镇。亨利同痴呆症患者一样需要提醒才能进行日常活动，连最简单的日常活动也是如此。他是个思维敏锐的成年男子，但必须像孩子一样受到监督和指导。

亨利对待比克福德的工作人员总是很有礼貌。与他们打招呼时，他脸上总挂着大大的笑容，并露出酒窝；他也经常因需要他们的帮助而道歉。对于记忆力如此严重的人来说，亨利出奇地随和。与护士和助手交流时，他很高兴，且似乎从不感觉紧张或不自在，好像每个人都是他的老朋友。

亨利在疗养院的生活并不像他在家与父母或是后来与赫里克夫人一起度过的生活那样简单，他有了许多参与活动和与人交流的机会。总的来说，他在一对一谈话中很活跃，但在群体谈话中很安静。他愿意参加各类活动，如合唱练习、宾果游戏、圣经研读、观看电影、朗诵诗歌、手工艺和打保龄球。他会在休息室看电视，还喜欢坐在疗养院前的小院子里。他继续玩填字游戏和其他字谜；我的实验室每月都会给他订阅一本填字游戏书，这样，他便总有新填字游戏可玩。他参加了在养老院举行的特别活动，甚至还在一次夏威夷派对上跳起了草裙舞。他在制作手工艺时是个完美主义者，而这便显现出他早些年作为熟练工人时对细节的把控。我最珍贵的东西之一便是一把亨利制作的木制勺子。亨利将勺子涂成蓝色，并用海绵纹理以及白色花瓣和红色花蕊的小花朵进行装饰。这把勺子是比克福德的工作人员在我最后看望他时好心给我的。

亨利是个动物爱好者。我有一张他的照片，照片里的他还是个青少年，且怀里抱着两只小猫。碰巧的是，比克福德养了许多宠物。有一阵子，那里养了一只兔子，然后亨利喜欢将它抱在自己的腿上。一只名为路易吉、且会唱歌的澳洲鹦鹉在那里住了十几年；其他的宠物还包括相思鸟、雀和长尾小鹦鹉。亨利很喜欢观赏小鸟。一条名为莎蒂的黑白狗在刚来疗养院时还是只幼犬，陪伴了亨利的整个居住时光。在他生命的最后几年里，它经常坐在他轮椅旁，而他也会轻轻拍着它。

尽管亨利无法形成通常意义上的人际关系，但他确实与其他患者互动着，且与比克福德的工作人员有着轻松、密切的关系。他和居民们一块在饭厅的木制圆桌吃饭，且他似乎更喜欢男性居民的陪伴。住了几年后，他与一位名为查理的患者成为了朋友，且经常一块儿看电视。1985 年，工作人员报告说，亨利喜欢玩扑克牌和只限男性参加的木工活。他告诉护士，他想“轻松一下”，并成为木工中的一员。后来，他终于与一位名叫佩吉的女性患者交了朋友，有一次二人还被选为疗养院的舞王和舞后。

亨利从未对女性表现出性趣，且其行为始终得体。事实上，他曾在公共场合被一名美丽的女患者性骚扰过，那时他很尴尬、困惑。护士告诉我，只要那名女患者不说“不适当的性暗示和性语言”，他便会和她待一起。一旦她说了，亨利会回答：“哎呀，我不能那样做。我的医生告诉我，我不能那样做。”但若她表现良好，“他会和她握手，然后他们便开始谈论很多事物。这画面真的很美好。”

然而，他在疗养院的生活并不总是一帆风顺的。他有时候会出现困惑、沮丧和愤怒的情绪。有时，如果其他患者大声吵闹或看他不想看的电视节目，他就会变得烦躁不安。他很容易因噪音或其他诸如腹痛和关节痛等身体不适而被激怒。尽管他仍是个风度翩翩、脾性好的患者，但有时会显得焦躁不安，并做出些怪异的举动。毫无疑问，这其中大部分是由于他的记忆障碍以及他无法将其需求和愿望告知工作人员而产生的。想要查明和解决他问题的根源很复杂。亨利可能很困惑，又无法说出恼怒的确切原因，所以只好将其怒火都发泄出来。当他无法处理自己愤怒、痛苦、悲伤或沮丧的情绪时，他便可能会通过击打某物、投掷物体或威胁要从一楼窗户跳出去来进行应对。

1982 年的一个夜晚，亨利离开床，跌跌撞撞地走出房间，并大声叫喊说，其他患者的噪音让他睡不着觉。他挥拳击打工作人员，然后用手猛砸墙壁，还好没打到一名护士。两名警察赶到了事故现场；亨利被注射了抗焦虑药物，开始平静下来。第二天，当被问及是否记得前一天晚上发生的事情时，他回答说：“我不记得事情，这也是我的问题所在。”当被追问是否记得两名身材高大的警察时，他回答说：“有时候不记得更好。”

1982 年秋天，亨利生气的次数比以往频繁。他这种强烈的情感表现让人联想起他在 1970 年有过的两次情绪爆发：一次是发生在家里（其母亲在场），另一次则是发生在其工作的地方，即地区中心。麻省理工学院的临床研究中心有亨利专属的房间，且环境也较为安静，所以他来这里时从未有过情绪失控。他在这里得到了贵宾般的待遇，同时也有很多积极的社交互动。与我实验室成员的见面能使他保持良好的精神状态，同时也使他展现出其性格中最好的一面。他很享受脑力锻炼和社交刺激。亨利在比克福德的情绪发作和应激性行为让工作人员不得不在 1982 年 10 月考虑将其送往附近一家位于康涅狄格州纽因顿的精神病院。幸运的是，他的行为无缘无故便恢复正常，所以他也不必要离开疗养院了。经过这次事情后，虽然亨利有时还会情绪发作，但这些发作都在工作人员可处理的范围之内。

自 1980 年代起，亨利便一直把我看作其高中同学。对于这种错误的认识，最合理的解释是：在其 1966 年至 2002 年定期来访麻省理工学院期间，他已逐步建立起一个心理图式，且该图式将我的样貌、姓名、职业和临床研究中心都结合、联系了起来。他一定对我有种莫名的熟悉感。若我给他一张写有以字母 C 开头的姓氏名单，并问他哪个是我的姓氏，他会选择 Corkin（科金）。1984 年，我问了一个问题："我是谁？" 亨利回答说："女医生……科克林（Corkrin）。"（他曾多次使用这种独特的亨利式说法"女医生"）当被问及是在哪里认识我时，他回答说："东哈特福德高中。"在 1992 年的谈话期间，我与亨利进行了以下交流：

苏珊·科金（SC）：我们俩以前见过面吗？

亨利·莫莱森（HM）：是的，我觉得我们见过。

SC：在哪儿？

HM：嗯，在高中。

SC：在高中。

HM：是的。

SC：哪间高中？

HM：东哈特福德的高中。

SC：那见面那年是哪年呢，大约？

HM：1945 年。

SC：我们在其他地方见过吗……

HM：或者是 1946 年。你看，我回到上一个问题了，因为我记得自己跳了一级。

SC：好的。除了高中，我们在其他地方见过吗？

HM（停顿）：不瞒你说，我无法——不，我不觉得我们在其他地方见过。

SC：为什么我现在会在这儿？

HM：嗯，我猜你正在采访我。这便是我现在的想法。

我在采访时忘记问他我的名字了，于是在回房间的路上问了他。他先说："我不知道"，但又接着说，"我觉得是贝弗莉。"我说："不，我叫苏珊。"然后他说："苏珊 · 科金。"2005 年 5 月，比克福德的一名护士对亨利说："我刚刚在和你波士顿的朋友苏珊谈话。"然后他立即说道："噢，科金。"尽管他已对我的名字和姓氏形成联想，但当被明确问及我是谁时，他却不知道我是谁。

但他对斯科维尔这个名字却铭记在心，因为他在术前便听过它。亨利在比克福德时经常提起斯科维尔医生，且将这个名字与其自身对医学的理解相联系。他甚至还利用这种联系来试图达到自己的目的，并告诉人们，"斯科维尔医生说，你应该这样做"或"斯科维尔医生说，这应该是这样的。"有一次，亨利的室友受够了，并说道，他听腻有关"斯谷勃尔医生"的事情了。亨利迅速纠正了其室友的发音。

除了其记忆障碍外，亨利随着年龄的增长开始出现老化问题，其身体有越来越多的病痛，而且他做些简单的日常任务都很困难。他跌倒过很多次，有时跌倒后会失去意识或受伤；1985 年的一次跌跤导致其右脚踝和左髋部骨折。次年，六十岁的他还接受了左髋关节置换手术。这两次事件后，他进行了数周的物理治疗，并学会了独立使用助行架。亨利以前便有行走困难的问题，其步履总是很缓慢、且步态笨拙。即便如此，他还是学会了如何使用助行架，而这便是他可习得运动技能的实证。不过，他偶尔会忘记自己需要助行架，然后尝试独立行走，但失败了。他的这些尝试有几次还导致自己跌倒得更频繁。他完好的非陈述性记忆与其缺失的陈述性记忆之间的对比是很惊人的，而该对比在以上例子中还是危险的。

1986 年 7 月，在其做完髋关节置换手术的住院期间，他出现了癫痫大发作和暂时性发热的症状。他的医生写信告诉我，亨利术后便“失眠、夜间焦虑，且害怕独处”。他会主诉其胃部不适、右耳耳鸣及臀部疼痛。他花了些时间才从手术中完全康复。1986 年 9 月，当他来麻省理工学院临床研究中心时，护理人员注意到亨利的行为很怪异，如频繁摇铃来说自己身体不适、睡不安稳、发表荒谬的评论以及脸上会出现“怒目而视的表情”。一名护士指出，亨利不再微笑或讲些他常说的故事和笑话。亨利行为的短暂改变可能是他在髋关节置换手术期间被注射麻醉剂所导致的副作用。年长者体内处理麻醉剂的能力不如青壮年，所以，残余的麻醉剂可能与术后给亨利的止痛药物相互作用了。对于老年人而言，麻醉剂的副作用可能会持续三个月或更长，因为药物完全排出体外所需的时间较长。最后，亨利不再有怪异行为，且恢复了正常。

亨利偶尔仍会癫痫发作，但已很少癫痫大发作了，一年就一两次，而且他的癫痫有几年根本没发作。他每隔一个月看一次当地医生，偶尔去哈特福德市的圣弗朗西斯医院接受急诊治疗。有时，他在麻省理工学院逗留期间会咨询治疗方案，并由坎布里奇的医生进行实施。由于其记忆丧失，他无法准确描述自己的身体状况，而这便给那些对他进行评估和治疗的医生带来了额外的挑战。麻省总医院的一名神经学家于 1984 年检查亨利后指出，亨利倾向于淡化其健康问题的严重性。他有时会担心成为别人的负担，而这种态度可能会导致其隐瞒自己的身体疾病。

经常困扰亨利的一个症状便是耳鸣。耳鸣是狄兰汀的常见副作用。他给那名神经学家大体讲述了自己耳鸣的状况，但却无法详细说明其耳鸣发生及加重的时间。不过，比克福德的一名护士给了我们更全面的描述，指出亨利的耳鸣在 1984 年反复发作了三至四个月。起初，他每周耳鸣数次，然后每天耳鸣一次。后来，亨利开始在其仍躺床上的大清早出现耳鸣。护士经常发现他将枕头盖住脑袋，烦躁不安，且拒绝别人的触碰或帮助。他有几次还想得到一把枪，这样他便可自杀来结束痛苦。在这段期间，他说自己耳边一直响起尖锐刺耳的声音，且持续时间为二至八个小时。这不是癫痫发作的症状，而且耳鼻喉科医师检查他后并无发现其内耳异常。那名麻省总医院的神经学家吩咐比克福德的工作人员将控制亨利癫痫发作的药物狄兰汀换为卡马西平，随后，亨利遭受耳鸣折磨的次数便减少了。

尽管亨利的耳鸣症状已减轻，但它仍然存在，有时还会导致他身体不适、心情躁动。他对噪音特别敏感，常常抱怨其他患者的喧闹声和他房里的空调声音过大。比克福德的工作人员几次发现他将棉花球塞进耳朵来降低吵闹声，且当环境特别吵时，他会拒绝进餐。而鉴于亨利的好胃口，这便是件值得注意的事情。除耳鸣外，亨利还主诉胃痛或颈部不适等模糊症状。工作人员发现，他们无法简单询问他是何种不适，因为他已忘记其不适的起因；相反，他们必须询问他具体的“是或否”问题来寻找治疗措施。有时他会卧床休息，然后其不适感便自行消失了。

数十年来，亨利一直是我生命中的一部分。尽管我作为研究人员必须保持不偏不倚的态度，但实在难以不去在意这个友好又温柔的人。1986 年，亨利在麻省理工学院庆祝其六十岁生日，而且我实验室的成员以及临床研究中心的工作人员还为他举办了一个派对；听到我们唱生日快乐歌和看到蛋糕和冰激凌后，他脸上挂起了灿烂的笑容。我们一直通过庆祝其生日、送其圣诞礼物和为其订阅填字游戏书来让他觉得自己是我们团队中的一员。在他生命的最后日子里，我每周都会联系比克福德的工作人员，并吩咐他们检查其身体状况。

在整个 1990 年代，亨利在疗养院的情况时好时坏。情况好时，他会微笑着向助手们打招呼，并眨巴着眼睛；情况坏时，他会因疼痛或不适而呻吟。他的生活节奏变得更加缓慢，语速慢了，行动也迟缓了，而且他进行日常任务时需要帮助。他变得不太愿意自己独立走动，有时还会坐轮椅去饭厅吃饭。1999 年的一次跌跤导致其脚踝骨折，进一步阻碍了他的生活独立性。尽管如此，他在 2002 年前还保持着相对良好的状态，但之后便又被病痛折磨着。他患上了骨质疏松症、睡眠呼吸中止症和间歇性高血压。在他去世后，我们从其尸检报告中得知，尽管他接受了定期的医疗护理，但他仍患有数种未确诊的疾病：动脉粥样硬化、肾脏病和结肠癌。这些疾病中的一个或多个可能便是他年老时大小便失禁以及需要经常去卫生间的原因。他七十五岁时已完全离不开轮椅，需要轮椅才能四处走动。然而，即便如此，他仍很聪明、幽默。2002 年 3 月，一名研究人员在比克福德逗留期间问亨利是否睡得不错时，他回答说:“我没有保持清醒来查明这问题的答案。”

从 2002 年至 2004 年，亨利在身心方面较为健康，仍可参加正式的认知测试。由于其行动不便，他来麻省理工学院会很不舒服，所以我们便开车前往比克福德来开展我们的行为实验。然而，在这段时间里，亨利还是多次前往麻省总医院马蒂诺生物医学成像中心进行了一系列磁共振扫描。我们让他乘坐救护车前往，旨在确保其乘坐舒适。每次他去该中心进行一天的扫描时，我们都会雇佣两名助手来照顾他。由于磁共振成像技术的最新进展，这些研究让我们得到了一张更为清晰的亨利大脑病变图，同时也使我们对其老化的大脑有了新认识。研究人员使用了磁共振图像来创建其大脑的计算机模型，并将该模型与同龄健康男性参与者的模型进行了比较。科学问题是，亨利大脑中的变化是否等同或超过对照组的变化？随着亨利年龄的增长，一个相关问题出现：除 1953 年手术造成的损伤外，他的大脑是否会有衰老相关疾病的迹象？有了这些信息，我们便能全面了解其神经基础结构，并理解其晚年的认知能力。[2]

即使用肉眼观察，一颗正常的八十岁大脑看起来与一颗正常的二十岁大脑也是大不相同的。大脑衰老后，其总体积便会减小，因此，大脑中部的脑室——充满液体的空间——变大。由于这种组织收缩，脑沟加深、脑回变薄，从而加剧了大脑表层（即皮质）的褶皱。然而，大脑质量的损失并不均匀；有些区域在衰老时会明显变小，而其他区域则相对保持不变。有了现代磁共振成像技术，我们可在短短一年的时间内在健康参与者的大脑中发现这些变化。在健康老年人中观察到的脑萎缩告诉我们，亨利的大脑会是什么样子，而仅是自然老化的结果。我实验室的研究也提醒着我们，白质完整性对复杂任务的执行具有重要意义。[3]

一些科学问题依然存在：大脑中的这些物理变化如何与特定认知能力的变化进行匹配？哪些已识别的晚年变化最能解释认知功能的丧失？即使人们健康老化，他们还是会出现一些认知衰退。其中，受冲击最大的便是工作记忆（例如，在脑海里将一大笔晚餐费用除以 14 来算出每位客人所欠的金额）和长时记忆（例如，记住在婚礼上遇到的所有人，包括他们的姓名及身份）。大脑内的所有复杂过程，如记忆和认知控制，都依赖于特定大脑回路内部及其之间的相互作用。因为白质束，即通信线路，必须保持开放和顺畅运行后才能达到其最佳功能，所以，我们可合理猜测，若某一特定区域的白质受损，那依赖于该区域的认知能力将被削弱。[4]

因为我一直与亨利保持联系，且能接触他的疗养院档案，所以，我知道他在其生命最后的二十八年里所经历的起起落落。到了 2000 年，他的健康又开始逐渐下滑。他那时吃饭都有点困难，或许是不愿意自己动手吃，尽管其体重仍在增加。他已很少癫痫发作，但却出现了一些认知障碍，如注意力下降、处理指令的能力减弱及意识障碍加重。他还出现了协调障碍、乏力，这使他在疗养院四周走动都极具挑战性，且他还经常跌倒。他的社交生活也走下坡路了；他经常选择不参加团体活动，在交朋友方面也出现困难，还时常表现出烦躁、愤怒，且做一些强迫性行为，如总去卫生间。他有焦虑和急躁的倾向；正如他自己所说的那样，“我总是很烦躁不安。”他讲话含糊不清，可能是因服用过多药物造成的。他还经常在其高背老人椅上睡觉。亨利的血氧含量有时会很低，所以，工作人员会将输氧管子放到其鼻孔中。他通常会把管子拿出来，有次还把它们放进了他的小便池里。

2005 年，亨利出现了数次癫痫大发作，他的认知能力和运动能力进一步下降，且他变得完全依赖于他人。尽管有这些障碍，他的日常生活似乎有所改善；他每周参加三至五次活动，且根据他的记录图表，“与同龄人有很好的社交互动。”他仍喜欢玩宾果游戏、填字游戏和文字游戏，有人还形容他是个“友好、有趣的人，且和他交谈很愉悦。”然而，可以肯定的是，这时的亨利患痴呆了，因为他的所有认知能力都已退化了。

遗忘症和痴呆症有何不同？纯粹的遗忘症，如亨利术后所患上的，包括记忆障碍，但没有额外的认知障碍。与此相反，痴呆症的特点是记忆严重丧失、且多个认知领域出现障碍，如语言能力、问题解决能力、数学能力及空间能力。痴呆症所带来的变化要远远超过健康老龄化所带来的，且亨利在 2005 年时已从患有遗忘症和健康老龄化跨向患有遗忘症和痴呆症了。我们在他的磁共振扫描图中发现了其痴呆的神经基础。

我们 2002 年至 2004 年进行的脑成像研究让我们得到了一张更完整的亨利脑老化图片，并补充了我们多年丰富的临床观察。他手术所带来的影响因老龄化带来的变化以及新脑部异常而恶化。磁共振扫描图显示，其灰质和白质中的轻度中风与手术无关，但源于与衰老相关的疾病，可能是高血压引起的脑白质病晚期，因为这些由于缺血和缺氧造成的脑组织局部死亡区域位于由高血压引起的脑部疾病的预期区域。我们还观察到，皮质下的灰质结构，如丘脑（整合感觉活动与运动活动的区域）和豆状核（位于额叶下方的运动区），出现轻度中风。这些轻度中风的累积可能便是造成亨利痴呆的原因。当我们将他的皮质与对照组的进行厚度比较时，我们发现了其痴呆症的深层关联：对其年龄而言，他皮质变薄的程度远高于正常预估范围，且其整个皮质区域普遍出现变薄现象，而不像我们在健康老龄化中所看到的那样，即变薄现象主要出现在某些区域。[5]

在其 1992 年和 1993 年的扫描图中，我们并未看到这些变化中的大多数，而这表明，它们是最近才出现的。我们从自己对健康老年人的磁共振研究中得知，他们的认知能力与脑白质束的完整性密切相关：白质最完整的参与者在记忆测试中得分最高。知道了这一点后，我的实验室专注于研究亨利白质通信系统的现状。我们发现，亨利的白质普遍受损，比正常预估的健康老龄化要更为广泛和严重。基于弥散张量磁共振成像的深入分析表明，脑白质束已丧失了其部分结构完整性，可能还丧失了部分功能完整性。他的手术也造成了额外的白质损伤。

我们将通过分析其解剖脑的磁共振图像来继续研究亨利的白质。我们将可利用一种新工具，即纤维束示踪成像技术，来追踪特定纤维束，从而定位白质受损的位置。我们将把这一分析结果与其解剖脑的实际白质纤维束解剖结果进行对比。一批经验丰富的神经病理学家将基于纤维束损伤的特点，来区分出那些与亨利手术相关的特定白质通路和那些与轻度中风相关的特定白质通路。在对其脑组织进行详细的神经病理学检查后，我们将完全知道亨利患的是何种痴呆。随着即将到来的微观分析，许多有关亨利大脑的问题都将迎刃而解。[6]

我在 1980 年代研究阿尔茨海默病时意识到了大脑捐献的重要性：只有在解剖时才能对这种疾病作出明确的诊断。随着亨利的身体状况开始衰退，我专注于确保我们能在其去世后研究其大脑。尽管我们可通过脑成像得知许多信息，但若要最终了解他其余组织的状态，唯一的办法便是进行显微镜检查。然后，我们将明确知道，其手术去除的是哪部分的灰质和白质，且哪部分的灰质和白质幸免于难。此外，我们还可记录任何与老龄化以及衰老相关疾病有关的异常。我向亨利及其法定监护人 M 先生（赫里克夫人的儿子）说明了在亨利去世后检查其大脑的重要性，并询问亨利是否愿意将其大脑捐赠给麻省总医院和麻省理工学院。他们于 1992 年签署了大脑解剖形式授权书。

2002 年，我召集了一组神经科学家来参加会议，旨在详细规划亨利去世时将要做的事情。此类会议往后还进行了许多次。我挑选了一些可为该项目带来不同专业知识的同事，并希望我们一同做出些非凡的事情。亨利已为世界的记忆知识作出了很大的贡献，但我想采用最先进的技术来成像、保存、分析和传播其大脑的信息，从而扩大这项研究的范围。该小组成员包括来自麻省总医院、加利福尼亚大学洛杉矶分校以及我实验室（位于麻省理工学院）的神经病学家、神经病理学家、放射科医师和系统神经科学家。我们在往后七年内进行的讨论确定了若干关键任务及其执行顺序。

我们知道这一重要性，即我们必须尽快在亨利去世后、且其组织坏死前得到他的大脑。为了达到这个目的，我们与比克福德的工作人员共同制定了一套计划：安排一名护士或医生正式宣布亨利死亡，并记录死亡时间；用 Cryopak 牌冰毯包裹他的脑袋以保护其大脑；安排殡仪馆将他的尸体运往麻省总医院的马蒂诺中心进行解剖前的磁共振扫描。我们制定了个电话名单来通知所有研究人员亨利的尸体正在途中。亨利的尸体到达时，我们需要将它从原来的轮床转移到另一个较小的非磁性轮床上，然后将其推入扫描仪中；在此过程中，我们始终进行着处理人体组织和液体所需的安全措施。进行完原位扫描（大脑在脑袋里的成像）后，我们将亨利的尸体运送到麻省总医院的太平间。在那儿，神经病理学家马修·弗罗施将亨利的大脑从其颅骨中取出。神经病理学摄影师将在现场第一次拍摄亨利真正的大脑图片。然后，亨利的尸体将被转移到病理科的另一地方进行一般性尸检。为了保存其大脑，那名神经病理学家必须提前制定好合适的解决方案，这样，当那一刻来临时，他便有了万全之策。经过多次讨论后，我们决定再次扫描亨利的大脑，那时，它已被保存十周了。我们就使用 3.0 特斯拉扫描仪或是 7.0 特斯拉扫描仪进行了商议，最后决定两台都使用。在其他解剖脑上进行的试点扫描证实，它们的扫描不会对亨利的大脑造成进一步的损害。

我们还制定了将大脑从波士顿运往加利福尼亚州圣迭哥的物流。大脑将在圣迭哥被置于明胶中冷冻、且被切成超薄片以用于显微镜分析，而这使我们即将看到世上最著名大脑中的真正神经元。颞叶内侧解剖专家和神经病理学家将选定的超薄片进行染色、检测后，巨大的回报便会出现，而数十年来一直悬而未决的、有关亨利大脑的问题也将得到解决。

在亨利生命的最后几年里，我们的目标是弄清我们在其大脑记录到的异常与其临床症状之间的关系。这些解剖学变化能否解释其精神状态的下滑？我每年看望亨利时都会对其进行一些认知测试，并邀请麻省总医院神经科的一名同事来更新亨利神经系统的状况。这些年度评估揭示了明显的认知减退模式，该减退模式是由其大脑中与衰老相关的异常（在其磁共振扫描图中发现的）以及多种作用于精神的药物造成的。脱水可能也对其精神状态的恶化造成了影响。我不知道亨利喝了多少水，也不知道诸如药物副作用等其他因素对其脱水的影响程度如何，但鉴于他不会说自己肚子饿或口渴的特点，他不太可能会要水喝。根据我们对亨利生活的临床观察，我们无法确定导致其痴呆的原因。他的痴呆可能是阿尔茨海默病、脑血管性痴呆、或是多种异常的结合造成的。

2005 年 6 月，我开车去看望七十九岁的亨利，同行的还有一名神经学家。这名神经学家以前经常在麻省理工学院临床研究中心检查亨利，对亨利很了解。在这次看望期间，亨利的血压很高，且其体重为 218 镑。检查结果显示，尽管亨利讲话有些含糊不清、难以理解，但他答对了四个常见物品的名字（只答错了一个常见物品的名字，即听诊器），听指示做了五种手势（如敬礼），且可模仿他人的动作。他的肌肉力量已减弱，特别是其腿部的肌肉力量，不过鉴于其近年来一直躺床上或坐轮椅，这一现象并不意外。

在神经学家完成检查后，我站在亨利的轮椅旁，并给他进行了些认知测试。令人鼓舞的是，他的数字广度，即瞬时记忆广度，并未发生变化；他仍可重复五个数字。所以当我说“7、5、8、3、6”时，他立即回答：“7、5、8、3、6。”亨利的表现表明，处于最佳状态的他仍可集中注意力、遵循指示、并做出适当的回应。

受到其表现的鼓舞，我要求亨利定义一份词汇名单。他给出的有些定义很具体，这是脑损伤群体的一般特征。例如，当我问他“冬天（winter）”的意思时，他回答“冷（cold）”；问他“早餐

（breakfast）”的意思时，他回答“吃（eat）”。然而，对于其他的单词，他则给出了出色的定义，例如，他告诉我吃光（consume）意味着“吃（eat）”、终止（terminate）意味着“结束（end）”以及着手（commence）意味着“开始（start）”。

接下来，我向他展示了线条图，并要求他告诉我那些图是什么，旨在评估其命名常见物品的能力。这项任务经常用于追踪阿尔茨海默病患者的病情发展，而在此则测量了他的语义知识，其中，语义知识是指单词的意思。在四十二张图片中，他命名正确的有一半以上，但这分数却远低于健康参与者的。对于某些图片，他的回答只能算勉强正确。当我给他展示网球拍时，他回答“打网球用的”；展示“平底雪橇”时，他回答“大雪橇”。他明显知道那些图片描画的是什么，但却无法正确说出它们的名字。我确信，其糟糕的表现有部分是疲劳造成的，因为我一度曾注意到他在打瞌睡。尽管如此，亨利的大脑显然已丢失了部分语义信息。

亨利嗜睡的部分原因肯定是其服用药物的结果。他的医生开了阿普唑仑、思瑞康和曲唑酮等药物。根据医生的医嘱单，亨利需要这些药物是因为其躁动、焦虑、强迫性去卫生间以及抑郁。这些精神症状并非其遗忘症造成的，而与其痴呆恶化和未确诊的结肠癌相关。在其生命的这一时刻，亨利只是轮椅上的药房罢了，不禁令人唏嘘。

到了2006年，亨利的健康急剧下滑。自2005年以来，那名神经学家便发现其病情发生了许多变化。尽管他的血压在2005年很高，但现已很低。他很嗜睡，只做了五种手势中的三种，且其手臂活动范围有限。他手部和腿部的力量进一步减弱。我们推测，其健康的下滑是由新出现的轻度中风、脑退化以及影响其大脑血液供应的心脏病造成的，或者是由镇静药物造成的，又或者是由这些因素共同造成的。神经学家建议亨利在比克福德的医生重新评估亨利对阿普唑仑、思瑞康和曲唑酮的需要。亨利需要全天护理，在床或高背老人椅上消磨时光，其中，高背老人椅会比普通轮椅更为舒适、更具支撑性。他现在又可自己进食了，但大多时候需要工作人员的帮助。他有时会参加群体活动，特别是参加宾果游戏和每日咖啡时间。疗养院的居民会在每日咖啡时间进行体育锻炼。亨利可集中注意，但容易倦乏。

到了2007年，亨利的嗜睡与意识障碍加重了。在我们三个小时的检查中，他不时闭上眼睛，其清醒程度时高时低，在完全清醒到昏昏欲睡之间来回变动。他善于与人目光接触，社交能力也极好。当他被推进检查室时，他饶有兴致地看着其周围的四名拜访者，并向每个人微笑。我们问他近况如何，他回答说，右膝受伤了。其过去的疼痛报告很少见，所以这一新疼痛肯定很剧烈，不然他是不会抱怨的。体检结果表明，他的膝盖轻微肿胀、且发热。所以，神经学家开了布洛芬，并嘱咐亨利增加水分摄入，以防脱水。我们可看到他脱水是因为他的医生轻捏他手背上的皮肤时，他的皮肤并未反弹，而一个人若有充足水分，其皮肤是会反弹的。他仍然服用过多镇静药物，所以神经学家还是建议他的医生减少数种药物的剂量。

到了这时，亨利的语言流利但受限。他使用由数个单词组成的简短句子。他可阅读和重复简单句子、命名常见物品。当被要求数到二十时，他数到十一后便停下了。他无法从十倒数到一或是背出字母表。亨利无法自发回忆起我的姓名，但当我说“我的名字是苏珊。你知道我的姓氏是什么吗？”时，他回答“科金”。我问：

“我是做什么的？”他回答：“女医生。”看见苦苦挣扎于痴呆和其他疾病中的亨利仍能保持其幽默感，我很感动；当被问及“你不再工作了吧？”，他回答“是的，我很确定”。

2007 年的好消息是，亨利的癫痫已稳定；比克福德的工作人员未观察到任何癫痫大发作。他仍旧很友善、亲切、且健谈。他还是群体活动的安静参与者，但若不加以刺激，便会睡着。他经常在休息室里听音乐，在其房间看电视。

我最后一次见亨利是在 2008 年 9 月 16 日，那时，我正进行一年一度的比克福德“朝圣之旅”。与往常一样，我与一名神经学家同行，旨在记录亨利的身体状况。在我们拜访前，他在比克福德的医生指出，亨利的健康在过去一年里大幅下滑，且其癫痫频发。亨利已八十二岁，活动范围仍局限在床和高背老人椅上。他无法自己进食，且难以咀嚼和吞咽食物。他大部分的交流都是通过手势，而非语言。我们看他时，他正昏昏欲睡，但可被唤醒。他基本已不说话，但在我们拜访期间想试图说一两句。比克福德的工作人员都很喜爱亨利，见其健康急剧下滑，十分悲痛。我与他们同悲。

距离我和亨利在神经所的第一次见面已过去四十六年。在这些年里，他一直是我生命中的常客。数十年里，我们彼此目睹着对方的衰老，尽管他并不知情。我已习惯了他的微笑和亲切态度，已无数遍听过他的妙语及故事，甚至还可将它们逐字逐句地重复出来。我实验室的许多成员也同样因认识亨利而感触良多。我们深受亨利的影响，常常发现自己用亨利特有的说话方式讲话。例如，若我问同事是否打算出席当天的某个研讨会，她可能会回答“呃，我在自我争论中，我是该去呢？还是该留在实验室里呢？”

记忆赋予我们的伟大礼物便是让我们能很好地相互认识。我们可通过共同的经历和交流建立起最亲密的关系，但若无记忆，我们便无法深入建立关系。尽管亨利一生中拥有许多朋友，但却感受不到这些友谊的真实深度。他不能很好地了解别人，且不幸的是，他还无法知晓自己给我们所有认识他的人乃至整个世界留下了不可磨灭的印象。

在最后一次拜访期间，我站在他旁边，说道：“嗨，亨利。我是苏珊，你在东哈特福德高中的老朋友。”他朝我的方向看了看，微微一笑。我也朝他笑了笑。两个半月后，他便去世了。

第十三章

亨利的遗产

就在2008年12月2日下午五点半前，我接到了比克福德护士长的电话。亨利在几分钟前去世了。我听到这消息时才刚到家，还坐在车里。亨利，这名友善、面带微笑、且多年来在我生命中占据一席的人，现已离开了。但这一刻，我并没有时间哀悼；尽管亨利去世了，但他仍是一名珍贵的研究受试者。是时候把我们过去七年商议出的大脑捐赠计划付诸行动了。我和同事将拥有机会开始研究和保存世上最著名的大脑。我们的长期任务将是个充满挑战的冒险，绝不可出现任何差错。此任务的执行将由扫描和获取亨利的大脑拉开序幕。我知道自己将度过一个漫长而又紧张的夜晚。

在其一生中，亨利通过欣然接受无数次的测试和检查来服务于科学。我们对其大脑的解剖研究将为他不朽的贡献画上完美的句点。亨利给了我们一个难得的机会，让我们能对生前便已被广泛研究的患者进行死后的检查。磁共振成像十分有用，但并不完美；若想真正了解亨利遗忘症的本质，唯一办法便是直接观察他的大脑和记录损伤。有了磁共振扫描，我们可估量病变，但却无法进行确切的描述；现在，我们终于将可弄清其遗忘症的解剖学基础了。[1]

在亨利以前，仅有少数“经典”大脑，即为功能定位提供历史性见解的患者大脑，被解剖研究。这些病例提供了有用的信息，但数量有限。研究亨利的大脑将使我们有机会为记忆科学作出开创性的贡献。有了我们特别研究小组的详细计划，我们可将五十年详尽记录的行为研究与最佳的脑成像技术、保存技术以及分析技术相结合，从而得到目前有关个人大脑的最完整信息。

收到亨利逝世的消息后，我仍坐在车里，并打电话给加利福尼亚大学圣迭戈分校的年轻研究学者雅各布·安尼斯。他是将亨利的大脑带至圣迭戈保存和深入研究的负责人，与我、麻省总医院以及麻省理工学院小组密切合作。我们已同意雅各布在亨利逝世后前往波士顿出席尸体解剖现场。在我告诉其消息后，他便立即订了去波士顿的晚班机。

我抓起钱包，匆忙爬上公寓的楼梯，然后开始工作。我和同事已制定好一张有关亨利逝世后该联络谁以及联络顺序的流程表。我的助手已为我们每个人准备了一张钱包大小的层压流程表，以便随身携带。我复印了该层压流程表，并将复印件放在厨房里的壁挂式电话机下、汽车、办公室和三台电脑的桌面。我抓起厨房里的复印件以及被层压的亨利尸体解剖同意声明，然后便开始在饭桌上工作。

我最先打电话给那位负责将亨利大脑取出的人，即马修·福劳斯。那时，他正对哈佛医学院的一名申请者进行面试，所以，他的手机处于关机状态。我用传呼机呼叫他，然后他面试一结束便回我电话了，并问我发生了什么事。他同意在第二天早晨将解剖所需的一切工作安排妥当。我向他保证，我会获得大脑捐赠的法定许可的。

尽管亨利及其监护人 M 先生已于 1992 年签署了大脑解剖形式

授权书，但亨利逝世后，我想得到M先生对尸体解剖和大脑捐献的同意。为了找人见证这一同意的过程，我冲到隔壁邻居的家门口，按了数次门铃；她终于出现了。“我需要一名见证人！”我脱口而出，并简要解释了事情缘由。她毫不犹豫地陪我一块走到我家的饭桌旁，并站在我身边，倾身向电话靠去。我怀着沉重的心情打电话给M先生，并告诉他，亨利在当天下午去世了。我是拨打他妻子的电话联系到他的，还打断了他们与其十几岁孙女的外出就餐。我一句句地将M先生的同意书念出来，M先生也一句句地进行重述，而我的邻居便在一旁仔细聆听。他允许我们无限制地解剖尸体，且还允许麻省总医院使用“所有被取出的组织和器官”来进行研究或按其政策来进行处置。我向M先生表示了感谢，并将我们的计划告诉了他，即我们打算通宵扫描亨利的大脑，然后第二天早晨再将尸体送往太平间。

接下来，我打电话给我的助手贝蒂安·麦凯。当我将亨利逝世的消息告诉她时，她很震惊。她知道亨利生病了，但从未觉得他的生命会即将结束；他以前在引发恐慌后总能迅速恢复活力。我询问她是否愿意在我家过夜、且照看下我那三只需要照顾且难伺候的宠物，因为我需要监督扫描以及采集亨利大脑的过程。贝蒂安到达后，她很快便以其一贯的踏实态度担起了照顾狗和猫的责任，但她后来承认，有一股悲痛如猛浪般扑面而来。她最近跟亨利的护士谈起亨利喜欢的圣诞礼物，且已订制、包装、送出了一套儿童绘画用品，还想象了他打开礼物时露出的惊奇笑脸。贝蒂安和实验室的其他成员计划在圣诞节前拜访他，并给他带一棵小树来装饰他的房间。尽管她不是很了解亨利，且亨利也从未记得她，但她觉得我们实验室已成为一个和睦亲密的家庭，而他是这个家庭中的一员。

通过联络，我们团队计划在位于 149 号楼的麻省总医院马蒂诺中心集合。马蒂诺中心曾是海军供应中心。而能在这个国际知名的成像中心工作的我很幸运，且它距离我家仅有两个街区。该机构拥有九台功能强大的磁共振扫描仪以及一系列用于大脑结构和活动成像的技术。它同时还是开发新方法以收集活体大脑信息的领军者。

约在五点四十五分，管理马蒂诺中心扫描仪操作的生物医学工程师安德烈·范德考韦获悉亨利逝世的消息。不久之后，安德烈看到艾莉森·史蒂文斯穿上外套正要离开。艾莉森是一名年轻的成像研究员，同时也是我们团队中的一员。

“你不留下来见证这个激动人心的时刻吗？”他问道。她困惑地看着他。出于某种原因，艾莉森还未收到消息。

“H.M. 去世了。”他告诉她。

“什么？”她大喊，“怎么没人电话通知我？”

她十分惊慌，开始寻查团队其他成员的下落。但她停了下来，并给过去扫描亨利大脑的那名成像研究员发送了一条简短消息：H.M. 去世了。她同时还打了电话给我很信任的一名研究生。该研究生告诉她，亨利的尸体正在途中、预计八点半左右到达，而且我们需要一块防水布来覆盖扫描床，以防亨利的体液漏出。我们当中没有人曾扫描过尸体，所以，我们想对所有可能发生的事情做好准备。

我到达马蒂诺中心时约八点，而成像小组刚吃完晚餐，并已为通宵扫描亨利的大脑做好了准备。他的尸体从康涅狄格州出发，虽仍在途中，但将很快达到。我曾让司机在快到大楼时给我打电话，但意识到楼内没有手机信号，所以，我便走到楼外等待灵车。我穿着全身长的羽绒服、戴着头巾和手套，在波士顿的严寒天气中缩成一团。约八点半，我看见一辆汽车在黑暗的拐角处踌躇行进。我朝它跑去，并挥动着双臂。

“我是苏珊·科金！我想你应该是在找我。”

我引导司机将车开到149号大楼的斜坡处，那里有一名麻省总医院的警员在等候。我的同事们匆匆走出大楼，协助司机将车里的轮床推出来。亨利的尸体从灵车出来时，我注意到他身上盖着拼布床单、且其脑袋和双脚分别被头巾罩着。不知何故，看到这像家一样的温馨风格，我得到了慰藉。

幸好楼内空无一人，所以，不会有人因看见一具尸体被推过中庭而感到惊慌。保持马蒂诺中心运行的技师玛丽·福利已从保卫处获得了运送亨利尸体的许可。她和拉里·怀特是我们团队中的成员，数年前曾扫描过亨利。她们正在楼内一间名为海湾4号的套房中等待。该套房放有一台内置一块强力3.0特斯拉磁体的扫描仪，是我们通宵进行扫描的场所，旨在获得亨利大脑的各类扫描图。

这台圆柱体扫描仪内有通道和床垫，可供参与者使用。扫描房外是前厅，在这里，技术人员和研究人员可透过窗观察扫描仪，并通过计算机控制台对扫描仪进行控制。亨利进入扫描房前，我们得将他的尸体转移到非磁性的轮床上；扫描仪的强力磁体甚至可将大型金属物体轻易吸入其洞口。鉴于亨利体型庞大，我们已确保有六名强壮的男性将他抬至扫描床上。

在床单的下方，亨利的尸体被黑色运尸袋包裹着，而黑色运尸袋的下面还有另一个透明的运尸袋。我们团队的成员拉开运尸袋的拉链，并将袋子拨开，以露出他的脑袋和躯干。然后，我们将 Cryopak 牌冰毯从其头部取下。这个冰毯在比克福德时便包裹着他的脑袋，旨在保护他的脑组织。对于房里的一些同事来说，这是他们第一次与著名的 H.M. 见面。而对于认识亨利的戴维·萨拉来说，这一瞬间的现实打击了他，这是他第一次看见亨利那无表情的面庞。

带着对亨利的喜爱之情，我们团队的成员轻轻将他的尸体放在担架上。他的疾病导致其体重减轻，所以，抬他比我们预想中的容易。我们把他推进扫描房，然后再将他转移到扫描床上。玛丽按了下按钮，扫描床便缓缓滑进了磁体的内孔中。

尽管我们在亨利生前便多次扫描其大脑，但收集其去世后的磁共振图像仍很重要。我们得先进行原位扫描（大脑仍在脑袋里），后进行体外扫描（解剖脑在定制室里）。死后扫描有数个优点。接受磁共振扫描的活人需按照指示安静地躺着，并一动不动，因为任何运动都会影响扫描的质量，但即使是很配合的参与者，磁共振研究者都要对其自然运动进行纠正，如呼吸、血液脉冲以及其他轻微运动。现在亨利去世了，我们的扫描将不会被任何运动所干扰，且我们可获得非常清晰的图像。扫描活人还会受限于他们对该过程的容忍程度。他们被困于磁体的内孔中，而这往往会使人感到恐惧和焦虑。对于最从容不迫的参与者，他们最多也只能在扫描仪内待两个小时。那天晚上，没有了这些障碍，我们有机会对亨利进行九小时的扫描，且可收集到数量空前的原始数据。

生物医学成像的最终目标是给医生和研究人员提供详细的特定身体组织图像，其中，这些特定身体组织是他们治疗和研究的重点。人体并非一张标有清晰边界和路标的地图；我们通常难以将一种组织或细胞类型与其他组织或细胞类型区分开，但磁共振成像能做到这一点。当参与者进入磁共振扫描仪时，他便暴露在强磁场中，而这一磁场会导致其体内氢原子的自旋与磁体一致。技术人员将射频脉冲引入磁场，短暂扰乱与磁体对齐的自旋。当自旋重新对齐磁场时，氢原子会发送出可被线圈检测到的信号，而该信号便被用于生成人体的图像。额外的磁场脉冲将进一步操纵自旋来编码图像中的空间信息（检测组织位于何处）和改变图像中的对比度。这一系列射频和磁场脉冲被称为磁共振序列（MR 序列），表现为参与者在磁体中听到的独特声音，且这些序列会生成具有特征性组织对比度的图像。脑成像便是典型通过各类 MR 序列而生成的，这些序列可探测不同特性的脑组织，如灰质、白质、脑脊髓液以及脑组织之间的边界。

我们有疑问的地方是，我们用于生成亨利大脑图像的射频脉冲以及磁场梯度的序列是否该与常用于活体的不同。一个月前，我在德纳基金会的年度早餐会上就亨利的病例作了简短的介绍。德纳基金会为这些有计划的死后研究提供了部分资金支持。在演讲结束时，我问有没有对死亡大脑进行过磁共振成像的人可告诉我，他们用了哪些序列。一位同事建议我联系苏珊·雷斯尼克。苏珊一直在对尸体的大脑进行扫描，因为这是巴尔的摩老化纵向研究计划中的一部分。在我们开始扫描前，我拨打了苏珊的电话。当她告诉我，她是使用同样的序列来处理死亡大脑和活体大脑时，我松了一口气。至少我们可在进行更多实验性研究前通过常规的临床扫描来获取有用数据。

我们的磁共振团队先进行了标准扫描，其中，任意一家诊所都可为其患者进行这种扫描。然后，他们逐渐进行越来越高分辨率的扫描，而这类扫描将显示亨利大脑的解剖学细节，刚开始是毫米级别，最后达到几百微米级别，可显示一大群脑细胞。当图像开始生成时，安德烈被它们的美丽所震撼：大脑结构的边界异常尖锐。在最高分辨率下，甚至连大脑中微小的血管壁——通常因血液流动而被扭曲——因死亡的寂静而很容易显现出来。他还可清楚看到亨利大脑两侧的大洞，即病变所在之处。

当我同事从磁共振研究中收集数据时，我将注意力转向其他紧迫的事情上。附近一家在查尔斯镇的殡仪馆已同意近距离将亨利的尸体从149号大楼运送到波士顿麻省总医院的太平间。亨利的大脑会在太平间被取出。然而，这家殡仪馆却在最后一秒钟反悔了，说它不会运送一具没有死亡证明的尸体——疗养院匆忙将他的尸体送到我们身边，忘记将死亡证明拿去签名了。我们担心，若解剖延迟，大脑将失去其硬度、且变得难以取出和保存。我们还一度半开玩笑说，我们是否得将亨利放在担架上，然后推着他过桥，一直推到医院的主区。带着这种心理，我记得在北角区路过了一家殡仪馆。我拨打了殡仪馆的电话，尽管那时已是深夜，但有名男性接了电话。我用最专业的语气与他说明，我需要将一个尸体从查尔斯镇海军船坞运送到麻省总医院的太平间。他说，他要征询老板意见，然后再打电话回复我。几分钟后，老板打了电话过来，同意灵车清晨时便会在那里等候。

黎明时分，我的团队已生成十一千兆字节的大脑图像。为了客观处理这些信息，我们还用标准的磁共振扫描仪对一名参与者进行了扫描，生成了几百兆字节的数据，并将这些数据拷贝进了光盘里。我们用了十六张光盘来保存我们那天晚上从亨利大脑中收集的所有信息。而且很幸运，那台频繁出现机械故障的扫描仪在我们九个小时的扫描中运行正常。仅仅数小时后，它就又故障了。

亨利的尸体需要在数百名研究人员陆续到达大楼前离开，即早上六点前。灵车于五点三十分抵达；我们将亨利的尸体固定在轮床上，并于六点钟推着轮床经过后门、斜坡，然后到达灵车停放的位置。灵车出发前往麻省总医院的太平间，我也迅速坐进我的汽车，同行者是一名塔夫茨大学医学系的学生，她曾是实验室的成员。我们匆忙赶到洛根机场接雅各布，那时的他已从西海岸抵达机场了。雅各布后来告诉我，他在飞机上重新阅读了一些有关亨利的开创性论文，并在心里演练了他在研究生时期学到的解剖过程。他概述了他将如何创建、保存和传播解剖图书馆的细节，且该图书馆将包含大尺寸的玻璃载片以及数字图像，而这些合起来便代表着亨利的整个大脑。

从洛根机场回来的途中，我们在星巴克买了几杯浓咖啡来醒神，然后便继续开车前往福劳斯在麻省总医院的办公室。尸体解剖对于我们所有人来说都是个难忘的学习经历。亨利的尸体被安全存放在麻省总医院沃伦楼地下室的大冷藏库里。我们给了马修一张光盘。该光盘内含一些安德烈在前一晚获得的美丽、清晰图像。这些图像将对马修的移除过程起指导作用。他担心亨利的手术部位：瘢痕可能会导致大脑粘在其覆盖物上，即硬脑膜——颅盖和大脑之间的硬层。那么，想要完整取出大脑、且不留碎片是很困难的。丢失亨利手术部位的组织将妨碍我们给出亨利大脑组织缺失程度的确凿证据。但看了扫描图后，马修放心了，因为手术区域的大脑和硬脑膜之间存有大量的液体。他打印了几张图像以作为解剖时的参考。

在沃伦楼的地下室，资深病理技术员将亨利推进解剖室。马修、雅各布、那名医学系学生以及病理科的一名摄影师也跟着进入解剖室。那名摄影师将记录这一解剖过程。为了不碍事，我待在了隔壁的无菌室，并透过巨大的玻璃窗观看这一精细解剖过程。我站在椅子上，希望能尽可能获得最佳的视野。

马修先从一只耳朵后面至另一只耳朵后面浅浅地划开了亨利的头顶。然后，他将头皮向两边剥去以裸露颅骨。他们可在颅骨的前面看见斯科维尔数十年前钻过的两个孔痕，它们就在亨利眉毛的上方，尽管其轮廓已不再清晰。这些堵塞的孔已完全愈合，所以，马修能在它们周围进行切割。接下来的任务便是去除颅骨的顶部，而这是最棘手的部分，因为硬脑膜容易粘在颅骨上，尤其是在老年人中。那名技术员完成了第一关：他使用电锯在某种程度上环绕锯开了脑袋，剩下一半颅骨未切开。马修，一位经验丰富的神经病理学家，娴熟地完成了切割，且未切到大脑。然后，他使用凿子撬开了颅骨的顶部，并顺利拿走了它。对此，我们很是欣慰。尽管马修看起来似乎信心十足，但后来他承认，他故意背对着窗户，这样我便看不到他流了多少汗。

马修往后拉硬脑膜，并从额叶开始进行分离。接下来，他抬起额叶以分离它们和颅骨，然后切断视神经以分离大脑和双眼，最后切断颈动脉以分离大脑和循环系统。现在，大脑已从“停泊区”解放出来了。他可左右移动大脑来查看两侧的手术部位。他注意到，某些脑区与硬脑膜粘在一起，特别是在右侧。他拿了一把新解剖刀，小心切开了这些区域的硬脑膜。然后，他开始处理大脑的后部。由于亨利的小脑因狄兰汀的作用而萎缩，所以，大脑后部的处理较为轻松。现在，马修把整个大脑从颅骨中取出，然后将其放入一个大的金属碗里。

在解剖过程中，我曾离开房间给布伦达·米尔纳打电话。她九十岁了，仍在麦吉尔大学工作。我告诉她，亨利去世了；这是意料之内的事情，而她也平静地接受了。我让她不要告诉任何人，因为我想解剖完成后再对外宣布亨利的死讯，然后再开始回复媒体和科学界的电话及邮件。大脑被完好取出时，我再次打电话给米尔纳以分享我们的成功。看见亨利珍贵的大脑被安全放在金属碗中是我一生中最难忘、最有满足感的时刻之一。我们为这一天的计划已商议了数年，且顺利无阻地完成了。目睹这一切的我们都欢欣鼓舞、面带笑容；我将双手高举过头顶，向马修鼓掌喝彩。

马修通过每个房间都配有的冷藏设备将大脑转移到无菌室里。整个神经病理学的工作人员都来到了无菌室，我们所有人都在仔细观察大脑，而那名摄影师则从各个角度拍摄大脑。接着，马修将一根线缠绕在基底动脉周围，并将线固定到一个桶的提手上，这样，大脑便可浸在桶内的福尔马林溶液中，且不会沉入桶底而导致变形。该溶液会使大脑从软豆腐状物变为像黏土一样更为坚实的东西。数小时后，马修把大脑转移到一种特殊的甲醛溶液。他已提前买好浓缩的多聚甲醛，将其储存在其冷藏室里，并在解剖当天早上制作了一桶新的固定剂。

带马修和雅各布出去吃完午餐后，是时候让世界知道亨利的死讯了。在前一晚的扫描期间，我坐在控制室，并在我的笔记本电脑上打出了他的讣告。这是我第一次有机会停下来思考亨利的死亡，同时简要总结他对记忆科学的巨大贡献。我开车回到自己在麻省理工学院的办公室，并将这封讣告通过电子邮件发送给了系里的教职员工、曾与亨利共事的前实验室成员以及《纽约时报》

的资深医疗记者拉里·奥尔特曼。拉里将它传阅给了记者贝内迪克特·J. 凯里。两天后，即 2008 年 12 月 5 日，一篇由贝内迪克特编写的简洁讣告文登上了《纽约时报》的头版。这篇文章引起了广大公众对亨利病例的关注，尽管该病例早已在世界神经系统科学领域中广为流传。亨利的姓名第一次公之于众，我们在得到监护人的同意后对外宣布“遗忘症患者 H.M.”的姓名是亨利·古斯塔夫·莫莱森。[2]

十周后，即 2009 年 2 月，雅各布回到了波士顿，并带了个定制的树脂玻璃室。我们将在新一轮的体外成像期间把被保存的大脑放入这个树脂玻璃室中。马蒂诺成像团队首先使用了他们在亨利去世当天使用的那台 3.0 特斯拉扫描仪。这套扫描图将为活体大脑的几何形状与大脑被切成超薄片后的最终形状之间架起一座桥梁。当脑组织被切片、放置在玻璃载片时，它们可被进一步拉伸或重新塑形。有了这些磁共振成像数据，我们可测量和纠正大脑载片中的任何畸形，这样，大脑载片便可被映射回亨利大脑的原始形状。

此外，我们还有机会使用一台内置 7.0 特斯拉磁体的扫描仪扫描大脑。7.0 特斯拉磁体是目前用于扫描人类的最强磁体之一。这台扫描仪提供的人脑图像将比大多数研究人员所见过的更为精准和详细。我们那晚未将亨利放进这台扫描仪的原因是其大脑在手术过程中保留了两个用于结扎血管的金属夹，我们担心它们会在强力的扫描仪中发热，从而对其大脑造成进一步的伤害。马修在解剖时取下了它们，所以，对于被保存的大脑，它们便不再是问题。雅各布担心，即使在没夹子的情况下，7.0 特斯拉磁体所产生的热量也将损害亨利的大脑。为了让他安心，艾利森已用其他脑组织进行了试验，并估计脑组织的升温不会超过 3 度。而 3 度以内的升温是非常安全的。

7.0 特斯拉磁体的头部线圈（头部的开口）比 3.0 特斯拉磁体的更小。因此，技术上的挑战便是制造一个足够小以放进头部线圈的小室、但又足够大以容纳亨利的大脑，其中，出于保护，亨利的大脑还会被包裹在甲醛浸湿的棉花里。雅各布从圣迭哥带来的小室尺寸正好合适，但亨利大脑周围的棉花带来了气泡。这些受困的气泡却在体外图像中成了技术问题，因为气泡出现图像的尺寸要大于其真实的物理尺寸，并模糊了邻近的脑组织。且不幸的是，这些人造气泡出现在一些我们很关注的颞叶区域中。

经过为时整个周末的三次独立扫描后，成像团队最终从亨利的大脑收集到了所有信息，而亨利的大脑也是时候前往加利福尼亚大学圣迭戈分校进行切割了。2 月 16 日，我在马蒂诺中心和雅各布见面，那时的他正在前厅等候，看守着一个装有亨利大脑的冷藏箱。公共广播公司的影片摄制组加入了我们，并对我们从麻省总医院到飞机舱门的旅程进行了记录。我们都坐上了一辆面包车，制片人坐在前排乘员座椅，她的助理坐在驾驶位，摄影师坐在中排座椅，并面向后方，因为这样他就可以拍摄坐在后座的我和雅各布，而出于安全考虑，冷藏箱则被紧紧地夹在我和雅各布之间。

当面包车停在洛根机场的路边时，由美国运输安全管理局和捷蓝航空公司的代表们以及洛根机场的传媒总监等组成的接待组已在旁等候。我知道，为运输这个不同寻常的随身行李做好准备是非常重要的，因此，我在一个月前便写信给洛根机场美国国土安全部的客户支持和质量改进经理，请求他们协助我们将人脑从波士顿运往圣迭戈。我在信中说明了，大脑将被如何包装，且雅各布将伴随它一块儿飞行，着陆后，他将把它带到大学的实验室。雅各布的系主任也写了一封信，证实雅各布是其系里的一名教职工，并强调了这项任务的重要性。走进机场时，我们觉得自己就像名人一样：影片摄制组跟着我们，而机场里的人们则盯着我们，想知道我们是谁和我们被拍摄的原因。在安检处，一名穿制服的女性走近我们，并给我们带来了个好消息：她将带着冷藏箱绕到另一边，这样，大脑便不会受到辐射。我们如释重负，在以正常方式通过安检后拿回了冷藏箱。

是时候要登机了，我和雅各布在摄影机前做了正式的交换。我带着冷藏箱走到登机口门前，将其放在地上。我们相视而笑，然后拥抱；接着，他拿起冷藏箱，走下斜坡，期间，他还转了次身与我挥手告别。表面上，雅各布仅是一名科学家，手里拿着个装有大脑（被固定在甲醛中）的冷藏箱罢了；但他手里拿着的对我来说却依旧弥足珍贵。看着亨利的大脑离去，我很难过，因为这是我和他的最后告别了。

我与公共广播公司的影片摄制组一同离开登机口时，望向那架飞机。亨利小时候最难忘的经历便是那半小时飞绕哈特福德的时光。若他知晓自己最后的旅程是在一架大型喷气客机飞行两千五百英里的话，他一定会欣喜若狂的。这一刻有种终结的意味。

2009 年 12 月 2 日，亨利去世后一年，我来到加利福尼亚大学圣迭戈分校的实验室，雅各布正准备将亨利的大脑切成头发丝那么薄的薄片，即七十微米。通常情况下，用于研究的大脑会被切成大块或厚片，然后再被切成可用显微镜观察组织的薄片。出于收集完整的大脑垂直平面、而非独立部分的目的，亨利的大脑将从前至后全部进行切割。大脑已浸入甲醛和糖的混合溶液中。渗透进脑组织的糖可防止大脑在冷冻时形成冰晶，其中，冷冻处理是为切割大脑做准备。在冷冻前，这一珍贵器官被放入一个装满明胶的模具中，而这将有助于其保持形状。在整个切割过程中保持微妙的温度平衡是非常重要的，因为大脑得保持足够冻，这样刀片才可光滑切下组织，但它又不能太冻，否则其组织将会破裂。

切割开始时，实验室里的每个人都很激动和焦虑。整个切割过程长达五十三小时，期间，参观者不时出现。《纽约时报》的贝内迪克特·凯里乘飞机过来捕捉这个记忆研究的开创性时刻。雅各布也邀请了其大学里的数位杰出人物来观看这一过程，其中包括著名的神经学家维莱亚努尔·S. 拉马钱德兰、神经哲学家帕特里夏·丘奇兰德和保罗·丘奇兰德以及著名神经科学家拉里·斯夸尔。由于切割过程漫长，会议室内摆满了供实验室成员和参观者享用的一盘盘食物和美味的意大利蛋糕。雅各布已雇了一个摄制组来记录整个过程。他们将摄像机放在切割室内以在网上直播切割过程。在三天的时间内，共有四十万人次访问了网址，见证了这一历史性的事件。

为了进行切割，嵌在冷冻明胶块的大脑被固定在一台电子设备上，即切片机。切片机就像一台极其精确的切肉机。为了保持大脑的低温，技术人员通过一根管子将液态乙醇泵入大脑周围的空间。雅各布戴着黑色手套，坐在切片机前。刀片每次从冰块下方往上举起后都会显露出一卷精致的脑组织和明胶，然后，他便用一把大而坚硬的画笔在这卷的脑组织和明胶上面轻轻擦拭，并将其放置在分区式容器的一个凹陷处。该容器类似冰块托盘，且里面装满了溶液。亨利大脑的前部朝上，且有一个 1600 万像素的摄像头被安装在大脑的上方，每次切割前，该摄像头便会对那一片要被切割的脑组织进行拍摄和编号。每一个切片都会被放置在具有相应编码的凹陷处。切割从大脑的前部开始，然后再到其后部，即从额极到枕极。尽管项目本身很激动人心，但切割和固定成千上万个大脑切片的艰辛工作是很单调乏味的。不过，没有戏剧性事件的发生便意味着一切都按计划进行中。

截止 2012 年 12 月，亨利完整的大脑已由麻省总医院的神经病理学家进行检查，由麻省总医院马蒂诺中心的研究人员进行扫描，以及在加利福尼亚大学圣迭戈分校进行七十微米的切片。我和同事继续推进这些不同研究的协作，以便可在麻省总医院进行最后的诊断性神经病理检查以及解决众多有待解答的研究问题。

一旦这项工作进行，我们将清楚知道，哪些颞叶内侧结构被保留在亨利的大脑里及其保留程度。尽管海马和杏仁核的残留部分失去了其功能，但其邻近皮质的残余部分——鼻周皮质和海马旁回皮质——可能有起到作用。了解这个残余记忆组织的状况将有助于解释亨利获取的意外知识，如他能画出一间房子的平面图，尽管该房子是他在术后才搬进的。我们同时也渴望知道，对于一些与颞叶内侧相联系的区域，如穹隆、乳头体和颞叶外侧新皮质，他的病变是如何影响它们的结构及组织的。我们已知颞叶内侧结构外的一些脑区支持正常个体的陈述性记忆，从而进一步提出一个问题：其病变如何影响这些区域——丘脑、基底前脑、前额皮质和压后皮质——的结构和组织，如何影响一些存储非陈述性记忆的区域——主运动皮质区、纹状体和小脑——的结构和组织？亨利的磁共振扫描图曾告诉我们，其小脑严重萎缩。而现在，我们能记录是哪些特定区域受到了影响。

亨利大脑的2401片已被冷冻，目前被储存在保护液中。有些将被置于大尺寸（约五英寸乘七英寸）的玻璃载片中，并被使用各种染色方法以揭示细胞的细节或大脑结构——如其病变周围的结构——的解剖学边界。其中的一部分将染上神经病理学家于十九世纪和二十世纪初研发的染料以显现正常的大脑结构——识别神经元、突出它们的组织和连接以及显示连接不同脑区的白质束。另一部分将采用二十世纪末和二十一世纪初的方法进行染色。这些方法使用抗体蛋白来检测诸如阿尔茨海默病和帕金森病等以异常蛋白质为特征的疾病。结合了这些方法后，我们对亨利脑组织异常的细致分析将会揭示大量的新信息。未来的研究将告诉我们，他去世时患的是何种痴呆、他轻度中风的确切位置以及他手术的影响——即其手术如何影响一些邻近手术部位的区域，以及曾与被切除的结构相连的较远区域。

切割过程中拍摄的数字图像将用于创建亨利大脑的巨大三维模型，而这一模型最终将会出现在网络上，以供大家调查研究。这个大脑将成为加利福尼亚大学圣迭戈分校数字大脑图书馆项目的核心。该大学计划在未来十年内收集和存档一千个人的大脑及个人资料。即使在其死后，亨利也将继续为科学作出开创性的贡献。

亨利的遗产是多层次的。我们已从对他的直接研究中收集了单个神经学病例中最多且最详细的信息，如斯科维尔和米尔纳的传奇性研究、数几十年收集的大量测试结果、我们对其日常生活的描述、其完整大脑的活体成像和死亡后成像以及其大脑的珍贵切片。这个代表单个大脑的庞大数据集本身便是亨利作为神经科学史重要贡献者的遗产，但他的影响却远不止于此。他的病例启发了成千上万的研究人员去调查其他种类的遗忘症和与记忆丧失相关的疾病。此外，我们从亨利那里了解到的知识激励了几代基础科学家研究记忆机制，创造了许多处理非灵长类动物的方法。有了这些巨大的进步，研究人员能探索基础科学和临床科学上的各类问题。亨利的病例促使记忆研究进入硕果累累的时期，而该势头仍在继续增长。

结　语

亨利逝世一周后，M 先生及妻子在康涅狄格州温莎洛克斯市的圣玛丽教堂为其举行了葬礼，离比克福德不远。亨利的尸体已被火化。在教堂前部，装有其骨灰的骨灰瓮被安置在鲜花簇拥的白色基座上。骨灰瓮的正面刻着十字架和这样的一段文字："缅怀亨利 · G. 莫莱森，1926 年 2 月 26 日—2008 年 12 月 2 日。"在骨灰瓮附近，一张镶框的拼贴相片浓缩了他的一生：还是个小男孩的亨利坐在椅子上，其中，一条腿盘在椅子上，且面带微笑；一张他二十多岁的深色肖像画，画里的他很端庄；老年时期的亨利满头白发，穿着白衬衫，戴着领带，坐在轮椅上；亨利年轻时与家人一块的图片。

葬礼的规模较小，只有那些与亨利关系密切的人出席。我很荣幸能为亨利致悼词。我回顾了他的手术以及随后的开创性研究，还谈到了那些使亨利能为科学作出贡献的人们，其中包括莉莲 · 赫里克、她的儿子 M 先生（他承担了照顾亨利的责任）以及比克福德的工作人员。"所有这些善良的人点亮了他的生活，"我说道，"而他反过来又照亮了其他人的生活。"我谈到了亨利的个人品质，即他的幽默感、聪明才智及其标志性的口头禅。

“对我们大多数人来说，失去了他就像失去了亲人一样。”我总结道，“我和同事们都很荣幸能进入他的核心圈子。现在，我们带着尊敬向他道别，并感谢他给我们和世界带来的变化。具有讽刺意味的是，他的悲剧却成了人类的礼物。人们将永远铭记他。”

葬礼弥撒后，我们前往隔壁的教堂大厅参加招待会；我的助手和比克福德的一名工作人员带来了三明治和饼干。数名麻省总医院的同事来参加招待会，他们最近进行了亨利大脑的成像及保存工作。对他们来说，这是个向亨利表示敬意的机会，同时也是个喝点茶或咖啡来舒缓压力的机会，因为他们刚结束了自己手忙脚乱、且无眠的一周。曾与亨利共事过的三名前实验室成员、比克福德的工作人员及患者也在现场。

招待会结束后，我们开车前往东哈特福德的公墓进行安葬。我们穿过平坦宽阔的草地来到亨利父母埋葬的地方。那里有一块大墓碑，墓碑上有他们的姓名，而他们的姓名下方则是亨利的姓名及出生日期；我们现在可填写死亡日期了。葬礼师已准备好安葬地点，然后将装有亨利骨灰的骨灰瓮放置在白色的希腊式短柱上。我们围绕骨灰瓮站成小半圆形后，教会执事说了些送灵话语。当他邀请我们与其一同祷告时，我们都低下了头，回忆着亨利。

亨利逝世后的第二天，我给其他记忆研究学者发送了一封简短的邮件来告诉他们这个消息。他们将邮件转发给其他人，所以，这一消息很快便传遍了整个美国和欧洲的科学界。接下来的几周里，我收到了世界各地同僚的温馨关怀，他们对亨利表示了哀悼及赞美。同时，对于媒体想进行有关亨利的采访以及想写有关亨利的文章，我也一一接受了请求。

一些同事就亨利对科学的贡献进行了陈述。耶鲁大学心理学系的一名教授写了信给我和布伦达·米尔纳："你们对 H.M. 的研究在很大程度上影响了我职业生涯早期对认知和记忆的思维方向。"其他大学的数名教职员提到，他们当天将在课堂上向亨利致敬。前实验室成员也分享了有关他的轶事。例如，我听说，萨拉·斯坦沃特曾与他坐在其比克福德的房间内，并从头到尾观看完一部约翰·韦恩的电影。亨利在整个观看期间很激动，一直重复说"我知道这个，我知道这个"，且谈起了他的枪支收藏。她说，他在电影结束后的一段时间里都很兴奋。

我还听说，因为亨利可通过复述来延长记住物品的时间，所以一名前技术助理便利用亨利的这个能力与我的一名研究生开了个玩笑。她写道：

你还记得吧，亨利一直对善意的玩笑很有兴趣。我告诉他，下一个进来测试他的人叫做约翰。然后，我让他在约翰进来时装作很吃惊、并像认出了他那样说道"噢，你好，约翰"。我们练习了几分钟，然后我飞奔出去，带约翰进去测试亨利。亨利做了一个极为可信的开始一怔，后来才恍然大悟的迟疑反应，然后十分自然且完美地说出他的台词。约翰脸上的表情极其有趣，我和亨利看后都哈哈大笑起来。

我和亨利的联系持续了四十六年。尽管我未以伤感的方式来讨论他，但他早已是我很在乎的人了。亨利逝世后，麻省理工学院的一名历史学家察觉了我的情绪，并发了封邮件给我："这对你来说是个极其痛苦的损失。你们的关系非同寻常，所以，你无法用言语来表达它的意义。但，无疑的是，你确实给他的人生带来了巨大的变化，就像他对你的人生一样。"然而，我对亨利的兴趣一直主要是在知识层面；否则，我如何解释自己站在麻省总医院地下室的一张椅子上，并因看到他的大脑被熟练地从其颅骨中取走而欣喜若狂呢？我是一名科学家，且我也一直很清楚这一点。不过，我很同情亨利，也很尊重他及他的人生观。他不仅仅是一名研究受试者。他是一名合作者，是我们在追求更多记忆知识中的珍贵伙伴。

多年来，亨利失去了父亲、母亲，且随其年事的增高，他的身体越来越脆弱，而我和同事便成了认识和关心他的人。我们在实验室培养的家庭意识渐渐延伸至亨利身上。我们寄给他贺卡和礼物，庆祝他的生日，并在他逗留期间准备其最喜欢的食物。我照看他的医疗护理，且为他找了个可靠、有爱心的看护者。尽管亨利无法记忆，但在与我和同事共事的日子里，他知道我们正从他身上学习知识，也知道自己是特别的，所以，我感到宽慰。他的这种“知道”令其很欣喜和自豪。

亨利的遗产超越了科学领域，并进入了艺术和戏剧领域。他去世后不久，洛杉矶的艺术家兼导演克丽·特赖布于2009年制作了一部16毫米电影胶片作品《H.M.》。这部电影通过使用演员、采访我的视频、（我们进行实验使用的）仪器的图像以及亨利的照片来探索亨利的病例。在放映过程中，一卷胶片同时穿过两台相邻的放映机，从而使两个屏幕显示隔有22秒延迟的相同场景，而这一延迟是用于模拟亨利短时记忆的持续时间。特赖布的这部创新电影出现在2010年纽约惠特尼博物馆双年展，《纽约时报》的霍兰·卡特将其形容为“非凡的”作品。同年，玛丽-洛尔·泰奥迪勒创作了有关H.M.的七页绘画故事，并发表在法国科学刊物《研究》的夏季版中。她准确描述了亨利的手术以及后续研究，但将他画成一位衣冠楚楚、瘦削的绅士，且绘画里的他穿着西装和衬衫，戴着领带和帽子。2010 年，纽约的心理学家兼剧作家万达首次公演了《患者 H.M.》。她在这部戏剧中刻画了自己所认为的亨利的形象。第二年夏天，2011 年爱丁堡艺术节展出了名为《2401 件物品》的剧本，其中，该剧本的名字指的是亨利大脑的七十微米切片。该剧本由模拟戏剧公司制作，讲述了亨利术前及术后的生活，十分感人。2012 年 7 月，《科学美国人脑科学》杂志出版了一个单页绘画故事来准确科普亨利病例中的信息。

对亨利及其故事入迷的人数不断增加，现在，互联网已成他们聚集地。若用谷歌来搜索亨利·莫莱森，那我们可得 48000 条搜索结果。亨利现在在维基百科上也有条目主页。一个名为库日韦尔加速情报的博客讨论了亨利的病例，此外，诸如有趣星球和大脑度假等网站也花了些篇幅报道亨利。人们对亨利的这种惊人关注恰好证明了其令人难忘的一生。

我与亨利的工作往往集中在衡量行为及解释数据的细节上，但他的病例无疑给社会带来了更大的问题。我们如何看待亨利·古斯塔夫·莫莱森的一生？他在医学实验中失去了其人性的重要部分，所以，他纯粹只是个悲惨的受害者？还是帮助我们进一步了解大脑的英雄？

我越是细想亨利的病例，似乎便越难回答这些问题。今天，没有一位神经外科医生会进行斯科维尔曾对亨利做的手术，事实上，斯科维尔本人也警告其他人不要进行该手术，因为它的后果显而易见。然而，亨利的双侧颞叶内侧切除术并不像那些十分可疑的精神外科手术，如脑叶白质切除术和双侧杏仁核切除术，它的目的在于缓解一种特定的衰竭性疾病，且它的确减少了他癫痫发作的频率。此外，亨利的手术是嵌套在实验性手术的医学传统中，且该医学传统历时漫长、富有成效。[1]

医生和患者往往面临艰难的抉择，但神经外科医生普遍认同，若已知一项手术有毁灭性的后果，如彻底摧毁患者的记忆，他们便不应执行该项手术。怀尔德·彭菲尔德在一篇讨论其两名遗忘症患者——F.C. 和 P.B.——的论文中谈及了这个想法。“作为一名外科医生，我十分认真地履行这一职责，”他说道，“我知道斯科维尔医生也一样。我们必须始终在残疾和死亡的危险与帮助患者的心愿之间保持平衡。”1973 年，亨利术后二十年，斯科维尔在《神经外科杂志》上发表了有关精神外科手术的言论：“若毁灭性手术有益于整体功能，那它便合乎情理；若手术使得整体功能更糟，那它便不合乎情理。”[2]

遗忘症是控制癫痫发作的合理代价吗？大多数人都认为，答案肯定是否定的。然而，若亨利的癫痫像其术前那样持续发作，那亨利能否活到八十二岁也不得而知。癫痫发作本身便可带来毁灭性的后果：极端情况下，亨利可能会因癫痫发作期间受伤而死亡。此外，药物难治性癫痫患者常患有心脏和血管异常，而这些异常有时会导致猝死，且证据表明，反复癫痫发作会造成神经元损伤。而且，亨利的癫痫可能会危及他的呼吸以及其他重要功能，还有可能导致死亡。他或许会不幸成为癫痫持续状态患者，即其癫痫发作持续三十分钟以上。这种危及生命的疾病被视为医学急症，尽管患者接受了积极的治疗，但有时会因心力衰竭或其他并发症而死亡。从这个意义上说，亨利的手术还是有很大好处的。因此，尽管他的遗忘症严重影响生活质量，但他可能要比未接受手术活得更久。斯科维尔可被认为是挽救了亨利的生命，尽管他夺走了亨利的记忆。[3]

事后看来，现在没有人会执行亨利的手术，但考虑到手术的后果不明，斯科维尔当初的行为是否合乎情理呢？在许多情况下，患者的意愿以及医生的冒险促进了医学的发展。那些冒险的风险可能相对较轻，如同意参加一项已在动物和人身上经过全面安全测试的药物临床试验。在其他情况下，患者的决定需要一个更加戏剧化的信心飞跃。我们现在认为的常规手术，如器官移植、人工心脏移植术和冠状动脉搭桥术，最初都依赖于志愿者参加实验性手术。

风险是每一种手术的固有属性，且当涉及到诸如大脑等复杂而脆弱的器官时，风险便会加剧。由于更严格的医疗道德准则、诉讼日益增多的社会以及生物伦理学作为一门独立学科的兴起，公众和医学界意识到这一需求，即仔细审查高风险手术的正当性。现在，我们对个体大脑结构及其作用有了更好的了解，且对于那些能缓解精神疾病和神经系统疾病的脑部手术也有了更为现实的认识，即它们到底可不可行。尽管如此，实验性手术仍在持续引发道德问题。尽管新治疗方法及设备的条例已比亨利做手术时的要严格得多，但高度实验性的手术却未被规范管理，且外科医生有时在未利用临床试验或动物研究的大量数据下便为个别患者做决定。

像亨利这样的无数患者在知道后果不确定的情况下接受了手术，有时，这些人最终会以不可预料的方式造福于社会。亨利术后参与研究的主要动机便是帮助他人，且他也做到了。例如，他逝世后，我收到了一位女性的便条。她是一名颞叶癫痫症患者，在读过有关亨利的文章后，她权衡了移除其左侧海马和杏仁核来缓解癫痫发作的可能性。数以百计患有难治性癫痫的人受益于部分颞叶切除术。亨利告诉我们，切除大脑两侧的海马将给记忆功能带来无法挽回的损失。在我所描述的遗忘症患者病例中，即 F.C. 和 P.B.，当其左侧海马被移除、且右侧海马受损时，他们便遭受了相似的毁灭性后果。为了防止这一悲剧的发生，许多将接受癫痫手术的患者现在正进行一项测试，即暂时激活其大脑的一侧，这样，医生便可分别检查其大脑两侧语言及记忆的完整性。这项测试以前名为韦达测验（Wada test），现在被称作依托咪酯语言和记忆测验（eSAM test）。它可防止手术不幸的发生。例如，若在其左侧大脑未激活的情况下，患者在一项记忆测试中出现了失误，外科医生则不会移除其右侧海马，因为这样会导致其双侧海马病变。

“当我坐在第十四层楼的办公室时，”那位女性写道，“窗户正对着康涅狄格河和哈特福德医院。在我出生那年，莫莱森先生在这家医院进行了手术。我为他的逝世感到难过，同时也对他所提供的知识心存感激。正因为他，我的神经病学家才知道要先进行韦达测验来确保我右侧颞叶中的海马功能仍在运作，然后再移除另一侧颞叶。”她于 1983 年进行了左侧颞叶切除术，其癫痫至今仍未发作。

亨利的病例不仅帮助了其他患者，而且还点燃了无数神经科学家的职业生涯。我在波士顿儿童医院就记忆研究的未来走势采访了一名杰出的神经学家兼遗传学家。在采访结束时，他迫不及待地将亨利对其的影响告诉了我。“与其他许多神经科学家一样，我选择神经科学的一个重要原因便是 H.M.。”他说道，“我在巴克内尔大学的一所小型文理学院读大学，而且超级幸运的是，布伦达·米尔纳来我的学校进行研讨会。我当时在读生理心理学。所以，她来到我们生理心理学的课室，然后进行了讲座。那次讲座使我受益终生。这就是我为什么对记忆障碍和认知障碍感兴趣的重要原因——试图理解我们是如何了解记忆机制的。”

我们对大脑的了解经历了不可思议的变化及进步的时期，而亨利正好也处在这一时期中，尽管他什么都不记得了。他刚成为科学探究的对象时，脑成像技术几乎不存在，且我们是使用纸和铅笔来手工收集数据。1980 年代期间，我们的认知测试基本计算机化，到了 1990 年代，我们可通过磁共振扫描仪来显影其大脑的结构及功能。亨利逝世时，我们已可以对其大脑进行更精确的研究。刚开始研究亨利时，我们是居住在心理学系的，且那时的神经科学甚至还不是一门成熟的学科。到了 2010 年 11 月，神经科学已发展成一门强大的学科，来自世界各地的三万多名神经科学家在圣迭戈参加了神经科学学会第四十届年会。我受邀演讲有关亨利对记忆科学的贡献——颂扬其一生的合适方式。

神经科学家现在可使用的一系列技术是很惊人的。研究人员可探索神经元内部及其之间的分子间相互作用，观察活体大脑中的大型网络活动，扫描基因组以寻找神经系统疾病的遗传基础，以及建立大脑结构和功能的复杂计算机模型。有了所有这些研究细胞及收集大量数据集的工具，我们应记住，我们将这些工具应用于单个个体后可学到很多知识。通过长时间仔细研究一名患者，我们可填补空缺的知识，即个体大脑在健康或疾病中是如何运作的及其在一生中是如何变化的。我们对亨利的研究便提供了一个实例。

亨利的病例具有革命性，因为它告诉世人，记忆形成可被包含于大脑的某一特定部位中。在他手术前，医生和科学家都认为大脑是有意识记忆的所在地，但他们无确凿的证据证明，陈述性记忆受限于一个限定区域。亨利为我们提供了因果关系的证据，证明了颞叶深处的离散脑区在短时记忆转化为持久记忆的过程中至关重要。斯科维尔的手术导致亨利失去了这一转化能力。数十年研究亨利、许多自愿献出其时间和精力在我们实验室的患者以及世界各地的患者后，我们现在已知道更多：短时记忆和长时记忆是依赖于不同大脑回路的独立过程；顺行性遗忘症患者无法记住独特事件（情景记忆）和事实（语义记忆）；遗忘症患者无法进行有意识的学习（陈述性记忆），但通常可进行无意识的学习。我们也知道，健康的海马对于生动叙述婚礼细节（回想）是不可或缺的，但对于简单识别面孔——即不在某一情境下识别面孔或不将面孔放置在某一情境下进行识别（熟悉性）——则非不可或缺的。亨利进一步告诉我们，能否回忆和识别那些于遗忘症发病前便存储好的信息取决于那些信息是情景信息还是语义信息：独特事件的绝大数细节已丢失（情景、自传体记忆），但有关世界的一般知识则仍存在（语义记忆）。亨利的病例也强调了死后捐献大脑以进行进一步研究的价值，因为这是研究人员验证其假设及推测的重要途径，其中，他们的假设及推测是其基于活着的患者而进行的，且涉及何种大脑基质负责特定学习和记忆过程。

自 2005 年以来，惊人的技术进步已使我们在个体脑细胞水平上绘制基于记忆形成的认知和神经机制成为可能。神经科学这门学科正经历着一系列由先进科技驱动的变革性事件。我们现在可对活体大脑中的神秘事件进行更为具体的观察。精密的技术将为我们提供各种新信息：光感基因神经调控技术可使用基因来精确控制特定神经元，分子工程可快速且直接读出神经活动，以及连接组学可绘制一百万亿个组成大脑神经网络的连接。同时，认知科学家继续推进有关记忆过程的分级与组织理论，并邀请研究人员将精确定义的计算映射到离散的大脑回路里。

尽管每种创新技术都有其独特魅力，但更重要的是，它们合起来后所完成的任务。科学家花了数十年来绘制整个大脑的解剖学结构，并从行为至细胞等数个层面收集了信息。现在，他们正努力将所有这些信息连接起来以形成一幅完整的画面。在记忆研究领域，我们想知道，像思维和事实这样无形的东西如何能在活体大脑的组织中“存活”数十年。神经科学的终极目标便是了解大脑中的数十亿个神经元如何相互作用以运作大脑，其中，每个神经元约有一万个突触。

当然，我们肯定无法完全实现这一目标。甚至我在输入这些文字时都在问自己的脑袋究竟怎么了。我的神经元网络如何将我学到的各种复杂技术信息整理在一起，并将其表达成文字，然后指示我的手指打出来？大脑可将这样混乱信息用简单句子来表达，这是多么令人叹服！我们永远都不会有一个公式来充分解释我们大脑的喧闹活动如何引发思维、情绪和行为。但这一目标的重要性使得我们追求其的过程更为激动人心。这个挑战吸引了才华横溢的冒险家来到我们这一领域。即使我们将永远无法完全理解大脑的运作方式，但我们所能学到的小部分也将使我们进一步了解自己是谁。

致 谢

五十多年来，亨利·古斯塔夫·莫莱森一直是研究对象，且接受过广泛的实验。这项研究始于 1955 年，地点位于布伦达·米尔纳在蒙特利尔神经病学研究所的实验室，后于 1966 年搬至麻省理工学院。从 1966 年至 2008 年，一百二十二名医生和科学家有机会研究亨利，他们不是我实验室里的成员，便是来自其他机构的合作者。我们都知道，能同他一起工作是很难得的机会。而且，我们对其为研究的奉献精神深表谢意。他教会我们许多知识，其中，这些知识涉及记忆的认知和神经组织。本书中，有关亨利的研究都来自于这五十多年的调查研究。

亨利五十次逗留麻省理工学院临床研究中心期间，他受到了来自以 Rita Tsay 为首的许多护士和餐饮人员的贵宾待遇；他们精心照顾他，应得到高度赞扬。在其生命的最后二十八年里，亨利居住在比克福德医疗护理中心，且受到了体贴的照顾。有关亨利活动的大量信息来自于比克福德的工作人员，他们的信息极大丰富了我对其故事的讲述。每当我对亨利的事情有些许疑惑时，Eileen Shanahan 都会给我解答，我为此很感谢她。Meredith Brown 做了件出色的工作，他将亨利在比克福德的二十八年图表细节进行了梳理，并总结了一些要点。

我要对以下人士给出的重要建议和修改表示感谢：Paymon Ashourian，Jean Augustinack，Carol Barnes，Sam Cooke，Damon Corkin，Leyla de Toledo-Morrell，Howard Eichenbaum，Guoping Feng，Matthew Frosch，Jackie Ganem，Isabel Gautier，Maggie Keane，Elizabeth Kensinger，Mark Mapstone，Bruce McNaughton，Chris Moore，Richard Morris，Peter Mortimer，Morris Moscovitch，Lynn Nadel，Ross Pastel，Russel Patterson，Brad Postle，Molly Potter，Nick Rosen，Peter Schiller，Reza Shadmehr，Brian Skotko，André van der Kouwe，Matt Wilson，以及 David Ziegler。他们的敏锐头脑给出了极好、且坦诚的回馈意见，从而大大提升了该书的质量。

我与神经科学同僚们进行了启发性的讨论，且他们对于我想记录其观点的要求也很大方地同意了；他们谈论了亨利贡献的重要性以及记忆研究的未来方向，而我从中受益匪浅。我本打算将这些精彩的记录编入第十四章，但遗憾的是，（原版书）出版社将它们都删除了。尽管如此，我在这里还是要感谢 Carol Barnes，Mark Bear，Ed Boyden，Emery Brown，Martha Constantine-Paton，Bob Desimone，Michale Fee，Guoping Feng，Mickey Goldberg，Alan Jasanoff，Yingxi Lin，Troy Littleton，Carlos Lois，Earl Miller，Peter Milner，Mortimer Mishkin，Chris Moore，Richard Morris，Morris Moscovitch，Ken Moya，Elisabeth Murray，Elly Nedivi，Russel Patterson，Tommy Poggio，Terry Sejnowski，Sebastian Seung，Mike Shadlen，Carla Shatz，Edie Sullivan，Mriganka Sur，

Locky Taylor，Li-Huei Tsai，Chris Walsh，以及 Matt Wilson.。我还要感谢 Leya Booth 快速且准确地抄录了这些访谈的内容。

我在与蒙特利尔神经病学研究所的布伦达·米尔纳、比尔·范德尔以及桑德拉·麦克弗森对话和邮件交流后得到了有用的历史资料。Marilyn Jonesgotman 大方地分享了其在 1997 年对亨利的采访。Alan Baddeley，Jean Gotman，Jake Kennedy，Ronald Lesser，Yvette Wong Penn，Arthur Reber，以及 Anthony Wagner 对记忆相关的认知和神经过程作出了贡献。Myriam Hyman 传授我有关古希腊的先进知识，Emilio Bizzi 传授我有关脑部手术的知识，而 Larry Squire 则就术语向我提出了建议。Edie Sullivan 帮助我重建了我们于 1980 年代设计和执行的测试协议，Mary Foley 和 Larry Wald 帮助我记录了亨利逝世那晚的历史性活动。

我要感谢哈特福德公共图书馆的哈特福德历史中心经理兼哈特福德收藏馆馆长 Brenda Miller 和哈特福德公共图书馆的哈特福德历史中心项目历史学家 Bill Faude 提供了有关哈特福德地标的信息。麻省理工学院科学图书馆的 Peter Norman 帮助了我们的研究。飞行员兼飞行教练 Sandra Martin McDonough 对亨利难忘的飞机之旅进行了有用的分析。Helen Sak，Bob Sak 以及 Gyorgy Buzsaki 好心地将亨利那部外百老汇戏剧的剧评寄给了我。

我要感谢亨利的监护人 M 先生，Robert Ajemian，Jean Augustinack，Evelina Busa，Henry Hall，Sarah Holt（NOVA/PBS & Holt 制作公司的制片人），Bettiann McKay，Alex McWhinnie，Laura Pistorino，David Salat，André van der Kouwe，Victoria Vega，以及 Diana Woodruff-Pak，感谢他们向我提供图片和照片。

有几位人士一直同我并肩作战，我在此要特别感谢他们。

Bettiann McKay 不仅是我的行政助理，更重要的是，她还是我的朋友兼命脉。若要全部写下她对我工作的贡献，我能写出一本厚书来。我只想说，每当我需要任何帮助时，她总会在我的身边，而我也将永远感激她的付出。我三十多年的同事 John Growdon 从我刚刚起草出版计划到完成本书的最终稿期间一直都给出了明智的建议。我要感谢一位出色的编辑凯 Kathleen Lynch，感谢她不止一次阅读每一章节，并给予我有见解的反馈以及有关出版的各类建议。

许多朋友都给予我鼓励。我数次与 Lisa Scoville Dittrich 共进晚餐时，她都帮助我回忆起了幸福的童年时光。我以前的学生和博士后也很支持我，其中包括 Edna Baginsky，Carol Christ，Holiday Smith Houck，David Margolis，Kerry Tribe，以及 Steve Pinker。我也从许多人身上得到了灵感，如来自康涅狄格州的 Susan Safford Andrews，Bobbi Topor Butler，Becky Crane Rafferty，Nancy Austin Reed，以及 Pat McEnroe Reno；来自巴黎的 Doris，Jean-Claude 和 Karine Welter；还有来自海军船坞七号码头的好邻居们。我要感谢史密斯学院的同学，感谢他们一直都大力支持我。

我很高兴自己能向麻省理工学院大脑与认知科学系的同事们致敬。我从数十年来与他们的互动中受益匪浅，且因他们的杰出工作而感到兴奋、受到鼓舞。我要感谢我们系里的出色研究生和博士后，感谢他们在每次我发邮件来询问他们那些与科学无关的杂项信息时都乐意且迅速地进行回复。

我要感谢我的孩子们，Zachary Corkin，Jocelyn Corkin Mortimer 和 Damon Corkin。感谢他们的爱、鼓励和赞扬，感谢他们让我保持谦逊。他们及其家庭是我精力和快乐的源泉。写本书的最大乐趣之一便是发现 Jocelyn 是一位出色的编辑。她极其认真地阅读了稿件，并找出了许多其他人没发现的错误。她的付出使得本书的质量提高了很多，我衷心感谢她。我也非常感谢其他家庭成员给予我的无尽热情，如 Jane Corkin，Donald Corkin，Patricia 和 Jake Kennedy 以及他们的家人。

我很幸运能得到 Wylie Agency 的指导来实现自己写本书的梦想，其高度专业且有才华的工作人员在履行各自的职责中表现得很出色。在此，我要特别感谢 Andrew Wylie，Scott Moyers，Rebecca Nagel，还有 Kristina Moore，他们都是非常出色的工作伙伴。

Perseus Books 里的许多人给予我有关编辑上和制作上的帮助，其中包括 Lara Heimert, Ben Reynolds, Chris Granville, Katy O'Donnell, 以及 Rachel King。他们很聪明、耐心，且愿意将自己沉浸在亨利 · 莫莱森的一生及记忆的神经科学中，我对此很是感激。

注　释

序言

1. 神经科学是一顶巨大的帐篷，涵盖了很多不同学科。所有这些学科都意欲拓展有关大脑和神经系统的知识。系统神经科学是神经科学的分支。互相连接的神经元会导致诸如陈述性记忆和非陈述性记忆等特定行为的产生，且它们会形成不同回路。而系统神经科学的任务便是描述这些回路的专门化。系统包括诸如视觉、听觉和触觉等感觉能力以及高阶过程，如解决问题、目的导向行为、空间能力、运动控制和语言。研究亨利给了我们难得的机会，即我们可通过调查分布在整个大脑中的过程以推动人类记忆的前进；W. B. Scoville and B. Milner，"Loss of Recent Memory after Bilateral Hippocampal Lesions，" *Journal of Neurology*，*Neurosurgery*，*and Psychiatry* 20（1957）：11 -21.

2. Scoville and Milner，"Loss of Recent Memory after Bilateral Hippocampal Lesions."

3. 同上。在早期对亨利进行的记忆测试中，米尔纳使用了通过视觉和听觉来呈现的测试材料。

4. P. J. Hilts，"A Brain Unit Seen as Index for Recalling Memories，" *New York Times*（1991，September 24）；P. J. Hilts，*Memory's Ghost*：*The Strange Tale of Mr. M. and the Nature of Memory*（New York：Simon & Schuster，1995）.

5. N. J. Cohen and L. R. Squire, "Preserved Learning and Retention of Pattern-Analyzing Skill in Amnesia: Dissociation of Knowing How and Knowing That," *Science* 210 (1980): 207-10.

第一章：悲剧的序曲

1. O. Temkin, The Falling Sickness: *A History of Epilepsy from the Greeks to the Beginnings of Modern Neurology* (Baltimore, MD: Johns Hopkins Press, 1971).

2. 同上。

3. 同上。

4. W. Feindel et al., "Epilepsy Surgery: Historical Highlights 1909-2009," *Epilepsia* 50 (2009): 131-51.

5. 同上。

6. M. D. Niedermeyer et al., "Rett Syndrome and the Electroencephalogram," *American Journal of Medical Genetics* 25 (2005): 1096-8628; H. Berger, "Über Das Elektrenkephalogramm Des Menschen" *European Archives of Psychiatry and Clinical Neuroscience* 87 (1929): 527-70.

7. W. Feindel et al., "Epilepsy Surgery: Historical Highlights 1909-2009," *Epilepsia* 50 (2009): 131-51; W. B. Scoville et al., "Observations on Medial Temporal Lobotomy and Uncotomy in the Treatment of Psychotic States; Preliminary Review of 19 Operative Cases Compared with 60 Frontal Lobotomy and Undercutting Cases," *Proceedings for the Association for Research in Nervous and Mental Disorders* 31 (1953): 347-73; O. Temkin, *The Falling Sickness: A History of Epilepsy from the Greeks to the Beginnings of Modern Neurology* (Baltimore, MD: Johns Hopkins Press, 1971); B. V. White et al., *Stanley Cobb: A Builder of the Modern Neurosciences* (Charlottesville, VA: University Press of Virginia, 1984).

8. W. Feindel et al., "Epilepsy Surgery: Historical Highlights 1909-2009,"

Epilepsia 50 (2009): 131-51.

9. Jack Quinlan, October 8, 1945.

10. W. B. Scoville, "Innovations and Perspectives," *Surgical Neurology* 4 (1975): 528.

11. W. B. Scoville and B. Milner, "Loss of Recent Memory after Bilateral Hippocampal Lesions," *Journal of Neurology, Neurosurgery, and Psychiatry* 20 (1957): 11-21.

12. Liselotte K. Fischer, Unpublished report of psychological testing, Hartford Hospital, August 24, 1953.

第二章："坦白说，它是一项实验性手术"

1. J. El-Hai, *The Lobotomist: A Maverick Medical Genius and His Tragic Quest to Rid the World of Mental Illness* (Hoboken, NJ: J. Wiley, 2005); John F. Kennedy Memorial Library, "The Kennedy Family: Rosemary Kennedy"; www.jfklibrary.org/JFK/The-Kennedy-Family/Rosemary-Kennedy.aspx (accessed November 2012) .

2. J. L. Stone, "Dr. Gottlieb Burckhardt—The Pioneer of Psychosurgery," *Journal of the History of the Neurosciences* 10 (2001): 79-92; El-Hai, *The Lobotomist.*

3. B. Ljunggren et al., "Ludvig Puusepp and the Birth of Neurosurgery in Russia," *Neurosurgery Quarterly* 8 (1998): 232-35.

4. C. F. Jacobsen et al., "An Experimental Analysis of the Functions of the Frontal Association Areas in Primates," *Journal of Nervous and Mental Disorders* 82 (1935): 1-14.

5. E. Moniz, *Tentatives Opératoires dans le Traitement de Certaines Psychoses* (Paris, France: Masson, 1936) .

6. 同上。

7. E. Moniz, "Prefrontal Leucotomy in the Treatment of Mental Disorders,"

American Journal of Psychiatry 93 (1937): 1379-85; El-Hai, *The Lobotomist.*

8. W. Freeman and J. W. Watts, *Psychosurgery in the Treatment of Mental Disorders and Intractable Pain* (Springfield, IL: C. C. Thomas, 1950); J. D. Pressman, *Last Resort: Psychosurgery and the Limits of Medicine* (Cambridge Studies in the History of Medicine) (New York: Cambridge University Press, 1998); El-Hai, *The Lobotomist.*

9. D. G. Stewart and K. L. Davis, "The Lobotomist," *American Journal of Psychiatry* 165 (2008): 457-58; El-Hai, The Lobotomist.

10. J. E. Rodgers, *Psychosurgery: Damaging the Brain to Save the Mind* (New York: HarperCollins, 1992); El-Hai, *The Lobotomist.*

11. Pressman, *Last Resort*; El-Hai, *The Lobotomist.*

12. Pressman, *Last Resort.*

13. National Commission for the Protection of Human Subjects of Biomedical and Behavioral Research, *Psychosurgery: Report and Recommendations* (Washington, DC: DHEW Publication No. [OS] 77-0001, 1977); available online at videocast.nih.gov/pdf/ohrp_psychosurgery.pdf (accessed November 2012) .

14. W. B. Scoville et al., "Observations on Medial Temporal Lobotomy and Uncotomy in the Treatment of Psychotic States: Preliminary Review of 19 Operative Cases Compared with 60 Frontal Lobotomy and Undercutting Cases," Proceedings for the Association for Research in Nervous and Mental Disorders 31 (1953): 347-73.

15. W. Penfield and M. Baldwin, "Temporal Lobe Seizures and the Technic of Subtotal Temporal Lobectomy," *Annals of Surgery* 136 (1952): 625-34, available online at www.ncbi.nlm.nih.gov/pmc/articles/PMC1803045/pdf/annsurg01421-0076.pdf(accessed November 2012); Scoville et al., "Observations on Medial Temporal Lobotomy and Uncotomy."

16. W. B. Scoville and B. Milner, "Loss of Recent Memory after Bilateral Hippocampal Lesions," *Journal of Neurology, Neurosurgery, and Psychiatry* 20

(1957): 11-21, available online at jnnp.bmj.com/content/20/1/11.short (accessed November 2012).

17. 同上。

18. MacLean, "Some Psychiatric Implications"; Scoville and Milner, "Loss of Recent Memory."

19. Scoville and Milner, "Loss of Recent Memory"; S. Corkin et al., "H.M.'s Medial Temporal Lobe Lesion: Findings from MRI," *Journal of Neuroscience* 17 (1997): 3964-79.

20. P. Andersen et al., *Historical Perspective: Proposed Functions, Biological Characteristics, and Neurobiological Models of the Hippocampus* (New York: Oxford University Press, 2007); J. W. Papez, "A Proposed Mechanism of Emotion. 1937," *Journal of Neuropsychiatry and Clinical Neurosciences* 7 (1995): 103-12; MacLean, "Some Psychiatric Implications."

21. Scoville and Milner, "Loss of Recent Memory."

第三章：彭菲尔德和米尔纳

1. W. Penfield and B. Milner, "Memory Deficit Produced by Bilateral Lesions in the Hippocampal Zone," *AMA Arch Neurol Psychiatry* 79: 5 (May 1958) 475-97; B. Milner, "The Memory Defect in Bilateral Hippocampal Lesions," *Psychiatric Research Reports of the American Psychiatric Association* 11 (1959): 43-58.

2. W. Penfield, *No Man Alone: A Neurosurgeon's Life* (Boston, MA: Little, Brown, 1977).

3. W. Penfield, "Oligodendroglia and Its Relation to Classical Neuroglia," *Brain* 47 (1924): 430-52.

4. O. Foerster and W. Penfield, "The Structural Basis of Traumatic Epilepsy and Results of Radical Operation," *Brain* 53 (1930): 99-119.

5. W. Penfield and M. Baldwin, "Temporal Lobe Seizures and the Technic of

Subtotal Temporal Lobectomy," *Annals of Surgery* 136 (1952): 625-34, available online at www.ncbi.nlm.nih.gov/pmc/articles/PMC1803045/pdf /annsurg01421-0076.pdf (accessed November 2012); P. Robb, *The Development of Neurology at McGill* (Montreal: Osler Library, McGill University, 1989); W. Feindel et al., "Epilepsy Surgery: Historical Highlights 1909-2009," *Epilepsia* 50 (2009): 131-51.

6. F. C. Bartlett, *Remembering: A Study in Experimental and Social Psychology.* (New York: Cambridge University Press, 1932); C.W.M. Whitty and O. L. Zangwill, *Amnesia* (London: Butterworths, 1966) .

7. Penfield and Milner, "Memory Deficit Produced by Bilateral Lesions in the Hippocampal Zone"; Milner, "The Memory Deficit Bilateral Hippocampal Lesions."

8. 同上; W. Penfield and H. Jasper, *Epilepsy and the Functional Anatomy of the Human Brain* (Boston: Little, Brown, 1954) .

9. W. Penfield and G. Mathieson, "Memory: Autopsy Findings and Comments on the Role of Hippocampus in Experiential Recall," *Archives of Neurology* 31 (1974): 145-54.

10. S. Demeter et al., "Interhemispheric Pathways of the Hippocampal Formation, Presubiculum, and Entorhinal and Posterior Parahippocampal Cortices in the Rhesus Monkey: The Structure and Organization of the Hippocampal Commissures," *Journal of Comparative Neurology* 233 (1985): 30-47.

11. Penfield and Milner, "Memory Deficit Produced by Bilateral Lesions in the Hippocampal Zone"; Milner, "The Memory Deficit Bilateral Hippocampal Lesions."

12. B. Milner and W. Penfield, "The Effect of Hippocampal Lesions on Recent Memory," *Transactions of the American Neurological Association* (1955- 1956): 42-48; W. B. Scoville and B. Milner, "Loss of Recent Memory after Bi lateral Hippocampal Lesions," *Journal of Neurology, Neurosurgery, and Psychiatry* 20

(1957): 11-21, available online at jnnp.bmj.com/content/20/1/11.short (accessed November 2012) .

13. Scoville and Milner, "Loss of Recent Memory."

14. W. B. Scoville, "The Limbic Lobe in Man," *Journal of Neurosurgery* 11 (1954): 64-66; Scoville and Milner, 1957.

15. Scoville and Milner, "Loss of Recent Memory"; B. Milner, "Psychological Defects Produced by Temporal Lobe Excision," *Research Publications—Association for Research in Nervous and Mental Disease* 36 (1958): 244-57.

16. Scoville and Milner, "Loss of Recent Memory."

17. W. B. Scoville, "Amnesia after Bilateral Medial Temporal-Lobe Excision: Introduction to Case H.M.," *Neuropsychologia* 6 (1968): 211-13; W. B. Scoville, "Innovations and Perspectives," *Surgical Neurology* 4 (1975): 528-30; L. Dittrich, "The Brain that Changed Everything," *Esquire* 154 (November 2010): 112-68.

18. B. Milner, "Intellectual Function of the Temporal Lobes," *Psychological Bulletin* 51 (1954): 42-62.

19. W. Penfield and E. Boldrey, "Somatic Motor and Sensory Representation in the Cerebral Cortex of Man as Studied by Electrical Stimulation," *Brain* 60 (1937): 389-443; W. Feindel and W. Penfield, "Localization of Discharge in Temporal Lobe Automatism," *Archives of Neurology & Psychiatry* 72 (1954): 605-30; W. Penfield and L. Roberts, *Speech and Brain-Mechanisms* (Princeton, NJ: Princeton University Press, 1959) .

20. S. Corkin, "Tactually-Guided Maze Learning in Man: Effects of Unilateral Cortical Excisions and Bilateral Hippocampal Lesions," *Neuropsychologia* 3 (1965): 339-51, available online at web.mit.edu/bnl/pdf/Corkin_1965.pdf (accessed November 2012) .

第四章：三十秒钟

1. D. O. Hebb, *The Organization of Behavior: A Neuropsychological Theory* (New York: Wiley, 1949).

2. S. R. Cajal, "La Fine Structure des Centres Nerveux," *Proceedings of the Royal Society of London* 55 (1894): 444-68.

3. C. J. Shatz, "The Developing Brain," *Scientific American* 267 (1992): 60-67; available online at cognitrn.psych.indiana.edu/busey/q551/PDFs/MindBrainCh2.pdf (accessed November 2012).

4. E. R. Kandel, "The Molecular Biology of Memory Storage: A Dialogue between Genes and Synapses," *Science* 294 (2001): 1030-38; Kandel, *In Search of Memory*.

5. Hebb, *The Organization of Behavior*; Kandel, *In Search of Memory*.

6. L. Prisko, *Short-Term Memory in Focal Cerebral Damage* (unpublished dissertation; Montreal: McGill University, 1963).

7. E. K. Warrington et al., "The Anatomical Localisation of Selective Impairment of Auditory Verbal Short-Term Memory," *Neuropsychologia* 9 (1971): 377-87.

8. 同上。

9. N. Kanwisher, "Functional Specificity in the Human Brain: A Window into the Functional Architecture of the Mind," *Proceedings of the National Academy of Sciences of the United States of America* 107 (2010): 11163-70.

10. E. K. Miller and J. D. Cohen, "An Integrative Theory of Prefrontal Cortex Function," *Annual Review of Neuroscience* 24 (2001): 167-202; available online at web.mit.edu/ekmiller/Public/www/miller/Publications/Miller_Cohen_2001.pdf (accessed November 2012).

11. B. Milner, "Reflecting on the Field of Brain and Memory," Lecture of November 18, 2008 (Washington, DC: Society for Neuroscience).

12. J. Brown, "Some Tests of the Decay Theory of Immediate Memory," *Quarterly Journal of Experimental Psychology* 10 (1958): 12-21.

13. L. R. Peterson and M. J. Peterson, "Short-Term Retention of Individual Verbal Items," *Journal of Experimental Psychology* 58 (1959): 193-98; available online at hs-psychology.ism-online.org/files/2012/08/Peterson-Peterson-1959-duration-of-STM.pdf (accessed November 2012).

14. S. Corkin, "Some Relationships between Global Amnesias and the Memory Impairments in Alzheimer's Disease," in *Alzheimer's Disease: A Report of Progress in Research*, ed. S. Corkin et al. (New York: Raven Press, 1982), 149-64.

15. B. Milner et al., "Further Analysis of the Hippocampal Amnesic Syndrome: 14-Year Follow-up Study of H.M.," *Neuropsychologia* 6 (1968): 215-34.

16. B. Milner, "Effects of Different Brain Lesions on Card Sorting: The Role of the Frontal Lobes," *Archives of Neurology* 9 (1963): 100-10.

17. A. Jeneson and L. R. Squire, "Working Memory, Long-Term Memory, and Medial Temporal Lobe Function," *Learning & Memory* 19 (2012): 15-25.

18. N. Wiener, *Cybernetics: or, Control and Communication in the Animal and the Machine* (Cambridge: MIT Press, 1948).

19. G. A. Miller et al., *Plans and the Structure of Behavior* (New York: Holt, 1960).

20. R. C. Atkinson and R. M. Shiffrin, "Human Memory: A Proposed System and Its Control Processes," in *The Psychology of Learning and Motivation: Advances in Research and Theory*, vol. 2, ed. K. W. Spence and J. T. Spence (New York: Academic Press, 1968), 89-195; available online at tinyurl.com/aa4w696 (accessed November 2012).

21. A. D. Baddeley and G.J.L. Hitch, "Working Memory," in *The Psychology of Learning and Motivation: Advances in Research and Theory*, ed. G. H. Bower (New York: Academic Press, 1974), 47-89.

22. B. R. Postle, "Working Memory as an Emergent Property of the Mind and Brain," *Neuroscience* 139 (2006): 23-38; M. D'Esposito, "From Cognitive to Neural Models of Working Memory," *Philosophical Transactions of the Royal Society of London, Series B: Biological Sciences* 362 (2007): 761-72; J. Jonides et al., "The Mind and Brain of Short-Term Memory," *Annual Review of Psychology* 59 (2008): 193-224.

23. Miller and Cohen, "An Integrative Theory of Prefrontal Cortex Function," Annual Review of Neuroscience 24 (2001): 167-202.

24. 同上。

第五章：记忆由此组成

1. 斯科维尔的笔记和草图是另一名神经外科医生拉马尔·罗伯茨绘制详图的基础。斯科维尔和米尔纳于 1957 年的合著论文附带该详图。

2. P. C. Lauterbur, "Image Formation by Induced Local Interactions: Examples of Employing Nuclear Magnetic Resonance," *Nature* 242 (1973): 1901; P. Mansfield and P.K. Grannell, "NMR 'Diffraction' in Solids?," *Journal of Physics C: Solid State Physics* 6 (1973): L422.

3. S. Corkin et al., "H.M.'s Medial Temporal Lobe Lesion: Findings from MRI," *Journal of Neuroscience* 17 (1997): 3964-79.

4. H. Eichenbaum, *The Cognitive Neuroscience of Memory: An Introduction* (New York: Oxford University Press, 2011).

5. B. Milner et al., "Further Analysis of the Hippocampal Amnesic Syndrome: 14-Year Follow-up Study of H.M.," *Neuropsychologia* 6 (1968): 215-34.

6. 同上。

7. Corkin, "H.M.'s Medial Temporal Lobe Lesion."

8. H. Eichenbaum et al., "Selective Olfactory Deficits in Case H.M.," *Brain* 106 (1983): 459-72.

9. 同上。

10. 同上。

11. 同上。

12. 亨利在实验室进行的路径寻找任务中表现不佳，而该缺陷则强化了John O'Keefe 和 Lynn Nadel 于 1978 年出版的经典著作 *The Hippocampus as a Cognitive Map*（New York：Oxford University Press）中介绍的理论。该著作结合了来自理论、行为、解剖学和生理学的信息以提出，海马负责监管认知映射及有关空间布局和空间移动的记忆。

13. B. Milner, "Visually-Guided Maze Learning in Man：Effects of Bilateral Hippocampal, Bilateral Frontal, and Unilateral Cerebral Lesions," *Neuropsychologia* 3（1965）：317-38.

14. S. Corkin, "Tactually-Guided Maze Learning in Man：Effects of Unilateral Cortical Excisions and Bilateral Hippocampal Lesions," *Neuropsychologia* 3（1965）：339-51.

15. S. Corkin, "What's New with the Amnesic Patient H.M.?," *Nature Reviews Neuroscience* 3（2002）：153-60.

16. S. Corkin et al., "H.M.'s Medial Temporal Lobe Lesion."

17. V. D. Bohbot and S. Corkin, "Posterior Parahippocampal Place Learning in H.M.," *Hippocampus* 17（2007）：863-72.

18. 同上。

第六章："自我争论"

1. J. D. Payne, "Learning, Memory, and Sleep in Humans," *Sleep Medicine Clinics* 6（2011）：15-30；R. Stickgold and M. Tucker, "Sleep and Memory：In Search of Functionality," in *Augmenting Cognition*, eds, I. Segev et al.（Boca Raton, FL：CRC Press, 2011）, 83-102.

2. P. Broca, "Sur la Circonvolution Limbique et la Scissure Limbique," *Bulletins de la Société d'Anthropologie de Paris* 12（1877）：646-57；J. W. Papez, "A Proposed Mechanism of Emotion," *Archives of Neurology and Psychiatry* 38

(1937): 725-43.

3. Papez, "A Proposed Mechanism of Emotion"; J. Nolte and J. W. Sundsten, *The Human Brain: An Introduction to Its Functional Anatomy* (Philadelphia, PA: Mosby, 2009); K. A. Lindquist et al., "The Brain Basis of Emotion: A Meta-Analytic Review," *Behavioral and Brain Sciences* 35 (2012): 121-43.

4. P. Ekman, "Basic Emotions," in *Handbook of Cognition and Emotion*, eds, T. Dalgleish et al. (New York: Wiley, 1999), 45-60.

5. E. A. Kensinger and S. Corkin, "Memory Enhancement for Emotional Words: Are Emotional Words More Vividly Remembered Than Neutral Words?," *Memory and Cognition* 31 (2003): 1169-80; E. A. Kensinger and S. Corkin, "Two Routes to Emotional Memory: Distinct Neural Processes for Valence and Arousal," *Proceedings of the National Academy of Sciences* 101 (2004): 3310-5.

第七章：编码、存储、检索

1. C. E. Shannon, "A Mathematical Theory of Communication," *Bell System Technical Journal* 27 (1948): 379-423, 623-56; G. A. Miller, "The Magical Number Seven, Plus or Minus Two: Some Limits on Our Capacity for Processing Information," *Psychological Review* 63 (1956): 81-97.

2. A. S. Reber, "Implicit Learning of Artificial Grammars 1," *Journal of Verbal Learning and Verbal Behavior* 6 (1967): 855-63; N. J. Cohen and L. R. Squire, "Preserved Learning and Retention of Pattern-Analyzing Skill in Amnesia: Dissociation of Knowing How and Knowing That," *Science* 210 (1980): 207-10; L. R. Squire and S. Zola-Morgan, "Memory: Brain Systems and Behavior," *Trends in Neuroscience* 11 (1988): 170-5.

3. F.I.M. Craik and R. S. Lockhart, "Levels of Processing: A Framework for Memory Research," *Journal of Verbal Learning and Verbal Behavior* 11 (1972): 671-84; F.I.M. Craik and E. Tulving, "Depth of Processing and the Retention of Words in Episodic Memory," *Journal of Experimental Psychology* 104 (1975):

268-94.

4. 同上。

5. S. Corkin, "Some Relationships between Global Amnesias and the Memory Impairments in Alzheimer's Disease," in *Alzheimer's Disease: A Report of Progress in Research*, eds, S. Corkin et al. (New York: Raven Press, 1982), 149-64.

6. 同上。

7. Corkin, "Some Relationships"; K. Velanova et al., "Evidence for Frontally Mediated Controlled Processing Differences in Older Adults," *Cerebral Cortex* 17 (2007): 1033-46.

8. R. L. Buckner and J. M. Logan, "Frontal Contributions to Episodic Memory Encoding in the Young and Elderly," in *The Cognitive Neuroscience of Memory*, eds, A. Parker et al. (New York: Psychology Press, 2002), 59-81; U.Wagner et al., "Effects of Cortisol Suppression on Sleep-Associated Consolidation of Neutral and Emotional Memory," *Biological Psychiatry* 58 (2005): 885-93.

9. J. A. Ogden, *Trouble in Mind: Stories from a Neuropsychologist's Casebook* (New York: Oxford University Press, 2012).

10. J. D. Spence, *The Memory Palace of Matteo Ricci* (London: Quercus, 1978).

11. A. Raz et al., "A Slice of Pi: An Exploratory Neuroimaging Study of Digit Encoding and Retrieval in a Superior Memorist," *Neurocase* 15 (2009): 361-72.

12. Raz, "A Slice of Pi"; K. A. Ericsson, "Exceptional Memorizers: Made, Not Born," *Trends in Cognitive Science* 7 (2003): 233-5.

13. Buckner and Logan, "Frontal Contributions to Episodic Memory Encoding."

14. H. A. Lechner et al., "100 Years of Consolidation—Remembering Müller and Pilzecker, " *Learning Memory* 6 (1999): 77-87.

15. 同上。

16. 同上。

17. C. P. Duncan, "The Retroactive Effect of Electroshock on Learning," *Journal of Comparative Psychology* 42 (1949): 32-44; J. L. McGauch, "Memory—A Century of Consolidation," *Science* 287 (2000): 248-51; S. J. Sara and B. Hars, "In Memory of Consolidation," *Learning and Memory* 13 (2006): 515-21.

18. H. Eichenbaum, "Hippocampus: Cognitive Processes and Neural Representations That Underlie Declarative Memory," *Neuron* 44 (2004): 109-20.

19. Eichenbaum, "Hippocampus"; D. Shohamy and A. D. Wagner, "Integrating Memories in the Human Brain: Hippocampal-Midbrain Encoding of Overlapping Events," *Neuron* 60 (2008): 378-89.

20. W. B. Scoville and B. Milner, "Loss of Recent Memory after Bilateral Hippocampal Lesions," *Journal of Neurology, Neurosurgery, and Psychiatry* 20 (1957): 11-21; B. Milner, "Psychological Defects Produced by Temporal Lobe Excision," *Research Publications—Association for Research in Nervous and Mental Disease* 36 (1958): 244-57.

21. 同上。 W. Penfield and B. Milner, "Memory Deficit Produced by Bilateral Lesians in the Hippocampal Zone," A.M.A. Archives of *Neurology & Psychiatry* 79 (1950): 475-97. 支持人类各个记忆阶段的认知和神经过程错综复杂。为了研究这些过程，神经科学家已转向研究各种动物，并对它们进行实验。这些研究已揭示了记忆形成的数个层面，即记忆力的改善、神经元放电率的增加或降低，以及细胞和分子内的结构改变及功能改变。这些改变都可证明神经可塑性，即大脑因经验而改变的能力。该项研究正在进行中，且其最终目标便是整合来自各个层面的知识以全面地描述学习和记忆的产生。

我们首选的动物是猴子，因为它们的认知过程与人类的相似。相较于啮齿动物，它们可学习更为复杂的任务，尤其是那些涉及认知灵活性的任务，例如，它们可先设定目标、后执行想法和行动以实现这些目标。但饲养猴子很昂贵，且它们还需数月的训练才能掌握认知任务，因为研究人员希望它们执行的那些任务实在太过复杂。因此，大鼠和小鼠被广泛用于记忆研究。每个物种都有其优点。当我们需要遗传模型或遗传操纵时，小鼠便是理想对象。

基因靶向的“种子”于1977年被播种，且该技术持续发展。现如今，全球数千个实验室已运用该项技术。2007年，Mario Capecchi，Martin Evans爵士和Oliver Smithies因“使用胚胎干细胞将特定基因导入小鼠体内的一系列发现”而被授予诺贝尔生理学或医学奖。这一方法可被用于敲除小鼠体内的特定组织功能，这样，它便可复制数百种人类疾病。小鼠模型的优点在于它们可让科学家更为精密地研究人类可能患有的疾病，并使创建针对潜在病理学的新疗法成为可能。见Gene Targeting 1977-Present. Nobel Prize Lecture http：//www.nobelprize.org：nobel_prizes：medicine：laureates：2007：capecchi-lecture.html.

尽管基因靶向技术是直到最近才被应用在大鼠身上，但大鼠在解剖学、生理学和行为等方面的特性已在实验室中得到更为充分的体现，且其较大的大脑使得记录活体动物的神经元更为简单。许多神经科学研究以互补的方式来使用这两种物种，旨在解决未解的谜团。一大批令人关注的物种已被用于更为专业化的目的，如研究斑胸草雀的鸣啭学习、雪貂的一流视觉系统、甚至包括海蛞蝓（俗称海兔）巨大且易获得的神经元。

记忆研究的历史是由多个物种的记忆实验拼凑而成的，且每一物种都在记忆研究的前进过程中作出了重要贡献。尽管有无数的问题仍未得到解答，但过去几十年的研究已带来了一些令人眼花缭乱的知识，其中，这些知识涉及大脑回路内的学习经验是如何转化成持久变化的。

22. McGauch，“Memory—A Century of Consolidation”；记忆巩固理论家推测，长时陈述性记忆，即亨利的“克星”，取决于海马的运作与皮质过程之间的这种密切的相互作用及协调。亨利完好的大脑皮质无法独自形成这种记忆。2012年，他们的研究继续集中在海马系统如何与皮质回路相互作用以巩固和存储记忆。由于巩固是逐渐发生的，所以，海马内的多重机制和皮质由始至终都参与该过程的这个猜想是合理的。见D. Marr，“Simple Memory：A Theory for Archicortex，” *Philosophical Transactions of the Royal Society of London*，*Series B*，*Biological Sciences* 262（1971）：23-81；L. R. Squire et al.，“The Medial Temporal Region and Memory Consolidation：A New Hypothesis，” in *Memory*

Consolidation: Psychobiology of Cognition, eds, H. Weingartner et al. (Hillsdale, NJ: Lawrence Erlbaum Associates, 1984), 185-210; and J. L. McClelland et al., "Why There Are Complementary Learning Systems in the Hippocampus and Neocortex: Insights from the Successes and Failures of Connectionist Models of Learning and Memory," *Psychological Review* 102 (1995): 419-57.

23. S. Ramón y Cajal, "La Fine Structure des Centres Nerveux," *Proceedings of the Royal Society of London* 55 (1894): 444-68; D. O. Hebb, *The Organization of Behavior: A Neuropsychological Theory* (New York: John Wiley & Sons, 1949) .

24. T. Lømo, "Frequency Potentiation of Excitatory Synaptic Activity in the Dentate Areas of the Hippocampal Formation," *Acta Physiologica Scandinavica* 68 (1966): 128; T.V.P. Bliss and T. Lømo, Long-Lasting Potentiation of Synaptic Transmission in the Dentate Area of the Anaesthetized Rabbit Following Stimulation of the Perforant Path," *Journal of Physiology* 232 (1973): 331-56; R. M. Douglas and G. Goddard, "Long-Term Potentiation of the Perforant Path-Granule Cell Synapse in the Rat Hippocampus," *Brain Research* 86 (1975): 205-15.

25. S. J. Martin et al., "Synaptic Plasticity and Memory: An Evaluation of the Hypothesis," *Annual Review of Neuroscience* 23 (2000): 649-711; T. Bliss et al., "Synaptic Plasticity in the Hippocampus," in *The Hippocampus Book*, eds, P. Anderson et al. (New York: Oxford University Press, 2007), 343-474.

26. 同上。

27. 接下来，这些科学家想知道这种学习障碍是否出现在所有学习中或只特定于空间学习。他们用一项简单的视觉分辨任务训练大鼠。在该项任务中，大鼠可根据两个平台的外观来进行选择——一个灰色的平台在水中漂浮，且有逃生通道；另一个平台是黑白条纹的，且沉在水中。该项任务无需空间学习能力。那些被注射了药物以阻止其 LTP 发生的大鼠可正常执行视觉分辨任务，而这表明，海马并非执行该任务所必需的。有障碍的空间（陈述性）学习与完好的分辨（非陈述性）学习之间有着鲜明的对比，该对比使人联想起亨利在术后无法找到去医院卫生间的路，却可在疗养院里习得新的运动技能。见 R. G. Morris et al.,“Selective Impairment of Learning and Blockade of Long-Term Potentiation by an N-Methyl-D-Aspartate Receptor Antagonist, Ap5,” *Nature* 319 (1986): 774-6.

28. J. Z. Tsien, et al.,“Subregion-and Cell Type-Restricted Gene Knockout in Mouse Brain,” *Cell* 87 (1996): 1317-26; T. J. McHugh, et al.,“Impaired Hippocampal Representation of Space in CA1-Specific NMDAR1 Knockout Mice,” *Cell* 87 (1996): 1339-49; A. Rotenberg, et al.,“Mice Expressing Activated CaMKII Lack Low Frequency LTP and Do Not Form Stable Place Cells in the CA1 Region of the Hippocampus,” *Cell* 87 (1996): 1351-61.

29. T.V.P. Bliss and S. F. Cooke,“Long-Term Potentiation and Long-Term Depression: A Clinical Perspective,” *Clinics* 66 (2011): 3-17.

30. J. O'Keefe and J. Dostrovsky,“The Hippocampus as a Spatial Map: Preliminary Evidence from Unit Activity in the Freely-Moving Rat,” *Brain Research* 34 (1971): 171-5.

31. Y. L. Qin et al.“Memory Reprocessing in Corticocortical and Hippocampocortical Neuronal Ensembles,” *Philosophical Transactions of the Royal Society of London, Series B, Biological Sciences* 352 (1997): 1525-33.

32. J. D. Payne, Learning, Memory, and Sleep in Humans,” *Sleep Medicine Clinics* 6 (2011): 145-56.

33. K. Louie and M. A. Wilson,“Temporally Structured Replay of Awake Hippocampal Ensemble Activity During Rapid Eye Movement Sleep,” *Neuron* 29 (2001): 145-56.

34. 同上。

35. A. K. Lee and M. A. Wilson,“Memory of Sequential Experience in the Hippocampus During Slow Wave Sleep,” *Neuron* 36 (2002): 1183-94. 清醒大鼠的记忆再放也加深了我们对巩固的理解。2006 年，Wilson 及其同事发现：大鼠跑完新轨道、然后停下来理理毛、掸掸胡须或只是静静站着后，其海马形成

的、且有关迷宫位置的记忆便以倒序的方式再放——那些与轨道末端相关联的位置细胞最先放电，而那些与轨道开端相关联的则最后放电。这种倒序的即时再放表明，大鼠停下来回顾过去，沉思、吸收及巩固自己曾经历的一切。正如罗格斯大学的两名神经科学家于 2007 年所展示的那样，清醒的大鼠也可以序列向前的方式再放，即按照其所经历的顺序再放。问题是：这些大鼠在想些什么？为什么它们要再放？若这并非是完全成熟的思考，那它至少也是该方向上的巨大飞跃。见 D. J. Foster and M. A. Wilson，"Reverse Replay of Behavioural Sequences in Hippocampal Place Cells During the Awake State," *Nature* 440（2006）：680-3

36. 同 上；and K. Diba and G. Buzsaki，"Forward and Reverse Hippocampal Place-Cell Sequences During Ripples," *Nature Neuroscience* 10m（2007）：1241-2.

37. D. Ji and M.A. Wilson，Coordinated Memory Replay in the Visual Cortex and Hippocampus During Sleep," *Nature Neuroscience* 10（2007）：100-7.

38. E. Tulving and D. M. Thomson，"Encoding Specificity and Retrieval Processes in Episodic Memory," *Psychological Review* 80（1973）：352-73.

39. H. Schmolck，et al.，"Memory Distortions Develop over Time：Recollections of the O.J. Simpson Trial Verdict after 15 and 32 Months," *Psychological Science* 11（2000）：39-45.

40. J. Przybyslawski and S. J. Sara，"Reconsolidation of Memory after Its Reactivation," *Behavioural Brain Research* 84（1997）：241-6.

41. 同上。

42. O. Hardt et al.，"A Bridge over Troubled Water：Reconsolidation as a Link between Cognitive and Neuroscientific Memory Research Traditions," *Annual Review of Psychology* 61（2010）：141-67；又见 D. Schiller et al.，"Preventing the Return of Fear in Humans Using Reconsolidation Update Mechanisms," *Nature* 463（2010）：49-53.

43. J. T. Wixted，"The Psychology and Neuroscience of Forgetting," *Annual Review of Psychology* 55（2004）：235-69.

44. D. M. Freed et al., “Forgetting in H.M.: A Second Look,” *Neuropsychologia* 25 (1987): 461-71.

45. Freed, “Forgetting in H.M.”; D. M. Freed and S. Corkin, “Rate of Forgetting in H.M.: 6-Month Recognition,” *Behavioral Neuroscience* 102 (1988): 823-7.

46. R. C. Atkinson and J. F. Juola, “Search and Decision Processes in Recognition Memory,” in *Contemporary Developments in Mathematical Psychology: Learning, Memory, and Thinking*, eds, D. H. Krantz (San Francisco, CA: W. H. Freeman, 1974), 242-93; G. Mandler, “Recognizing: The Judgement of Previous Occurrence,” *Psychological Review* 87 (1980): 252-71; L. L. Jacoby, “A Process Dissociation Framework: Separating Automatic from Intentional Uses of Memory,” *Journal of Memory and Language* 30 (1991): 513-41.

47. J. P. Aggleton and M. W. Brown, “Episodic Memory, Amnesia, and the Hippocampal-Anterior Thalamic Axis,” *Behavioral and Brain Science* 22 (1999): 425-44.

48. Freed, “Forgetting in H.M.”; Freed and Corkin, “Rate of Forgetting in H.M.”; and Aggleton and brown, “Episodic Memory.”

49. C. Ranganath et al., “Dissociable Correlates of Recollection and Familiarity within the Medial Temporal Lobes,” *Neuropsychologia* 42 (203): 2-13.

50. 同上。

51. 同上。

52. B. Bowles et al., “Impaired Familiarity with Preserved Recollection after Anterior Temporal-Lobe Resection That Spares the Hippocampus,” *Proceedings of the National Academy of Sciences* 104 (2007): 16382-7; M. W. Brown et al., “Recognition Memory: Material, Processes, and Substrates: *Hippocampus* 20 (2010): 1228-44. 2011 年，对于颞叶内侧的再认记忆，纽约大学的认知神经科学家提出了有关其组织的不同看法。他们对健康受试者的功能性磁共振扫描结果显示，鼻周皮质专门负责单个对象的想象，而海马旁回皮质则专门负

责场景的想象。见 B. P. Staresina et al., “Perirhinal and Parahippocamal Cortices Differentially Contribute to Later Recollection of Object- and Scene- Related Event Details,” *Journal of Neuroscience* 31（2011）: 8739-47.

第八章：无法记住的记忆 I

1. A. S. Reber, “Implicit Learning of Artificial Grammars,” *Journal of Verbal Learning and Verbal Behavior* 6（1967）: 855-63; L. R. Squire and S. Zola-Morgan, “Memory: Brain Systems and Behavior,” *Trends in Neuroscience* 11（1988）: 170-75; K. S. Giovanello and M. Verfaellie, “Memory Systems of the Brain: A Cognitive Neuropsychological Analysis,” *Seminars in Speech and Language* 22（2001）: 107-16.

2. S. Nicolas, “Experiments on Implicit Memory in a Korsakoff Patient by Claparède（1907）,” *Cognitive Neuropsychology* 13（1996）: 1193-99.

3. B. Milner, “Memory Impairment Accompanying Bilateral Hippocampal Lesions,” in *Psychologie De L'hippocampe*, eds, P. Passouant（Paris, France: Centre National de la Recherche Scientifique, 1962）, 257-72.

4. 同上。

5. S. Corkin, “Tactually-Guided Maze Learning in Man: Effects of Unilateral Cortical Excisions and Bilateral Hippocampal Lesions,” *Neuropsychologia* 3（1965）: 339-51.

6. E. K. Miller and J. D. Cohen, “An Integrative Theory of Prefrontal Cortex Function,” *Annual Review of Neuroscience* 24（2001）: 167-202; available online at web.mit.edu/ekmiller/Public/www/miller/Publications/Miller_Cohen_2001.pdf（accessed September 2012）.

7. S. Corkin, “Acquisition of Motor Skill after Bilateral Medial Temporal-Lobe Excision,” *Neuropsychologia* 6（1968）: 255-65; available online at web.mit.edu/bnl/pdf/Corkin%201968.pdf（accessed September 2012）.

8. 同上。

9. 同上。

10. 同上。

11. 同上。

12. 同上。

13. 同上。

14. G. Ryle, "Knowing How and Knowing That," in *The Concept of Mind* (London: Hutchinson's University Library, 1949), 26-60; full text available online at tinyurl.com/8kqedyj (accessed September 2012). Ryle 的书出版数十年后，"知道什么"与"知道如何"间的哲学差异进入人工智能领域。正如第五章开头所讨论的那样，人工智能研究往往有助于推进有关大脑的理论，因为它的实际任务便是编程计算机以使其像人脑一样运作。由此而产生的解决方案可给神经科学家一些模型来测试和预测大脑的运作方式。20 世纪 70 年代，人工智能研究人员使用程序性和陈述性这两个术语来描述知识的两种表示方式。1975 年，Terry Winograd 发表了一篇文章，名为"Frame Representations and the Declarative/Procedural Controversy"(in *Representation and Understanding: Studies in Cognitive Sciences*, *ed.* D. G. Bobrow, et al. [New York: Academic Press], 185-210)。该文章概述了程序主义者与陈述主义者间的争议："程序主义者声称，我们的知识主要是'知道如何'。人类信息处理器是一台存贮程序装置，且其世界知识被嵌入程序之中。一个人（或一台机器人）对英语语言、象棋游戏或其物质世界的了解是其一套程序的延伸空间。(第 186 页)"换言之，知识由指导我们行为的专用程序组成。"但是，陈述主义者并不认为主体的知识与其使用的程序密切相关。他们认为智力建立在两个基础上：一套一般程序以处理各类事实和一套描述特定知识领域的具体事实。"这种看待知识的方式是将其视作信息，而非一套操作。Winograd 主张模糊这两种表示之间的差别，并建议通过说明特定陈述性语句如何被使用来在陈述性知识和程序性知识之间采取中间立场。他的观点是将程序归为长时记忆中的事实。

相比之下，John Anderson 则认为程序性知识和陈述性知识之间存在根本区别。在其 1976 年出版的著作 *Language*, *Memory*, *and Thought* (Hillsdale, NJ:

Psychology Press）中，Anderson 参考 Ryle 的观点后指出了三个区别点。首先，陈述性知识是我们拥有或缺乏的东西，而程序性知识则可被逐渐、且一次一点地获得。他写道，第二个区别“是人们可通过被告知而突然获取陈述性知识，但人们却只能通过执行技能而逐渐获取程序性知识。（第 117 页）”第三个区别点是我们可将自己的陈述性知识告诉他人，但却无法解释自己的程序性知识。

当理论家争辩这两种知识有多不同时，计算机科学家帕特里克·温斯顿提出了个折中方案。在其 1977 年出版的著作 *Artificial Intelligence*（Reading，MA：Addison-Wesley）中，温斯顿写道：“对于知识应该如何被存储的两个立场，即程序性立场和陈述性立场，人们的意见不一。（第 393 页）在大多数情况下，最好的计划便是以两派联立的方式来面对问题，并吸纳两派的精华。”人类需要程序性知识和陈述性知识来进行日常生活，而其大脑则分配不同的过程及回路以获取和存储这两种信息。米尔纳于十五年前报告亨利在镜描实验中的表现时便已揭示了这个生物学差异。

又见 Milner，“Memory Disturbance after Bilateral Hippocampal Lesions.”

15. M. Victor and A. H. Ropper，*Adams and Victor's Principles of Neurology*，7th ed.（New York：McGraw-Hill，Medical Pub. Division，2001）.

16. 同上。

17. 额外的认知测试巩固了我们的结论，即我们在帕金森病患者上发现的镜描缺陷确实是一种学习障碍。为了排除患者学习缓慢是由于其在处理空间布局或基本运动功能上的缺陷，我们进行了额外的测试以检查他们的这些能力。在我们的数据分析将这些测试分数考虑在内后，他们仍表现出显著的学习缺陷。该发现加强了这一观点，即支持镜描的记忆回路依赖于纹状体中的完好神经传递。

18. M. J. Nissen and P. Bullemer，“Attentional Requirements of Learning：Evidence from Performance Measures，” *Cognitive Psychology* 19（1987）：1-32.

19. D. Knopman and M. J. Nissen，“Procedural Learning Is Impaired in Huntington's Disease：Evidence from the Serial Reaction Time Task，” *Neuropsychologia* 29（1991）：245-54.

20. A. Pascual-Leone et al., "Procedural Learning in Parkinson's Disease and Cerebellar Degeneration," *Annals of Neurology* 34 (1993): 594-602; J. N. Sanes et al., "Motor Learning in Patients with Cerebellar Dysfunction," *Brain* 113 (1990): 103-20.

21. T. A. Martin et al., "Throwing while Looking through Prisms. I. Focal Olivocerebellar Lesions Impair Adaptation," and "II. Specificity and Storage of Multiple Gaze-Throw Calibrations," *Brain* 119 (1996): 1183-98, 1199-211.

22. R. Shadmehr and F. A. Mussa-Ivaldi, "Adaptive Representation of Dynamics during Learning of a Motor Task," *Journal of Neuroscience* 14 (1994): 3208-24；可参见网址 www.jneurosci.org/content/14/5/3208.full.pdf+html (accessed September 2012).

来自神经心理学、且具有影响力的一个模型解释了运动技能学习过程的阶段，其中，该模型由丹尼尔·威林厄姆于 1998 年提出。根据这一理论，运动技能学习涉及两种独立的模式，一种是无意识的，另一种是有意识的。无意识模式包括三个运动控制过程，且这些过程在意识之外发挥作用：选择运动的空间目标、按顺序排列这些目标以及将它们转化为肌肉指令。有意识、且需注意力的模式是通过选择目标来改变环境、选择运动目标以及组装一系列运动目标来支持运动技能学习。一个人是运用其意识模式来模仿专家的表现的。学习的进步是通过无意识模式和意识模式的相互作用。有了威林厄姆的模型，研究人员可对不同的学习阶段和过程以及它们的神经基础进行预测。然而，该模型并没有阐明我们如何逐步学习运动技能的机制。见 D. B. Willingham, "A Neuropsychological Theory of Motor Skill Learning," *Psychological Review* 105 (1998): 558-84.

23. M. Kawato and D. Wolpert, "Internal Models for Motor Control," *Novartis Foundation Symposium* 218 (1998): 291-304.

24. 同上。

25. 同上。

26. H. Imamizu and M. Kawato, "Brain Mechanisms for Predictive Control by

Switching Internal Models：Implications for Higher-Order Cognitive Functions，” *Psychological Research* 73（2009）：527-44.

27. T. Brashers-Krug et al.，“Consolidation in Human Motor Memory，” *Nature* 382（1996）：252-55；available online at tinyurl.com/8hhuga3（accessed September 2012）.

28. R. Shadmehr et al.，“Time-Dependent Motor Memory Processes in Amnesic Subjects，” *Journal of Neurophysiology* 80（1998）：1590-97；available online at web.mit.edu/bnl/pdf/Shadmehr.pdf（accessed September 2012）.

29. 同上。

30. 同上。

31. 同上。

32. 同上。

33. A. Karni et al.，“The Acquisition of Skilled Motor Performance：Fast and Slow Experience-Driven Changes in Primary Motor Cortex，” *Proceedings of the National Academy of Sciences* 95（1998）：861-68.

34. 同上。又见 J. N. Sanes and J. P. Donoghue，“Plasticity and Primary Motor Cortex，” *Annual Review of Neuroscience* 23（2000）：393-415；available online at tinyurl.com/8oyl87x（accessed September 2012）.

35. E. Dayan and L. G. Cohen，“Neuroplasticity Subserving Motor Skill Learning，” *Neuron* 72（2011）：443-54.

36. R. A. Poldrack et al.，“The Neural Correlates of Motor Skill Automaticity，” *Journal of Neuroscience* 25（2005）：5356-64.

37. C. J. Steele and V. B. Penhune，“Specific Increases within Global Decreases：A Functional Magnetic Resonance Imaging Investigation of Five Days of Motor Sequence Learning，” *Journal of Neuroscience* 30（2010）：8332-41.

第九章：无法记住的记忆 II

1. I. P. Pavlov，*Conditioned Reflexes：An Investigation of the Physiological*

Activity of the Cerebral Cortex（London：Oxford University Press，1927）. 几乎同一时期，心理学家 Edwin B. Twitmyer 在人类身上也发现了类似现象。1902 年，他偶然观察到，若在铃声响起后立即使用反射锤来敲击一个人的膝盖以引起其无意识的膝跳反射，那这个人在听到铃声后也会表现出该反射，即使其膝盖没有受到反射锤的敲击。继巴甫洛夫和 Twitmyer 的发现后，研究人员在接下来的整个世纪研究了许多物种的经典条件作用，其中包括大鼠、蟋蟀、果蝇、跳蚤以及海兔。E. B. Twitmyer，"Knee Jerks without Stimulation of the Patellar Tendon，" *Psychological Bulletin* 2（1905）：43-44；I. Gormezano et al.，"Twenty Years of Classical Conditioning Research with the Rabbit，" in *Progress in Physiological Psychology*，ed，J. M. Sprague et al.（New York：Academic Press，1983），197-275.

2. D. Woodruff-Pak，"Eyeblink Classical Conditioning in H.M.：Delay and Trace Paradigms，" *Behavioral Neuroscience* 107（1993）：911-25.

3. 同上。

4. 同上。

5. 同上。

6. 同上。

7. 同上。

8. R. E. Clark et al.，"Classical Conditioning，Awareness，and Brain Systems，" *Trends in Cognitive Sciences* 6（2002）：524-31.

9. 同上。

10. 神经心理学家 Elizabeth Warrington 和 Lawrence Weiskrantz 于 1968 年首次报告了遗忘症患者的知觉学习。这一发现具有革命性，且其革命意义几乎与米尔纳最初展示亨利仍保留的镜描技能一样。他们六名遗忘症患者中的五名患有柯萨可夫综合征，即其丘脑和下丘脑出现细胞死亡，而这引发了一个问题：亨利的颞叶内侧病变是否没有影响其知觉学习。我们最终证明，他的确能进行知觉学习。E. K. Warrington and L. Weiskrantz，"New Method of Testing Long-Term Retention with Special Reference to Amnesic Patients，" *Nature* 217

（1968）：972-74.；B. Milner et al.，“Further Analysis of the Hippocampal Amnesic Syndrome：14-Year Follow-up Study of H.M.，” *Neuropsychologia* 6（1968）：215-34，available online at www.psychology.uiowa.edu/Faculty/Free/man/Milner_68.pdf（accessed November 2012）.

11. E. S. Gollin，“ Developmental Studies of Visual Recognition of Incomplete Objects，” *Perceptual and Motor Skills* 11（1960）：289-98；Milner et al.，“Further Analysis of the Hippocampal Amnesic Syndrome.” 在随后的几年中，Gollin 测试被认为是一项知觉启动的测试。

12. Milner et al.，“Further Analysis of the Hippocampal Amnesic Syndrome.”

13. 同上。

14. 同上。

15. J. Sergent et al.，“Functional Neuroanatomy of Face and Object Processing. A Positron Emission Tomography Study，” *Brain* 115（1992）：15-36；N. Kanwisher，“Functional Specificity in the Human Brain：A Window into the Functional Architecture of the Mind，” *Proceedings of the National Academy of Sciences* 107（2010）：11163-70.

16. I. Gauthier et al.，“Expertise for Cars and Birds Recruits Brain Areas Involved in Face Recognition，” *Nature Neuroscience* 3（2000）：191-97；available online at http：//www.systems.neurosci.info/FMRI/gauthier00.pdf（accessed November 2012）.

17. C. D. Smith et al.，“MRI Diffusion Tensor Tracking of a New Amygdalo-Fusiform and Hippocampo-Fusiform Pathway System in Humans，*Journal of Magnetic Resonance Imaging* 29（2009）：1248-61.

18. Warrington 和 Weiskrantz 于 1970 年发表了重复启动的第一篇报告，因为他们发现，遗忘症患者可使用先前学过的单词（如 METAL）来填充三个字母的词干（如 MET），且其使用频率与对照组的一致。这项研究的刺激是完整的单词及其分开的两个碎片。调查人员用盖板盖住单词里的部分字母，然后再进行拍摄，旨在创建碎片化的单词。在学习阶段刚开始时，参与者最先看到的所有单词是最碎片化的版本，接着是不太碎片化的版本，最后才是完整的单词（如 METAL）。他们被要求尽快识别单词。这项研究的目的是比较保留记忆的三个量度：其中的两个量度——回忆和再认——是陈述性的，而第三个量度——部分填充——则是非陈述性的。不出所料，遗忘症患者无法回忆或再认自己曾见过的单词，这是遗忘症人群的显著特征。但随后的测试阶段出现的事情却出乎所有人的意料。参与者在这一阶段会看见每个单词的前三个字母，然后再想出一个有五个字母的单词，即他们通过部分填充来检索单词。在这一量度中，遗忘症患者说出了许多学过的单词，且这些单词的数目与对照组的一样多。

尽管研究人员当时并未将这一测试结果作为遗忘症患者仍有启动的证据，但他们发表了词干填充启动的第一份示范。他们使用的方法为科学家提供了一种方式来探索健康人群以及患者的无意识学习，其中，此处的患者是指患有各类神经系统疾病和精神疾病的病人。见 E. K. Warrington and L. Weiskrantz, "Amnesic Syndrome: Consolidation or Retrieval?," *Nature* 228（1970）: 628-30.

1980 年代至 1990 年代期间，数百篇有关重复启动的研究报告面世。记忆研究学者调查了健康参与者和遗忘症患者的启动效应，并使用了各式各样的文本刺激：单词、假字（遵循英语正字法规则的自造词）、词片、物体的类别、同音异义词（发音相同但意义不同的单词，如 bear 和 bare）、图片、不完整的图片以及图案。这些巧妙的研究阐明了启动效应的认知复杂性，尤其是在健康的年轻人中。

随着重复启动知识的发展，记忆专家继续从事有关遗忘症患者的重复启动问题。1984 年，Peter Graf, Larry Squire，和 George Mandler 撰写了一篇备受瞩目的论文。在此论文中，他们描述了三项实验的结果。他们的目的是比较遗忘症患者和对照组在四个学习量度中的表现：其中的三个量度——自由回忆、再认和线索回忆——是陈述性的，而第四个量度——单词填充——是非陈述性的。参与者先学习单词列表，然后进行上述提及的四个量度测试之一。P. Graf et al., "The Information That Amnesic Patients Do Not Forget," *Journal of Experimental Psychology: Learning, Memory, and Cognition* 10（1984）: 164-78.

对于自由回忆测试，参与者会在一张纸上写下自己所记得的、且来自学习列表的单词。对于再认测试，他们会看见学习列表中的一个单词和另外两个单词，其中，这三个单词都是以相同的三个字母开头。例如，若学过的单词是*MARket*，那干扰的单词便是*MARy*和*MARble*。参与者必须选出自己先前曾看过的单词。对于线索回忆和单词填充测试，参与者将得到提示，即所有单词的前三个字母。这两项测试任务的关键差异在于指令的不同。在线索回忆测试中，参与者在提示的帮助下被要求有意识地回忆列表中的单词，所以，参与者知道这是一项记忆测试。但在单词填充测试中，测试者会告知参与者，这些三个字母的词干是单词的开头，然后便要求他们将这些词干填充成词，且鼓励他们写下其脑海里出现的第一个单词。所以，参与者并不知道这是一项记忆测试。

这些发现验证了 Warrington 和 Weiskrantz 在 1970 年的实验结果。自由回忆、再认和线索回忆的任务都测量了陈述性记忆，所以，遗忘症患者在这些任务中的不佳表现并不足为奇。问题的关键在于遗忘症患者可否像对照组那样执行单词填充任务，而事实证明，他们是可以的。参考了启动的解释后，即启动是指激活已建立的单词表征，科学家得出了结论，遗忘症患者的这种启动是完好的。这一实验说明了指令在区别陈述性记忆和非陈述性记忆中的重要作用。当遗忘症患者被明确要求通过三个字母的词干来回想列表中的单词时，他们便必须检索其陈述性知识，所以，他们的表现不如健康参与者。但当他们可依赖于非陈述性知识、并用其最先想到的单词来填充词干时，他们便能像对照组一样成功完成该项任务。见 Warrington and Weiskrantz，“Amnesic Syndrome：Consolidation or Retrieval?”；R. Diamond and P. Rozin，“Activation of Existing Memories in Anterograde Amnesia，” *Journal of Abnormal Psychology* 93（1984）：98-105，available online at http：//www.psych.stanford. edu/~jlm/pdfs/DiamondRozin84.pdf（accessed November 2012）.

这些发现提出了个关键问题：启动效应在遗忘症患者和对照组中的持续时间一样长吗？由于遗忘症患者的表现被视作正常，所以，该问题的答案应该是肯定的。测试员向参与者展示了学习列表，然后分别在间隔 0 分钟、15 分钟和 120 分钟后进行测试，其中，三次测试使用的单词并不相同。患者答对的单词数与对照组的一致，且两组在三次测试中的表现相当。这一结果表明，启动效应在遗忘症患者和对照组中的持续时间一致，都为两小时。见 Warrington and Weiskrantz，“Amnesic Syndrome：Consolidation or Retrieval?”；Graf et al.，“The Information That Amnesic Patients Do Not Forget.”

19. J.D.E. Gabrieli et al.，“Dissociation among Structural-Perceptual，Lexical-Semantic，and Event-Fact Memory Systems in Amnesia，Alzheimer's Disease，and Normal Subjects，” *Cortex* 30（1994）：75-103.

20. 同上。

21. 同上。

22. Diamond and Rozin，“Activation of Existing Memories in Anterograde Amnesia.”

23. 同上。

24. J.D.E. Gabrieli et al.，“Intact Priming of Patterns Despite Impaired Memory，” *Neuropsychologia* 28（1990）：417-27；available online at http：//web.mit.edu/bnl/pdf/Gabrieli_Milberg_Keane_Corkin_1990.pdf（accessed November 2012）.

25. 同上。

26. 同上。

27. 同上。

28. 同上。

29. M. M. Keane et al.，“Priming in Perceptual Identification of Pseudowords Is Normal in Alzheimer's Disease，” *Neuropsychologia* 32（1994）：343-56.

30. Keane et al.，“Priming of Perceptual Identification of Pseudowords Is Normal in Alzheimer's Disease”；M. M. Keane et al.，“Evidence for a Dissociation between Perceptual and Conceptual Priming in Alzheimer's Disease，” *Behavioral Neuroscience* 105（1991）：326-42.

31. 同上。

32. S. E. Arnold et al.，“The Topographical and Neuroanatomical Distribution

of Neurofibrillary Tangles and Neuritic Plaques in the Cerebral Cortex of Patients with Alzheimer's Disease," *Cerebral Cortex* 1 (1991): 103-16.

33. M. M. Keane et al., "Double Dissociation of Memory Capacities after Bilateral Occipital-Lobe or Medial Temporal-Lobe Lesions," *Brain* 118 (1995): 1129-48.

第十章：亨利的世界

1. J. A. Ogden and S. Corkin, "Memories of H.M.," in *Memory Mechanisms: A Tribute to G. V. Goddard*, ed. M. Corballis et al. (Hillsdale, NJ: L. Erlbaum Associates, 1991), 195-215.

2. N. Hebben et al., "Diminished Ability to Interpret and Report Internal States after Bilateral Medial Temporal Resection: Case H.M.," *Behavioral Neuroscience* 99 (1985): 1031-39; available online at web.mit.edu/bnl/pdf/Diminished%20 Ability.pdf(accessed November 2012) .

3. S. Kobayashi, "Organization of Neural Systems for Aversive Information Processing: Pain, Error, and Punishment," *Frontiers in Neuroscience* 6 (2012); available online at www.ncbi.nlm.nih.gov/pmc/articles/PMC3448295/ (accessed November 2012) .

4. Hebben et al., "Diminished Ability"; W. C. Clark, "Pain Sensitivity and the Report of Pain: An Introduction to Sensory Decision Theory," *Anesthesiology* 40 (1974): 272-87.

5. Hebben et al., "Diminished Ability"; C. de Graaf et al., "Biomarkers of Satiation and Satiety," *American Journal of Clinical Nutrition* 79 (2004): 946-61.

6. Hebben et al., "Diminished Ability."

7. N. Butters and L. S. Cermak, "A Case Study of the Forgetting of Autobiographical Knowledge: Implications for the Study of Retrograde Amnesia," in *Autobiographical Memory*, ed. D. C. Rubin (New York: Cambridge University Press, 1986), 253-72.

8. W. B. Scoville and B. Milner, “Loss of Recent Memory after Bilateral Hippocampal Lesions,” *Journal of Neurology, Neurosurgery, and Psychiatry* 20 (1957): 11-21; B. Milner et al., “Further Analysis of the Hippocampal Amnesic Syndrome: 14-Year Follow-up Study of H.M.,” *Neuropsychologia* 6 (1968): 215-34, available online at www.psychology.uiowa.edu/Faculty/Freeman/Milner_68.pdf (accessed November 2012).

9. H. J. Sagar et al., “Dissociations among Processes in Remote Memory,” *Annals of the New York Academy of Sciences* 444 (1985): 533-55.

10. 同上。

11. Sagar et al., “Dissociations among Processes”; H. F. Crovitz and H. Schiffman, “Frequency of Episodic Memories as a Function of Their Age,” *Bulletin of the Psychonomic Society* 4 (1974): 517-18.

12. Sagar et al., “Dissociations among Processes”; H. J. Sagar et al., “Temporal Ordering and Short-Term Memory Deficits in Parkinson’s Disease,” *Brain* 111 (Pt 3) (1988): 525-39. “后进先出”理论始于 1881 年，那时，法国心理学家 Théodule Ribot 指出，逆行性记忆丧失往往遵循一个时间梯度：较新的记忆很有可能会丢失，而旧记忆则更有可能被保留。T. Ribot, *Les Maladies de la Mémoire* (Paris: Germer Baillière, 1881).

13. 我们与亨利的结构式访谈结果显示，1950 年代至 1960 年代的早期临床报告严重低估了其逆行性遗忘的时间长度。检索术前记忆所需的过程已严重受损。我们的一项任务，即格罗维茨测试（Crovitz test），后来受到我们及其他人的批评，因为它不能区分那些详细程度刚好达到 3 分（最高分）的记忆报告与那些同样为3分但却更为详细的记忆报告之间的差异。我们需要一项测试，其中，该测试可区别表现最佳者之间的细微差别。我们随后的实验便达到了这一目标。Crovitz and Schiffman, “Frequency of Episodic Memories.”

14. 总之，我们对亨利逆行性遗忘症的早期研究产生了相互矛盾的结果，部分原因是它们并未区分那些反映一般知识的个人远期记忆——如高中的名字——与那些需要依赖经历重温的个人远期记忆——如初吻——之间的差异。

正如我们从亨利病例中所看到的那样，他能告诉我们自己是在哪所高中就读的，但却无法讲述其毕业那天所发生的事情。我们在询问他时可明显观察到，尽管他可对最一般的问题作出回答，但当被要求提供更多细节时，他却遗漏了许多东西。

15. E. Tulving, “Episodic and Semantic Memory,” in *Organization of Memory*, ed. E. Tulving and W. Donaldson (New York: Academic Press, 1972), 381-403.

16. L. R. Squire, “Memory and the Hippocampus: A Synthesis from Findings with Rats, Monkeys, and Humans,” *Psychological Review* 99 (1992): 195-231.

17. L. R. Squire and P. J. Bayley, “The Neuroscience of Remote Memory,” *Current Opinion in Neurobiology* 17 (2007): 185-96.

18. L. Nadel and M. Moscovitch, “Memory Consolidation, Retrograde Amnesia and the Hippocampal Complex,” *Current Opinion Neurobiology* 7 (1997): 217-27; also Moscovitch and Nadel, “Consolidation and the Hippocampal Complex Revisited: In Defense of the Multiple-Trace Model,” *Current Opinion Neurobiology* 8 (1998): 297-300.

19. B. Milner, “The Memory Defect in Bilateral Hippocampal Lesions,” *Psychiatric Research Reports of the American Psychiatric Association* 11 (1959): 43-58.

20. S. Steinvorth et al., “Medial Temporal Lobe Structures Are Needed to Re-experience Remote Autobiographical Memories: Evidence from H.M. and W.R.,” *Neuropsychologia* 43 (2005): 479-96.

21. 同上。See also E. A. Kensinger and S. Corkin, “Two Routes to Emotional Memory: Distinct Neural Processes for Valence and Arousal,” *Proceedings of the National Academy of Sciences* 101 (2004): 3310-15; available online at www.pnas.org/content/101/9/3310.full.pdf+html (accessed November 2012).

22. Steinvorth et al., “Medial Temporal Lobe Structures.”

23. L. R. Squire, “The Legacy of Patient H.M. for Neuroscience,” *Neuron*

61（2009）：6-9；available online at whoville.ucsd.edu/PDFs/444_Squire_Neuron_2009.pdf（accessed November 2012）；S. Corkin et al.，“H.M.’s Medial Temporal Lobe Lesion：Findings from MRI，” *Journal of Neuroscience* 17（1997）：3964-79.

24. Steinvorth et al.，“Medial Temporal Lobe Structures Are Needed”；Nadel and Moscovitch，“Memory Consolidation，Retrograde Amnesia，and the Hippocampal Complex.”

25. Y. Nir and G. Tononi，“Dreaming and the Brain：From Phenomenology to Neurophysiology，” *Trends in Cognitive Sciences* 14（2010）：88-100.

26. P. Maquet et al.，“Functional Neuroanatomy of Human Rapid-Eye-Movement Sleep and Dreaming，” *Nature* 383（1996）：163-66.

27. D. L. Schacter et al.，“Episodic Simulation of Future Events：Concepts，Data，and Applications，” *Annals of the New York Academy of Sciences* 1124（2008）：39-60.

第十一章：了解事实

1. E. A. Kensinger et al.，“Bilateral Medial Temporal Lobe Damage Does Not Affect Lexical or Grammatical Processing：Evidence from Amnesic Patient H.M.，” *Hippocampus* 11（2001）：347-60.

2. J. R. Lackner，“Observations on the Speech Processing Capabilities of an Amnesic Patient：Several Aspects of H.M.’s Language Function，” *Neuropsychologia* 12（1974）：199-207.

3. D. G. MacKay et al.，“H.M. Revisited：Relations between Language Comprehension，Memory，and the Hippocampus System，” *Journal of Cognitive Neuroscience* 10（1998）：377-94.

4. Kensinger et al.，“Bilateral Medial Temporal Lobe Damage Does Not Affect Lexical or Grammatical Processing.”

5. 同上。

6. 同上。

7. A. D. Friederici, "The Brain Basis of Language Processing: From Structure to Function," *Physiological Review* 92 (2011): 1357-92; C. J. Price, "A Review and Synthesis of the First 20 Years of PET and fMRI Studies of Heard Speech, Spoken Language, and reading," *Neuroimage* 62 (2012): 816-47.

8. D. C. Park and P. Reuter-Lorenz, "The Adaptive Brain: Aging and Neurocognitive Scaffolding," *Annual Review of Psychology* 60 (2009): 173-96.

9. Kensinger et al., "Bilateral Medial Temporal Lobe Damage Does Not Affect Lexical or Grammatical Processing."

10. E. K. Warrington and L. Weiskrantz, "Amnesic Syndrome: Consolidation or Retrieval?," *Nature* 228 (1970): 628-30; W. D. Marslen-Wilson and H.-L. Teuber, "Memory for Remote Events in Anterograde Amnesia: Recognition of Public Figures from Newsphotographs," *Neuropsychologia* 13 (1975): 353-64.

11. M. Kinsbourne and F. Wood, "Short-Term Memory Processes and the Amnesic Syndrome," in *Short-Term Memory*, eds, D. Deutsch et al. (San Diego, CA: Academic Press, 1975), 258-93; M. Kinsbourne, "Brain Mechanisms and Memory," *Human Neurobiology* 6 (1987): 81-92.

12. J. D. Gabrieli et al., "The Impaired Learning of Semantic Knowledge Following Bilateral Medial Temporal-Lobe Resection," *Brain Cognition* 7 (1988): 157-77.

13. 同上。

14. F. B. Wood et al., "The Episodic-Semantic Memory Distinction in Memory and Amnesia: Clinical and Experimental Observations," in *Human Memory and Amnesia*, eds, L. S. Cermak (Hillsdale, NJ: Erlbaum, 1982), 167-94.

15. J. D. Gabrieli et al., "The Impaired Learning of Semantic Knowledge."

16. 同上。

17. 同上。

18. 同上。

19. B. R. Postle and S. Corkin, "Impaired Word-Stem Completion Priming but Intact Perceptual Identification Priming with Novel Words: Evidence from the Amnesic Patient H.M.," *Neuropsychologia* 36 (1998): 421-40.

20. 同上。

21. 同上。

22. 同上。

23. 同上。

24. 同上。

25. 同上。

26. E. Tulving et al., "Long-Lasting Perceptual Priming and Semantic Learning in Amnesia: A Case Experiment," *Journal of Experimental Psychology: Human Learning and Memory* 17 (1991): 595-617; P. J. Bayley and L. R. Squire, "Medial Temporal Lobe Amnesia: Gradual Acquisition of Factual Information by Nondeclarative Memory," *Journal of Neuroscience* 22 (2002): 5741-8.

27. G. O'Kane et al., "Evidence for Semantic Learning in Profound Amnesia: An Investigation with Patient H.M.," *Hippocampus* 14 (2004); 417-25.

28. 同上。

29. 同上。

30. 同上。

31. 同上。

32. 同上。

33. 同上。

34. 同上。

35. 同上。

36. B. G. Skotko et al., "Puzzling Thoughts for H.M.: Can New Semantic Information Be Anchored to Old Semantic Memories?," *Neuropsychology* 18 (2004): 756-69.

37. 同上。

38. 同上。

39. F. C. Bartlett, *Remembering: A Study in Experimental and Social Psychology*（Cambridge: University Press, 1932）.

40. D. Tse et al., "Schemas and Memory Consolidation," *Science* 316（2007）: 76-82.

41. 同上。

第十二章：声名鹊起，健康堪忧

1. W. B. Scoville and B. Milner, "Loss of Recent Memory after Bilateral Hippocampal Lesions," *Journal of Neurology, Neurosurgery, and Psychiatry* 20（1957）: 11-21.

2. D. H. Salat et al., "Neuroimaging H.M.: A 10-Year Follow-up Examination," *Hippocampus* 16（2006）: 936-45.

3. 我们的大脑拥有数十亿个神经细胞或神经元，其中，已被识别的神经元有数千种，而其他的神经元则尚未查明。神经元专用于信息的加工——接收、传导和传递电信号和化学信号。一个神经元通常会有一个神经元胞体、许多树突以及一个向外分支的轴突。树突接收来自其他细胞的信号，并将其传递给神经元胞体，而轴突则将携带来自神经元胞体的信号以激活其他神经元。神经元胞体集合在一起被称为灰质，轴突集合在一起则被称为白质。大脑皮质由灰质组成，而长短不一、且允许信息从一个区域传递至另一区域的神经纤维则是白质。我们可通过磁共振成像技术来观察脑老化如何影响健康老年人以及亨利的灰质和白质。[E. Diaz, "A Functional Genomics Guide to the Galaxy of Neuronal Cell Types," *Nature Neuroscience* 9（2006）: 10-12; K. Sugino et al., "Molecular Taxonomy of Major Neuronal Classes in the Adult Mouse Forebrain," *Nature Neuroscience* 9（2006）: 99-107].

一项对未患痴呆的老年人进行的解剖研究发现，皮质内的灰质随年龄的增长而变薄，但皮质厚度与一项认知测试中的表现不相关，其中，该项测试是用于评估个体在死亡前的整体心智能力。这一发现表明，认知老化可能与白质的损失更为密切相关，而非灰质的损失。若真是这样的话，那白质出现故障时会有何后果？当白质完好无损时，神经信息的传递是按部就班、且快速的，就像一条河流在无障碍物的情况下快速流动。但当白质中的细微结构被破坏时，这条河流便充满了水坝、岩石、树木以及一艘部分浸入水里的船。神经传递受阻、且效率低下，从而使得神经和认知加工放慢。(S. H. Freeman et al., "Preservation of Neuronal Number Despite Age-Related Cortical Brain Atrophy in Elderly Subjects without Alzheimer Disease," *Journal of Neuropathology and Experimental* Neurology 67 (2008): 1205-12; T. A. Salthouse, "The Processing-Speed Theory of Adult Age Differences in Cognition," *Psychological Review* 103 (1996): 403-28) .

尽管在老化的大脑中，白质的变化要比灰质的更为明显，但要绘制出活体大脑中的这些网络仍很困难。直至最近，该绘制工作才变得简单。磁共振成像的一种进阶形式，即弥散张量成像，现在可测量和绘制健康个体及疾病患者的白质组织完整性。有了这一技术，我们在麻省总医院马蒂诺中心的合作者发现，老年人和中年人的白质都减少了，而这一现象则加强了以下结论：人在中年期便可能开始出现与年龄相关的记忆衰退，甚至是十分健康的人也会出现。

2008 年，我和我实验室的成员提出了两个关键问题：白质和灰质是否因老化而受到不同程度的影响？认知表现的量度是否与哪个的变化更密切相关，白质还是灰质？我们使用了先进的磁共振成像技术来扫描年轻人和老年人的整个大脑，旨在测量灰质的厚度以及白质的细微变化。成像数据提供了有关一些脑区的完整性信息，其中，这些脑区介导了三种能力：情景记忆，即延迟回忆单词列表和故事；语义记忆，即命名物体和词汇；认知控制过程，如集中注意力、抑制优势反应和实现目标。在各项认知测试中，年轻人在情景记忆和认知控制任务中的表现要优于老年人的，但通常情况下，老年人在语义记忆任务却要比年轻人表现得更好，因为这些任务测试的是他们有关世界的一般知识。随着年龄的增长，我们的词汇和信息库不断增加、且变得更加复杂。

与以往的研究一致，我们发现，健康老龄化伴随着白质和灰质的退化。我们对磁共振图像的进一步分析揭示了新见解。当我们将这些大脑结构的量度与老年人的认知测试分数关联起来时，我们发现，皮质厚度——灰质的指标——与认知测试的表现无关。相反，我们的研究结果证实了这一推测，即白质受损是导致人们在健康老龄化中出现认知缺陷的主要原因。我们发现，认知测试分数与白质的量度之间有着特定区域相关性。认知控制过程与额叶白质的完整性相关，而情景记忆则与颞叶白质和顶叶白质的完整性相关。我们的实验给出了个重要信息：若科学家想了解认知丧失的神经基础，那他们不应该仅检查灰质，还要检查白质。这一建议不仅适用于有关老龄化和老龄化疾病的实验，还适用于那些以各年龄段的参与者为对象的研究。（D. A. Ziegler et al.，“Cognition in Healthy Aging Is Related to Regional White Matter Integrity，but Not Cortical Thickness，” *Neurobiology of Aging* 31（2010）：1912-26）；D. H. Salat et al.，“Age-Related Alterations in White Matter Microstructure Measured by Diffusion Tensor Imaging，” *Neurobiology of Aging* 26（2005）：1215-27.

4. J. W. Rowe and R. L. Kahn，“Human Aging：Usual and Successful，” *Science* 237（1987）：143-9.

5. Salat et al.，“Neuroimaging H.M.”

6. 同上。

第十三章：亨利的遗产

1. 我一直认为，在亨利逝世后研究其大脑以充分利用其生前所提供的大量研究信息是非常必要的。我支持大脑捐赠的部分原因，是自己早前在对阿尔茨海默病患者和帕金森病患者的解剖研究中意识到了这一信息的价值。1960 年，维也纳大学的一名神经科学家对帕金森病患者进行了解剖，并发现他们脑内的多巴胺含量低于正常水平。这一重大发现促进了有关治疗的出现，即一些代替多巴胺功能的治疗，从而缓解了帕金森病患者特有的异常运动。

在阿尔茨海默病中，我们只有在解剖大脑时寻找病理指标才可肯定判断患者患有该病。即使在该病的早期阶段，患者脑内的神经元纤维缠结和淀粉样蛋白斑很普遍，且细胞的死亡量也很显著。

在患者逝世后检查其大脑的研究同样也启发了某些研究认知功能障碍的科

学家，其中，这些科学家所研究的认知功能障碍是因其他脑损伤而导致的。不过，科学家对此类病例的解剖研究仍很少见。我们通过研究那些不幸失去某些脑区功能的患者来了解不同大脑回路的作用，且我在本书中也强调了我们从中获得的大量信息；亨利便是其中一个杰出的例子。在多数研究中，我们都对患者脑损伤的实际位置进行猜测。例如，当我研究军队老兵的脑损伤时，我必须根据其颅骨的伤口来推断脑部病变的位置及程度。磁共振成像技术的最新进展已使人们可更为详细地观察大脑解剖结构，尽管该技术仍存在缺陷。唯一能真正了解脑部异常的方法便是直接观察大脑，而这仅在患者逝世后才可做到。我们对这些患者的死后研究以更为详细和完整的方式揭示，哪部分的脑损伤导致了他们的认知缺陷。同时，它们也揭示了特定大脑结构在记忆和其他能力上的作用，从而解决了一些科学争议。

2. “H.M., an Unforgettable Amnesiac, Dies at 82”; www.nytimes.com/2008/12/05/us/05hm.html?pagewanted=all（accessed December 2012）.

结语

1. 实验性手术自古便出现了，且一直是许多治疗进展的基石。21 世纪的惊人例子便是自然腔道内镜手术。数年前，麻省总医院的一名外科医生通过一名女性的阴道取出了她的胆囊。这种手术听起来很不愉快，但它却比传统方法更具优势。该类手术无需切口，因为医生是通过身体的自然腔道——如口腔、肛门、阴道和尿道——来进行的。因此，它们不会留疤，且恢复时间更短——例如，患者在传统胆囊切除手术中需要数周才可恢复，但在使用自然腔道的胆囊切除手术中却只需数天。尽管自然腔道内镜手术似乎安全有效，但我们在每项手术及其专门的新工具进行临床试验前是无法得出有关实验性手术的确切结论的。相比之下，亨利接受的实验性手术则立即给了其他外科医生一个强有力的指示，即决不执行该手术。Sacha Pfeiffer, “You Want to Take My What Out of My Where? Hospitals Experiment with Orifice Surgery,” WBUR / NPR News, June 22, 2009, www.wbur.org/2009/06/22/orifice-surgery（accessed December 2012）.

2. B. Milner and W. Penfield\, "The Effect of Hippocampal Lesions on Recent Memory," *Transactions of the American Neurological Association* (1955-56): 42-48; W. B. Scoville, "World Neurosurgery: A Personal History of a Surgical Specialty," *International Surgery* 58 (1973): 526-35.

3. S. Tigaran et al., "Evidence of Cardiac Ischemia during Seizures in Drug Refractory Epilepsy Patients," *Neurology* 60 (2003): 492-95.

图书在版编目（CIP）数据

永远的现在时 / (美) 苏珊 · 科金著 ; 林雨虹译 . -- 北京 : 北京时代华文书局 , 2018.5
书名原文 : Permanent Present Sense
ISBN 978-7-5699-2323-0

Ⅰ . ①永… Ⅱ . ①苏… ②林… Ⅲ . ①纪实文学－美国－现代
Ⅳ . ① I712.55

中国版本图书馆 CIP 数据核字 (2018) 第 066753 号

北京市版权著作权合同登记号 图字: 01-2017-4346

永 远 的 现 在 时

YONGYUAN DE XIANZAISHI
作　　者 | [美] 苏珊 · 科金
译　　者 | 林雨虹

出 版 人 | 王训海
策划编辑 | 黄思远
责任编辑 | 余　玲　黄思远
封面设计 | 庄谨铭　迟　稳
责任印制 | 刘　银　范玉洁

出版发行 | 北京时代华文书局 http://www.bjsdsj.com.cn
北京市东城区安定门外大街 136 号皇城国际大厦 A 座 8 楼
邮编: 100011　电话: 010 - 64267955　64267677
印　　刷 | 三河市祥达印刷包装有限公司　电话: 0316-3656589
（如发现印装质量问题，请与印刷厂联系调换）
开　　本 | 880mm×1230mm　1/32
印　　张 | 13
字　　数 | 330 千字
版　　次 | 2018 年 7 月第 1 版　　2018 年 7 月第 1 次印刷
书　　号 | ISBN 978-7-5699-2323-0

定　　价 | 59.00 元